U0925151

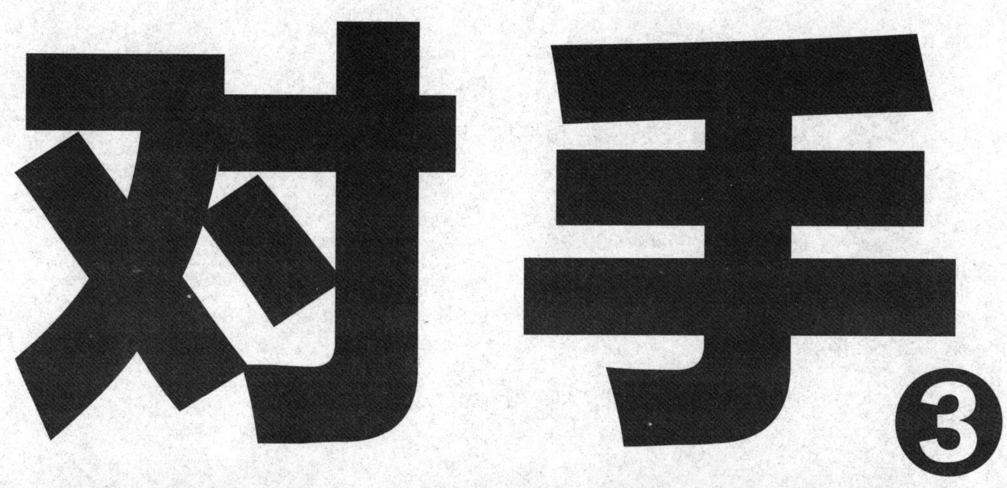

圆通是做人智慧的最高境界

姜远方 ◎ 著

图书在版编目（CIP）数据

对手 . 3 / 姜远方著 . -- 南昌 : 二十一世纪出版社集团，2017.1

ISBN 978-7-5568-2355-0

Ⅰ . ①对… Ⅱ . ①姜… Ⅲ . ①长篇小说－中国－当代 Ⅳ . ① I247.5

中国版本图书馆 CIP 数据核字 (2017) 第 000194 号

对手.3 姜远方 著

责任编辑 张秋林 张 宇
出版发行 二十一世纪出版社集团
（江西省南昌市子安路75号 330009）
www.21cccc.com cc21@163.net
出 版 人 张秋林
经　　销 新华书店
印　　刷 北京建泰印刷有限公司
版　　次 2017年2月第1版 2017年2月第1次印刷
开　　本 710mm × 1000mm 1/16
印　　张 22
字　　数 330千
书　　号 ISBN 978-7-5568-2355-0
定　　价 40.00元

赣版权登字—04—2017—5

目　录

第一章　要政绩徐正欲速不达，受委屈傅华愤然辞职

徐正一心想重塑在省委书记郭奎眼中的新形象，急于通过新机场项目的审批显示自己的工作能力与工作业绩。他绕开傅华，到京城四处找人跑路子，不料竟连连碰钉子。他渐渐明白，新机场项目的立项是绕不过傅华的，一怒之下，给傅华施加压力，不料想傅华不吃他这一套，立马提出辞职。

于是新机场项目对徐正来说就显得越发重要了，他急于在这上面证明自己。此时，新机场项目场址已经通过国家民航局复核批复，新机场项目可研报告和环评报告分别通过中咨公司和环保部环评中心专家组评审，国家民航局向国家发改委出具了民航行业意见，认为海川市新建民用机场是必要的和可行的。总参谋部向国家发改委出具军方意见，原则上同意兴建海川市国际机场项目。现在就等着国家发改委是否同意立项了。

如果能尽快拿到国家发改委同意立项的批复，不能不说是徐正领导下的海川市政府又为海川市人民做了一件大事，那他就可以在省里扬眉吐气了，也可以重新获得郭奎的赏识。

因此徐正自然不敢对发改委的审批工作有丝毫的马虎，一再督促驻京办代主任林东跟发改委的相关领导搞好关系。林东虽然应承得很好，说一定会跟发改委的领导同志沟通好的，可是一直也不能得到发改委对海川新机场进一步的消息，这让徐正有些坐不住了，新机场项目已经九十九拜了，千万不要在这一哆嗦上出什么问题。

徐正赶到了北京，马上就打了电话给刘杰，他上次曾经在傅华的安排之

下跟刘杰和周阳喝过酒，彼此都留有联系方式。刘杰接了电话，徐正就说想约他见面。

刘杰笑笑，说："不好意思，徐市长，我最近几天日程安排得很满，单位的事情实在太多，还真是很难挤出时间来，抱歉了。这样吧，有什么事在电话里说一样的。"

电话里说跟一起把酒言欢差别就很大了，把酒言欢的时候上不了台面的话，借着酒劲可以说得理直气壮，可电话里说就不好说出口了。

徐正感到了几分别扭，心有不甘地说："刘司，再忙吃饭的时间总有吧？"

刘杰歉意地一笑，说："徐市长，你来得真不是时候，我这几天吃饭的时间都排出去了，真是抱歉了。你别介意，我们已经都是老朋友了，有什么事情你跟我说一声，我一定尽力给你办。"

刘杰把话说到这份儿上了，徐正就不好再约见面了，他说"是这样，我们海川市新机场的立项审批已经到了发改委了，我想刘司能不能帮我们市里督促一下。"

刘杰迟疑了一下，说："到了发改委了吗？怎么傅华也没跟我说一声，早跟我说一声，我自然会督促周处长的，徐市长就不用专程跑这一趟北京了。"

徐正被噎了一下，他很清楚傅华现在的状态，傅华肯定是不能早跟刘杰打什么招呼的。

徐正笑笑，说："刘司可能有所不知，傅华同志目前是在休假，这些日子我们驻京办就没跟你联系过吗？"

刘杰笑笑说："还真没有。不过也无所谓，徐市长你现在跟我说了也是一样的，你放心，我会督促周处长赶快办理这件事情的。还有别的事情吗？"

徐正笑笑说："这是目前我们市里的工作重点，就请刘司多费心了。"

刘杰笑着说："徐市长真是客气了，我们都是朋友嘛，不用谢的。好啦，上边催我开会了，我挂了。"

刘杰虽然说得很客气，却实实在在拒绝了徐正见面的要求，徐正嗅出了一丝不祥的味道，似乎刘杰对自己有了什么意见似的。他把林东叫了来，问道："我要你们跟发改委的领导同志多沟通，你沟通了什么了？怎么刘杰司长连我们新机场的立项审批到了发改委都不知道？"

林东心虚地看了看徐正，他倒不是没想要跟刘杰沟通，可是刘杰根本就不搭理他，他要沟通也沟通不上。

林东说：“徐市长，我们主要跟基础产业司的民航处沟通，那里是正管。刘杰司长那里太忙，平常很难接触。”

徐正看了看林东，林东这么说也不无道理，立项审批是需要通过民航处的，主要沟通对象是应该在民航处。难怪刘杰像是对自己有了意见，他肯定是对林东这种越过他直接接触周阳的做法有些反感，认为海川驻京办过河拆桥。

徐正说：“你说得不错，不过当初民航处的周处长是通过刘杰司长认识的，现在越过他，总是不太好，他们都在一个单位，事情难免相互说起，这会让刘杰对我们有意见的。”

林东心说：我倒不想越过他，可是他不给我机会我又能怎么办？不过也总算把徐正给敷衍过去了，算是暂时交代了过去。

林东笑笑说：“徐市长您批评得对，我今后一定注意改进自己的工作方法。”

徐正说：“这么说周阳处长那边跟我们的关系还不错了？”

周阳那边实际上对林东也是很冷淡，文件交接之类的都是民航处下面的工作人员接待的，林东也是很难接触到周阳的，可是他不能在徐正面前承认这一点，承认了就等于是说他无能，便说：“是，很不错，周阳处长经常跟我们通电话的，他说有什么情况随时通知我们。”

徐正心说总算还有一头能够沟通，只要民航处这边没什么问题，新机场立项就没什么问题，便说：“那就好。我给他个电话，约他出来坐一下。”

徐正又拨通了周阳的电话，接通了，周阳有点冷淡地说：“你好，哪位？”

徐正心里别扭了一下，闹了半天周阳连他的名字都没记住，不过，他在发改委是见过周阳训斥副省长的，心知这个周阳有点傲慢，自己更是不在周阳的眼中了。

徐正强笑了一下，说：“周处长，你真是贵人多忘事啊，我是海川市市长徐正啊。”

周阳笑笑，仍然显得不很热情地说：“哦，徐市长啊，找我有什么事吗？”

有求于人，徐正只能咽下这口气，笑笑说："周处长，是这样，海川市新机场立项审批不是到了你们那里吗？"

周阳这下倒没装糊涂，笑了笑说："哦，海川新机场项目是吧？我知道了，徐市长啊，你们下面这些领导也不要什么事情都弄得这么急嘛，材料送进来了不假，可是审批是需要时间的，有些程序是必须要走的，耐心一点吧，不要老是催来催去的好不好？"

徐正听周阳这么说，不由得看了林东一眼，这可不像林东所说的有什么情况随时通知的语气，看来周阳这里关系也不怎么样。

徐正笑了笑，说："周处长，你误会我的意思了，我只是想问问新机场项目审批的进展情况，并没有催促的意思。我现在在北京，找个时间我们一起聚一下吧？"

周阳说："哦，徐市长原来不是来催促的，那我误会了，不好意思。你要问新机项目审批的进展情况是吧？现在的进展情况很不错啊，一切都在顺利向前推进，不久就应该有结果的。"

周阳这句话堵死了徐正问下去的路，他无法再询问新机场审批具体进展到什么程度了。他只好说："进展顺利就好，那周处长什么时间有空出来聚一下啊？"

周阳说："徐市长，情况我都跟你说了，见了面也没什么好说的了，聚会就算了。"

徐正赔笑着说："周处长，我们就是出来散散心，不谈事的。"

周阳说："我们单位最近挺忙的，以后有机会吧。"

周阳说完，没等徐正有进一步的反应，直接将电话挂掉了。

周阳这么不给自己面子，徐正气得脸都有些绿了，他看着一旁的林东，问道："这就是你沟通的？你都跟周处长沟通了什么了？"

林东原本以为市长亲自打电话，周阳多少也会给市长一点面子，应酬一下徐正，他这边就算遮掩过去了，哪想到周阳对于比市长大的官都没看在眼中，更何况徐正了。

林东低下了头，狡辩说："平常周处长挺好说话的，今天也不知道是怎么了。"

徐正呵斥道："平常好说话，单单我亲自给他打电话就不好说话了，你是不是想说责任在我这个市长啊？"

林东不说话了。

徐正狠狠地瞪了林东一眼，道："这都是你干的工作吗？让你跟发改委的领导们搞好关系，你就是怎么搞好关系的？"

林东只是低着头，还是不说话。

徐正骂完，头脑里冷静了下来，骂是不能解决问题的，他想要的新机场快速通过审批还是无法达成。徐正是了解发改委的运作程序的，这么大的中国有多少项目在等着发改委审批啊，你说你的项目重大，还有比你更重大的项目在等着呢，不用说周阳和刘杰故意拖延了，就是按照正常程序一步一步去走，新机场的审批也不是短时间能够得以通过的。如果这里面哪方面再出了什么纰漏，那更不知道会拖延到什么时候了。

这可不是徐正愿意接受的状态，他现在很想做出一点成绩给郭奎看看，好一改自己的颓势，重振往日的雄风，这样子下去可不行。他坐在那里想了半天，知道要想运作好刘杰和周阳，恐怕必须由傅华来出马了。徐正还记得当初跟傅华到发改委拜访刘杰的样子，傅华送了一个有老虎伍兹签名的高尔夫球就让刘杰十分高兴，这种真心交朋友的沟通方式才是牢固的，能起到四两拨千斤的效果，而不是建立在利益交换的基础之上的沟通。

徐正问道："傅华这些天都在干什么？"

见徐正问起傅华，林东就知道是要重新启用傅华了，他虽然心里不情愿，可是眼前这个局面他却是应付不了，让傅华出来倒也是一个解决问题的办法，便说："他这些日子一直在休假，没来上班。"

徐正虽然知道傅华为什么不来上班，可领导的威风还是要要的，便说："他这算什么态度啊，他还是驻京办的工作人员，怎么能不来上班呢？还有没有组织纪律呢？你把他叫过来。"

林东不敢怠慢，赶忙拨通了傅华的电话，说徐市长到了北京，想要见他，要他马上赶到驻京办来。

接到电话，傅华马上就敏感地意识到徐正有事要叫自己去做了，肯定是贾昊和刘杰在什么地方难为了徐正，逼着徐正不得不低下头来找自己。

傅华有心不去，他这些天想过很多，虽然有些不舍，可是对这种被领导随意拿捏的滋味他实在是受够了，驻京办主任这个位置就有点像鸡肋了，他感觉应该就像杨修当初解读曹操鸡肋口令的意思一样，早日离开好了。

可是就算是要离开，也是需要跟徐正见见面交代一下的，做事总要做到有头有尾的。傅华便说："好的，你跟徐市长说一声，我马上就到。"

挂了电话，傅华想了想，并没有急着去驻京办，而是先打了电话给刘杰，他估计徐正这一次来北京最大的可能是来跑新机场项目的，如果徐正遇到了什么难题，肯定是在刘杰这里。

刘杰接通了电话，笑着说："傅老弟，找我干什么？"

傅华笑笑说："刘哥，我们市长找我，你知不知道是为了什么？"

刘杰笑了，说："他在我和周阳这里碰了钉子，知道疼了，才想起来找你了。老弟啊，你现在的情况我都知道了，我和贾昊的意思一样，咱们的兄弟岂能这么随便欺负？"

傅华笑笑说："谢谢刘哥帮我做面子了。"

刘杰笑笑，说："举手之劳。我听贾昊说你有不想干驻京办主任的意思，现在面子做给你了，你想怎么做就怎么做，不用顾虑我们。"

傅华哈哈大笑了起来，这刘杰身上总有些江湖气，让人感觉十分仗义。

了解了徐正为什么找自己，傅华心中就更有了底气，他收拾了一下，就回到了驻京办，在原来的办公室见到了徐正。

傅华见到徐正，笑着说："徐市长到北京了？"

徐正还要做一番领导的威风出来，冷冷地瞅了傅华一眼，说："傅华同志，你是怎么回事啊？怎么可以随便不来上班呢？"

傅华一副好整以暇的样子笑笑说："这是林主任体贴我，让我回家休息几天。"

徐正说："那也不能这么长时间不来上班，你忘记了你还是驻京办主任吗？"

傅华笑了，说："我还是主任吗？我记得是林主任告诉我市里面让他代理主任了。是吧，林主任？"

林东不知道该如何回答，说是吧，刚才徐正明明说傅华还是主任，直接否认了代理一说；说不是吧，可当时市里面明明说了这话的，他求救地看了看徐正。

徐正说："傅华同志，你让我怎么说你好呢？那几天你被检察院带走，市里面是说驻京办暂时先由林东同志管理着，这不过是一个紧急的应对措施，你回来林东同志的使命就完成了，你就应该把驻京办管起来。"

傅华可不想让事情这么含糊过去，便说："可是我回来林东同志明明告诉我，他被市里面正式任命代理主任了。"

徐正瞪了林东一眼，说："林东同志，你怎么可以说这种不负责任的话呢？什么正式任命，明明只是口头说在傅华同志回来之前让你临时负责一下，你怎么就拿着鸡毛当令箭了？"

林东还想争辩，却被徐正狠狠地瞪得把话咽了回去。

徐正又看着傅华，说："傅华同志你也是的，组织上什么时候正式下文免了你的主任了？你怎么一点分辨能力都没有啊？就这么听任驻京办的工作没人管理啊？"

傅华笑笑，说："闹了半天我还是驻京办主任啊，这我可真是没想到。看来徐市长说我一点分辨能力都没有还真是说对了，我这些天在家里休假也认真考虑过，像我这样没有分辨能力的人是否胜任这个驻京办主任的问题，想到最后，我觉得我确实不能胜任。原本我还觉得组织上不让我继续担任主任是很英明的，我也不需要再费事辞职什么的。没想到现在我竟然还在这个不能胜任的位置上，又有这么长时间没有管理驻京办的工作，更是不负责任。正好今天徐市长和林主任都在，我向二位正式提出辞职，也算对市里面有所交代。"

徐正愣了，他刚才批评傅华那些话其实是给自己找台阶下，只要傅华低低头，这个场面就过去了，傅华就可以重新坐回驻京办主任这个位置，一切又都可以重上轨道。这如果是遇到一个贪恋权位的人，顺着徐正给的台阶自我批评几句，场面就圆下来了。哪知道傅华对他这阴一套阳一套的做法已经反感透了，傅华感觉自己在驻京办主任这个位置上被人随意拿捏，这跟他的个性是不符合的，也就没有了留恋。

徐正脸颊不经意地抽动了一下，虽然已是满腔怒火，他也只能好言慰留。

徐正强笑了一下，说："傅华同志，工作可不是这么干的，不要被批评几句，就要性子要辞职什么的。我批评你，也是本着对工作认真负责的态度，语气可能是有些重了，可我也是为驻京办好嘛。"

徐正说完，扫了林东一眼，示意他赶紧说点什么来圆场。

林东领会了徐正的意思，赶忙赔笑着说："对啊，傅主任，你不要误会了徐市长的意思，他是对驻京办这一段时间工作不满意才提出批评的，这责任应该在我，是我没做好相关工作，让傅主任也跟着受批评。"

傅华笑了，说"徐市长，我不是因为你批评我而赌气，确实是认为我不适合再担任驻京办主任这个职务了，这是我经过深思熟虑才做出的决定。所以二位也不用劝我了，至于交接吗，林主任已经管理驻京办一段时间了，我想不需要再有什么交接手续了吧？"

徐正的脸色青了，他看出来傅华并不是开玩笑，而是很坚决地要辞职。这傅华真是混蛋，被搁置了这么长时间没提出来辞职，偏偏等到自己找到他的时候他要辞职。这家伙是不是看透了自己要求他了，才想趁机拿自己一把？

徐正质问说："傅主任，我有些奇怪，为什么你偏偏在我找你的时候提出要辞职，你是不是觉得驻京办离了你就不行了？"

傅华现在去意已决，徐正的喜怒对他来说就没有了什么关系了，便笑笑，说："我不是那个意思，这地球离了谁都是一样转的。我之所以现在辞职，是想能够清清楚楚地离开，我不想在自己被搁置的时候，想逃兵一样离开。现在组织上既然认为我没有犯什么错误，那我离开也就是光明正大的了。"

徐正说："傅主任，你以为海川驻京办是什么地方？驻京办是有组织纪律的地方，你可以说来就来说走就走吗？"

傅华被说得愣了一下，他原本以为自己提出辞职，虽然在这个时机上会让徐正有些别扭，可最终还是趁了徐正的心的，他一定不会阻拦自己的。没想到真的提出辞职了，徐正竟然会出人意料地不想让他走。不过事情已经闹到这个份儿上，现在就算徐正真心想留自己，傅华也没有留下来的打算。更何况就傅华对徐正的了解来看，他肯定不会是真心想留自己。

傅华说："徐市长，我去意已决。"

徐正说：“我不管你是不是去意已决，你是一名党的干部，应该知道党的领导干部辞职是有相关规定的，你应该根据干部管理权限，以书面形式向党委提出辞职申请。你向我提出辞职根本不符合规定，我也没权利批准或者不批准你的申请，所以你现在还是驻京办主任。”

傅华说：“那行啊，我会书面向市委提出辞职申请的。”

徐正说：“你提不提出，我不管，我只管你的辞职没被批准之前就还是驻京办主任，你要好好给我尽你应尽的职责。”

傅华愣了一下，徐正这话说在了理上，他还真是不能在这个时候甩手而去。这就是所谓的君子可以欺之以方，他们总是被一些所谓的道德规则束缚住了手脚，做什么都要从规则的角度去考虑。

傅华是一个很守原则的人，还真被徐正的话套住了，便说：“那好吧，既然徐市长这么说，我就在坚持几天，等市里面同意我的辞职再走。”

徐正说：“你做好自己的本分就好，丑话说在前面，这段时间你如果有什么失职，别说我处分你。”

徐正说完，再留下来也没什么意思，甩手而去。

傅华心里暗自好笑，他看了看林东，既然自己还要在这里做主任一段时间，就还需要在这里办公，便笑笑说：“林主任，不好意思啊，你看这办公室怎么办啊？”

林东尴尬地笑笑，说：“办，好办，我马上就将自己的东西搬出去，将傅主任的东西送进来。”

傅华不想在这里看着林东忙乱，说：“那好，你在这忙，我先去章总那里坐一坐。”

傅华就离开了办公室，去了章凤的办公室。章凤看到了傅华，笑着说：“怎么，被你们市长叫来了？”

徐正到北京之后住在海川大厦，章凤是很清楚他的行踪的。

傅华苦笑了一下，说：“没办法，人家说我还是驻京办主任，我只好回来了。”

章凤不屑地说：“不让你复职的是他，现在说你是驻京办主任的还是他。他官大，嘴也大啊？想怎么说就怎么说？”

傅华笑笑，说："那也没办法，谁叫徐正非要暂时留下我呢。不过，林东也不是那块材料，就算我不做主任了，市里面也不一定会用他。"

章凤说："其实，傅华，如果不是闹成这样，还是你做这个主任比较好一点，大家配合也比较好。"

傅华叹了一口气，说："我现在弄不清楚徐正阻拦我辞职的意图，再留下我怕会惹上什么祸事的。"

傅华又闲聊了一会，估计林东搬得差不多了，就回了自己的办公室。刚坐下就有人敲门，罗雨和高月走了进来。

罗雨高兴地说："傅主任，你总算回来了。"

高月也笑着说："对啊，我跟小罗都盼着你回来呢。"

傅华笑笑，说："你们别高兴了，我是回来写辞职申请的。"

罗雨和高月的脸都沉了下来，高月说："傅主任，你为什么要辞职啊？驻京办里该辞职的怎么也轮不到你啊。我们驻京办这些家当都是你置备的，你走了就舍得？"

傅华笑笑，说："小罗、高月，你们也应该知道我这段时间为什么没来吧？你们说我还能留下来吗？"

罗雨说："可是傅主任，你这一走，林东除了算计他那一点小利益之外，其他根本就顶不起来，你走了驻京办就又回到老路上了，别走了好不好？"

傅华笑笑，说："我也舍不得你们，好啦，我还会在这里待一点时间的。对了，你们俩准备什么时间请我吃喜糖啊？"

高月脸一下子红了，说："傅主任，这么些天没见，你怎么说起疯话来了？"

傅华笑了，说："好啦，我是希望能尽快吃上你们的喜糖的。对了，我回来这段时间你们工作上多注意一点，别被人挑毛病。"

傅华虽然回来了，可是徐正跟他之间闹得十分不愉快，徐正对傅华从检察院回来迟迟没有一个态度，他清楚知道这一次北京之行是白跑了，再留在北京也暂时无法让傅华去安排自己跟刘杰和周阳的见面，就算傅华给他面子安排了，见了面关系不能融洽了。他留下去没意思了，就在第二天匆匆离开了北京。傅华倒还是履行他驻京办主任的职责，亲自将徐正送到了机场，不过一路上两个人脸都板板的，没做过任何交流。

送走了徐正，傅华随即写了辞职申请，直接寄给了市委书记张林。

张林接到了傅华的辞职申请，心中有些诧异，他对傅华的情况还是了解一些的，知道这是一个很有能力的干部，接手驻京办以来，充分发挥了自己的能力，让原本一潭死水的驻京办变得十分有起色。建起了海川大厦，为海川请来了融宏集团，各方面对傅华的评价都很好。这样一个做得很好的干部怎么会突然提出要辞职呢？

这些年张林在海川政坛一直谨守自己的本分，尤其是在孙永和曲炜、徐正的政治争斗中小心保持着中立，这一来符合他市委副书记的身份，相比市委书记和市长来说，他掌握的可分配资源就相对较少，他需要在这两者之间周旋，不以两者为敌，才能站稳自己的脚跟；二来这不站在争斗两个阵营任何一边的策略，也让张林获得了最大的好处，在孙永和两任市长的争斗中，从来还没有一方占据绝对的优势，任何一方想要在争斗中获胜，都必须示好于中立一方，张林在借这种可以左右逢源的态势，也建立起了自己在海川的人脉网络。

到了今天，形势变了，张林成为了海川市的市委书记，成了海川市的一把手，再也不能像以往一样游离在市委书记和市长之间做中立派了。他是海川市两极领导中的一极了，不可能再中立，而且他想要做这两极领导中强的一极，以便为自己的仕途争取到美好的未来。

无论从能力还是年纪来说，张林都觉得自己应该拥有这个美好的未来的。

虽然都有争强之心，不过张林跟孙永还是有很大不同的，他跟孙永最大的不同就在于他是一个有自己个性有原则性的人，他也比孙永度量要大，能容得下像曲炜和徐正这样能干点事的市长。私下里他其实对孙永想方设法要挤走曲炜和徐正很不解，市长就是做得再好，也是在市委的领导之下的，市长的成绩加以必要的引导其实就是市委书记的成绩，为什么非要把他们当成对手呢？

在可能的情况下，张林认为他这个市委书记是很愿意跟市长合作的，但前提是这个市长不要骑到他的头上。

其实，一个城市的市委书记和市长，究竟谁是实际意义上的一把手有时候是很难说的，这要取决于两人各自的能力和个性。也有个性较弱的书记遇到了个性较强的市长，书记反过来让着市长的。也有市长本身各方面包括背景、能力等因素太过强势，书记根本就没有跟他争锋的实力的。

张林和徐正做同事也有些日子了，对徐正的个性基本上心中有数，徐正个性强硬不假，可是还没有强硬到不可控制的地步。张林心里明白只要策略得当，他还是能和徐正搭好这个班子的。

张林是知道如何对付个性强的人的，这种人是不能对他们加以太多控制的，相反要给他们适当的空间，让他们有自己表现的舞台。但是也不能一点都不加以控制，如果让他们过于独立，那他们会觉得工作取得的成绩完全是自己的功劳，也就不会愿意跟别人分享，当那个时候，不但自己这个市委书记领不到功劳，反而会造成相互之间的芥蒂。

最好的方式是市委书记对市长的工作从旁提供适当的帮助，出了成绩有自己一份，关系也能相处融洽。

所以张林是愿意跟徐正配合的，他知道只有配合好了，才能对自己的未来发展有利。

徐正眼下的处境也给张林提供了一个很好的机会，孙永没出事之前，徐正差一点就被挤出海川，现在孙永出事了，徐正虽然是留任了，可是海通客车项目已经已经把他闹得灰头土脸了，气势低落了很多，张林相信，在这个时候自己对徐正多支持一点，徐正一定会心存感激的。

张林知道傅华算是徐正手下一个得力的干将，徐正来海川做的几件大事，都是与傅华相关的，因此接到了傅华的辞职申请，张林就不得不慎重些。

张林就把徐正找了来，把辞职申请给徐正看了，笑着说："老徐啊，你知道这件事情吗？"

徐正笑笑，说："傅华这个同志啊，唉，叫我说什么好呢？前段时间海通客车出的那段事情张书记知道吧？"

张林说："这里面还有傅华什么事啊？"

徐正说："倒也没傅华什么事，不过因为那段事情傅华被检察院叫去协查了十几天，这十几天市里让林东暂时把驻京办管起来，结果傅华同志后来没事出来就对市里面有些误会了，觉得市里不应该让林东暂时管理驻京办，好像是想让林东取代他，就闹意见非要辞职不可。”

张林说：“我听说傅华这个同志还是有些能力的，不会这么不懂事理吧?”

徐正摇了摇头，说：“这个同志还是很有能力的，可就是心路不够宽，我前几天去北京，他当着我的面提出过辞职，被我批评了一通，我认为他还是有一定能力的，算是个人才，对我们海川市驻京办还是有一定贡献的，所以认真挽留了他一番。没想到他还是不肯打消辞职的念头，又把辞职信寄到你这里来了。”

张林看了看徐正，说：“那老徐你的意思是留他，还是让他走人呢?”

徐正还真认真想过这个问题，这还真是一个问题，无论做哪个选择，徐正的心里都不是那么舒服。最终，徐正决定还是先留下傅华。

徐正笑笑，说：“张书记，我是很不愿意傅华同志离开的，这个同志还是能干点事情的，走了对我们是一大损失。”

张林笑了，说：“这样的话，我们还是尽力把他留下来吧。”

不过傅华现在表现去意已决，表面上的挽留是没法让他留下来的，也许需要张林这个市委书记亲自出面才有可能将他留下。徐正说：“如果我们真要留下他来，怕是需要张书记你出面，我是有点无能为力了。”

张林也正有此意，他实际上并不完全相信徐正对傅华的说法，他跟傅华也是认识的，只是没有打过很深的交道，但是对傅华的情况多少也是听过一点的，这些情况给张林留下的印象根本就和徐正所说的不相符合。

有些时候张林宁愿相信他自己听来的情况，而不愿意相信像徐正这样级别的官员的说法。徐正这样的人已经算是老官场了，他们的话听的时候是需要多打几个问号的。因为像徐正这样的官员想表达的意图都有政治精算里面，往往是真真假假，都是从有利于他们自己的角度出发的。

在张林看来，事情绝对不是傅华对林东临时代理有了意见，而是徐正似乎在某些方面对傅华有了意见，又或者在某些方面给傅华找了什么麻烦，这才逼着傅华不得不选择辞职。

在曲炜做市长、傅华做秘书的时期，张林就了解傅华做事的风格，内心中是很欣赏傅华这种能干事、又有操守的干部的。他知道，现在这个社会要做点成绩出来，离了人才是不行的，二十一世纪什么最贵？人才。像傅华这样的人才是可遇而不可求的，张林当时就很想拥有一个像傅华这样的人才。可是以前傅华是曲炜重要的亲信，他没有机会将他收归麾下。现在机会来了，傅华和徐正闹别扭正好给了他一个良机。

当然事情还是有轻重的，如果徐正上来就说要让傅华走人，张林也是不会选择让傅华留下的，他这个时候刚成为市委书记，不好为了一个驻京办主任就跟市长直接对抗。所以，他先征询了一下徐正的意见，现在徐正表态说想留下傅华，这正是张林想要的，一方面这样做好像是在帮徐正的忙，另一方面他也可以趁机笼络傅华为己用，真是一举两得。

张林笑笑说："老徐你真是客气，既然是你需要用到的人才，我出出面也没什么啊。行啊，回头我找机会跟他好好谈谈。"

徐正看了看张林，他对张林这么说心里感到很舒服，看来张林对他还是比较尊重的。

一直以来，在徐正心目中，张林是一个比较平庸温和的人，在他到海川任市长这段时期，张林一直是在扮演一个老好人的角色，周旋在他和孙永之间谁都不得罪。说实话，徐正内心中其实是有些看不起张林这种墙头草做法的，一个大男人做事情瞻前顾后，没有一个爽朗的个性，根本就不是一个能挺直脊梁的男人。

徐正认为如果不是他跟孙永政治斗争，给郭奎造成了一个恶劣的印象，张林本来是没有机会坐到市委书记这个宝座上去的。虽然张林成了市委书记，徐正却认为张林并不是凭真本事上位的，因此对张林用这么谦卑的口吻跟自己说话便有些受之坦然，好像张林这个市委书记就应该是对他这么尊重的。

当然徐正现在也知道，自己目前的境况并不是太好，海通客车项目出的问题以及他跟孙永之间的政治冲突，让省里对他有了不好的看法，眼下正是需要夹着尾巴做人的时候，他也就没有什么自傲的资本，因此对张林也是需要尊重一些的。

徐正笑笑说："张书记愿意出面那最好啦。不过这个傅华确实有点倔强，心路也不宽，张书记到时候怕是要费一番口舌的。"

张林笑笑说："那我就耐心一点，多做一点工作，人才嘛，都是有些个性的。正好过几天我准备去趟北京，去见见一些老领导，到时候我跟傅华同志好好谈谈。”

徐正笑笑说：“张书记还真是惜才啊，傅华遇到了你真是幸运。”

张林笑了，说：“老徐啊，这不是傅华幸不幸运的问题。你们做同事已经有些日子了，互相也都了解。实话说组织上把海川市委书记这副重担放到我肩上，我是有些诚惶诚恐的，我知道自己能力有限，生怕力有不逮，搞不好海川的工作。你说我惜才，确实是，不过我这是为你在惜才，你能力强，我希望能留住对你有用的人才，你就可以把市里的工作搞得更好，你搞好了市里的工作，也就代表我也搞好了海川市的工作。我们俩的工作是相辅相成的，不是吗?”

张林这一番以交心的口吻的话，说得徐正心里很熨帖，便笑笑说：“张书记这话说得真是很正确，我们的工作确实是相辅相成的，是需要相互配合好才能做好的。”

张林笑笑，说：“对啊，我想孙永就是不知道这一点，才会让市委和市政府之间关系搞得那么僵。我们俩要认真吸取他的教训的，今后要多交流意见，就像今天傅华这种情况一样，什么地方需要我配合的，跟我说一声，只要是有利于海川市经济发展的，我这个市委书记一定会好好配合的。”

徐正满意地笑了，说：“有张书记这个态度，我想我们一定会配合得很好的。”

张林说：“那就让我们共同努力，将海川经济带上一个新的台阶。”

北京，再度进入到工作的忙碌当中，傅华在家休假那些日子的疲惫感都没有了，显得精力十分充沛，每天一早就爬起来，匆忙赶去上班。虽然他也明白自己这个驻京办主任能够担任的时间不会很久了，可是他还是全心全意地投入。

赵婷看到了傅华这个兴奋的状态，笑道：“你的辞职信都已经寄出去了，还这么积极干什么?”

傅华笑笑说：“做一天和尚撞一天钟，只要我还是驻京办主任，我就有责任管好它。”

赵婷说："你去忙吧，我也看出来了，你就是一个忙碌命，闲不下来，看让你休假那些日子给你郁闷的，我在旁边看你的样子都难受。我说，要不你不要辞职了，我看你现在的状态是最好的了。"

傅华笑着说："我就是无法像你那么闲散罢了。"

贾昊打来了电话，询问傅华的近况，傅华说了自己回了驻京办，继续当主任，不过已经正式跟市委提出了辞职的情况。

贾昊听完，笑了，说："小师弟啊，你这个态度怎么能行呢？你们市长随便这么一说，你就回去上班，你这叫什么辞职，我看你还是对这个驻京办主任有所留恋的。"

傅华笑笑，说："驻京办这里我还是很有感情的，一下子还真是无法做得太决绝了。好了不说这个了，周末有时间吗？我想约你和刘杰一起打高尔夫。"

周末，贾昊刘杰和傅华在高尔夫球场见了面，刘杰一见傅华，拍了拍他的肩膀，笑着说："老弟啊，我听贾主任说你正式辞职了，挺好的。"

傅华说："是啊，我也是有些受不了，不过暂时还需要忍耐一段时间。"

贾昊说："你今天找我们来，是不是想聊一下你未来的打算啊，你放心，如果需要我们帮什么忙的，只管言语一声，我和刘杰义不容辞。"

傅华笑笑说："那我先谢谢两位了。不过我今天约刘哥出来，倒不是为自己的事情，而是为了海川的事情。新机场立项的事情，刘哥你还得帮我们继续督促着啊。"

刘杰愣了一下，说："傅老弟，你这是什么意思啊？你是不是不打算离开驻京办啊？"

傅华笑笑说："驻京办我肯定是要离开的，不过新机场项目关乎我们海川市未来的发展，我不能因为跟徐正闹别扭而把这个好项目耽搁了。"

刘杰说："傅老弟，你这么说就不对了，我们没有故意去为难海川市，一切都还在正常审批当中，只是没有你的参与，进度可能慢一点。不过，这才是正常的进度，你的离开并没有影响什么。"

傅华说："我知道，可是时间不等人的，有刘哥的督促，我们的新机场落成的不是也会早一点吗?”

贾昊说:“你管那么多干什么,反正你也离开了。”

傅华说:“这件事情以后的事我就不管了,可是新机场一开始我就跟着跑,我还是想有一个结果,就算我留给海川驻京办最后一点念想吧。”

刘杰笑着摇了摇头,说:“你这话应该说给徐正听,我有些时候对像徐正这样的官员究竟是怎么想的真是感到不解,对傅老弟这样一心为了单位着想的属下,应该更加重视才对。”

贾昊笑笑,说:“这有什么费解的,小师弟是一心为单位着想不假,可是他并没有一心为徐正着想,某些方面还可能惹到了徐正,他自然是必欲除之而后快了。”

刘杰冷笑了一声,说:“一个单位中不管怎么样,是需要保留住一些能做事的人才的,不然只留一些庸才在里面,这个单位也是不能有很好的发展的。徐正连这个都想不明白,真是愚不可及。”

贾昊笑笑,说:“小师弟啊,我们还是讨论一下你未来的动向吧。你上一次跟我说想要做什么连锁酒店,考虑好了吗?”

傅华笑笑说:“这个想法现在还不很成熟,我是受顺达酒店经营方式的启发,就想是不是也可以像顺达酒店一样,用一个统一的模式、统一的经营方式,在全国各地开设一批连锁酒店,规模化经营,我想盈利前景一定很可观。”

贾昊笑笑说:“那顺达酒店岂不是成了你的竞争对手?”

傅华说:“我不会去经营像顺达酒店那种豪华酒店的,我想经营价格相对低廉的低档酒店,但是又不能像普通旅馆那样低档,服务对象就是那些有一定消费能力却还不能承担豪华酒店消费的人群。这个消费群体我想一定很大。”

刘杰笑了,说:“我明白了,你想经营经济型酒店,这个国内已经有人开始做了,前景不错。”

傅华点了点头:“对对,刘哥说的经济型酒店这个词正好符合我的定位。”

贾昊说:“小师弟啊,你这个设想很大啊。”

傅华笑笑说:“我想中国经济正是方兴未艾之时,这种酒店的需求肯定很大，而经营者尚少，倒是可以插一手。”

傍晚临近下班的时候，苏南的电话打了进来，问傅华晚上有没有什么安排，傅华说没有，苏南说：“那跟我走吧，我就在你楼下。”

傅华赶忙跟赵婷打了一个电话，说晚上不回去吃饭了，就匆忙下了楼，看到苏南的车就停在楼下。

上了车，傅华看了看苏南，苏南还是那样显得卓而不群，有着一种出世的淡定。

傅华猜测苏南是为了新机场项目而来的，上来就直截了当地说：“苏董，可能你还不知道，我最近跟我们市长之间闹得很不愉快，以后在新机场项目上我可能帮不上你什么忙了。”

苏南笑了，说：“傅华啊，我在你眼中就只是一个生意人吗？我不能算是你的朋友吗？”

傅华笑笑说：“不是，说实话，我很愿意跟苏董这样的人做朋友。”

苏南笑笑说：“那你上来就跟我说什么不能帮我的忙了，似乎我这个人眼中只有利益二字。跟你说，你的情况我都听徐筠说了。前些日子我都在外地，今天才回来，就来看看你。”

傅华看了看苏南：“你认识徐筠？”

苏南点了点头，说：“她父亲是我父亲的老部下。”

司机发动了车往外走，汽车一路出了北京市区，进了郊区的山里，道路两旁都是茂密的树木。

傅华问道：“苏董，我们这是去哪里？”

苏南说：“我朋友在这里有一个沙龙，私人性质的，我们一起去玩一下。”

傅华并不十分明白这沙龙是指什么，不过苏南带他去的，肯定能够不会是什么差劲的地方。

汽车在一片工厂前面停了下来，傅华看看这工厂外边粗糙的墙皮，心里暗自有些诧异，这算是什么沙龙啊，跟他心中想象的很不一样，不过这个工厂占地面积很大，在郊区的山里拥有这么大一个工厂也是需要很大的财力的。

苏南和傅华下了车，往工厂里走，边走苏南边交代说：“傅华，这里可以随便一点，就是私人聚会聊天的地方。”

到了工厂的门前，门开了，一位三十岁左右的女人站在门口，笑着对苏南说："南哥，我可是好长时间没看到你了。"

这个女人圆圆的脸，眼睛大大的，说不上是很漂亮，但气质高雅，跟苏南相对而站，亭亭玉立，气势上竟然丝毫不逊于苏南。

苏南笑笑，说："晓菲，我最近都在外地，所以没能经常过来。来我给你们介绍，这是我朋友傅华。这是沙龙的女主人晓菲。"

傅华笑着跟晓菲握手，说："你好，冒昧打搅了。"

晓菲上下打量着傅华，笑笑说："你好，欢迎。"

晓菲就把苏南和傅华迎进了沙龙里，傅华看到主人对工厂的内部进行了装修，保留了工厂内部原有的铁质的楼梯和骨架，墙壁上挂着一些西洋油画，灯光朦胧，既有古典风格，又保留了原来的工业气息，让整个沙龙充满了一种对立性的矛盾。

工厂里散落放着几组沙发，沙发上已经坐了几个人，有人看到苏南，向他招招手，算是打了招呼，并没有刻意站起来，显得十分随意。

晓菲带着苏南和傅华也到沙发上坐下，看了看苏南，问道："南哥，你们喝点什么？"

苏南说："给我来一点苏格兰威士忌吧，你呢？傅华？"

傅华说："我也一样吧。"

侍者送过来三杯威士忌和几碟佐酒的小菜。

傅华看着这情形，笑着对苏南说："我这还是第一次到沙龙来，原来沙龙是这个样子的。"

苏南笑笑说："沙龙是跟西方人学的，其实就是一种社交的方式，据说第一个举办沙龙的是法国的一位侯爵夫人，她厌倦了宫廷里繁琐呆板的交际，就在自家客厅举办沙龙，都是一些志趣相同的朋友，聚会一堂，一边喝着饮料，一边山南海北地聊天。晓菲是留过洋的，就把洋人这一套搬了回来，买了一个工厂改装了一下，作为聊天的场所，其实就是小圈子里的一些好友不定期的聚会而已。"

晓菲笑着看着傅华，说："南哥还是第一次带人加入这个圈子，方便我问一下傅先生是做什么的吗？"

傅华笑笑，说："说起来不值一提，我是海川市驻京办的主任。"

晓菲颇感有趣地看了一眼苏南，然后笑着说："没想到傅先生还是一位官员。"

苏南说："晓菲，我跟傅华只是觉得很投缘，是朋友，你跟他还不很熟悉，熟悉了你就知道，他是一个很有意思的人。"

晓菲应了一声，并没有进一步说什么。

傅华从晓菲的神态中隐约可以看出，她实际上对自己的身份是有些不屑的，依他的估计，能在这个沙龙做客的非富即贵，而且是苏南这种身份的人的圈子，更是不可小觑的人物。

傅华虽然心知这些人物平常自己就是想要高攀都是高攀不上的，可是他心中并没有受宠若惊的意思，相反他对晓菲对他身份不屑的态度还有些反感，对这种关起门来自己装高雅的做派感到很可笑。

傅华笑笑，说："苏董啊，你就是带我到这种地方来散心啊？"

苏南看了傅华一眼，问道："我想你应该能适应这里的气氛吧？"

傅华笑着摇了摇头，说："苏董你真是高看我了，这里是你的圈子，你跟你的朋友气味相投，自然在这里是感觉最舒服的。"

苏南说："你不也是我的朋友吗？我觉得你在这里也应该感觉很舒服。"

傅华笑笑，说："我跟苏董是朋友不假，可是我们这种朋友跟这里的朋友是不同的。我如果猜得没错的话，如果是在外面遇到，我这样一个驻京办主任的小角色，你的这些朋友根本懒得理我吧？"

看傅华敢这么对苏南说话，晓菲对他开始有了兴趣，笑着对苏南说："南哥，你说的还真不错，这位傅先生还真是有意思。"

苏南笑笑说："傅华确实是一个很适合做朋友的人，所以我才把他带到你的沙龙来。"

晓菲看了看傅华，笑着说："傅先生，我这里有什么让你不自在的吗？"

傅华笑笑说："看得出来，你这里什么都很随意，是在刻意营造一份轻松的气氛，可是你们跟苏董一样，举手投足之间都有一种很自然的优越感透出来，给以一种强烈的压迫感，这绝非能够让我放松下来的场合。"

晓菲笑笑说："你不觉得这就是你的自卑心在作祟吗？我们在这里都觉得

很轻松啊，没人要去给别人什么压迫感的。我也没觉得自己有什么优越感啊！”

傅华笑笑说：“你们是觉得轻松，因为这里是你们熟悉的环境，有你们熟悉的朋友，但是你们这些人平常日子都自觉优越，内心中就很自觉地把自己看成了比别人高一等的人物。就像我跟苏董进入这个沙龙，晓菲你实际上是在用审视的目光在看着我，你在审视我是否配得上进入你的圈子，你不自觉地就把人分成了几等，而你的圈子可能在你心目中的级别很高的，我并不是配得上进入的，只是你尊重苏南，不想把那种不屑表现出来而已。”

晓菲笑了，说：“傅先生，你这人真是越来越有意思了。我记得以前有个人说过，人过于自卑了，反而会成为另外一种表现形式——自傲。你是不是就是这样子的，心理极度自卑，就刻意表现出看不起我们的自傲来？”

傅华笑笑，说：“我不知道你是怎么想的，其实我并没有什么看不起你们的意思，相反，我很羡慕你们身上这种似乎对什么都不在乎的从容和优雅，这种从容和优雅是我怎么学也无法学会的。只有从小在优渥的环境中长大的人才会有这种气质，而我自小家庭环境艰苦，就连满足日常生活的需要都很困难，想有你们这种优雅和从容是不可能的。如果你认为这是一种心理上的自卑，那我也没办法否认。不过，反过来说，如果把你放到我习惯的环境中，相信你也会格格不入的，是不是你也是在自卑呢？其实我认为这不能算是什么自卑不自卑的，只是不同圈子的人凑到了一起，心里有些别扭而已。”

苏南笑了，说：“傅华啊，你这么说，我就有些不好意思了，是啊，我是觉得我在这个圈子里很随意、很舒服，就认为你的气质跟这个圈子很贴近，带你来你也会感觉很舒服、很随意的。看来我这么想是有些自以为是了。”

傅华笑笑说：“苏董，你不用感到歉意，你也是一番好心，我在这里其实也无所谓的，随便怎样都能消磨一个晚上，只是主人心中不要添堵就好了。”

苏南看了看晓菲，笑着说：“晓菲，你真的介意我带这个朋友来吗？”

晓菲略微有些尴尬地笑了笑，说：“南哥，我怎么会介意你带朋友来呢？”

傅华只是笑着看了看晓菲，他心知这个女人此时肯定很不自在，一个自以为优雅的人是不能表达出来对客人的嫌弃的，尤其是这个客人还是她一向很尊重的人带来的，偏偏这个客人还不知趣地点出了这一点。傅华内心中并不想让她难堪，便伸手拿起酒杯，喝了一口酒，目光就转向别处，去看墙上的壁画了。

晓菲再坐下去就有些没意思了，正好外面又有车来，她就端起自己的酒杯，笑着说："南哥，傅先生，你们聊，我去接一下朋友。"

晓菲站起来，离开了。苏南看着傅华，笑着说："你让晓菲很不自在啊。"

傅华也笑了，说："这不应该怪我，要怪也只能怪苏董，你不知道她的这个沙龙来往的都是些什么人吗？你没看到我说我是驻京办主任她是什么神态吗？大概这个圈子里还从来没加入过像我这样的人吧？"

苏南环视了一下来的人，笑了笑，说："你说得对，这个圈子里还真是没有像你这样的人。傅华，你真的不自在吗？如果真的不自在，我们就换个地方。"

傅华笑了："我没什么不自在的，我只是看不惯晓菲的那种态度而已。换地方就不必了，这里给我一种很新鲜的感觉，更何况这苏格兰威士忌真的很不错，换一家不一定能喝上这么纯正的。"

苏南呵呵笑了起来，说："这倒是真的，晓菲对这里用的东西都是注意的，不是纯正的东西她是不用的。"

两人碰了一下杯，喝了一口，苏南说："傅华啊，你今天不说我还不觉得，本来我觉得自己很平易近人了，叫你一说，我还真是觉得我不自觉地就有一种高人一等的做派。其实我一向是很反对这种做派的，人都是平等的，没有谁比谁更高级一些。"

傅华笑了，说："苏董，我不是要故意要驳你，你说这话本身就是因为你有一种不自觉的优越感，试问你不是自觉比别人地位高一等，你又怎么能说出这种话来？我想那些自觉地位低下的人除非是抗争，否则是很难说出这种话来，因为他们认为自己并没有什么身份来讲这种话。"

苏南笑笑，说："真是这样吗？不过我是真的认为人是生而平等的。"

傅华笑了，说："这话由你说，我觉得特别的虚伪，人真是生而平等的吗？你这个跟我平等的人从生下来那一刻起，享受了多少特殊的权利啊？你在这里轻松地说着人人平等的口号，似乎给人一种幻觉，只要努力，谁都可以争取到平等的权利，实质上他们就算努力一辈子，也是无法享受到跟你平等的权利吧？"

苏南摇了摇头，笑着说："你说的也有道理，我其实也不想这个样子的，很多时候不是我在追究什么特权，而是别人就把特权给你送上门来了，你推都推不掉。"

傅华说："这也是没办法的事，毕竟中国经历了两千年的封建社会，对权力的膜拜根深蒂固。其实当初那些前辈和先烈们之所以革命，也就是为了争取平等，可是等他们成功了，他们又成了权力的拥有者了，人们又转而膜拜他们，就是他们本身反对什么特权，他们还是或多或少的拥有者特权，这似乎是一个轮回。"

"轮回，什么轮回啊？"晓菲接完了朋友，又走了回来，听到了傅华最后一句话，就问道。

苏南笑笑说："傅华在说我们的先辈当初为了争取平等而奋斗，现在成功了，却成了特权的实质拥有者，这是一个轮回。"

晓菲笑笑，说："傅先生是要声讨什么吗？"

傅华心说这个女人肯定很喜欢苏南，不然刚才都那么尴尬了，她走开就不应该再回来了。

傅华笑笑，说："你误会了，苏董刚才跟我在探讨人人平等的问题，我说这个问题由他来说显得特别虚伪，因为他本身就是特权的享有者。我只是告诉他一个事实，并不是说我要去声讨什么。"

苏南笑着问："晓菲，你觉得呢？"

晓菲笑笑，说："南哥，我现在觉得这位傅先生越来越有意思了。"

晓菲回避了问题，傅华笑着摇了摇头，他知道这个女人不如苏南那么直率，他不说话了，又拿起杯子喝起酒来。

苏南也拿起了杯子喝酒，两人都不说话了。

晓菲笑笑说："傅先生刚才不是说得兴高采烈的吗，怎么这会儿不言语了？"

傅华笑笑，说："你要我说什么？我跟苏董能谈得很愉快，是因为我们之间很坦诚，有时候我的话说得很尖锐，苏董并不觉得冒犯，也从来不回避问题。"

晓菲看了傅华一眼，笑着说："傅先生言下之意是我不够坦诚？"

傅华笑笑说："刚才苏董问你的看法，你却说我这个人很有意思，你这不是在回避问题吗？虽然我不知道晓菲你是什么来历，但你既然是苏董圈子里的人，我想你跟他的背景也不会差别很大，你实际上是跟他一样的特权享有者，或多或少，你也得到了像我这样的人得不到的特殊待遇。所以由你们这些人坐在这里讨论什么人文，讨论平等，可真是一件很滑稽的事。"

晓菲脸沉了下来，看着傅华说："傅先生，你这话说得可真是够直接的。"

傅华笑着耸了一下肩膀，笑笑说："那又怎么样呢，我到这个沙龙里来，本来就不是受主人欢迎的人物，而且我也只是苏董偶然带来的，下一次我来的几率几乎是零，我如果再有话不说，那要留到什么时候说呢？"

傅华说话的时候，晓菲一直直视着他的眼睛，傅华也并不畏惧，也是直视她，两人有些互不相让的味道。

傅华说完，晓菲忽然呵呵大笑了起来，傅华被笑得有些不自在了起来，看了看苏南，苏南也是一副不知道所以然的样子。

晓菲好不容易才止住了笑声，傅华看了看苏南，说："苏董，是不是我们到了要离开的时候，不要等着主人开口送客吧？"

傅华是觉得晓菲之所以这么笑，是她有些恼了，却又不好当着苏南面前发作，之后借大笑发泄心中的不满。

晓菲摇了摇头，说："傅先生，我可没撵客的意思。我只是觉得你这个人真是有很好笑。一个大男人，心眼就这么小吗？"

傅华愣了一下，说："我怎么心眼小了？"

晓菲说："我承认你刚才说你是驻京办主任的时候，我心中是有些蔑视你，你也确实是这个圈子目前来说接触的唯一的底层官员。这个是我不好，所以在你说我这个主人不很欢迎你的时候，我也没说什么。可是，你不至于一直因为这个就耿耿于怀吧？"

傅华笑笑，说："我没有耿耿于怀啊。"

晓菲摇了摇头，说："你有，你的话题一直针对着我，我是一个女人，你就不能有一点绅士风度，对女士给予必要的尊重吗？我这里是一个沙龙，本来就是一个聊天的地方，实话跟你说，你说的什么平等啊，特权啊，实在是平常得很，有的朋友在这里说的话比你要尖锐十倍不止，我和南哥都也没觉得怎么样，也更没有回避的意思。我说你有意思，是说没想到你这样一个官员还有这么愤青的思想，实在是少见，如此而已。至于让你浮想联翩吗？”

原来晓菲并不是回避问题，而是认为傅华的话根本就不值得评论，这下子换到傅华尴尬了，他干笑了一下，说：“看来是我不够有风度了。那对不起，我跟你道歉。”

苏南笑笑说：“好了，晓菲，你就别难为傅华了，他只不过说了几句实话而已。”

晓菲笑笑说：“南哥看不过去了吗？我不过跟傅先生开个玩笑嘛。好啦，我们喝酒。”

晓菲便端起酒杯，跟苏南和傅华的杯子碰了一下。

下面的时间，傅华变得不自在了起来，坐了一会之后，他就示意苏南要离开。苏南看出了他的局促，就和他一起站了起来。

晓菲笑笑，说：“再坐下去傅先生可能会更难受，我送你们出去。”

傅华越发有些不好意思，就和苏南往外走，晓菲跟在身后，到了门口，苏南回头说：“好了，晓菲，别送了。”

晓菲并没有回答苏南，而是看着傅华，忽然说道：“傅先生，方便留个电话吗？”

傅华愣了一下，说：“你要我的电话？”

晓菲笑笑说：“说不定我会邀请你再来我的沙龙的，我可不想给你留下一个很小气的印象，好像我这个主人不欢迎你再来似的。再说，哪天我想找人吵架了，你倒是一个很好的人选。”

傅华干笑了一下，说：“晓菲女士，我承认我今天有些小气，总行了吧？”

在回去的车上，傅华见苏南一直看着车窗外面不说话，便有些歉意地说：“不好意思，苏董，我今天胡言乱语了一番，是不是搅了你的兴致啊？”

苏南转过头来，笑笑说：“沙龙嘛，本来就是聊天的地方，山南海北胡侃本来就很正常，你说的也没太过分。”

傅华笑笑说：“我今天有点过激了，也有些自以为是，倒让晓菲看了笑话。”

苏南笑了，说：“你说的都是你真实的看法，很直率，很坦诚，你别听晓菲说这种观点在沙龙里很常有，其实没有几个人在那里敢讲这种真话的。倒是有人会说一些出格的话，不过那只是他们想标新立异，引起人的注意而已。”

傅华说：“那晓菲怎么说有人的观点比我尖锐十倍？”

苏南笑笑，说：“晓菲是沙龙的女主人，她这么说只是打击你，不想让你占上风而已。她这个沙龙有时也会邀请一些知名的学者去做客，可是那些人说的话题都很客气，没人会像你一样这么说着这么直率。你如果愿意，其实到晓菲的沙龙坐坐也不错，我是很喜欢的，在这里跟朋友随意聊聊天，心情就很放松。”

傅华笑笑说：“我还是不能在那里做到从容自如，所以日后除非苏董也去，否则我是不会去的。”

苏南笑笑说：“这就是你的心态问题了，境由心生，你给自己营造出了一个不自在的心境，你才会不自在的。”

傅华笑笑说：“不自在就是不自在，我可不想假装可以漠视别人的身份，给自己造一个自在的心境出来。”

苏南笑笑说：“那就没办法了，随便你了。”

苏南将傅华送回了笙篁雅舍，临走的时候说：“记住你还有我这么一位朋友，以后如果有什么需要，可以找我。不过，你有赵凯这么一位岳父，估计也不需要我帮什么忙。不过就是没事，也可以找我聊聊的。”

转天，傅华接到市委的通知，说是市委书记张林要到北京来，张林的秘书孔庆说，张林要到北京来见一些老领导，向老领导们请益海川市的工作。这还是傅华第一次在北京接待张林，虽然他已经提出了辞职，可辞职还没有得到批准，他还是开始认真的准备迎接张林的到来。

傅华对张林的印象很模糊，虽然他早就认识张林，可张林在任市委副书记期间，个性并不十分突出，在傅华脑海里，张林只有一副比较中性的笑脸，似乎他对每个人都是客客气气，说话都带着一副笑容的。

傅华知道像张林这样的领导并不是很好接待的，个性不突出，你就很难找到应对他最好的方法。

再是，傅华的辞职申请寄出去已经有些日子了，市里一直没有明确的答复，这也让傅华不知道究竟应该以什么样的立场来面对这个新任的市委书记。

在机场，傅华看到了张林，连忙快步迎了上去，笑着说："欢迎您，张书记。"

张林笑着跟傅华握手，说："还要麻烦傅主任到机场来迎接我，辛苦了。"

傅华笑笑说："张书记真是客气了，我们驻京办就是做这些工作的。"

傅华跟孔庆也是早就认识，孔庆跟傅华握了握手，神态上很是热情。

傅华将张林、孔庆接到了海川大厦，在海川大厦的大门前，张林并没有急着往里走，而是站在门前抬起头来看着海川大厦，赞许地说："傅主任，你把海川大厦建得很好啊，又气派又漂亮。"

听张林赞扬海川大厦，傅华心中就好像别人在赞赏他的小孩一样高兴，这里的一草一木都有他的心血的。

傅华笑笑说："张书记夸奖了，也不是我一个人的功劳，海川大厦是三方面合建的，顺达酒店和通汇集团也有出力的。"

张林笑笑说："不管怎么样，这座大厦叫海川大厦，是为我们海川市在北京竖起了一个地标，这很为我们海川市长脸。就冲这一点，你和驻京办的同志们都值得表扬。"

没有人不愿意听好话，张林这番话说出来，代表着市委对海川大厦建起来的一种认可，代表着市委对傅华前段工作的认可，傅华心中就对张林油然而起了一种亲切感。

晚上，张林、孔庆就在海川大厦的餐厅和傅华一起用餐，张林说："傅主任，我这一次想见见郑老，你能不能安排一下？"

傅华笑着说："应该没问题，我明天打电话问一下。张书记，我把驻京办的工作跟你汇报一下吧。"

傅华很想知道市委对他辞职究竟什么时候能够批准，因此想借汇报的机会，问一下张林。

张林笑笑，说："你不要急着跟我汇报，我虽然是入住在海川大厦，可你还没有领我参观驻京办和你的海川风味餐馆呢，没有调查就没有发言权，你是不是等我看完再说？好啦，不谈工作了，我们专心吃饭吧。”

张林没给傅华询问辞职情况的机会，傅华只好暂且放下，专心陪着吃饭。

第二天一早，傅华就跟郑老约好了见面的时间，郑老说让他们上午十点过去。傅华约好时间之后，就去陪同张林吃早餐，并把跟郑老约好的情况作了汇报。张林听完，笑笑说：“可以啊，正好我们也可以在去之前参观一下驻京办。”

吃完早餐，傅华就陪着张林到驻京办转了一下，张林对驻京办漂亮的工作环境很满意，笑着说：“傅主任啊，你这里的装修比我们市委都漂亮啊，真是不错。”

傅华笑笑说：“张书记，不是我故意想搞得这么豪华，实在是因为驻京办在海川大厦内，要跟海川大厦中的顺达酒店装修风格一致，不得不这样。”

张林笑了，说：“你别紧张，我不是说你这样不好，相反我认为你这样做很对。这里是京城，你们代表的是我们海川市的脸面，寒酸了也不行，否则你让有意去海川市投资的客商看了会怎么想啊？肯定会认为我们海川市经济实力不行。挺好的，就应该这样。”

参观完，傅华把驻京办的工作人员召集起来，让张林作指示。

张林笑笑，说：“我来这里只是看望一下大家，没什么指示。驻京办前段时间在傅华同志的领导下，工作开展得很好，这是傅华同志和大家共同努力的结果，很好，我很满意。说句老实话，我昨天看到海川大厦的时候，心中是感到很自豪的，这大厦就是我们海川驻京办同志们作出的成绩，比我预想的都要好，说明驻京办是一个很有战斗力的集体，值得表彰。”

林东也坐在驻京办的工作人员当中，他听着张林的讲话心中的情绪很是复杂，他知道傅华的辞职信寄出已经有些时日，可是市委迟迟没有批准，现在市委书记专门跑到驻京办来，对驻京办的工作提出表彰，话里话外的意思都是对傅华工作成绩的肯定，不用明说林东心里也明白市委是想挽留傅华的。可是傅华如果留任了，自己这个前代理主任将如何自处啊？傅华会不会对自己实施报复呢？

张林讲完话，看看时间，差不多该到郑老那里去了，便和同志们一一握手，离开了驻京办，去了郑老家。

张林见了郑老，笑着问郑老的身体状况，郑老笑笑说：“我老头子身子骨还硬朗，谢谢海川的同志们还这么惦记着我。”

张林说：“郑老您是我们海川的革命前辈，是我们海川的宝贵财富，您的健康对我们来说是很重要的。”

郑老笑笑，说：“你们的驻京办的同志对我的照顾已经很好啦，小傅常来看我，还要麻烦张书记亲自跑来，我这老头子真有些不好意思了。”

张林笑笑说：“我来，一是看望一下郑老，二是也想看看郑老对家乡工作有什么指示。我新接手市委书记，没多少工作经验，正需要像您这样的前辈多指点一下。”

郑老笑了，说：“我退下来也很多年了，不好再对地方上的工作指手画脚。”

张林笑笑说：“郑老客气了，您的经验丰富，我是应该来请益的。”

郑老说：“要我说点什么，我也没什么可指点的。不过听到孙永同志出事，我是很痛心的，这是一个教训，应该引以为戒。这让我想起当初陈毅同志当年有一首诗，七古《手莫伸》，我念给你听，共勉吧。”

郑老就朗声念了起来：

“手莫伸，伸手必被捉。
党与人民在监督，万目睽睽难逃脱。
汝言惧捉手不伸，他道不伸能自觉。
其实想伸不敢伸，人民咫尺手自缩。
岂不爱权位，权位高高耸山岳。
岂不爱粉黛，爱河饮尽犹饥渴。
岂不爱推戴，颂歌盈耳神仙乐。
第一想到不忘本，来自人民莫作恶。
第二想到党培养，无党岂能有所作？
第三想到衣食住，若无人民岂能活？
第四想到虽有功，岂无过失应惭愧。
吁嗟乎，九牛一毫莫自夸，骄傲自满必翻车。

历览古今多少事，成由谦逊败由奢。”

郑老的嗓音强劲有力，带着一种沧桑感，听得张林和傅华不禁心中油然浮起一股浩然正气。

郑老背诵完，张林一脸庄重地说：“郑老，您送我这首诗真是太好了，发人深省，回去我一定会把这首诗写下来，放在案边，时时提醒自己。”

郑老点了点头，说：“我们有些同志就是没有像陈老总这样的自律精神，才会沦陷深渊的。多读读这首诗是有好处的。”

第二章　留人才书记言而有信，再出山傅华实出无奈

傅华的辞职报告直接递到了市委书记张林手里，张林认为傅华是个人才，亲自跑到北京来挽留他。傅华在张林一番左劝右说之下，实在不好意思拂了他的面子，无可奈何留了下来。说心里话，对傅华来说，新机场的立项一直是他心心念念的，徐正根本就不懂他，为了家乡的发展他何曾松懈过？

回了海川大厦，在大厦的餐厅张林随便点了几个菜，和孔庆、傅华三人坐下来吃饭。吃完饭，张林让孔庆先回房间，自己要跟傅华单独谈谈。傅华知道张林可能是想跟自己谈辞职的事情，就领着他去了办公室。到了办公室，傅华泡上了一杯龙井，就坐到了张林的对面。

张林笑着问："你常去看郑老吗？"

傅华笑笑说："是的，郑老就是一个很有亲和力的老人，我们算是往年交了，我和老婆常去他那里蹭饭吃，他拿我们当家人一样看待。"

张林点了点头，说："不错啊，跟这些老人们相处就是应该这样。看样子，你辞职的事情没跟郑老说，对吧？"

傅华笑笑，说："对，这是我私人的事情，而且就算我辞职了，我也会跟郑老继续相处下去的。既然张书记提到了我辞职的事情，我能冒昧地问一下你对这件事情的看法吗？"

张林笑着看了看傅华："说，你想我怎么做？"

傅华笑笑说："我自然是希望市委能够早日批准我的申请。"

张林说："就这么坚决？非要离开不可了？"

傅华笑笑，说："张书记，你不明白的，我再留下去真的没意思了。"

张林说："怎么个没意思法？说说听听。"

傅华不想在张林面前去指责徐正，指不指责徐正也改变不了自己要离开的决定，便说："还真是不好向您解释什么，您就当是我人生有了更好的规划，为了我的未来，放我离开吧。"

张林笑了，说道："有什么不好解释的？不就是你被徐市长搁置了几个月吗？"

原来张林已经对驻京办发生的情况有了一定的了解，他知道要想说服傅华，必须是要掌握事情的真实状况，否则不但不能说服傅华留下，反而会激怒傅华。

傅华看了看张林，笑笑说："张书记既然知道事情的原委，那您就更应该理解我的立场，我真是不愿意再待下去了。"

张林笑笑，说："真是这样的吗？我怎么没这种感觉啊？相反，我觉得其实你乐在其中啊。你看你把驻京办管理得井井有条，又跟郑老相处得多好啊，这像一个要走的人吗？"

傅华笑了，说："张书记，您不要这样说，我现在还是驻京办主任，这么做只是恪尽职守而已。"

张林笑笑说："那你告诉我，你离开驻京办要去做什么？去赚钱吗？"

傅华说："我对未来真是有规划的，我准备离开后去做连锁的经济型酒店，我认为这个项目目前还是很有发展前途的。"

张林顺着傅华的思路往下说："要搞连锁酒店可不是一件容易的事，那你告诉我，你的资金从哪里来？"

傅华说："我准备先跟我岳父借用一部分资金，作为起步资金。后续资金我想可以采用向银行融资的方式解决。"

张林笑笑说："这真是你迫切想去做的事情吗？"

傅华说："真的是我迫切想要去做的事情。"

张林说："那你跟你岳父认真探讨过这个项目吗？"

傅华摇了摇头，说："这倒还没有。"

张林说："既然你这么迫切地想要去做这件事情，怎么你的辞职申请递出来这么长时间，竟然还没有跟你岳父探讨过？"

傅华笑笑说："我想等辞职这件事情确定下来，再跟我岳父谈。"

张林笑了，说："既然你觉得自己去意已决，就应该马上跟你岳父谈一下这件事情，你这么一再犹豫，是不是怕你的辞职还有变数？又或者说，你觉得有可能辞不掉？"

傅华愣了一下，旋即笑笑说："我倒没这么想过，我只是怕辞职的事情会有些周折，我贸然跟我岳父谈了，这边一时半会儿还无法摆脱，我就会很尴尬了。"

张林笑笑，说："自己的岳父又怎么会尴尬呢？傅主任，你想过没有，你跟你老婆结婚这么长时间了，如果你真的目标是赚钱，不应该早就想办法借助你岳父的财力另辟一番天地了？你之所以一直还坚持在驻京办，是不是说明你的人生目标其实不是赚多少钱、发大财之类的？"

傅华笑着摇了摇头，说："这一点被张书记您看出来了，我并没有想成为什么富翁，赚钱对我来说真的不是人生的第一目标。"

张林笑笑说："我还看出来一点，其实你是一个不愿意仰人鼻息的人，不到一定程度，你是不会主动向你岳父求助的，是吧？"

傅华看了一眼张林，他对张林看透了他心底所想有些惊讶，这个以前看上去像个老好人的市委书记原来也有其睿智的一面。

傅华说："张书记，这个我也承认，我确实不愿意轻易跟我岳父张嘴。不过事情逼到这份儿上了，我是非离开驻京办不可了，我又不能不顾我老婆的感受一切从零开始，也只好向我岳父开口了。这大概也是我迟迟不肯跟他谈的原因吧。"

张林笑了，说："什么叫事情逼到这份儿上了？谁逼你了？"

傅华冷笑了一声，说："张书记，你这话说得可就不客观了。你既然已经了解事情的来龙去脉，就应该知道我为什么提出辞职。是，我知道，相对于你们这些市委书记、市长来说，我一个驻京办主任级别低得可怜。但是我就是级别再低，也是国家的工作人员，也是一个堂堂正正的人。我应该得到起码的尊重，而不是别人想怎么拿捏就怎么拿捏的奴才。"

张林笑笑说："傅主任，你先别这么激动好不好？不错，这件事情你说的那个别人确实做得有些过分了，他现在也是知道自己错了，我也不认为他做的就是对的。可是，你也不能就这么冲动的要辞职啊？是不是你一遇到挫折，首先想到的就是当逃兵呢？"

傅华说："我没有想当逃兵，我只是看不惯某人的做法而已。他也没真心想要认错，他只是又用到我，这才不放我离开。"

张林笑着摇了摇头，说："这还不算逃兵吗？某人不过是小小难为了你一下，给了你一点气受，你就舍弃自己一手建立起来的海川大厦，仓皇而去。你如果遇事就是这样一个做法，我劝你也不要跟你岳父谈什么连锁酒店的发展计划了，我想你将来在社会上肯定会遇到比这更困难的难题，那时候你也转身逃跑吗？"

傅华说："当然不会了，我这个人并不是经不起挫折的。"

张林笑笑说："就连眼前这个我都认为没什么的挫折你都无法承受，又怎么能说你经得起挫折呢？"

傅华看了看张林，摇了摇头说："张书记，说到现在，我也看出来您的意思了，您是想留下我，我很感谢您这么看得起我，不过，您想过没有，我就算留下来，某人会怎么高兴吗？我和他之间是一种直接配合的关系，现在搞得这么尴尬，以后的工作又怎么顺利开展呢？"

张林笑笑，说："你这么说本身就是站在驻京办主任的角度上考虑问题了，这说明其实你根本就是不想离开的。"

傅华说："好吧，就算我是不想离开，那这种尴尬的局面您说我要怎么去面对？"

张林说："傅华啊，我们先不谈怎么去面对这个尴尬局面，我先问你一个问题，今天我们是一起去见郑老的，你在郑老身上有没有发现一种我们时下这些干部身上很缺乏的东西？"

傅华想了想，说："郑老很多优点是我们都不具备的。"

张林说："当然，郑老身上有很多东西是需要我们去学习的，但有一种东西是我们时下这些干部最缺乏的。你好好品一品，就知道了。"

傅华说："真要说，应该是郑老的认真和对党的事业的执著吧。"

张林说："对啊，就是这种对党的事业的执著，这就是一种信念。不知道你今天听郑老背诵陈老总的那首诗歌的时候是一种什么感觉，我知道我是肃然起敬的，郑老不是有着事业一定会成功的信念，又怎么会把这首诗记得这么牢呢？"

傅华说："我也是很敬佩郑老这一点的。"

张林说："作为我们这些干部，身上是需要有这种相信我们的事业一定会成功的信念的，如果没有这种信念，我们所做的这一切都是毫无意义的。实话跟你说，我接任市委书记之后，心里很忐忑不安的，为什么？我生怕自己不能担负起这副重担，生怕辜负了组织上对我的信任。不是跟你唱高调，我心中是有一种信念，那就是我一定要竭尽所能做好海川市委书记，要带动海川市工作全面进步。傅华，你愿意帮助我共同为这个信念而奋斗吗？"

傅华看了看张林，张林说的这些话太像某些干部嘴上常讲的套话大话了，他不会也跟那些干部一样，满嘴漂亮话，背地里却什么事情都做得出来吧？他不知道该不该相信张林。

张林看出了傅华的疑虑，笑了，说："我知道你在怀疑我心口不一，我也不逼着你就一定要相信我，我只是跟你说，我是这样想的，至于我今后做不做得到，你可以看我的行动。你现在就告诉我，你愿意跟我一起努力吗？"

傅华感到张林是真诚的，他也真心愿意张林就是他所说的这种干部，虽然这种干部现在越来越少，已经很珍稀了，可他还是愿意相信张林就是这种干部。他愿意普天下的干部都是这种干部，这是他的一个良好的愿望吧？

傅华点了点头，说："张书记，我愿意跟你共同努力。"

张林笑笑，说："我很欣慰，还是有跟我志同道合的同志的。既然你愿意跟我共同努力，那我真诚地希望你能留下来。"

傅华笑了，说："张书记，我已经跟你讲了我不能留下来的理由，您可是并没有给我一个解决这个问题的办法啊，这样子你要我怎么留下来？"

张林笑笑，说："问题不是已经解决了吗？"

傅华疑惑地看了看张林，说："张书记您并没有跟我说出一个真正解决问题的办法啊？问题又怎么就解决了呢？"

张林笑笑说："你如果像我一样，也有为了我们的事业蓬勃发展尽自己一份力量的信念，我觉得一点小小的尴尬真的不能算是什么问题。"

是啊，如果真有这种信念，再大的困难也是要去克服的，小小的尴尬真的不是什么问题，傅华笑了，说："张书记，我真是服了，您这种做工作的方法真是高明。"

张林笑笑说："傅华同志，我跟你说的这些都是真心话，我是真诚地想要你留下来。我们私下说，我认为这件事情徐正同志做得是有些过分了，你因此辞职我是能理解的，我曾经也是热血青年，在你这个年纪的时候遇到这种事情，我可能做得比你更决绝，可能甩手就不干了。不过，虽然是这样，你也不要期望我能在公开场合对徐正同志批评什么，我和徐正同志一起搭班子，如果我公开批评他，这班子里的团结就会成问题的。这是一个处世的策略问题。再说，如果我为了你去批评徐正同志，那更会造成你们之间的尴尬，是不是？所以在这一点上我希望你能谅解。”

傅华笑笑说：“我能理解您的处境。”

张林说：“其实徐正同志可能对搁置你这件事情也是有些后悔的，让我来做工作挽留你也是他的建议，只是他不想公开向你认错而已，所以我估计以后你们之间的相处不会太尴尬的。他总是一个市长，是你的上级领导，你得给他留几分面子。”

傅华笑笑说：“我对领导一向是很尊重的。”

张林说：“那就好。对了，我听说徐正同志前些日子来北京跑新机场项目很不顺利，约见了几位发改委的领导，都被拒绝见面了，是不是这个项目有了什么问题啊？”

傅华笑笑说：“没有哇，我前几天还和发改委的刘杰司长一起打高尔夫球来着，我问过他新机场项目，他说我们的项目进展很顺利。至于徐市长约他那件事情，这里面可能有点误会，刘司长还专门跟我解释了，说那几天实在是忙得不可开交，没办法出来跟徐市长见面，实在是不好意思，让我跟徐市长多解释一下。我当时跟他说自己已经提出辞职了，不过新机场项目还是希望他能帮我们继续督促下去。”

张林看了傅华一眼，笑笑说：“你这不是始终没忘记驻京办主任的职责吗？”

傅华笑了，说：“海川是生我养我的地方，不管怎么样，我我都是应该为它尽一份力量的。以前生活在海川我并没有觉得家乡的亲切，在北京住了这么长时间之后，我才感觉我骨子里还是习惯海川的生活的。”

张林说：“你有这种为家乡奉献的精神是很好的。你放心做你的驻京办主任吧，日后你再受到什么委屈，可以直接找我反映，只要我还是海川市的市委书记，我一定会尽力维护你的，当然前提是你没有做错事情。”

张林这是在做保护自己的承诺，傅华有些感动，这个市委书记事事都想得很周到，这让他彻底打消了辞职的念头。

傅华笑着说："谢谢张书记对我们这些基层干部的爱护。"

张林从随身的手包里拿出了傅华的辞职申请，递给了他，笑着说："这个你还是收回去吧，以后做事要冷静些，不要随便就提出辞职了。"

傅华笑着把辞职信接了过去，锁进了自己的抽屉里。

张林说："好啦，这件事情到此就算过去了。对了，你岳父的通汇集团也是海川大厦的股东之一，还有顺达酒店的老板，这都是跟我们海川市合作的人，我想见见他们，请他们吃顿饭。"

傅华说："顺达酒店的老板叫章旻，现在不在北京，这一次张书记可能见不到。不过他们的总经理章凤在，倒是可以见见。至于我岳父，我马上就打电话约他。"

赵凯接到了傅华的电话，愣了一下，说："你们新任市委书记要见我？"

傅华说："对啊，张书记想邀请您吃顿饭。"

赵凯笑了，说："你们市委书记对我这么客气，是不是你又被挽留了？"

傅华笑笑，说："被爸爸猜中了，张书记真心要留住我，我没办法拒绝。"

赵凯笑笑说："我看你不想拒绝才对，你根本就不想离开驻京办，只是想等人给你一个台阶下而已。"

傅华不好意思地笑了笑，说："我已经答应留下来，再来说这个就没意思了。爸爸，您有没有时间？"

赵凯笑了，说："到了北京，我就是地主，怎么好让张书记请我呢？今晚我做东，以尽地主之谊。"

傅华就把赵凯的意思跟张林说了，张林笑着说："这怎么好意思呢？本来是我要请客的。"

张林知道通汇集团的老板不会在乎一顿饭的，争下去反而显得不够大气，也就没再坚持，只是让傅华把赵婷也带去，他想见见。

晚上，傅华带着张林等人上到了国际饭店三楼，眼前是一座清末江南风格的大宅院，进得院来，鱼缸、太湖石、抄手廊、水池、花草、树木……错落有致，给人别有洞天的感觉。庭院内既有北方府邸的粗犷，又不失江南建筑的幽雅，这就是谭府。跟北京饭店一样的谭家餐厅一样，这里经营的也是谭家菜，不过似乎北京饭店的谭家菜源流更正宗些。

赵凯和赵婷已经等在这里了，赵凯热情地跟张林握手，笑着说："傅华事先也没跟我说张书记到北京了，突然就说张书记要请客，我说这怎么好意思呢，应该我请的。"

张林笑笑说："赵董真是客气了，通汇集团、顺达酒店和海川市都是合作的关系，我请请合作的伙伴也是应该的。"

赵凯笑笑说："那就下次再让张书记请客。来，张书记，我给你介绍，这是小女赵婷。"

赵婷上前笑着说："您好，张书记，欢迎您到北京来。"

张林看了看赵婷，回头对傅华说："小傅啊，你能娶到这么美丽的妻子，真是好福气啊。"

傅华笑笑，说："张书记夸奖了。"

张林又笑着对赵婷说："小赵啊，你把我们的小傅照顾得这么好，辛苦了。"

赵凯看张林上来就表现得这么亲和，对他的印象也很好，笑着说："张书记，我们到里面去坐吧。"

一行人就到包厢里坐下，包厢很类似四合院，很大，很有气派。赵凯把张林让到了右手边首席的位置坐下，孔庆跟着坐到了张林的右手边。章风坐到了赵凯的左手边。赵婷笑着坐在了章风的下手边，傅华做了副陪。坐定之后，赵凯让张林点菜，张林笑笑说："这里赵董比较熟悉，还是由赵董来点吧。"

赵凯就点了黄焖鱼翅、黑金鲍扣花菇、红酒鹅肝、蒜香银鳕鱼、上汤炖松茸等招牌菜，然后问张林喝什么。张林笑笑说："在座的有两位女士，我们就喝点红酒吧。"

赵凯和张林还是第一次坐到一起，不好在酒上争执，就让侍者开了法国红酒。

不一会儿，菜上来。国际饭店谭府菜有了很大的改变，采用的是中西结合的方式，红酒鹅肝等菜本身就是西餐，用餐形式也采用西餐的分餐方式。

赵凯端起了酒杯，笑着说："来，我们首先欢迎张书记到北京来。"

张林笑着跟赵凯碰杯，说："谢谢赵董的盛情款待了。"

酒宴算是正式开始了，张林在酒桌上丝毫没端什么市委书记的架子，十分平易近人，跟赵凯和章凤等人热情地相互敬酒，酒桌上的气氛十分融洽。

酒至半酣，张林端起了酒杯，笑着说："前段时间驻京办出了一点小的误会，让小傅同志受了些委屈。这杯酒我敬小傅同志和赵婷，表示一点歉意吧。"

傅华没想到张林会当众这么说，连忙拉着赵婷站了起来，说："张书记，事情已经过去了，我这边没事了，再说这也不是您造成的，这个我们两口子可是有点受不起。"

赵婷也说："张书记，傅华这边没什么的，怎么也不能让您表示歉意的，没道理的。"

张林也站了起来，说："这杯酒我一定要敬，小傅同志是为了驻京办做出了大贡献的，这样的同志组织是应该倍加爱护的，没有理由让他受委屈。虽然这件事情发生在我接任市委书记之前，可是我是有责任还小傅同志一个公道的。来小傅、赵婷，我敬你们。"

傅华和赵婷都有些感动，三人碰了杯，一起将杯中酒干掉了。

章凤笑着说："张书记，您真英明，幸好您当了这个市委书记。我们顺达酒店本来还有些担心傅华辞职了之后的状况呢，你们市里面也不知道是不是昏头了，让林东来接替傅华，他哪里是这块材料啊。您这一下子算是拨乱反正了，我们也可以放心跟驻京办合作下去了，来，我敬您一杯，祝我们以后的合作更加愉快。"

张林笑着跟章凤碰了杯，两人干了杯中酒。

酒宴结束，傅华先送张林回海川大厦，然后才回家。

傅华哼着小曲进了家门，赵婷将他的公文包接了过去，笑着说："小曲都出来了，是不是你们张书记给了你一口好气，把你激动的？"

傅华笑笑，说："张书记是对我不错嘛。"

赵婷脸沉了下来，说："你呀，就是好了伤疤忘了痛，被人家几句好话一糊弄，又要死心塌地地为他们卖命了。"

傅华看了看赵婷，说："怎么，小婷，你不高兴了？"

赵婷说："我当然不高兴了，你忘记你前段时间那郁闷的样子了？你知道我那时候看你的样子心里有多难受吗？"

傅华拉了拉赵婷的胳膊，赔笑着说："好啦，是我不好，不该把外面的情绪带到家里来，让你为我担心了。”

赵婷说：“我不是不愿意跟你分担，我只是不想看你那么难过，我觉得你最好是离开驻京办这个圈子，我不想再让你重蹈覆辙。”

傅华笑笑，说：“没必要吧，今天张书记你也见到了，我觉得他还是很真诚的，是可以信赖的。”

赵婷说：“你们徐正市长我也不是没见过，见了面也是笑眯眯的，说话也很客气，谁知道背地里他那么难为你。我觉得张林跟徐正也没多少差别。”

傅华摇了摇头，说：“不会的，他跟徐正完全是两路作风，你相信我，我不会看错的。”

赵婷苦笑了一下，说：“真拿你没办法。好啦，你愿意被别人戏弄就去吧，我看你也是舍不得你的驻京办，真不知道那个破地方有什么吸引你的。”

傅华笑着说：“谢谢老婆开恩了。”

赵婷笑着摇了摇头，说：“我就不开这个恩，你能真的听我的吗？算了，我也不想看你那不快乐的样子。”

傅华将赵婷揽进了怀里，用力地抱了抱她，说：“还是老婆你了解我。”

赵婷说：“你去继续做驻京办主任可以，不过你先要跟我去做一件事情。”

傅华笑笑说：“别说一件事情了，只要是老婆你吩咐的，多少件事情事情我都愿意去做。说吧，什么事情？”

赵婷笑了，说：“今天被你们书记忽悠了几句，你的嘴也变甜了。”

傅华笑笑，说：“好了小婷，别老说张书记了，他没你想得那么坏。你还是说说要我做什么事情吧？”

赵婷说：“我想让你陪我去见见那个王大师。”

傅华有些惊讶地看着赵婷，问：“你让我去见他干什么啊？我去做驻京办主任与他又没有什么关系。”

赵婷说：“怎么没有关系啊？当初你被检察院带走的时候，王大师跟我说你一定不会有事，有事也是在你从检察院回来之后，海川市政府那边会找你麻烦。我还记得当时他跟爸爸说是季孙之忧不在颛顼，而在宫墙之内。现在看来，他说的不都应验了吗？”

傅华说：“也许是碰巧了吧，这些神神叨叨的不是那么可信的。”

赵婷说：“能碰上也是他的本事，别人怎么不能碰上呢？傅华，我让你陪我去也不想做别的事情，就是想让大师帮你算算，看看未来再有没有什么灾难。我心中不想你再有事了。”

傅华看了看赵婷，说：“小婷啊，我怎么觉得你脆弱了很多，以前你不是这个样子的。”

赵婷说：“是啊，我也是感觉自己脆弱了很多，以前什么事情爸爸都能帮我解决，我觉得这世界上并没什么事情是需要害怕的。突然你出事了，爸爸无论去找谁都没办法打听出来究竟出了什么事，我这才意识到这世界上还有事情爸爸也是无法解决的，偏偏这件事情还关系到你的命运，你都不知道那几天我是怎样度过的。如果没有王大师那么肯定地告诉我你一定没事，我估计这会儿我疯了的可能都有。”

傅华心里被震动了，赵婷的心都系在他的身上，她完全是在为自己担忧，他抱紧了赵婷，说：“好了，小婷，你别说了，我跟你去，明天我让爸爸去约那个大师。”

第二天一早，傅华打了电话给赵凯，说想要和小婷一起去见见王畚。

赵凯笑了，说：“你对王大师不是不相信吗？”

傅华笑笑说：“我现在也是不太相信，不说别的，你看我们原来的市委书记孙永，他千里迢迢赶到北京求见了王畚，让王畚帮他推算了那么半天，想的不就是趋利避害吗？可结果怎么样？孙永现在银铛入狱，这也算趋利避害？”

赵凯笑了，说：“你这个说法可是有些偏颇的，你又不知道王畚跟他究竟说了什么，也许王畚让他注意什么事情他没有注意呢？这个责任可不能算在王畚头上。你既然这么怀疑，为什么还要去呢？”

傅华说：“不是我要去，是小婷要去，她见我重新要做驻京办主任，很担心，怕以后再有什么凶险的事情，我陪她去是想让她心安。”

赵凯说：“她有这个担心也是很正常的，去见见王畚也好。你的这个职业啊，每天都是在沟通关系，难免会受什么牵连，如果再有人在背后捣鬼，那真是很麻烦。”

傅华笑笑说：“看来爸爸也对张林不太信任啊，我觉得他这个人挺不错的。”

赵凯笑笑说："我也觉得他这个人挺好的，甚至有些太好了，让人有一种不真实的感觉。我在这个社会上形形色色的官员都接触过，像张林表现这么好的还真是第一次见。当然像你们徐正市长那样心眼窄的也不多见，大多数的官员也不是坏，他们算是中性吧，不好也不坏。"

傅华笑笑说："我也知道张书记这次来北京，展现给我们看的都是一个优秀干部的作风，这样的作风现在很少见了，很可能他只是做给我们看的，内心中并不是真的这样想的。但是我宁愿相信他的本质就是这个样子的，也希望这个社会这样的官员能够多一些，那样会更美好些。哪怕他只是在表演给我们看，只要他能自始至终都这样演下去。"

赵凯说："我也是期待这个社会能够多一些这样的官员，这是大家共同的美好愿望吧。"

傅华说："对啊，所以我才愿意接受他的挽留，跟他携手为这个社会贡献一份自己的力量。"

赵凯说："希望你不要看走了眼。好了，王畚那里我去帮你约。"

在机场送走了张林，傅华回到了自己的办公室，刚一坐下，就有人敲门，傅华喊了一声进来，就见林东低着头走了进来。

傅华问："老林啊，找我有什么事吗？"

林东干笑了一下，说："傅主任，我来是向你承认错误的。"

林东看这几天张林对傅华爱护有加，两人相处十分融洽，就知道这一次傅华再度被挽留。原本他以为傅华跟徐正闹得这么僵，就算是书记出面留傅华，傅华也是铁定要离开的，所以他对自己闹代理主任这一出并没有感到不安，这本来就是市里的安排，傅华又铁定要走，就算后继主任不是他，也没有人会找他的麻烦。可是现在事态变了，傅华重新获得了市里的信任，那他的处境就有些尴尬了，傅华肯定不能容忍一个造过反的人吧？当初傅华可是警告过他，再有什么不轨的行为，一定将他赶出驻京办的。

想来想去，林东决定主动找傅华承认错误，他知道傅华并不是一个心狠手辣的人，主动承认了错误说不定会给他一个留下来的机会。

傅华看了看林东，他大致也猜到了林东要承认什么错误，心底里对这个没有自知之明的家伙不免有些可怜，说起来这家伙为了驻京办主任也努力了很多年了，这一次再度功亏一篑，心里该不知道多沮丧了。

这个平庸却又热衷名利的家伙真是悲哀，机会一再出现在他面前，可他就是抓不住。就说这一次吧，林东但凡有点本事，徐正肯定会极力运作让他取代自己的，决不会再给自己什么留任的机会。

但是可怜之人必有可恨之处，这个家伙偏偏争名夺利之心太盛，这一次如果不是他急于抢占主任这个位置，自己也不会被休息几个月。

傅华笑了笑，他决定难为难为林东，故意装糊涂说：“老林，你什么地方做错了吗？”

林东尴尬地笑了笑，说：“傅主任，你看这一次你回去休息这段时间，很多地方我不该自作主张的，我有些越权了。”

傅华心说你岂止越权，你是抢班夺权，便笑笑说：“没有啊，我不在的这段时间你把驻京办管理得挺好啊，我听章总说你连酒店也想管理，积极性很高嘛。”

林东更尴尬了，他找不出能够为自己辩解的话，便低下了头，说：“傅主任，我知道错了，对不起。”

傅华没吭声，也不说好，也不说不好，只是看着林东。

林东被看得越发慌了，说：“傅主任，你大人不记小人过，我知道自己错了，你可不要赶我走啊。”

傅华笑笑说：“老林，有些时候我也在想，我在这里可能真的耽搁你的进步了，如果没有我，大概你已经是驻京办主任了。说对不起的是不是应该是我啊！可是我这一次暂时还不能卸任，如果你真的想进步，你看是不是这样，你看好市里什么位置，我来出面跟张书记说说，你在驻京办也辛苦了这么多年了，市里也该给你一个相对不错的位置作为犒赏。”

林东看市委书记张林对傅华的笼络劲，知道傅华此时如果真的要市里将他调走，市里一定会站在傅华一边的。他看了看傅华，可怜巴巴地说：“傅主任，你真的想赶我走啊？”

傅华笑笑说：“老林啊，我也不想的，可是你总是时不时跳出来跟我捣乱，你让我怎么办？”

林东低着头说：“傅主任，我知道自己错了，你再给我一次机会吧。”

傅华看林东偌大的汉子，在自己面前这副低头认罪的样子，心中也有些可怜他，摇了摇头，说：“老林，不知道你看明白没有，其实你当初来驻京办就是一个错误，如果换在别的地方，你可能早就上了一格了，可是这里，你是没有机会做这个主任的。”

林东说：“我现在明白了，我自身能力不够，根本就做不了主任，我愿意只做这个副职，跟傅主任配合好工作，绝对不敢再跟你捣乱了。”

看林东的这副可怜相，傅华忽然明白林东这样平庸的人是无法跟自己比的，他的人生路途上其实并没有更多的选择，他只有驻京办，能够接任驻京办主任可能就是他梦寐以求的仕途终点了。这不过是一个倒霉鬼而已，他为了这小小的驻京办主任已经付出了大半生的努力，现在竟然到了向对手摇尾乞怜的地步。想到这里，傅华便没有了继续挤兑林东的心绪，便冲着林东挥了挥手，说：“老林，你不用说了，这一次就算了，你愿意留下来就留下来吧。”

林东愣了一下，他原本还打算傅华会把他挖苦批评一番的，现在傅华轻易就放过了他，真是让他喜出望外，赶忙说：“谢谢你，傅主任，我今后一定好好工作，全心全意服从傅主任的领导。”

傅华笑着摇了摇头，说：“你也不用跟我表什么忠心了，你爱怎么做就怎么做吧，不是我看不起你，老林，就算我傅华把这个位置让给你去做，你也担不起来。”

林东虽然听着这话别扭，可是傅华刚刚放了他一马，他现在只有感激的份儿，便说：“傅主任真是了解我，我不是这块材料。”

傅华说：“行了，你回去吧。不过有一点我警告你啊，我不想再听到你跟顺达酒店有什么你个人牟私的事情，你个人如果在这方面出了什么事，我是不能放过的。”

林东脸红了一下，说：“我知道。我绝对不会这样做的。”

林东出去了，一会儿罗雨敲门进来了，傅华让他坐下。罗雨笑着说：“傅主任，我们真高兴你正式回来了。”

傅华笑笑，说：“我也很高兴又能跟你们一起工作了。”

罗雨说：“刚才林东一脸倒霉相从你这出去了，你训了他一顿？”

傅华摇了摇头，说：“他是主动找我承认错误的，我没训他，都是他自己在这里作检讨来着。老林这个人哪，让我说什么好呢？”

罗雨说："这家伙老是跟傅主任捣乱，你打算拿他怎么办?"

傅华笑笑，说："我不想难为他，就让他继续干他的副主任吧。"

罗雨有些惊讶地说："你就这么放过他了？你忘了他是怎么对待你的?"

傅华说："说实话，老林这人也挺可怜的，当初我如果不来驻京办，这个主任可能就是他的了。"

罗雨笑了，说："话不能这么说，他要是做了驻京办的主任，我们这个驻京办也就废了。"

傅华说："算了，反正他也威胁不到我什么，就留着他吧。"

傅华言下之意，林东实在不够实力做他的对手，就是捣乱也威胁不到自己什么。

罗雨说："这倒也是。"

傅华忽然注意到了罗雨语气中似乎微微带着一点失望，他有些意外，难道罗雨对林东这件事情上有什么企图吗？仔细一想傅华就有点明白了，林东如果留任，相对罗雨来说可能失去了一个接任副主任的机会，罗雨的仕途可能又要蹉跎一段时间了。

傅华知道，对于他们这些身在仕途的人来说，很多事情都是要注意的，尤其年龄是一个很关键的坎。按照不成文的惯例，每一个级别的职务都有一个可能被提拔的年龄段，过了这个年龄段，基本上就是意味着你已经失去了被提拔的机会。所以对于每一个追求进步的年轻人来说，要在多少岁做到什么级别，是心中必须计算的一笔账，每一年、每一步都是很关键的，往往一步赶不上，步步赶不上。

对于一个喜欢作诗的年轻人来说，也许他不会太热衷名利，可是不代表他不想追求进步，毕竟他也要面对很多现实的问题，现在的女朋友、未来组成的家庭，这些都逼迫着他要多考虑要如何发展自己的事业，从而获得更好的社会地位，为家庭创造更好的生活环境。所以罗雨也是蹉跎不起的。但有些时候，机会是有限的，林东如果不调离，驻京办就没有空位置，罗雨就是使尽浑身解数想上一格，也是不可能的，除非离开驻京办。

虽然罗雨失去了这个机会，不会因此就对自己心生怨艾，可是傅华希望自己的部属都应该有一个很好的发展前景，你不能给部属提供一个很好的发展前景，他们工作起来也没有动力，尤其他还很欣赏罗雨这个年轻人。

海川大厦开业以来，驻京办已经不再是在四合院租房住时期的小打小闹了，它的工作平添了两部分，一部分是参与酒店的管理，另一部分是海川风味餐馆的经营。再加上招商工作往更大范围去开展，傅华感觉到了现有人手已经无法应付现在全部的工作，他早就有了扩大驻京办现有规模的想法，而且驻京办现在多了两个财源，也足以支持他增加人员的想法。可是接二连三的事情发生，暂时让他这个想法没办法提出。

最主要的是，傅华很想增添一个副手，现在就林东一个副主任让傅华感觉很不方便，一来林东这家伙心中始终有着抢班夺权的想法，就影响了他执行自己指示的程度。二来有时候傅华很想越过林东去直接指示下面工作人员，可是有林东这一层在，他就有些不好越级指挥。三来，如果有两名副主任，就会产生一种相互制衡的结果，也方便傅华领导。如果能让组织上给驻京办增加一名副主任，又能让罗雨担任这一职务，对傅华来说就是一个很好的结果。这个倒要在适当的时候跟市里沟通一下，看市里能不能接受这个想法。

傅华笑着说："小罗啊，你觉没觉得我们驻京办的人手有些不够用了?"

罗雨说："是有点，我们现在的工作量加大了很多，目前驻京办这几个人应付起来很辛苦。"

傅华说："我现在有这样一个想法，你看是不是……"

傅华就讲了他扩大驻京办和准备增设一名副主任的设想，他在这个时候跟罗雨提出来自己的想法，是想给罗雨一个盼头，让罗雨有个奋斗的目标，从而提高他的工作积极性。

罗雨眼睛亮了，说："傅主任你这个设想是很不错的，我们也确实需要扩大规模了。"

傅华笑笑说："我想驻京办也不能局限在现有的状态上，我们海川市有很多拿得出手的产品，我们要把这些引进到北京来，让驻京办成为它们走向全国的桥头堡。那我们的工作范围就会更大了，这些回头我找个适当时机跟张林书记和徐正市长交流一下，为了驻京办更好地开展工作，市里面也应该多给我们一点支持的。"

罗雨笑笑，说："对，这也就是你傅主任有这种能力，林东他根本想都不用想。"

傅华笑笑，说："好好干吧，我想我们的驻京办会越来越壮大的。"

赵凯很快就约好了王畚，带着傅华和赵婷去了王畚家。王畚一看到傅华，就笑着说：“傅先生额头的乌云散去了，看来你的麻烦过去了。”

傅华笑笑，说：“确实是像大师所说的，我的麻烦暂时没有了。”

赵婷笑笑说：“大师，幸亏有您铁口直断，给了我一个定心丸吃，不然我真的不知道要怎么熬过那段时间呢。”

王畚笑着摇了摇头说：“小姑娘，不用这么客气了，主要是傅先生自己行得正走得端，这才没事。如果傅主任做了违法的事，我也是没办法帮他的。”

傅华笑笑说：“不管怎样，我和小婷都是十分感谢大师的。对了，大师啊，说起违法的事，您还记得上次来找您的那个人吗？”

傅华心中还是因为孙永的事情对王畚心存疑虑，他觉得王畚肯定没帮到孙永什么，孙永才会出了事的。

王畚笑笑说：“当然记得了，你是说那位孙先生吧？”

傅华笑了笑，说：“那位孙先生实际上是我们海川市的市委书记，现在他被抓了。”

王畚摇了摇头，说：“我当时就算出孙先生的命格是炎上格，命中有朱紫之贵，肯定是一位官场中的重要人物。可惜了，他还是没完全按照我跟他说的去做。其实他原本命格形势还是不错的，只要按照我说的去做，应该不会出什么问题的。”

傅华心中暗自好笑，他估计这个王畚大师肯定会把责任推到孙永本人身上，这是一些街头算命的惯用手法，灵验了就说你看我给你算的对吧，不灵的时候就是你自己没听我的话，肯定有什么地方没做好。

不过虽然不信，傅华还是很好奇当初王畚究竟跟孙永究竟说过些什么，便问道：“大师，恕我冒昧，您当时跟孙永说过些什么？”

王畚笑笑，说：“傅先生你心中还是在怀疑我吧？好吧，我说给你听一下吧。当时我给孙先生用奇门遁甲推演，得出一个阳三局甲辰壬天柱星值符惊门值使。我跟孙先生说纵观这个阳三局全局，他所求之事，目前形势虽然不明朗，但大势对他有利。不过天柱星形谨守宜，不须远出反营为。万种所谋皆利益，远行从此见灾危。天柱星，属金，小凶，凶星乘旺相气愈凶。惊门也是一凶门，主惊恐、创伤、官非之事。两者又都属金，又与孙先生的火命相冲克，是有些不利的。最后我提醒孙先生，有些人和事是要注意的，行谨守宜，不要远行。并送了孙先生一个字。”

傅华问道：“什么字啊？”

王畚说：“一个正派的正字，孙先生当时求我帮他解说这个正字是什么意思，老朽觉得真要解说给他听，会对他有所冒犯，因此执意不肯，让孙先生自己思考。其实就我来看，这个正字的含义再明显不过了，就算我不解释，孙先生这么聪明的人肯定会了解其中的含义。”

赵婷听到这里，笑着说：“对啊，我觉得这个正字很好理解，正直、正派、正统，无非就是这些意思吧？”

王畚笑笑说：“对啊，你看这个小姑娘都能理解得了，孙先生没有理由理解不了。老朽之所以给了孙先生一个正字，就是看出孙先生这个人做事为达目的有些不择手段，偏偏为他推演的这一局要求他行谨守宜，是要他行为谨慎，谨守本分，否则就会有官非。我看出他很难做到这一点，这才送了他一个正字，让他做事首先就要心正，只要心正，行为自然是本分的，自然就会避过官非的。”

王畚也许根本就没想到孙永并没有从字面上简单地去理解这个正字，他把这个本应该很简单的字复杂化了，他联系到了徐正的正字，把徐正当成他必欲除之而后快的眼中钉了。

这不知道是不是机缘巧合，还是冥冥中自有天意，孙永如果真的做到了行谨守宜，不去招惹徐正，也许就不能触发吴雯和他干爹寄出录像揭发他受贿，就算他不能进步，起码也可以保得住市委书记的官位。

傅华倒是并不知道孙永是如何理解这个正字的，但他是知道孙永自王畚这里回去，并没有做到什么行谨守宜的。相反孙永一反常态的动作频频。适逢百合集团和海通客车挪用公款一案爆发，孙永利用这个案子上下其手，又是动用检察院逼供，又是到省委书记程远那里告状，几乎将徐正挤出海川，没想到最后功亏一篑，孙永自己被人揭发，锒铛入狱。如果要说孙永没听王畚的话才导致了自己悲惨的下场，倒也是勉强可以解释的过去的。

不过，也许这些都只是一种巧合而已，只是时间点上碰到了一起。也就是恰巧在这个时间点上王妍揭发了孙永（傅华并不知道那份录像不是王妍寄出来的），王妍行贿孙永是早就发生了的事情，是随时都可能被引发的事件，不能把它就归咎为孙永没有行谨守宜，反而四下出击对付徐正才引发的。

傅华还是无法对王畚产生绝对的信任，他半信半疑。

赵婷却有些不耐烦起来，说："大师啊，别人的事情我不关心，现在傅华被人说服又要继续做他的驻京办主任，我想问一下大师，以后他会不会有类似前面发生的麻烦啊？"

王畚笑笑说："你不用担心了，应该没有的。"

赵婷说："大师啊，你连推算都没推算，又怎么知道就没有呢？傅华，你让大师帮你推算一下，不是有那个奇门遁甲吗？"

王畚笑笑，说："小姑娘，你别着急，傅先生也不用排什么局了，他并不信这个的，就算排了，也无法灵验。"

赵婷说："大师，你就没办法了吗？"

王畚笑笑，说："其实就算推算也不能保傅先生一辈子的，人的命运是在不断变化的，就像我们刚刚讨论的孙先生一样，排局的当时，形势是有利于他的。可是后来他的作为改变了这个形势，最终导致了他现在的下场。"

赵婷说："那怎么办呢？"

王畚笑笑说："小姑娘你也不用慌，上一次傅先生之所以到最后没事，并不是老朽帮他逆天改命的结果。得到这种结果的因傅先生自己早就种下啦。傅先生要想保自己一生平安，只要坚持自己以前的原则就好。所以我还把送给孙先生那个正字，送给傅先生，相信傅先生肯定明白我的意思了。"

傅华笑笑说："我明白，用心正，行为自然就本分，什么也不用害怕。"

傅华对王畚这个说法倒是很能接受的，他明白只要行得正，别人是害不到自己的。

王畚笑笑说："我就是这个意思，其实我常劝来找我的人，不要做坏事，因为有些时候一旦做了坏事，惩罚便无处不在，随时会来。即使眼下可以暂时没事，可是早晚会受到报应的。傅先生也是公门中人，我把这话着重讲给你听，希望你引以为戒吧。"

傅华神态严肃了起来，他觉得这个王畚还真算是一个有智慧的人，他的话也是应该谨记的，当然除了他的装神弄鬼那部分之外。

傅华说："大师，你这话我记住了。"

赵凯说："傅华，大师这句话你确实应该记在心里。小婷也不需要你赚多少钱，也不指望你做多大的官，只要你平平安安，不用她担心什么，就万事大吉了。”

傅华点了点头，说：“我知道了，爸爸。”

从王畚那里回来之后，傅华加大了对各部委沟通的力度，贾昊和刘杰为了给傅华壮声势，也动用了他们各自的人脉关系，帮助傅华在各部委跑新机场项目，目的只有一个，向海川市证明傅华的工作能力。

很快，在各方共同的努力之下，新机场项目用地通过了国家国土资源局的预审，从而又向发改委核准海川市新机场项目迈出了坚实的一步。

傅华第一时间得知了这个消息，马上就拨通了徐正的电话。

徐正自傅华闹辞职又被张林挽留之后，跟傅华之间一直很冷淡，傅华很想让这个好消息缓和一下他们之间这过于僵硬的关系。

又是徐正的秘书刘超接的电话，秘书往往是跟领导一个态度的，刘超接了电话，有些冷淡地说：“傅主任，有什么事吗?”

傅华笑笑说：“刘秘，我这边新机场项目有了重大好消息，我想直接向徐市长汇报。”

傅华之所以强调重大好消息，是想引起徐正的兴趣，让徐正亲自接电话。这些日子以来，他向徐正打过来的电话，都是刘超接的，有什么事情徐正都是让刘超转达。这对傅华来说也是很别扭的，他知道这样下去不行，自己如果还要做好驻京办主任，跟徐正之间的这块冰一定要融掉，而要融掉的第一步，就是要跟徐正本人说上话，如果连话都无法直接说，那关系是无法融洽起来的。幸好在傅华辞职的时候，他对徐正也没有直接提出过批评，两人起码还维持着一个表面上的客气，没有撕破脸，这就让缓和成为可能。

刘超说：“你等一下，我去看看徐市长能不能接你的电话。”

过了一会儿，徐正的声音从电话那头传了过来：“傅主任，新机场项目有什么进展了吗?”

傅华笑笑，说：“报告徐市长一个好消息，我刚刚得到通知，国土资源局已经通过了我们的用地预审，而环保部对我们新机场环境影响报告的审查也进展顺利，我想很快也会通过的。”

徐正还是很冷淡，说：“不错啊，你们工作很努力，继续加油吧。还有别的事吗?”

傅华听徐正的意思，如果没有别的事情他就要挂断电话，只短短说了几句话就结束，那他这一番的努力就有点付诸流水的感觉，而且丝毫没有对他跟徐正之间的关系起到缓和的作用。

为缓解两人之间的关系，这短短的几句话显然是不够的，不行，这个电话不能就这么挂断，傅华脑子一边飞快想着事由，一边说："徐市长……"

徐正有些不耐烦了，说："什么那个这个的，有事说事，吞吞吐吐的干什么？"

傅华忽然想到他设想的壮大驻京办的计划，倒是这个时候可以提出来作为话题，而且表面上还是自己主动向徐正请示工作，也表示了自己对他的尊重，赶忙说："徐市长，是这样，有件事情我想我想请求您的帮助。"

徐正愣了一下，然后笑了，说："我没听错吧？你要我帮忙？"

傅华笑笑说："对啊，您一向对我们驻京办的工作是很支持的，我想这件事情您一定会对我们大力支持的。"

徐正虽然对傅华有些芥蒂，可是他还是很享受傅华求他帮忙的这种感觉的，便说："你先别急着吹捧我，我帮不帮得上忙还说不定呢？说吧，什么事？"

傅华笑笑说："是这样，您也知道我们驻京办已经不是在四合院租房办公的阶段了。现在我们涉及的工作范围也与那时不可同日而语了。尤其是最近一个时期，我们一方面要跑新机场项目，另一方面还要维持海川大厦这边的业务，真是很辛苦。"

徐正有点不耐烦地说："你们的成绩我都看到了，就不用再这么表功了，有事就说事。"

傅华笑笑说："但是我们现在的人员还是四合院办公时期那么多人员，对增加了这么多工作有点应付不过来。您看能不能帮我们争取一下，让驻京办增加一些工作人员？"

傅华知道要给单位增加编制，徐正这边肯定是绕不过去的，因此就这个机会索性当面提了出来。

徐正听傅华提出这个要求，第一反应就是要拒绝，可是他随即想到也许这件事情对他来说并不一定就没有好处。

这一次傅华闹辞职，让徐正意识到目前在驻京办这一块，他还真是没有什么亲信可用的人，林东关键时刻根本就顶不起来，现在驻京办的重要性日渐显现，这块阵地不能全部交给傅华掌握，也许可以趁这一次傅华要求增加人员的机会往里面安插上自己的人。日后驻京办有了亲信可靠的人，只要能够替代傅华，就可以让这个人在适当的时机取而代之。

想到这些，徐正就有些倾向于同意傅华的意见了，不过他并没有急于就答应傅华，他怕答应得太快让傅华看出他的用心，而是说："你们现在的工作不是做得挺好吗？要增加人干什么？再说现在到处都在精简机构，这个时候提出来增加人也不合时宜。而且要增加人，财政就会增加一笔开支，目前市里面的资金很紧张，这不好处理。"

傅华听徐正虽然找了一大堆理由，可并没有一口回绝，就知道徐正这里还是有商量余地的，便赔笑着说："我们驻京办之所以能应付下来，全赖全体同志都在高负荷运转，这些同志都是好同志，都努力工作并且没有怨言。但是，要这些优秀的同志应付一时可以，我们没有理由让他们老是这么辛苦地超负荷工作，眼下这个问题到了必须要解决的时候了。至于增加人员的开支，我想可以从两方面解决，一方面市里拨一部分，另一方面我们也可以自己解决一部分。"

徐正说："你说的这个情况我也注意到了，这个事情我会帮你们争取的，你说得对，也不能让驻京办的同志们老是这么辛苦的。"

傅华笑笑说："那谢谢徐市长了，还有一件事，也跟这个增加人员有关。徐市长能不能再给驻京办配一名副主任？"

徐正笑了，说："傅主任，你不要得寸进尺啊。"

傅华说："是这样，现在驻京办这边事务日渐繁杂，我和林东两个人能力有限，有点应付不来，再增加一名副主任也有利于驻京办工作的开展。"

徐正倒没有想什么驻京办的工作开展，他想如果再增加一名自己人做副主任，倒是更有利于对驻京办的掌控，也可以减少驻京办对傅华的依赖。

徐正说："好了，情况我知道了，回头我跟张林书记说说，看看能不能帮你们解决。"

傅华笑笑说："那我先谢谢徐市长了。"

徐正说："先不用谢我了，看在你们用心跑新机场项目的面子上，我会帮你们尽力争取的。好了，我这边还有事，先挂了。对了，新机场项目审批虽然进展不错，可是你们不能自满，不能松懈，还要加把劲，知道吗？”

傅华放下了电话，他对跟徐正这一番的通话还是很满意的，徐正的态度虽然不是那么热情，起码跟自己也算讲了一段时间的话，有了这一次为基础，下一次他再要跟徐正直接汇报就不会太尴尬。傅华相信再有一次直接汇报，两人的关系会恢复些，虽然两人心中还是对对方有看法的。

这倒不是傅华非要巴结徐正，主要是因为傅华答应过张林，要跟他共同为了信念而奋斗，如果不能做好本职的工作，那他的答应实际上就没有一点意义。而要做好本职工作，跟徐正这边的关系就一定要处理好。傅华也知道他跟徐正始终是无法达到互相欣赏、合作无间的程度，但起码要维持表面的和气，维持到工作能够上通下达。

傅华相信，徐正可能也想维持表面的和气，毕竟他在某些方面还是希望借助驻京办的。

不过，傅华对徐正并不放心，徐正虽然答应帮自己争取，他内心中是怎么想的，自己无法弄清楚。

傅华拨通了张林的电话：“张书记您好，有件事情想向您汇报一下。”

傅华便把自己跟徐正刚才说的那些话又讲了一遍，张林听完，想了一想，说：“我这边没什么问题的，只要徐正同志提出来，我不会反对的。”

傅华笑笑说：“我知道张书记肯定是支持驻京办的工作的，不过有些事情还需要张书记帮我们把把关。”

张林说：“什么事情啊？”

傅华说：“是关于增配一名副主任这方面的事情，我考虑增设这名副主任，主要是想培养一名德才兼备，在关键时刻能够顶得起来的干部，即使我不在驻京办了，他也能把驻京办管起来。我们需要的是这样的人，因此我希望组织上能多从这方面考虑，从而决定相关的人选。”

张林笑了，说：“不要跟我绕圈子了，说吧，你看好谁了？”

傅华笑笑，说：“我觉得现在驻京办的办公室主任罗雨这个人不错，他年富力强，在驻京办工作了一段时间了，有很丰富的驻京办工作经验。我接任驻京办主任以来，他对我的工作帮助也很大，是时候给他加一点担子了。”

张林上次去北京已经见过罗雨了，便笑笑，说：“罗雨这个同志我也观察过，是棵好苗子，这件事情我记下了，我会认真考虑的。”

傅华说："那就多谢张书记了，如果有一个好助手，我的工作压力会减轻很多的。"

张林说："好好干你的工作吧，组织上会支持你的。"

通完电话，傅华脸上露出了笑容，他觉得这件事情是一个很好的试金石，通过这件事情能够试出张林究竟是否真心支持自己。张林应该很明白自己目前的处境，上面有一个别别扭扭的直接领导徐正市长，下面有一个时时想跟自己捣乱的副主任林东，如果再让徐正安插一个亲信来做副主任，局面就可想而知，不要说开展工作了，就是想要维持住自己的领导地位都很难。

张林肯定明白这个新增副主任的重要性，如果这个人是傅华选定的罗雨，那肯定会对傅华的工作有很大的助力，方便傅华更好地开展工作，他如果真心支持傅华，肯定会安排罗雨做副主任的，因为市委书记在人事方面是有很大的发言权的，但这个副主任由别人来做了，那就说明他说的那些什么信念之类的，完全是鬼话，是为了糊弄自己给他卖命而玩的把戏，那自己就要重新考虑眼前需要应对的局面了。

现在事情已经布局了下去，博弈已经开始，傅华真心希望罗雨能够顺利当上副主任，否则的话他要面对比以前更困难的工作局面。

下班的时候，傅华走出办公室，正看到罗雨和高月说笑着一起往外走，他忽然很想跟罗雨聊一聊，毕竟很多事情他并没有跟罗雨透彻地聊一聊，还不知道罗雨心里是怎么想的。

傅华叫住了罗雨，说："小罗，你和高月要出去吗?"

罗雨和高月停住了脚步，罗雨问道："我们俩要一起出去吃饭，傅主任，你有什么事情吗?"

傅华笑笑说："我有点事情想跟你聊聊，要不我请客，我们三个一起吃饭吧?"

傅华只是说要跟罗雨聊聊，高月很知趣，笑着说："傅主任，我跟罗雨也没什么事情，你们一起吃吧，我就不去了。"

傅华就带着罗雨开着车在附近找了一间餐馆，坐定之后，傅华笑着说："不好意思，小罗，耽搁你们幽会了。"

罗雨笑笑说："没事的，我们经常会一起吃饭什么的，不差这一天。"

傅华说："我看你们进展不错，什么时候领证啊?"

罗雨笑笑说："还没进展到这种程度。"

傅华笑笑说："不要把时间拖得太久，时间久了很多东西就会变得平淡起来的。"

罗雨笑笑说："傅主任为什么突然发这种感慨啊？是不是你觉得跟嫂子之间处的时间长了开始有些平淡了？"

傅华笑了，说："别往我身上扯，我只是告诉你一个经验之谈，差不多就赶紧把事情办了，也好早一点专心在工作上。"

话虽这么说，傅华心里却忽然一动，似乎他跟赵婷结婚这一段时间下来，两人之间真的开始变得平淡起来，赵婷现在虽然还是很黏他，可是也不像刚开始认识的时候，动不动就跑来驻京办找他了。婚姻生活也许真的进入平淡时期了。

罗雨笑笑说："谢谢傅主任关心，我会抓紧的。"

傅华笑笑说："我找你来，是想跟你聊一点正经事，还记得上次我跟你谈扩大驻京办规模的事吗？今天我分别跟张林书记和徐正市长谈了这件事情，两位领导对这件事情都很支持，认为我们驻京办确实也需要增加一些人员了。所以这件事情应该可以说是进入了落实的阶段。"

罗雨笑了，说："那太好了，我们驻京办又可以上一个台阶了。"

傅华笑笑说："我再透露个好消息给你，你知道吗，小罗，我感觉我到驻京办来这段时间，你一直跟着我跑前跑后的，对我的帮助很大。而且我感觉你这个人诚实可靠，很值得信赖，因此，我向张林书记推荐由你来做这新增设的副主任，当然前提是组织上同意增设这名副主任的职位。张书记对你的印象也不错，他虽然没有明确答应，可是我可以看出他的意思是趋向于同意你的。"

罗雨很激动，看着傅华说："谢谢傅主任这么看得起我，今后我一定努力做好工作，不辜负傅主任对我的信任。"

傅华笑笑说："你先不要急着谢我，这件事情还没有定案。我是很期望你能当上副主任的，有你从旁协助我，我工作起来也少很多后顾之忧。之所以我提前透露给你这个消息，是希望你最近一段时间一定要好好表现，千万不能出现什么差错。机会是给你了，你可要把握住。"

罗雨说："我知道傅主任的意思了，我一定会注意的。"

傅华说："这件事情你要注意保密，组织上没做出正式安排之前，变数还很多，你自己不要出去随便乱说，明白吗?"

傅华就随便点了几个菜，酒菜上来之后，开始领着聊一些轻松的话题。不过傅华注意到，虽然罗雨也在尽力做出一副轻松的样子，可是时不时有些走神，看来诗人的注意力已经被这个增设的副主任吸引住了。

吃完饭，傅华将罗雨送回了海川大厦，他在背后看着罗雨，罗雨一直低着头往大厦里走，根本就没有回头看傅华有没有离开。

傅华从罗雨的背影隐约可以看出，罗雨一副心事重重的样子，看来他已经开始考虑如何争取当上这个副主任了。

今天傅华之所以告知罗雨要增设一名副主任，而且自己推举了他，并不单纯是想让罗雨表现得好一点。他是想让罗雨自己也动起来，争取这个副主任。

傅华在这个时候想明白了为什么徐正会那么痛快地答应自己了，增设一名副主任是一把双刃剑，如果被徐正利用，安插了人来做，那将是自己下出来卡死自己的一步臭棋。徐正的政治经验比自己丰富，自己都想到的，徐正肯定不会想不到。所以傅华必须卡住这名增设的副主任的位置，他必须设法让罗雨成功接任。

傅华自己能够做的，已经都做了，希望罗雨也能动用起他自己的资源，争取副主任这个位置。这是傅华目前能够想到的最后一点招数了。

看到罗雨这副心事重重的样子，傅华心里有点不自在，他觉得自己不应该这样做的，也许等尘埃落定之后再让罗雨知道这件事情也不晚，他不知道把这个诗人拉进这场博弈之中是对还是错，是在帮他还是在害他。诗人的天空本来纯净简单得多，也许他对上一个级别不无期许，但是傅华相信罗雨并没有十分热切地要加入到这场博弈当中，他在驻京办中似乎表现得相对超脱很多。但是现在情形不同了，傅华把赤裸裸的诱惑放到了他面前，让他感受到只差一步就有升迁的可能，这个时候你再让他舍弃掉这个职位，不去努力争取，除非他是圣人。

罗雨当然不是圣人，他是仕途中人，仕途中人就由不得那么洒脱，他必须在这一条已经很窄了的独木桥上为自己争取更有利的落脚点，这是每个仕途中人都无法回避的命运。

也许自己提供的就是罗雨想要的吧，在自己说出推荐他做副主任的时候，可以清楚地看出他是很激动的，说明自己给他的正是他热切盼望的。再说他也是成年人了，有自己判断是非的能力，也不需要自己为他担心些什么，傅华想到这里，心中释然了，一踩油门，加速离开了海川大厦。

罗雨回了海川大厦的宿舍，高月便找了过来，看着他一副严肃的样子，便问道："傅主任找你谈什么了，怎么看你一点都不高兴的样子？"

罗雨叹了一口气，说："也没谈什么，只是随便聊聊而已。"

高月看了罗雨一眼，说："你怎么这个样子，下班的时候你可是心情不错的。好啦，你自己闷着吧。"

说着，高月转身就要离开。

罗雨一把抓住了高月的手腕，说："高月，你别走啊，是我不好，我不是要说你走的。"

高月还想甩脱罗雨的手，罗雨自然不肯，索性将高月抱进了怀里，高月还要挣扎，罗雨低下头去吻住了高月的嘴唇。高月心中还有气，紧闭着双唇，不肯让罗雨深入。罗雨自然不肯放弃，说："是这样，今天傅主任跟张林书记和徐正市长谈了我们驻京办增加人员的事情，他想在驻京办增设一名副主任，属意要我来担任。他把这个想法跟张林书记谈了，张林书记基本上同意了。"

高月高兴地笑了，说："这是好事啊，傅主任对你还真是不错的。"

罗雨摇了摇头，说："你先别急着高兴，事情还没最后敲定，就还有变数，我还不一定能当上这个副主任。"

高月不解地说："张书记都同意了，还会有什么变数？雨，你不要太杞人忧天了。"

罗雨说："月，你不明白现在驻京办的外在形势的。张林书记虽然同意了，可是不代表别人不会阻挠。"

高月想了想，很快就想到了其中的缘由，说："你是说徐正市长？"

罗雨说："你想傅主任辞职跟徐正市长闹得多僵啊，至今两个人讲起话来还是别别扭扭的。这一次傅主任推荐我接任副主任，徐正市长会那么甘心让傅主任的意图顺利实施？我想肯定不会。"

高月和罗雨都已经是工作过一段时日的干部了，都明白徐正跟傅华闹到这种程度，徐正一定会尽力干扰傅华的。虽然谁也不敢肯定徐正就一定会干扰或者阻挠这一次增设副主任的行动，并且谁也不能肯定徐正就一定会阻挠成功，可是这个可能性是很大的，罗雨就是考虑到这个才会变得有些心事重重，他并不想失去这次机会。

罗雨在驻京办工作已经有些年头了，办公室主任的位置也做了几年了，他知道等来这次机会不容易。罗雨推算过，傅华年纪很轻，又十分喜欢驻京办这个地方，又是公认搞好驻京办的一把好手，短时间之内，不论从哪个角度上看，他都不会离开驻京办。林东离退休那一天还早着，也不会将副主任的位置腾出来。这一番考量下来，罗雨就明白如果没有增设副主任这次机会，自己想要提拔，除非回到海川去。可是罗雨在北京待了这几年，眼界已经大开，北京的繁华深深地吸引住了他，他是宁愿不提拔也想要留在北京的。更何况还有一个虽然到了驻京办不久，却也深深喜欢上了北京的高月。两个年轻人对未来的憧憬，就是在北京买一栋房子，幸福地生活在这里。

因此这一次机会对罗雨来说是弥足珍贵的，放过这一次机会，他不知道又要在办公室主任的位置上蹉跎多少年呢。

高月也是一个追求进步的年轻人，野心勃勃，她当初想尽办法活动到驻京办来工作，也是想要到这里开拓一片属于自己的天地的，自然希望情郎能够更上层楼，她看着罗雨，问道："那怎么办啊？我们也不能就这么看着大好机会白白流走。"

罗雨说："我知道怎么办，保险起见，我们最好找人私下跟徐正市长打打招呼。"

高月愣了一下，说："你要托人找徐正？徐正跟傅主任闹得这么僵，你私下去找徐正，这不是背叛傅主任吗？"

罗雨说："我这又不是在背后算计傅主任，我只是确保我能当上这个副主任，傅主任也是真心希望我能做到这一点的。"

高月还是有些疑虑，说："雨，这么做不好吧？"

罗雨说："我都跟你说了，不管发生什么，我是不会跟傅主任对着干的，有什么不好的？再说现在说这个也没有用，我把我能找的人在心里盘算了一个遍，还真找不出一个人能帮忙。"

高月看了看罗雨，说："你将来真的不会跟傅主任对着干？"

罗雨说："我如果能提拔上这个位置，傅主任对我来说是有提携之恩的，我怎么会忘恩负义呢？"

高月说："如果你真的能做到这一点，我这边倒是有一个人可能帮到你。"

罗雨惊喜地看着高月，说："谁啊？快告诉我。"

高月犹豫了起来，说："还是算了吧，我总觉得这么做有点对不起傅主任，人家真心帮你争取这个职位，你却在背后跟他的敌人私通款曲。雨，我看这样，我们还是静观其变好，成固亦喜，不成我们也没少了什么。"

罗雨急道："那怎么行，好不容易才有这么一次机会的，我不想就这么失去，好啦，月，我发誓我是真心要帮傅主任的，如果我日后跟傅主任对着干，那我出门让车撞死。这总行了吧？"

高月急忙用手堵住了罗雨的嘴，说："你跟傅主任好好配合就行了，发什么毒誓啊。我不是还有一个大富翁的舅舅吗？"

罗雨说："你是说伍弈伍董啊？他肯帮我吗？"

高月笑笑说："自己的外甥女婿不帮忙，那他要去帮谁啊？"

晓菲打来了电话，由于有言在先，傅华不好意思不接她的电话，便接通了，笑笑说："晓菲女士，亲自打来电话有什么指示吗？"

晓菲笑笑，说："今晚我的沙龙邀请了一位尊敬的客人，我想傅主任也许会感兴趣来凑凑热闹。"

傅华有心想直接拒绝，可是如果连客人的名字都不问，似乎有些不太礼貌，便笑笑说："不知道是哪位客人？"

傅华打算只要晓菲说出名字，就说自己对这个人不太感兴趣，然后再拒绝，这样也显得有礼貌些。

晓菲笑笑说："是著名的经济学者宁则，我一位朋友跟他很熟悉，有幸邀请到了他。"

宁则，傅华愣了一下，这是一个如雷贯耳的名字，他是最近一段时期驰名国内的著名学者，也是出身京华大学的著名教授，跟傅华的老师张凡算是齐名的人物，某种程度上甚至比张凡名声还要大，不过他跟张凡不是一个学术派系的，所提倡的理论也有很大的不同。

这样一个人物，傅华自然是很有兴趣当面聆听一下他的理论，便笑笑说：

“晚上几点?”

晓菲笑了，说：“我就猜你对这个人会感兴趣的，你在学校的时候，有没有听过宁则的课啊?”

傅华笑了一下，说：“想不到你还查了我是哪里毕业的，是不是很失望啊?”

晓菲笑笑说：“我为什么要失望?”

傅华笑笑说：“我那天在沙龙里竟然敢那么嚣张，查出来却只不过是一个京华大学的普通学子罢了，你当然会失望了。”

晓菲呵呵笑了起来，说：“傅主任啊，你叫我说什么好呢，你的自卑感又发作了吧？是不是不讽刺我一下，你心里不舒服啊?”

傅华笑了，说：“你能不能不用自卑感这个词来抵挡我啊？用的次数多了就不新鲜了。”

晓菲笑着说：“好啦，我不用就是了，我跟你说，我这个沙龙只是邀请看得顺眼的朋友，不论学历贵贱的，这下你满意了吗?”

傅华装作不解地说：“我记得是某些人先恼火的，不知道我这一次去会不会还惹恼了某些人呢?”

晓菲笑着说：“傅主任，你想这么一直跟我斗嘴斗下去吗？我还要打电话邀请别人呢。”

挂了电话，傅华笑着摇了摇头，这个晓菲还真有些难以捉摸，上一次他跟她已经闹得很不愉快了，她竟然会亲自打电话邀请自己去沙龙，这家伙是不是想要拿自己开心呢？也许她吃惯了大餐，偶尔也想吃一点开胃小菜。

不过，傅华还是抵不过宁则对他的吸引力，他是很想见识一下宁则这位著名学者的风范。

晚上，傅华开车去了晓菲在山区里的沙龙，晓菲看到傅华的车来了，迎了出来。

看得出来，晓菲刻意打扮了一下，一身黑色绣着牡丹的旗袍越发显得她的气质超凡脱俗，傅华心中不禁暗自赞叹，这种气质不是可以一蹴而就的，而是需要从小熏陶才会有的。同样一身这样的旗袍，傅华相信赵婷就穿不出晓菲这种感觉来。

傅华笑笑说：“大学者要来，晓菲你也不一样了。”

晓菲笑笑说："你这是在夸奖我吗?"

傅华说："呵呵，虽然我不太情愿承认，可是也不得不说你今天这一身真有气质。"

晓菲笑了，说："有人曾经跟我说过，如果想要夸一个不漂亮的女人怎么办？就说她是很有气质。"

傅华笑笑，说："我是真心要夸奖你的，你就不要这么多心啦。"

晓菲说："那我谢谢了。"

晓菲将傅华领进了沙龙，让侍者给他倒了一杯酒，放了一点佐酒的开心果之类的，便去接待别人了。

八点十五分，宁则来了，看上去宁则比电视上的形象显得清瘦很多，也没有电视上那么有气势，个子稍显矮了一点，面容清矍，但是有学者的那种范儿。

宁则简单地跟大家握了握手之后，便坐到了沙发的中心部位，大家也就围绕着他坐了下去。沙龙本来不是什么正式的场合，是大家随便坐着聊天的。坐定之后，晓菲先对宁则能来表示欢迎，客套话讲完，就请宁则讲讲他对近一段时间内国内经济形势的看法。

宁则便开始滔滔不绝地讲起了他对目前国内经济形势的看法，听了五分钟之后，傅华便有些后悔跑这一趟了，宁则所讲的不过是一些套话而已，什么国内经济形势一片大好，改革开放取得了巨大的成果，社会在不断进步，尤其是整个社会涌现出了一大批先富起来的人，充分显示小平同志当年提出的让一部分人先富起来的英明。这些都可以当主流媒体的社论了，如果留在家里看看报纸估计也能看到这些陈词滥调。

这就是著名的经济学者吗？傅华有些困惑了，难怪苏南说晓菲这个沙龙里听不到多少真话实话，大家只是把这里当做一个聊天散心的地方。

傅华可以看得出来，其他的客人对宁则这一套说法也并不感兴趣，大家之所以还在看着宁则，可能是跟自己一样，受了宁则著名学者这个光环的诱惑了。

晓菲似乎看出了众人对宁则讲的观点并不十分感兴趣，就在宁则讲完之后，抛出了一个有点尖锐的问题，她说："宁先生，你看最近两年发生的一些事情，去年五月山西著名的钢铁大王在办公室里被枪杀；八月，南江省皮草大王在家门口被斩杀；九月，东海省地产大王被人埋伏砍杀；今年六月，陕西省一位亿万富豪被人用炸药炸死，据说所涉及的争执的金额仅为六千元。这么多富豪接连被杀，是不是代表着社会上已经开始有一种仇富的情绪在蔓延啊？”

宁则笑了笑，说：“这种说法是不合逻辑的，这些事件只是一些个体的事件，他们产生的原因也各自不同，是个案。不过大众心理喜欢把它们扯到仇富上面去了。这与我们现在的媒体喜欢哗众取宠有关，不这么写，人们就不会愿意看了。这是仇富吗？显然不是，这是编造出来的，是假的！不是信口雌黄又能是什么呢？煽动还是助长，别有用心还是另有图谋？对这种事件往仇富身上扯，就是在诋毁我们小平同志让一部分人先富起来的伟大观点，就是在蓄意夸大我们的贫富差距。就我看来，我们国家的贫富差距还很小，还需要拉大，只有拉大了社会的贫富差距，这个社会才更有进步的空间。中国几千年封建社会遗留了很多不好的思想传统，其中最不好的就是所谓的杀富济贫，杀富济贫是解决不了问题的，杀了富人，穷人只会更穷，因为在这个经济社会上，是富人在给穷人们提供就业机会，穷人应该感激富人，而不是去恨他们。”

宁则这个观点倒是很新颖，甚至新颖得让傅华有些震惊，这算是一种什么观点呢？宁则这是在赤裸裸地维护富人们的既得利益，而且还在倡导穷人们对富人们感恩戴德，这种著名学者已经沦为权势集团的舆论工具了。

穷人真的需要对富人感恩戴德吗？这世界上多少豪富是靠着巧取豪夺而成功的呢？

傅华心中便有了些不平，他问道：“宁先生，据国家发改委刚刚公布的基尼指数，我国居民收入的基尼指数达 0.46，已超过国际警戒线，你对此是怎么看的？”

基尼系数是反映一个国家的社会分配状况的指标，0 为完全平等，1 为极端不平等。目前公认的标准是，基尼系数在 0.3 以下为好，0.3—0.4 之间为正常，超过 0.4 为警戒。一旦基尼系数超过 0.6，表明该国社会处于可能发生动乱的危险状态。

宁则笑笑说：“你说的这个数字我也知道，但是你不要机械地去看待它，要从我们的国情出发正确认识基尼系数，要给基尼系数打一个国情折扣。目前中国的基尼系数虽然超过了0.4的国际警戒线，但中国不能照搬国际统计口径，中国城乡差距大是造成基尼系数较大的原因。如果把农村和城市分别进行计算，城市居民和农村居民的基尼系数分别统计都将低于0.4的。”

傅华笑了，说：“那照宁先生的说话，我们现在这个社会是很公平合理的社会了？那我们还需要改革什么？就让这个社会这样合理地发展下去算了。小平同志是说过先让一部分人富起来，可是他说先让一部分人富起来的目的是实现整个社会共同的富裕，按照您的说法我们的贫富差距还不够大呢，又怎么实现小平同志的共同富裕呢?”

宁则笑笑，说：“总是有不尽如人意的地方嘛，改革就是要完善这些不好的地方。至于共同富裕，那只是一个理想目标，就像我们说的共产主义一样，谁都知道共产主义好，可是谁也都知道共产主义是短时期内无法实现的，我想在座的这些朋友谁也不会看到共产主义的实现的。”

傅华笑笑说：“可是我们也不能主张拉大贫富差距啊！这不是在搞两极分化吗？小平同志曾经说过，社会主义不是只有少数人富起来，大多数人穷，不是那个样子。社会主义最大的优越性是共同富裕，这是体现社会主义本质的一个东西。如果搞两极分化，情况就不同了……就可能出乱子。”

宁则笑笑说：“小平同志还说过少谈些主义、多解决些问题呢。他老人家在不同时期的讲话都是有其讲话背景的，你不要把它从背景中简单抽离出来就拿做在任何时候都行之有效、万试万灵的真理。”

傅华说：“可是不管怎么样的背景，也不管什么主义的社会，贫富差距拉大都是很危险的，是社会走向动乱的前兆。”

宁则说：“我就是教授经济学的，贫富差距拉大很危险，我比你知道，可是这社会也是应该容忍一定程度的贫富差距拉大，当然这要在可控制的范围之内。因为贫富差距的拉大体现的是效率优先的原则，一个社会不讲求效率是无法进步的。”

傅华说：“那效率是有了，公平呢？普罗大众所追求的公平呢？就不需要维护了吗?”

宁则说：“你这个说法就充分体现出了中国人几千年以来的劣根性，什么事情都是不患寡而患不均。中国的问题不是富人太多，而是太少，我们就是要让这社会上的富人不断地增加。”

傅华摇了摇头说："我觉得这社会的问题不是富人太少，而是穷人太多了，如果任由事态这样发展下去，社会就会显失公平，就会走向动乱。"

傅华针锋相对，宁则有些恼火了，他看着傅华，问道："还没请问这位是?"

晓菲笑笑说："他叫傅华，海川驻京办的主任。"

宁则脸上露出了不屑的表情，说："这位傅先生可能是因为来自基层，对整个国家的经济形势并不十分了解，观点十分肤浅，而我是着力研究这方面的，在这上面花费了我大半生的心血，我殚精竭虑就是希望让这个国家走向强盛，我希望国家能够接受我的改革观点，不然就不是我个人的失败，而是整个国家、整个民族的失败。"

宁则的不屑激怒了傅华，他说："宁先生是著名学者，可是宁先生并不是真理的化身，我虽然来自基层，我也确实是没在这方面做过什么深入的研究，可是我还知道民间的疾苦，知道基层的农民和工人们活得不容易，他们付出了极大的辛劳，却并没有因此过上幸福的生活，甚至有些底层的人们活得还很艰辛。一个学者如果不能跟普罗大众站在一起，却成为极少数既得利益者的卫道士、维护者，只会歌功颂德，那他就是学问再好，对我们这个国家、整个民族也只能是有害无益的，因为他学者的良心没有了。不要忘记了，我们的政府应该是人民的政府，如果大多数人民都穷困潦倒，少数人富了又有什么用处？宁先生可别忘记了，小平同志还说过，如果我们的政策导致两极分化，我们就失败了；如果产生了什么新的资产阶级，那我们就真是走了邪路了。对不起，我才疏学浅，无法引用课本上的真理，又用小平同志的话作为理论依据了。"

宁则的脸青一阵白一阵的，半天也没说出话来。

晓菲看出了宁则的尴尬，连忙端起了酒杯，说："我们大家不要光顾着聊天，喝点酒，喝点酒。"

大家端起了酒杯，抿起酒来，这才将宁则的尴尬掩饰了过去。

放下酒杯之后，宁则就不再那么滔滔不绝了，只是被动回答着别人的问题。过了一会儿，自己也觉得无趣，就告辞要离开。

晓菲将宁则送出了沙龙，一会儿回来坐到了傅华旁边，傅华笑笑说："是不是在后悔请我来了?"

晓菲笑笑，说："我在你眼中就那么没有雅量吗？"

傅华笑笑，说："你不后悔请我来，我倒是后悔跑这一趟了。"

晓菲笑了，说："怎么了，得罪了著名学者害怕了？"

傅华摇了摇头，说："我有什么好怕的，我又不去做学问，进不了宁则的圈子。我只是后悔这么大老远地跑来，没听到丝毫闪光的思想，却听了一肚子的陈词滥调。我真的很失望。"

晓菲笑笑说："盛名之下，其实难副。实话说宁则今天的表现也很让我失望。不过你这个人真是挺好玩的，你一向就这么认真吗？"

傅华笑了，说："我很认真吗？"

晓菲说："你没看到自己跟宁则辩论时候的样子，脸红脖子粗的，活像要吃了对方一样。"

傅华笑了，说："我有这么夸张吗？我只是被他的自大激怒了而已。什么不接受他的观点就是国家的失败、民族的失败？"

晓菲笑笑说："他说的是有些夸张，不过你也不用那么直截了当驳他。说起来他总是你们学校的教授，你就是为了尊师重道也应该要给他留几分面子的。"

傅华笑了，说："我估计就是这么多人都给他面子，他才会有那么荒谬的观点，什么贫富差距还不够大？多少读过一点历史的人都应该知道，历史上几次著名的农民起义都是在贫富差距极大的状态下发生的。我不知道这个宁则宣扬这个是什么用心，难道他想让我们的国家发生动乱吗？"

傅华说话的时候，晓菲一直含笑看着他，傅华被看得不自在了，笑笑问道："怎么了，这么看着我干什么？"

晓菲笑了，说："我只是觉得一个人认真起来挺好玩的。"

傅华脸色变了，他觉得被邀请来只是因为自己在这个沙龙圈子里实在很另类，自己这么冲动地跟宁则去辩论，看在晓菲眼中大概就像在看一个小丑在表演，所以她才会觉得好玩。

傅华有一种被侮辱了的感觉，心中更加后悔来参加这个沙龙聚会了。他站了起来，说："时间也不早了，我要回去了。"

晓菲愣了一下，说："怎么了？刚才你不是说得兴致勃勃吗？这么急着回去干什么？"

傅华干笑了一下，他是个性比较柔和的人物，不肯在言语中伤人，便说：“时间真的不早了，我要回市区还有一段路的，再说宁则也被我气走了，中心人物都不在了，我留下来也没有意思。”

傅华就往外走，晓菲跟在后面将他送到了车旁，傅华上了车，晓菲站在旁边笑着问道：“我下次要请你来，你是不是就不会来了？”

傅华愣了一下，旋即明白晓菲能做沙龙的女主人也是一个很通透的人物，他已经看出自己有所不满了，不过看出来就看出来吧，自己跟她所在这个圈子实在是距离很远，他并没有继续高攀下去的意思，便笑了笑，说：“我想我还是不适合这里吧。”

晓菲看着傅华的眼睛，说：“我有些不明白，我今天没做什么刺激你的事情吧？”

傅华笑笑，说：“不是你的问题，是我真的不适合这里。你看宁则都点出来了，我只是一个来自基层的小官僚，观点是很肤浅的，而你这里呢，宁则这样的知名学者随随便便就请来了。如果换到别的地方，宁则的出场费不菲，还不一定能请到。”

晓菲笑笑说：“我这里往来的是朋友，而不管是不是什么知名不知名的学者。就像今天这个宁则，我也没觉得他有什么特别需要我去尊重的地方。相反，朋友是需要互相尊重的，是不分贵贱的，难道说我不算你的朋友吗？”

傅华笑了，说：“我们算朋友吗？”

晓菲笑笑说：“当然了。”

傅华摇了摇头说：“我觉得不算，至少我从来没觉得朋友是好玩的。”

晓菲笑着看着傅华，说：“喂，我又要说你了，你知道吗，我们之间的问题不在我，而是在你，你始终不肯把自己放到一个跟我平等的位置上。”

傅华摇了摇头，说：“不是我不把自己放到跟你平等的位置上，你看到今天宁则听说我是驻京办主任脸上那副神情了吗？那是一种什么表情？根本就是一种不屑与我谈话的表情，说明我在他看来根本就不是这个圈子里的人物。就像今天一样，你叫我来，其实只不过是想看我跟人争辩的样子，好玩吗？是不是像小丑一样滑稽啊？下一次准备找谁来跟我争辩啊？”

晓菲呵呵笑了起来，说：“真是拿你没办法了，好啦，时间也确实不早了，你可以走了。”

晓菲并没有回答自己的质疑，相反很干脆地给让自己开路，反而让傅华有些不自在起来，他干笑了一下，说："那再见了。"

晓菲笑笑说："你不是不愿意再跟我见了吗？还说再见干什么？"

傅华被噎了一下，便闭上了嘴，发动了车子往外走。晓菲没再说什么，也没等傅华车子开出这个院子，转身就回沙龙去了。

傅华一边往外开车，一边望着晓菲的背影，心中竟然有一种怅然的感觉，似乎对不再有机会跟晓菲斗嘴有些失落。傅华意识到这一点，不禁暗骂自己有些莫名其妙。

山路上连个鬼影都没有，傅华开着车竟然有些迷糊起来，他知道这样开车很危险，便降下了车窗，一股清新的风吹了进来，顿时让他精神了起来。

傅华百无聊赖地看着前面的路，脑海里竟然再一次浮现出了晓菲的脸庞，这个女人已经两次弄得自己不自在了。上一次搞得他在沙龙里都有些坐不住了，这一次更绝，在自己咄咄逼人的责问下，她竟然说出你可以走了这样的话，让自己再一次尴尬无比。

是不是他内心里还是希望她对自己的质问做出一些辩解的？起码那样多少也能满足一下自尊心？是啊，晓菲这个女人给他造成的心理压力实在太大，她似乎跟苏南一样，举手投足之间就有一种压迫人的气势。他之所以一再挑衅地去质问晓菲，实在是他不甘心受压迫。这个压迫激起了他的雄性，作为一个平素很自傲的男人，内心中他竟然有几分想要征服晓菲的渴望。

第三章　新机场立项在即，众大鳄闻风而动

在傅华的努力下，海川新机场项目立项终于通过审批。消息曝光，立即引起海川“地震”。各方大鳄纷纷前来夺取商机，一个个摩拳擦掌，跃跃欲试。振东集团董事长苏南第一时间前来拜访徐正，希望独享这个重大工程；另一个神秘商人刘康也浮出水面，出手凌利。建设工程招投标尚未开始，已经是隆隆炮声不绝于耳了。

海川。徐正找到了张林的办公室，他要跟张林谈一下驻京办增加人员的问题。

这一段时间以来，徐正感觉张林跟自己配合是十分愉快的，重要的事情一般都会事先征求他的意见，在取得跟徐正的一致后，才会正式实施。这让徐正感受到了被尊重。同时，张林在公开场合对徐正市政府方面的施政方针都是表态大力支持的，说市委就是这些施政方针的坚实后盾，这让徐正对张林有了更多的好感。

总的来说，两人相处很愉快，这是一段两人的蜜月期。

坐定之后，徐正谈了自己的来意，说驻京办现在事务比以前增加了很多，但是人员却并没有增加，有点超负荷了，傅华同志就提出了要增加工作人员，并增设一名副主任。

张林听完，并没有露出他早就知道这件事情的意思，而是笑笑问：“老徐，你对这件事情是怎么看的?”

徐正笑笑说：“我认为傅华同志这个要求应该予以考虑，驻京办是我们海川在北京的桥头堡，是展现在全国人民面前的一个门面，现在他发挥的作用

越来越大，我们是要搞好它。”

张林笑笑说：“我很赞同老徐的意见，而且我觉得增设一名副主任是很有必要的。不知道你有没有这种感觉，我们驻京办缺乏后继人才。你看这次傅华同志提出辞职之后，我大致想了我们市里面的干部，除了几个在重要岗位上不能调动的人之外，我竟然想不出一个可以接替的人选。驻京办现在的副主任林东，根本就是扶不起来的阿斗。”

徐正笑了，说：“对啊，张书记，我跟你一样也是认识到了驻京办这个问题，可能是我们市里面以前也没注重对驻京办的人才建设，这才出现傅华同志一辞职，竟然无人能够接替的尴尬局面。今后一个阶段，我们是要注意这方面人才地培养了。”

张林点了点头，说：“是应该选拔几个可用的人才放到驻京办去，让傅华同志带带他们，学习一下驻京办的实际工作经验。老徐，你对这个副主任可有考虑的人选了？”

徐正笑笑说：“自傅华同志提出建议之后，我就开始思考这个问题了，想来想去，我认为现在驻京办办公室主任罗雨不错，这个同志年轻，有能力，组织上加以培养的话，来日一定能够成为驻京办挑大梁的骨干。”

听徐正提出罗雨这个人选，张林心中暗自一愣，他根本没想到徐正会提罗雨，实际上张林还为徐正提出别的人选想了几条可能否决的理由，他在这个副主任的问题上决定是要帮傅华达成意愿的。现在徐正直接提出让罗雨当副主任，一下子让问题复杂化了。

张林脑海里飞快地思考着，为什么徐正会提出罗雨，是不是罗雨是徐正的亲信？傅华提出让罗雨做副主任会不会搬起石头砸了自己的脚？自己要不要否决罗雨？否决了会是怎么样的结果？认可了又是怎么样的结果？

张林笑笑说：“老徐你是说驻京办那个小罗啊？我见过的，小伙子确实很不错。”

张林想来想去，认为自己还是应该认可罗雨，一来傅华提出来要罗雨，虽然现在好像情势变了，傅华原本可能认为罗雨是帮他的，可是现在表现出来罗雨似乎是徐正的亲信，而徐正现在对傅华是有一肚子意见的。他如果否决，肯定会让傅华对自己心生不满，而他又无法跟傅华去做什么解释；二来他一下子也找不到否决罗雨的理由，如果否决罗雨却提不出强有力的理由，会让徐正认为他是为了否决而否决，会对自己心生嫌隙，那自己费尽心机想要跟徐正维持一个和谐融洽的合作关系就会破裂，两人就会成为一对面和心不和的搭档，从而不利于海川市工作的开展。

综合起来，张林实在无法否决罗雨这个人选，虽然他敏感地意识到事情已经不像傅华当初设想的那样了。

徐正笑了起来，说："这么说，张书记也很欣赏罗雨这个同志了?"

张林笑笑说："我只见过几面，印象还不错，也谈不上什么欣赏。不过你既然提出了这么个人选，我自然支持了。"

徐正说："有张书记这么支持我，市政府这边的工作好开展多了。"

张林说："我们是一起搭班子的，荣辱与共，一定要互相支持的。"

市委书记和市长取得了一致，事情进展就快了，不久海川市编委就正式下文，给驻京办增加了三个编制，同时组织部也派人来驻京办对罗雨做了考察，一切似乎都按照傅华的预想在进行着。

考察组离开后，驻京办的工作人员都嚷嚷着要罗雨请客，只有林东看罗雨的眼光有些异样，酸溜溜很不是个滋味，因为他知道罗雨本来就是傅华的亲信，这一下成了副主任，虽然表面排名可能暂时在自己身后，可是傅华一定会更加倚重罗雨的。日后驻京办这里罗雨的重要性一定会超过自己的。

罗雨一来心里高兴，二来也磨不过众人的面子，就答应了要请客。随即他跑到了傅华的办公室，邀请傅华一起参加。

傅华听完，笑着看了看罗雨，说："小罗啊，我也替你高兴，不过你是不是等正式任命下来再请啊?"

罗雨愣了一下，他没想到傅华会不同意他请客，他是个要面子的人，已经答应了别人，这个时候再说不请，有些下不来台，便赔笑着说："傅主任，你太小心了吧？也就是我们驻京办这几个同事们聚会一下，热闹一下而已，一起去吧。"

傅华笑笑说："小罗啊，不是我太小心，你想过没有，现在只是考察阶段，结果都还没有出来，离正式任命还有些日子呢。可能本来没什么事，你这么大张旗鼓一庆祝，会刺激某些有心人的，说不定会出什么问题呢。再说考察结果可能好，也可能坏，你这样就像已经当上副主任一样地庆祝，考察结果好还行，一旦失败呢？你以后在同事面前要怎么面对啊？”

罗雨被说得不好意思了，摸了摸脑袋说：“傅主任，我被这个好消息冲昏了头啦，还真没想这么多。”

傅华笑笑说：“等你坐上这个位置之后，怎么庆祝我都不管，但目前你要给我夹着尾巴做人，把喜悦的情绪都给我憋起来，不能出一点纰漏，务必等一切都定案了再说。”

罗雨灰溜溜地从傅华办公室出来，沉着脸跟那些还等着他请客的同事们说：“不好意思，我被傅主任训了一顿，说八字还没一撇呢，请什么客啊。以后吧，等任命公布下来，那时候我请大家吃顿好的。”

众人悻悻地散了。

晚上下班，罗雨拉着高月离开了海川大厦，找了一家像样的餐馆，笑着说：“点菜，点菜，别人不能请，我们俩偷着庆祝一下。”

高月笑了，说：“罗雨，不用兴奋成这样吧？我觉得傅主任说得很对，八字还没一撇呢，还不到可以庆祝的时候吧？”

罗雨说：“我心里高兴，这些天我都惦记着这件事情，现在总算看到曙光了，你就让我庆祝一下吧。”

高月笑着摇了摇头，说：“看你这点度量，一点小事就寝食不安的，这点你要跟傅主任学习，人家遇到比你大得多的事情也还是镇静自若。”

罗雨有些不高兴了，他有些反感高月老拿傅华跟自己比，便说：“行了，不要动不动就拿傅主任来说事，他是他，我是我，不要比来比去的。”

高月愣了一下，看了看罗雨，说：“怎么了，你生气了？”

罗雨不好明说自己反感什么，就笑笑说：“今晚是我们俩的庆祝，不要提别人好不好？”

高月说：“好啦，我点菜了。”

罗雨先给高月斟上了一杯酒，笑着说：“高月啊，你舅舅还真行，不知道他托了什么人了，事情办得这么顺利。”

高月说：“我也不知道，我只是把事情跟我舅舅大体说了一下，他说这是件好事，后面的交给他办就行了。”

罗雨给自己也斟满了酒，然后说：“哦，看来以后有机会要多跟舅舅聊聊了。”

高月笑笑，说：“你呀，就是没有满足的时候，这一点你就要多跟傅主任学习了，你看人家根本就不在乎这些，驻京办主任怎么样，人家还不是说辞职就辞职了？”

罗雨听高月再次拿傅华跟自己比较，本来正要举杯庆祝，此时再也克制不住了，砰的一声把杯子放到了桌上，嚷道：“又是傅主任，你能不能不提他？”

高月愣住了，她看着罗雨，不高兴地问道：“你怎么了？为什么不能提傅主任，你可别忘了，你有可能当上这个副主任，可都是人家帮你的。”

罗雨说：“我没有忘记傅主任对我的提携之恩，可是我不喜欢你提起他那种兴奋劲，你让我这个做男朋友的怎么想啊？你可别忘了，当初你们闹得不亦乐乎。”

高月一下子脸红了，罗雨的话让她想起自己刚到驻京办时候跟傅华闹的那场误会，那一次她喝得大醉衣衫不整，傅华当时在照顾自己，给赵婷造成了很大的误解，这件事情虽然最后解释过去了，可事件也宣扬了出去，让高月好长时间在驻京办都有些抬不起头来。

高月怕罗雨在这件事情对自己有所误会，便有些心虚，赶忙说：“罗雨，我跟傅主任之间是清白的，你别乱想啊。”

罗雨可能觉察到自己的话说得重了一些，赶忙说：“我是相信你们的，不过你这样在我面前老提他，让我心里别扭。”

高月赔笑着说：“行了，行了，我不提他就是了。来，预祝你考察顺利通过。”

说着高月端起酒杯，伸到罗雨面前跟他碰杯。罗雨脸上这才有了笑容，碰了一下杯子，说：“但愿一切顺利。”

两人都将杯中酒干了，再下来高月说话开始小心了很多，再也不提傅华了。不过气氛因为这么一闹，就有些沉闷起来，罗雨虽然想尽力表现出喜悦的心情，可是高月的情绪总是不高，菜也没怎么吃。罗雨点的六个菜都只是动了一点，大多都剩了下来。

又过了半个多月的时间，海川市委常委会上讨论了一些干部的任命问题，其中就包括罗雨。由于罗雨有市委书记和市长的共同支持，任命得以顺利通过。

常委会结束以后，徐正让刘超找到了罗雨的电话，亲自打了电话。

罗雨根本没想到徐正会亲自打来电话，愣了一下，赶忙说："您好，徐市长，请问您找我有什么指示吗?"

徐正笑笑说："小罗，你别紧张，是这样，刚刚常委会上通过了对你的任命，不久你就是驻京办的副主任了，我把这个消息告诉你，让你高兴高兴。"

罗雨有些激动地说："谢谢您了，徐市长，我一定好好工作，不辜负组织上的信任。"

徐正说："这一次是我向组织上推荐你接任副主任的，我觉得你这个年轻人还是很不错的，很有发展前途，我也希望你认真干好工作，多做出一点成绩来，可不要让我丢脸啊。"

罗雨说："请徐市长放心，我一定努力，不会辜负您对我的一番期望。"

徐正说："驻京办的工作很重要，是海川市在北京的桥头堡，我希望你当上副主任之后，要负起责任来，协助傅华同志把驻京办管起来。"

罗雨说："我会协助好傅主任的。"

徐正说："我对你们驻京办一直是很关注的，以后有什么困难可以直接打电话找我汇报，明白吗?"

徐正这么说，是在向罗雨表示引他为自己人的意思，今后有什么事情，徐正愿意支持他，罗雨心中更加激动，这是一个强有力的后台，他当然愿意依靠，便赶忙说："谢谢徐市长的信任，日后我会主动向市长汇报这里发生的一切的。"

徐正说："那你好好干吧，出了成绩我会看到的。"

罗雨拿着电话，心里久久不能平静，这对他来说实在是形势一片大好，不但当上了副主任，还搭上了徐正这条线，有了强有力的后台，今后的发展就不用担心了。

罗雨不是不明白徐正为什么倚重自己，徐正跟傅华之间的纷争他知道得清清楚楚，一个堂堂的市长，本来想摆弄傅华的，结果反被傅华将了一军，又不得不转过头来留住傅华，徐正心中的不满可想而知。徐正倚重自己，正是想借助自己来对抗傅华，说不定有培养自己来达到撵走傅华的目的。

鹬蚌相争，正是自己这个渔翁得利的机会来了，天与不取，必受其咎，罗雨期望能借着这个机会，将来有一天可以代替傅华，成为驻京办的主任。

虽然这个位置是傅华出了很大的力才帮他取得的，可是在取得了之后，新的目标就应该是傅华的位置，罗雨觉得自己这么想并没什么不应该，反正傅华似乎也不在乎驻京办主任这一位置的。

常委会开完之后，市委书记张林也给傅华来了个电话，讲了罗雨副主任任命得以通过的情况。

傅华心中很是感激，他印证了一点，起码在这个时间段张林是支持他的。他笑笑说："谢谢张书记对我们驻京办的支持。"

张林笑了，说："你先别急着高兴，虽然是通过了，可是你知道是谁先提名罗雨的吗?"

傅华愣了一下，这么说，就肯定不是张林先提名罗雨的，他说："难道是徐市长?"

张林说："你猜对了，正是徐正同志提名由罗雨担任这一职务的。行了，我把这个情况跟你说一声，让你有个心理准备。"

张林说完就挂了电话，傅华听出张林对自己有提醒之意，不过他心中倒有些不以为然，他知道这政坛上的人际关系是很复杂的，不能简单把人都划分成这个或者那个阵营的，往往每个人都会跟这个或者那个阵营都有些关系。

徐正提名了罗雨，只能说明罗雨通过某种关系跟徐正搭上了线，并不代表罗雨就是徐正阵营的人。

傅华并不相信罗雨会跟徐正勾结到一起去，他当初之所以提前告知罗雨要增设副主任，也是想罗雨自己找关系活动一下，现在罗雨确实找了关系活动了，这也是好事，起码确保事态按照他的预想进行了。

傅华想叫罗雨进来，把这个好消息通知他，想了想又放弃了，还是等正式公布任命再说吧。

正在这时，有人敲门，傅华喊了声进来，罗雨走了进来，说："傅主任，有个情况跟您说一下，刚才顺达酒店打来电话，说底下的海川风味餐馆门口的物品摆放太杂乱了，让我们管一管。"

傅华看了一眼罗雨，他注意到罗雨虽然尽力装作平静，可是眉眼之间却透露出那么一种压抑不止的喜悦来，由于刚才张林跟他说了常委会上的情况，他很怀疑已经有人通知罗雨副主任任命通过了的消息。

傅华笑笑说："既然顺达酒店提出要我们管一管，你就下去看看究竟是怎么个情况，如果餐馆那边不像样，你就让他们收拾收拾。"

罗雨转身就往外走，傅华喊住了他，笑着问道："小罗啊，我看你满脸喜气的，是不是有什么好事啊？"

罗雨愣了一下，旋即努力克制住了自己的喜悦，尽量用平淡的语气说："没有什么好事啊，傅主任你指什么？"

罗雨的表情变化并没有逃过傅华的眼睛，他心里别扭了一下，越发确信罗雨已经知道常委会通过他的任命了，这家伙知道了还故意不想让自己知道，明显心中跟自己有了隔阂。

不过，傅华旋即就有些谅解罗雨的处境，也许罗雨不想让自己知道是徐正推荐他出任这一职务的，他怕自己多心吧？

傅华笑了笑，说："没什么了，你去吧。"

罗雨出去了，留下傅华在办公室若有所思。

东海省委，省委书记、省长郭奎坐在办公室里也是若有所思，他在思考海川市副书记的人选问题。

海川市副书记这个位置空出来有一段时间了，他一直没有找到合适的人选，在刚才结束的书记会上，省委副书记陶文提议说，海川市副市长秦屯这个同志不错，能力和资历也行，是一个合适的人选。郭奎当时没表态，只是说要先考虑一下。

郭奎对秦屯的印象并不佳，这个同志并没有什么出众的能力，曾经在作风上还出过问题。虽然现在并不是像以前那样，作风出了问题的干部就不能再重用，可这总是一个瑕疵。

不过让郭奎犹豫的倒不是因为秦屯本人，而是提出秦屯这一人选的省委副书记陶文，是陶文让他有些顾虑重重。

陶文是一个很老资格的干部，在东海省经营多年，是有着雄厚的基础的。在程远时期，陶文跟程远关系很好，两人搭档多年，相处融洽，只是因为陶文是从基层干起来的，学历很低，年纪又有些偏大，才被排除在省委书记竞争的阵营之外。可是他在东海省做副书记多年，门生故旧遍布东海省，还是一个很有影响的人物。

郭奎新接任省委书记，不敢贸然就去否决陶文的这一个提议，那样就等于上来就开罪了这位东海省的元老。

再说，这个秦屯也不是一个必然不可接受的人选，除了他出了那点作风问题之外，他并没有暴露出其他什么问题，这一次孙永出事也没牵连到他，是个安全牌，而且他的资历也够了。

最终，郭奎决定接受秦屯这个人选。

罗雨的任命正式公布了，傅华把他叫到了办公室，首先向他表示了祝贺，罗雨激动地对傅华说："谢谢你了，傅主任，没有你的栽培，我罗雨是没有这一天的。"

傅华笑笑说："不要这么说，这是组织上对你的信任，好好干吧。"

傅华把林东也叫了来，林东很不情愿地向罗雨表示了祝贺，傅华就提出说要给罗雨一间单独的办公室。

林东说："办公室倒是有现成空着的，只是要打扫一下，再做个副主任的铭牌就好了。"

傅华就让林东给罗雨准备办公室了，罗雨也跟着林东一起出去忙活。

有人在敲门，傅华喊了声进来，苏南和晓菲一前一后走了进来，傅华愣了一下，笑着说："苏董，晓菲，你们怎么一起来了？"

苏南笑笑说："我看你们在打扫，是不是我们来的不是时候啊？"

傅华笑笑说："哪里，我们刚提拔了一名副主任，给他在布置办公室呢。快请坐，快请坐。"

晓菲笑笑说："我来傅主任欢迎吗？"

傅华没来由地突然想到那晚自己对晓菲的联想，脸红了一下，随即笑了笑，说："欢迎，你能来我这里蓬荜生辉，怎么能不欢迎啊？"

苏南和晓菲坐下，傅华给他们倒上茶，然后笑着问："苏董，什么时候回北京的？你这一次离京的时间不短啊。"

苏南笑笑说："商人嘛，有些时候不得不为了利益奔走。昨晚在晓菲的沙龙那里，谈起了你，晓菲说想过来看看你这个地方，正好我也想找你有事，所以我今天就带她来了。"

傅华诧异地看了看晓菲，说："我这个小地方还会引起你的兴趣？"

晓菲笑了，说："我请你去我沙龙你又不去，我想到你的地盘上你总会自在一点吧，就过来看看你了。这里的环境不错嘛。"

傅华笑说："一般了，想来离苏董的办公室差得还远。"

苏南笑了，说："你这里不能跟我的比，我是商人，要靠门面上的功夫去让人们产生信任。你这里已经很不错了。"

傅华笑笑说："能让苏董说不错，那我也可以自豪了。你说找我有事，什么事啊？"

苏南笑笑说："我还是想了解一下你们新机场项目的进展。我听说土地预审已经过了。"

傅华说："哦，环评也过了，就等发改委正式批准立项了。苏董如果想要争取，可以正式开始运作了。"

苏南点了点头，说："是应该着手去做了。我想去一趟东海省和海川市，你要不要陪我跑一跑？"

傅华笑笑说："我倒是很想陪你走这一趟，可是你也知道了，我们市长对我很不敢冒，我去了说不定会让你得到相反的效果。反正我已经介绍你们认识了，剩下的部分苏董要自己想办法了。"

苏南笑笑说："既然这样，你不去也好，我在东海省还能找到些关系，运作一下不成问题。"

傅华笑笑说："这么大的工程，我想海川市一定会走招投标程序的，这里面运作的可能性不大吧？"

苏南笑了，说："你说错了，越是表面上看上去没有余地的，越是被人钻空子的机会大。如果真正能公平地招标投标，我们振东集团是不怕的，我们在行内也是鼎鼎有名的公司，不怕跟别人竞争。就是输了，我们也心服口服。”

傅华笑笑说：“我虽然帮不上什么忙，可是还是预祝苏董成功。”

晓菲听两人谈论商业上的事务，有些闷，便站起来去书柜，看傅华的藏书，看到了傅华的《纲鉴易知录》，打开橱柜，进去拿了出来，笑着说：“想不到你读书还挺老派的，这套书我爷爷也有，到现在他还是不时拿出来看呢。”

傅华笑笑说：“这套《纲鉴易知录》算是古代的政治教材吧，它告诉人们政治上哪些应该做，哪些不应该做，对现在很有借鉴意义的。”

晓菲笑了，说：“那你是跟着学了？”

傅华笑笑说：“我喜欢古文，感觉古文是很优美的，也喜欢线装书的装帧，因此收在这里时不时翻翻，也是个人的一种爱好。”

晓菲笑笑说：“你这是不承认跟着学吗？”

傅华笑了，说：“承认，这里面虽然是以三纲五常等封建制度作为评判事务的标准，有其不合时宜的一面，可是总是有一种原则在，限制着人们不要随意胡作非为。这一点上我觉得对今人是很有借鉴的。”

傅华说这话是有感而发的，他最近了解到孙永的案情中，知道一个情况，那就是孙永虽然收了王妍的钱，丝毫没帮王妍什么，还不肯把钱退还给王妍。这件事情让他感受到孙永做事已经丝毫没了底线，就连古代盗亦有道这种都做不到了。幸好孙永被举报查办了，否则，任由这种没有底线没有顾忌的官员肆意妄为还得了？

晓菲笑了，说：“难怪，你已经够古板了，却还在学这些更古板的东西。”

傅华笑了笑，说：“人还是应该有点原则性好。”

这时，门被敲响了，罗雨推门进来，笑着对傅华说：“傅主任，我看你这边来人啦，我来给他们倒水吧？”

傅华笑笑说：“不用了，小罗，我来了两个朋友，水都倒好了，你去整理自己的办公室吧。”

罗雨打量了一下苏南和晓菲，这才说：“好，我去了，有什么需要叫我。”

罗雨就离开了。

苏南问道："这位谁啊?"

傅华说："就是我刚才说的刚提起来的副主任，叫罗雨，小伙子不错的。"

苏南笑笑，说："我不太喜欢他看我们的眼神，觉得有些窥探的意味，似乎很关心我们是什么身份。"

傅华笑笑，说："你们是我的朋友，他多看几眼下次来就认识了。对了，这个人倒是很适合去晓菲的沙龙做客的。"

晓菲笑着摇了摇头："我也不太喜欢这个人，他看我的眼光是带有审视的意味，傅华，你这么说是他有什么特别吗?"

傅华笑着说："他曾经是一个诗人，还做过诗呢，不正适合到你的沙龙里风花雪月吟咏一番吗?"

晓菲说："你就酸我吧，我那里是给各方交流最新观点的地方，我当初建立这个沙龙就是想了解社会最前沿的风向的，可不是无病呻吟。"

傅华笑了，说："你怎么说人家无病呻吟啊?"

晓菲笑笑说："我那里邀请过几次著名诗人来，听他们现场吟诵过自己的诗句，不是你说的风花雪月，就是歇斯底里诋毁这个社会，真正能够理智剖析社会的几乎没有。现在的诗歌日渐平庸，诗人们的不满不是因为他们已经写不出好的作品来了，而是诗歌再也无法吸引大众的注意，成了小众的东西，诗人们也无法再有明星般的光环，无法吸引到美丽的文艺女青年投怀送抱了。"

傅华笑了，说："想不到你对诗人的印象这么差。"

晓菲笑笑说："确实是，再也听不到像北岛那样的声音。卑鄙是卑鄙者的通行证，高尚是高尚者的墓志铭，看吧，在那镀金的天空中，飘满了死者弯曲的倒影……我不相信！纵使你脚下有一千名挑战者，那就把我算作第一千零一名。我不相信天是蓝的，我不相信雷的回声，我不相信梦是假的，我不相信死无报应。如果海洋注定要决堤，就让所有的苦水都注入我心中，如果陆地注定要上升，就让人类重新选择生存的峰顶。新的转机和闪闪星斗，正在缀满没有遮拦的天空。那是五千年的象形文字，那是未来人们凝视的眼睛。这才叫诗人，知道吗?"

苏南笑了起来，说："晓菲啊，想不到你这么熟悉北岛。"

晓菲笑笑，说："我是念给我们的傅大主任听一听，不要以为就他一个人能够看透世情，敢于针砭时弊，我们这些人对这个世界也是有自己的判断的。"

傅华脸红了，笑了笑说："没想到晓菲是特意跑来批评我的。"

晓菲笑笑说："怎么了，不行啊？"

在晓菲面前，傅华总有气势上输了一筹的感觉，他笑笑说："好啦，我诚心接受批评。"

苏南笑笑说："晓菲跟我说了上次的事情，傅华啊，我觉得你上次做得有点不对。我们请你进这个圈子，是真心想要拿你当做朋友的。宁则那天晚上也是客人，他对你的看法又怎么能代表主人对你的看法呢？我觉得你迁怒于晓菲有点不公平啊。"

傅华笑了，说："好啦，苏董，我接受批评，为了表示诚意，我邀请两位在我们海川风味餐馆做客，不过这个档次可不是太高，怕两位有所嫌弃。"

晓菲笑着对苏南说："南哥，你看他又来这一套了，朋友有什么嫌弃不嫌弃的，跟你说傅华，这一顿饭不请还不行了。"

中午，傅华领着苏南和晓菲来到了海川风味餐馆，让服务生给开了一个雅间。坐定之后，傅华就开始点菜，他点了一个清蒸花蟹，一个清蒸爬虾，一个清蒸偏口鱼，一个韭菜炒海肠，一个苦螺，一个蜢子虾蒸蛋。

晓菲笑笑说："我听你清蒸这个，清蒸那个的，你们这儿的厨师倒是很好做啊。"

傅华笑了，说："我这里的东西都很新鲜，是从海川海边加了冰块运过来的，不清蒸了吃太可惜。晓菲你不知道，我们海川的东西特别鲜，以前运到北京来还闹过笑话呢。送进了大饭店，人家煎炒烹炸一番折腾，出来却特别不好吃，就说我们的海鲜不行，送的人气不过，什么都没加工，直接在他们面前倒进锅里蒸熟，再让他们吃，把他们好吃得不行了。一会儿你和苏董可要好好尝一尝，真的很鲜，这个在北京可是别无分号的。"

由于是吃海鲜，就点了干白。

一会儿清蒸花蟹和爬虾就上了桌，傅华说："我们这里不是什么高档场所，没什么专门吃蟹的工具，直接上手吧。两位还能接受吧？”

苏南笑了，说：“你以为我们每天都是锦衣玉食啊？”说着，便伸手拿起了一个螃蟹，揭开盖子，吃起蟹黄来。

晓菲也没客气，上手抓了一只，就吃起来。吃了几口，晓菲就惊讶地说：“傅华，你一点没夸张，真的很好吃啊。”

傅华笑了，说：“我骗你干什么，这才是真正地道的海鲜。实话说比起南方的海鲜要强百倍的，他们的海鲜是没滋味的。”

又品尝了爬虾，特别是母爬虾中那一条紫色的虾膏，更让晓菲觉得是不可多得的美味。吃过这两样，清蒸偏口鱼就被比了下去，显得不那么鲜美了，不过口感也是很好的。

晓菲笑笑说：“我还真没想到海川的东西会这么好吃，傅华啊，是不是你什么时间邀请我们去一趟海川呢？”

傅华笑了，说：“苏董这一次不是要去吗？你就跟他一起嘛。”

晓菲说：“我可不跟他去，他不是海川本地人，肯定不知道海川的地道风味在哪里，再说他是去办事，我可不想被他搁在宾馆里没人管。”

傅华笑了，说：“那等日后有机会吧。”

这时罗雨推门进来了，笑着说：“傅主任，餐馆说你在这里，我进来敬一杯酒吧。”

傅华愣了一下，他很讨厌这种吃到半酣有人突然插进来的状况，再说苏南和晓菲只是他的朋友，与驻京办的业务无关，罗雨怎么突然这么热心？

傅华虽然心里不高兴，可表面并没有露出来，他也不想在罗雨刚被提拔的时候说他，便笑笑说：“行啊，来了就坐下吧。”

罗雨坐下了，便张罗着填满了酒，然后看着傅华，笑着说：“傅主任，你还没办我介绍一下呢。”

傅华笑笑说：“这位是振东集团的苏南苏董，这位是晓菲。这位是我们驻京办的副主任罗雨。”

苏南和晓菲都点了点头，示意了一下，罗雨端起酒杯，笑着说：“欢迎两位到我们驻京办来做客，我敬两位一杯，先干为敬。”

说完，没等苏南和晓菲有所表示，罗雨便一口将杯中酒干掉了，然后亮着杯底，等着苏南和晓菲。

苏南也端起酒杯，抿了一口，然后笑着说："不好意思，罗副主任，我不能喝急酒，心领了。"

晓菲也抿了一口，笑笑说："罗副主任，我是一个女人，你不会跟我计较吧？"

两人都没有喝完，让罗雨有点下不来台，他看着苏南，笑笑说："苏董，我们初次见面，你就给一点面子吧。"

苏南不为所动，笑笑说："抱歉了，我真的不能喝急酒。"

罗雨又去看看晓菲，说："晓菲女士，这是白葡萄酒，酒精度很低的，干了应该没问题吧？"

晓菲摇了摇头，说："不行，一下子干掉我会出洋相的。"

罗雨劝不下去了，有点尴尬地拿着酒杯，放下也不是，倒酒也不是。傅华打圆场说："好了，小罗，我这两位朋友都不喜欢闹酒，你心意尽到了就好了。"

罗雨这才有了台阶下，赶忙说："那好，你们喝，我出去了。"

罗雨出去了，晓菲看着傅华，笑笑说："你这个下属够有意思的，又没有邀请他，他突然插进来算什么？再说他懂不懂喝酒啊？这是干白，是要慢慢品的，不像啤酒可以一口闷。"

傅华心中也暗自奇怪，以前罗雨不是这么讨嫌的，一般不邀请他，他是不会主动过来的，是不是提拔了副主任，感觉身份不一样了？

傅华笑笑说："你们别介意，他就是热情了一点而已。"

正好，韭菜炒海肠上来了，傅华趁机错开话题，说："我们尝尝这个菜，大家都知道东海菜是我国著名的菜系之一，可是你们知道东海厨子为什么做菜那么好吃吗？"

晓菲笑了，说："诀窍不就是清蒸吗？"

傅华笑笑，说："那是说我们海川的海鲜好，其实东海厨子做菜好吃的诀窍就在于这道海肠菜上。"

晓菲夹了一口吃了，说道："这就是一道韭菜炒海肠，鲜美了一点而已，看不出什么特别的。"

傅华笑笑说："就是因为它的鲜美，所以以前在没有味精的时候，东海厨子都是把海肠晒干磨成粉，做菜的时候偷偷撒一点进去，这可是他们的不传之秘啊。"

苏南笑了，说："这顿饭吃得值了，跟傅华学到了不少。"

傅华笑了，说："其实我是这里没什么特别上档次的，只好多说点趣闻凑数了。"

晓菲笑笑说："这里的菜很不错了，不用跟我们这么客气了。"

傅华笑了，说："晓菲这么说我就放心了，说明起码我这餐馆办得还算成功。"

晚上，罗雨在海川风味餐馆邀请了驻京办全体人员一起庆祝。席间罗雨显得特别兴奋，谁敬的酒都喝，来者不拒，又到处敬人，不觉就有些喝高了。

傅华看罗雨喝得眼睛都红了，知道他喝得差不多了，便说道："小罗啊，我看今天也差不多了，你收收尾结束吧，大家明天都还要上班呢。"

罗雨却正在兴头上，笑着说："那怎么行，今天我真的高兴，来，傅主任，我们再单独喝一个。"

傅华看罗雨真是喝多了，便不想再跟他喝这一杯了，笑笑说："小罗啊，你忘记了吗？我们单独喝了好几杯了。"

罗雨笑着说："那还不够，还不足以表达我对你的感激之情，没有你傅主任，也就没有我这个副主任。我是真心感激你的。"

傅华听罗雨舌头都有些大了，说话都含糊不清了，便说道："小罗，你真是喝多了，你能得到提拔，是组织上对你工作能力的肯定，不能说是我的功劳。酒已经喝得差不多了，今天就这样吧。"

罗雨指着傅华笑了，说："你看不起我，是吧？"

傅华有点腻烦，他很讨厌这种醉汉说的话，罗雨显然已经喝得失去了自我控制，想到什么就说什么，不过，他还是克制住了自己，笑笑说："小罗，你真是喝多了，我什么时候看不起你了？"

罗雨叫道："你就是看不起我，今天你那两位朋友也看不起我，我敬他们酒，他们根本就不想喝，你也不帮着我劝他们，让我差一点下不来台。"

傅华没想到罗雨在这个时候提起了中午的事，心里别扭，不过他知道罗雨是喝多了，他也不好过于跟一个醉汉计较，便解释说：“小罗，我不是跟你说了吗？我那两个朋友不能闹酒嘛。好啦，你今天喝得实在太多了，听我的，回去睡觉吧。”

罗雨叫道：“不行，我没喝多，我心里清楚着呢，他们就是看不起我。”

傅华有些无奈了，他知道跟这个醉汉是缠夹不清的，便看了看高月，说：“小高，罗雨喝多了，你把他劝回去吧。时间也不早了，我要先走了。”

高月说：“好吧。这里交给我了，傅主任。”

傅华站起来就往外走，罗雨看傅华要走，站起来一把拉住了他，说：“你不能走，傅主任，跟我喝了这杯酒再走。”

傅华心中已经有点恼火了，不过还是压住了火气，毕竟这是罗雨升职的庆祝会，他不想让他下不来台，便说：“小罗，你已经喝多了，赶紧给我回去睡觉。”

傅华的语气已经有些严肃了，罗雨却还抓住傅华不肯松手，高月这时就过来去拉罗雨，说：“罗雨，你听我的，时间不早了，傅主任急着回去，你松手。”

罗雨根本就不听高月的，一把就推开了高月，说：“不要你管，我要跟傅主任喝酒，你来瞎掺和什么?”

高月没有防备，被推了一个踉跄。

傅华这下再也克制不住了，他一把甩开了罗雨的拉扯，指着罗雨的鼻子叫道：“罗雨，你知不知道你在干什么？喝了二两猫尿就不知道自己是谁了是吧?”

说着，傅华瞅到桌上一瓶开了的矿泉水，就一把抓过来，将大半瓶矿泉水倒到了罗雨头上，说：“你给我醒醒酒吧。”

罗雨被骂愣了，这还是他第一次看到傅华发火，傅华在他眼中向来是一个修养很好的人，就是在被骗的那一次他也没有对下面的人发过火。

满桌的人也都愣住了，大家都呆坐着看着傅华，傅华将空了的矿泉水瓶扔了，指着罗雨说：“去两个人把他送回宿舍。”

便有人和高月一起把罗雨架了起来，罗雨此刻也有了一点清醒，不敢再挣扎，就听凭人把他架走了。

傅华看了一眼一直坐在旁边不吱声的林东，他看得出来林东眼神中满是幸灾乐祸，心里知道林东觉得是看了笑话，他费尽心机提拔起来的罗雨就是这副德行。

傅华说："老林啊，今天就这样，散了吧。"

两人就离开了，傅华因为喝了酒，就在大厦门口叫了一辆出租。出租车刚离开海川大厦，高月就打了电话过来，说："不好意思啊，傅主任，今天罗雨惹你生气了。"

傅华笑笑说："没事啦，他喝多了嘛。"

高月说："他可能自己也觉得没趣，回去就睡了。"

傅华说："没想到这小罗喝了酒是这德行，今天出多大洋相啊，回头你说说他，他现在已经是副主任了，上上下下都在看着呢，这么闹法他怎么建立自己的威信啊，日后不准他再喝这么多了。"

高月说："我知道了，我会跟他好好谈谈的。傅主任，你也别往心里去，他今天说的都是醉话。"

傅华挂了电话，看着出租车窗外的夜色，暗自摇了摇头。虽然他嘴上说不计较，可是心中对罗雨今天的表现是很不满意的。

以前从来没注意到罗雨还是这样一个人，酒后无德不说，心眼还有点小，苏南和晓菲没喝他的酒，他就记在心里了，他不知道苏南和晓菲是什么样个性的人，能婉拒他已经是看在自己的面子上了，不然的话他们才不会应酬他呢。

这个人在提拔前后真是差别很大，自己是不是看错了他了？傅华心中暗自警惕，他一向很信任罗雨，基本上很多事情都跟罗雨推心置腹，这一次为了罗雨能当上副主任费尽了心机。但现在看来，罗雨似乎并不能做到什么事情都跟自己推心置腹，起码在徐正推荐罗雨这件事情上，罗雨就没跟自己说实话，而是装作没事人一样。

这让傅华心里很别扭，你拿他当做真心朋友的人，却在这么关键的事情上跟自己有所隐瞒，这是怎么都无法谅解的。今天又在自己面前闹了这么一出，是不是他当上了副主任了，身后又有徐正的支持，自觉身价不同了，敢跟自己叫板了？

原本傅华还没拿徐正推荐罗雨当回事，可现在不得不重新审视这件事情了，他开始觉得事情不这么简单了。这其间是不是徐正跟罗雨达成了某种默契了？自己费尽心思的部署，会不会反而被徐正利用成为对付自己的利器了？

傅华并不能确信罗雨就一定跟徐正勾结了起来，不过他心中却对罗雨有了提防，罗雨也实在没什么分量，一点自制能力都没有，刚当上副主任就轻飘飘不知道自己姓什么了，这种人也是不能委以重任的，否则很难说他不会坏事。

原本傅华还想罗雨上来了，自己的担子可以轻一点了，他很想把海川大厦这部分的管理交付给罗雨，打算让罗雨在顺达酒店里面兼个副总经理的职务，将酒店和海川风味餐馆这方面的业务都由他分管，自己专心于驻京办本身的事务，现在罗雨这样的表现，让他不得不重新考虑这么做是不是合适了。

过于倚重罗雨，也许会让自己陷于一种被动的局面。一来罗雨能不能担负起这个责任还很难说。这段时间的表现让傅华感觉罗雨还稚嫩得很；二来过于倚重罗雨，一定会激怒林东，林东不知道会从什么地方跟自己捣乱了。

也许自己要在林东和罗雨之间找找平衡了，不能让他们之间的任何一个做大，否则将要危及的就是自己了。

想到这里，傅华暗自叹了一口气，要想充分认识一个人还真不是一件容易的事，罗雨跟自己朝夕相处已经很有一段时间了，自己一向以为很了解他，可是直到今天他再明白，自己对罗雨的了解仅限于罗雨想要表现给自己看的一面，他不愿意给自己看的一面刚刚露出了冰山的一角，这一角的下面还不知道隐藏有多少不为人知的东西呢。

第二天一早，傅华到办公室的时候，罗雨已经等在办公室的门口了。傅华笑了，说："醒酒了？"

罗雨不好意思地摸了摸脑袋，说："对不起啊，傅主任，昨晚我喝得太多了。"

傅华开了办公室的门，把罗雨让了进来，然后关上了门，这才转过身来，说："小罗啊，你现在不同以前了，你也是副主任了，你昨天那个样子可是真的不像一个副主任了，也实在不像我原来认识的罗雨了。"

罗雨低下了头，说："对不起啊，傅主任，我昨天真是中了邪了，也不知道都胡说八道了些什么。"

傅华看了看罗雨，他并不想就此去质问罗雨，他觉得这个年轻人也许真是太过兴奋，没控制住自己，说的话大概也是一时气愤而已。

傅华说："昨天的事情已经过去了，你说过什么做过什么都无所谓了。我希望你今后能够自律一点，不要再喝这么多酒了。做事说话多经经大脑，要有一个做领导的样子了。"

罗雨说："我知道，我今后会注意。"

罗雨出去了，傅华看着他的背影，心里暗自摇了摇头，这家伙虽然道歉了，可是他始终还是没提徐正推荐他的事情。

海川市，副市长秦屯牵挂了多日的副书记任命迟迟没有消息，他有些坐不住了，便打了电话给省委副书记陶文，询问自己拜托他推荐接任海川市委副书记的事情。

他那一次跟许先生联系之后，就按照许先生的吩咐回来四处托人找省级领导帮忙，最后找了省委副书记陶文，经过一番运作，陶文答应帮他这个忙，向省委推荐他接任空出来的海川市市委副书记。

陶文听完秦屯的意思，笑笑说："小秦啊，你也不要着急，运作是需要一点时间的，这个事情我已经跟郭奎同志在书记会上谈过了，我向他推荐了你。"

秦屯心一下子揪了起来，他很关心郭奎当时对这一推荐的反应，赶忙追问郭书记的态度。

陶文说："郭奎同志当时没表态，只是说会认真考虑的。"

秦屯心里更加悬了起来，认真考虑就有两种可能，一种认真考虑了之后，认为这个同志可堪大任，同意这个人选；另一种就是认真考虑之后，这个同志还是不行。这可能是一种认可，也可能是一种推辞，反正正反都是可以的，这根本就是含糊的，让秦屯怎么能放下心来。

秦屯说："陶书记，您看能不能再跟郭书记说说，强调一下。"

陶文笑了，说："小秦啊，你因为这是什么，做生意吗？可以讨价还价？

没办法了，话只能说到这里。不过，你可以放心，我想郭奎同志不会把我的推荐不当回事的。”

秦屯没办法再说什么了，只好说：“那谢谢陶书记了。”

陶文挂了电话，这时秘书走进来说：“陶书记，振东集团的苏南董事长已经到了。”

陶文站了起来，说：“快请，快请。”

秘书打开了门，将苏南请了进来，陶文迎上前去，笑着跟苏南握手，说：“苏老弟，欢迎到东海省来啊。”

苏南笑笑说：“陶副书记，有些日子没见您，您还是老样子，根本没变嘛。”

陶文笑了，说：“变了，怎么没变？现在的身体越来越不行了。怎么样，你们家老爷子身子骨还硬朗吗？”

陶文跟苏南认识，结缘于苏老爷子，苏老爷子还在位的时候，曾经有一次到东海省来视察，陶文是接待人员之一，因此跟苏老爷子认识了。苏老爷子当时就对陶文很是赏识，在陶文以后的仕途发展上起了不少的作用。陶文进京也常常去拜访苏老爷子，因此就认识了苏南。

苏南笑笑说：“还行吧，不过很少出门了。”

陶文笑着说：“脾气还是那么暴躁吗？”

苏南笑笑说：“是，动不动就想踢人屁股。”

陶文呵呵笑了起来，说：“这是他老人家的口头禅了，当年我跟苏老聊天的时候，不知听他说过多少次要踢人屁股，可还没见过他真踢过一次呢。”

陶文将苏南让到沙发坐下，秘书倒上了茶，退了出去。

陶文笑着看了看苏南，问道：“老弟，这次千里迢迢跑到我们东海省来，是想做什么大生意啊？”

苏南笑笑说：“您的眼睛还是这么毒，一眼就看穿了我的来意。最近东海省海川市有一个大项目，我们振东集团很感兴趣。”

陶文笑了，说：“海川新机场是吧？”

苏南点了点头，说：“您一说就中，是不是什么人已经找过您了？”

陶文摇了摇头，说：“倒没人找过我，不过能惊动振东集团的董事长亲自跑来的，这个项目不用说也不会小了。海川市现在能够得上这个重量级的，只有海川新机场项目了。不过，好像这个项目还没正式立项吧？”

苏南说：“是还没正式立项，不过就是几个月之间的事情了。我想预先做些布置，不然等正式立下项来怕是什么都晚了。”

陶文点了点头，说：“早起的鸟儿有食吃，你早一点行动是对的。这个大项目我想惦记的人肯定多，虽然没人找我打招呼，不代表别人那里没人找。”

苏南说：“对啊，我就是考虑到这一点才跑来的。”

陶文说：“看来回头你会去海川市的，你去那里要找谁？”

苏南说：“我要找市长徐正，一个朋友曾经介绍我认识了他。”

陶文说：“那你找我的意思是？”

苏南笑笑说：“我现在跟徐正只能说是认识，而且我朋友在徐正那里分量不够，所以我希望您能帮我适当打个招呼。”

陶文笑笑说：“这个招呼我可以帮你打，但能不能起到决定性的作用我可不敢说。老弟，我也老了，人家会不会拿我当回事很难说。”

陶文虽然在秦屯面前没有明说，可是他心中对郭奎对他的提议没有当场表示接受还是有些不满的，如果程远书记在的话，就不会有这种事情了。他敏感地意识到，他的影响力在降低了。也是，一朝天子一朝臣，现在当家的换人啦，自己再想维持前朝的风光看来有些难了。

苏南笑笑说：“您是东海省的元老了，他们不在乎谁，也不敢不在乎您啊。我也没别的要求，只要您帮我打个招呼就好。”

陶文笑了，说：“老弟啊，不要捧我了，这个招呼我是可以打的。你准备什么时候去见徐正啊？”

苏南笑笑说：“我想明天就去海川。”

陶文说：“好吧，那我马上就给徐正去个电话。”

陶文就拨通了徐正的电话，笑笑说：“小徐啊，我陶文啊。我以前的老领导的公子来看望我，聊天的时候说起你来了。”

徐正笑笑说：“不知道您这位贵客是哪位啊？”

陶文说：“就是那位苏老的公子苏南啊，振东集团的董事长，他说在北京跟你吃过饭。”

徐正笑笑说："哦，是苏董啊，对对，那次在北京，承蒙苏董看得起我，专门请我吃过一顿饭的。他这次来东海有什么贵干吗？"

陶文笑笑说："这我倒不是很清楚，我让他自己跟你讲吧。"

苏南就接过话筒，说："您好啊，徐市长。"

徐正笑笑说："您好，苏董。北京一别，可是有些时日没见面了。"

苏南笑笑说："是啊，我这一次到东海来，就是想看望一些朋友。刚才还跟陶副书记说起呢，说我想明天去海川见见徐市长呢，不知道您明天有时间吗？"

徐正笑笑说："有时间，有时间，苏董要来，我肯定有时间。"

苏南笑笑说："不会给您造成不必要的麻烦吧？"

徐正笑笑说："我欢迎还来不及，怎么会有麻烦呢？上一次在北京承蒙您盛情款待，我一次还想找机会好好回请一次呢。"

苏南说："那我明天上午九点准时去拜访您。"

徐正说："那我就恭候大驾了。"

陶文这时把话筒接了过去，说："小徐啊，我这位苏老弟难得过来东海省一趟，我就交给你了，你可要帮我招待好了。"

徐正笑笑说："陶书记，看您这话说得，苏董也是我的朋友，我怎么能怠慢他啊？您就放心吧。"

陶文挂了电话，看了看苏南，笑着说："我相信你这一次去徐正一定会盛情款待的。"

苏南心里明白，陶文虽然在电话里一句具体的事情都没说，可是他已经在徐正面前帮自己做了背书，陶文实际上是在跟徐正说：这个苏南是我很重要的朋友，你要怎样对待他我可是在背后看着呢。

徐正能做到今天这个位置，仕途经验肯定丰富，苏南相信他心里清清楚楚知道陶文话里的含义，便笑笑说："谢谢陶副书记了。"

陶文笑笑说："老弟客气了，这点小忙我这个做哥哥的还是应该帮的。"

跟陶文结束了通话，秦屯却无法真的放下心来，他并不敢把希望都完全寄托在陶文身上，陶文已经老了，虽然是东海省的元老级人物，在东海省有雄厚的政治基础，可是东海省刚刚改朝换代，他原本的政治联盟程远书记已经离开了，郭奎会不会拿他当回事还真很难说。

秦屯判断陶文在东海省的影响应该已经式微，不然的话郭奎也不能对他的推荐说要考虑考虑，而应该直接就答应下来。郭奎之所以说要考虑，也许是不好意思当面驳陶文的面子吧。

幸好，秦屯也没把希望全都寄托在陶文身上，他北京还有更硬的后援，他认为这个时候应该找找许先生为他加把劲了，于是他拨通了许先生的电话。

过了许久，接通之后，许先生笑笑说："有什么事吗，秦副市长?"

秦屯笑着说："许先生在忙什么呢?"

许先生听秦屯话味当中并没有指责的意思，看来秦屯想要当副书记这件事情还没有出来结果，他刚才迟迟不肯接通电话，就是担心秦屯想要当上市委副书记的企图再次落空，此刻听秦屯还能笑得出来，便知道没事。他放下了心，笑笑说："我刚才在卫生间，没听见电话响。你找我有什么事吗?"

秦屯有些不高兴了，说："还能有什么事啊，你跟某某说我的事情了吗?"

许先生笑了，心说这家伙还在以为我会帮他找某某啊，我倒真想去找某某，可是也得某某肯见我啊，我连某某家门朝哪开都不知道，又怎么能见到某某呢，不过既然这家伙还在相信我，那我就继续蒙下去了，不然也对不起这个傻瓜，便满口打包票说："说了，这件事情我跟某某说了，你放心，误不了你的事。对了，我让你在省里找人你找了吗?"

许先生让秦屯去省里找人，是因为他知道秦屯迫切想要升迁的心情，在这种心情之下，他肯定不能把希望都寄托在某一个人身上，除非某一个人能让他确切相信一定会帮他拿到这个职位，可是几乎没有人能够肯定地跟他说这样的话，就算他要找的某某真的想要帮他，也是无法做到这么肯定无误的。因此秦屯必须采用乱枪打鸟的方式四处托人，直到尘埃落定那一刻。而许先生就是利用了他这种心理，希望秦屯的乱枪可以打到鸟儿，到时候秦屯肯定也分不清谁真正起到了作用，而谁又没有起到作用。那时候许先生出来贪天功为己有，想来就是秦屯也无法反驳。

这就是许先生的狡猾之处了，他是想能浑水摸鱼，这样还可以继续骗下去。

秦屯说："找了，我找了省委副书记陶文，他说跟省委书记郭奎已经推荐我了。不过郭奎说要考虑考虑，并没有直接答应。许先生，现在这个状况显然不行啊，郭书记态度还不明朗啊。"

许先生心中暗喜，他就是希望现在这个省委书记态度不明朗，明朗了不就没他什么事了吗，便笑着继续吹嘘说："你不用担心了，这不是还有某某在吗？我跟你说，这一次某某见到了那个昌化鸡血玉山子很是高兴，我又跟他说你已经送过瓷瓶了，某某很是感动，说你真是有心，有好玩的物件都记挂着他，这一次他说一定会全力帮你的。所以我保证这一次让你心想事成，你就坐在家里等好消息吧。"

秦屯激动了起来，说："某某真的这么说的？"

许先生笑笑说："当然了，我骗你干什么？他还说日后一定会留意你的事情的，有更好的机会他还会想着你的。"

秦屯喜出望外，笑着说："那简直太好了，我的心血没有白费，看来这一次一定能成功了。"

许先生说："秦副市长，这件事情你是交托给我许某人身上的，我会让你失望吗？"

秦屯心说：你也没少赚我的钱吧。不过如果能把事情办成了，花点钱还是心甘情愿的，关键是这件事一定要办成。

秦屯说："许先生，我觉得你还是再去跟某某说说，让某某好好跟郭书记说一下，现在事情在裉节上，加一把劲就成了。"

许先生说："我知道了，你放心，放下电话我就马上跟某某联系，把这件事情跟他着重讲一下，保你马到成功。"

第二天上午九点，苏南到了海川市政府，徐正已经在等着他了。

徐正笑着跟苏南握手，说："欢迎苏董到我们海川来做客。"

苏南笑笑说："我是路过东海，就想顺路来看望一下您，不耽搁您办公吧？"

徐正笑了，说："朋友来看我，我再忙也得腾出时间来，更何况来的是苏董啊。"

两人分宾主坐下，徐正笑着问道："苏董是怎么认识陶副书记的？"

苏南笑了，说："我父亲曾经来过东海省，当时跟陶副书记结了缘。后来承蒙陶副书记看得起，他到北京就会去看望我父亲，一来二去，我们就认识了。陶书记是个厚道人，总记挂着我父亲。"

徐正笑笑说："苏董这一次是过来办什么事情啊？"

苏南说："振东集团一个分公司出了点事情，我不得不来处理一下。"

徐正笑笑说："振东集团在东海也有分公司？"

苏南说："是，不过不在海川，而是在省城齐州。"

徐正笑着摇了摇头，说："你们的振东集团实力还真是强大。"

苏南笑笑说："也都是朋友帮忙，给口饭吃而已。说起这个，我正好有件事情想问一下徐市长。"

徐正心知这才是苏南来的正题，笑了笑说："苏董想问什么，我是知无不言，言无不尽的。"

苏南说："我得到消息说，贵市新机场项目马上就要立项了，不知道贵市准备如何进行这个项目啊？"

徐正笑了，说："苏董消息还真是灵通，确实是，新机场项目审批进行到了最后阶段，发改委即将正式立项。这项工程规模庞大，又是上上下下经过很多部门审批下来的，谁也不敢打马虎眼的，肯定会走招投标程序的。怎么，苏董也有兴趣？"

苏南笑笑说："我们振东集团旗下有一家机场建设公司，从事专业机场场道施工与机场建设。公司具备机场场道工程专业承包壹级、桥梁工程和公路路面工程专业承包贰级资质，2002 年顺利通过了 ISO9001：2000 质量管理体系认证，是能够承担起贵市新机场施工任务的。"

徐正笑了，说："苏董应该知道现在已经不是行政命令决定一切的时候了，我只能是说，欢迎苏董的振东集团加入到新机场招投标当中去了。"

苏南笑笑说："我清楚这里面的情形，您知道我们振东集团在海川人生地不熟，只是跟徐市长您有这么几面之缘，我们很是需要您的支持啊。"

徐正说："苏董放心吧，我们肯定会公正对待每一个来投标的公司的。"

苏南说："这我就放心多了，其实我也是多余担心，有徐市长在这里主政，肯定会公正对待每一个来参加招投标的公司的。"

徐正笑笑说："苏董有这种担心也很正常，现在好多地方遇到这种工程招投标的情况，往往是上下其手，随意左右招投标的结果，这种情况在我们海川市一定不会发生，我们一定会确保这一次招投标活动达到公平、公正、公开三个原则的。"

苏南笑了，说："徐市长还真是一个讲原则的好领导啊。"

徐正笑笑说："唉，怎么说呢，现在这社会上的歪风邪气太厉害了，有些都让人都觉得匪夷所思。徐某人不得不时常心存警惕，不要被这种腐败的风气腐蚀了。当初我出来做官的时候，父亲就提醒过我，要我时常念一念自己名字的这个正字，他老人家教育我说，做官要行得正，才能百毒不侵。"

苏南笑笑说："令尊着实令人敬佩。说到这个正字，正好这一次我来海川带了一份礼物给您，很贴近您这种心境。"

徐正笑了，说："苏董啊，你这就不应该了，刚刚我说了行得正，你马上就要送我礼物，这不是难为我吗?"

苏南笑笑说："您还没看到我要送给你什么，看到了就不会说我了。我带来的只是一个书法册页，写的是文天祥的《正气歌》，是不是很贴合您现在的心境啊?"

说着苏南拿出了一个很古旧的册页，递给了徐正，徐正一看那泛黄的封面，便知道这东西时代很久了，打开一看，里面写着：《正气歌》——文天祥，天地有正气，杂然赋流形。下则为河岳，上则为日星。于人曰浩然，沛乎塞苍冥。皇路当清夷，含和吐明庭。时穷节乃见，一一垂丹青。在齐太史简，在晋董狐笔。在秦张良椎，在汉苏武节。为严将军头，为嵇侍中血。为张睢阳齿，为颜常山舌……悠悠我心悲，苍天曷有极。哲人日已远，典刑在夙昔。风檐展书读，古道照颜色。

落款写着嘉靖丙申秋七月二十三日书，徵明。后面跟着一个红色篆刻的小章。

册页上的字不大，行书体，很有王羲之行书的风格，温润秀劲，法度谨严而意态生动。虽无雄浑的气势，却具晋唐书法的风致，也有自己的一定风貌。

这竟然是明朝四大才子之一的文徵明的作品，文徵明号称诗书画三绝，他的行书作品历经几百年能够流传下来自是价值不菲。

徐正笑着将册页递还给苏南，推辞说："苏董玩笑了，我就再没有见识，也知道是价值不菲之物，这我可不能收。"

苏南笑了，说："这徐市长就有所不知了，这个册页是不是文徵明的真迹还很难说，专家说存疑，清朝有名的书画著录书《石渠宝笈》对这个册页没有丝毫记载。我带它过来，不是说它值多少钱，只是取其正气二字。试问这正气二字不正贴合您的心境吗？您如果不收，那就是嫌弃它不够贵重了？"

徐正看得出来这个册页古意盎然，字迹精妙，绝非假货，即使不是文徵明亲笔所写，可能也是跟文徵明时代相近的后人的摹本。他心中也是很喜欢，不过他还是有些不好意思就这么接下来。

徐正又把册页往外推了推，说："这不好吧？"

苏南听徐正的语气弱了下来，便知道他还是有些心动了，就又将册页推了回去，说："我刚才听徐市长一番慷慨陈词，觉得我带这份礼物还真是带对了，也只有徐市长才衬得起这正气二字，您如果再推辞，就是看不起我了。"

徐正笑了，说："叫苏董这么一说，我还真是不好意思推辞了，那我们就以正气这两个字共勉吧。"

苏南笑笑说："对，对，共勉。"

两人又闲聊了一会儿，看看时间已经是中午了，徐正就留苏南一起吃饭，苏南正要趁机跟徐正混熟，假意推辞了几句，就答应了下来。

徐正领着苏南去了海川的西岭宾馆，一进门正好看到吴雯在大堂里吩咐服务员做事，徐正笑着说："吴总，今天没去工地啊？"

吴雯笑着说："您好啊，徐市长，工地上已近收尾阶段，不用我时时看着了，今天就没过去。"

徐正笑着说："怎么样，销售状况如何？"

吴雯笑着说："销售状况良好，这还应该多谢徐市长您的支持啊。"

徐正笑着摇了摇头，说："是你的房型适合了市场的需求，与我无关的。吴总，你不是在北京待过吗？今天我邀请的这位客人也是北京来的，振东集团的董事长苏南先生，不知道你是否认识？"

吴雯笑笑说："北京大着呢，我哪能每个人都认识啊？欢迎你来做客，苏董。”

苏南笑着跟吴雯握手，说：“想不到在海川能够见到这么美丽的老板娘，幸会了。”

吴文笑笑，说：“苏董真会说笑。徐市长你们先过去，我把这边布置完了就过去。”

徐正就领着苏南去了雅座，这是双方第二次坐在酒桌旁，少了很多拘礼，气氛活跃了很多。

喝了一会儿，吴雯来了，进门就赔不是说：“不好意思，徐市长、苏董，我酒店的杂事太多，忙到现在才过来。来，我先给各位满上。”

吴雯就给众人把酒斟满，然后笑着说：“还不知道苏董这一次来海川是做什么？”

苏南笑笑说：“我是顺路来看望徐市长的。”

吴雯就端起酒杯，笑着说：“这杯酒欢迎苏董来我们海川市。”

众人喝的是白酒，苏南面有难色，他不想一口就干掉这一大杯白酒，吴雯笑了，说：“苏董啊，你不会害怕我这个女流之辈吧？”

苏南笑笑说：“现在是巾帼不输须眉，女人在酒桌上能抬起杯来的，都是好酒量的。”

徐正笑着说：“苏董啊，别人敬的酒你不喝我不好说什么，这么美丽的女主人敬的酒你也不喝，也太说不过去了。”

苏南见这架势，知道这杯酒逃不过，便笑着说：“那我舍命陪君子了。”

碰了杯，吴雯一口就杯中酒干掉了，苏南也没示弱，跟着也喝干了杯中酒。

吴雯又将酒斟满，说：“苏董，我曾经在北京待过几年，我的第一桶金就是在北京赚取的，我对北京有着很深的感情，今天见到你这个北京来的贵客，感到特别亲切，可以说我算半个北京人，也就跟您算是半个老乡，老乡见老乡，两眼泪汪汪，我怎么说也要再跟你干一杯。”

苏南笑了，说：“吴总，我真是佩服你这敬酒的口才了，不过，我可真是不能全干掉了。”

吴雯笑笑说：“苏董不愧是北京来的贵客，您今天来了海川，是屈尊到了地方，这杯酒没说的，一定要干掉。”

苏南笑着看了看徐正，说：“徐市长啊，您今天真是找了一个好地方啊，你们这里的女将厉害啊。”

徐正笑笑说：“吴总确实很能干，再说这里是吴总的地盘，这酒我也帮不了你。”

吴雯笑笑说：“对啊，我的地盘我做主，苏董，不会这么点面子都不给吧？”

苏南有些无奈，只好再次跟吴雯干掉了杯中酒，不过，吴雯再要给他添酒，他说什么也不肯了。最后徐正说和，苏南才肯再添了半杯酒。

酒桌上加入了女人，又是这么漂亮的女人，气氛就更活跃起来，吴雯在其中敬这个，敬那个，大家喝得不亦乐乎。

喝完酒，苏南说要离开海川，徐正笑着说：“苏董，好不容易来一趟，多住几天吧？”

苏南笑着摇了摇头，说：“我也想多玩几天，可是集团很多事等着我处理呢。”

徐正说：“那我就不好再留了，保持联系。”

苏南就上车离开了，徐正也回了市政府。吴雯送走了这些人，回到了办公室，给刘康拨了一个电话。

吴雯笑着说：“干爹，这一向身体还好吗？”

刘康笑笑说：“还行吧，你那边工程进行得怎么样了？”

吴雯笑笑说：“进展顺利，已经快收尾了。”

刘康笑笑说：“那就好。今天打电话找我干什么？”

吴雯说：“干爹，北京有个振东集团你知道吗？”

刘康说：“我知道啊，挺大的一个公司，很有实力。怎么了？”

吴雯笑笑说：“他们的董事长刚刚从西岭酒店离开，这个人真是好风度啊，喝了那么多酒，行为举止一点都不乱，一副贵公子的架势。”

吴雯对苏南印象不错，因此才会向刘康说起他。

刘康惊讶地叫了一声：“苏南去海川了？”

吴雯愣了一下，说：“干爹认识苏南？”

刘康说：“我知道这个人，你说他一副贵公子的架势，一点没错，他就是那样，走到哪都是众人瞩目的焦点。他没说去海川做什么吗？”

吴雯说："是徐正请的客，苏南说是顺路来看徐正的。"

刘康迟疑了一下，说："这家伙跟徐正搭上关系了？"

吴雯说："是，看样子，俩人还很亲近。"

刘康说："这家伙，这么早就开始布局了。"

吴雯笑笑，说："干爹啊，什么这么早就开始布局了？我看苏南就是路过而已，喝完酒之后他就赶回北京了。"

刘康笑了，说："他是振东集团的董事长，每天忙得不得了，才没闲工夫去路过你们海川呢。"

吴雯说："干爹，你别打哑谜了，究竟怎么回事啊？"

刘康说："我想苏南肯定是在打海川新机场项目的主意，振东集团旗下有一家机场建设公司，在机场建设方面很有实力。"

吴雯说："海川新机场项目我知道，听不少来吃饭的官员们聊起过这个项目，不过好像还没正式立项。"

刘康说："这个项目涉及几十个亿的规模，是一个很大的项目，所以就把苏南这样的贵公子也引到了你们海川去。现在是项目立项在即，苏南跑去海川，就是为了争取这个项目预作布局的。哼哼，这家伙想得美。"

听刘康的口气似乎很不高兴苏南染指新机场项目，吴雯愣了一下，说："干爹，莫非你也想争取新机场这个项目？"

刘康笑笑说："这么大一块肥肉，谁会不心动啊？我如果不是想得到这个新机场项目，费那么大劲儿帮徐正保住市长宝座干什么？"

原来刘康早就有所打算了，吴雯笑笑说："干爹真是老谋深算啊。"

刘康笑了，说："我和苏南一样，手下都有一大批人指着我们吃饭呢，我们不多想一点，早就被人挤垮了。"

吴雯笑笑说："这倒是，以前不经营企业我不知道，现在我经营企业了才知道其中的艰辛。"

刘康笑了，说："是啊，不当家不知柴米贵。小雯，你不是早就想要干爹去海川看一看吗？"

吴雯笑笑，说："干爹你要来海川？"

刘康笑笑说："当然了，我不去海川，又怎么去认识你们的徐正徐市长呢？"

第四章　志在必得刘康出手，色诱利诱徐正动摇

刘康是颇有实力的康盛集团董事长，为了获得新机场建设项目，通过干女儿吴雯，打通关节见到了徐正。徐正架不住吴雯美酒美色一番温柔，架不住刘康酒酣耳热之际暗示事成之后定当重谢，也就半推半就，心领神会了。建设工程招投标尚未开始，徐正的天平已经倒向了康盛集团。

罗雨被任命为副主任之后，傅华因为对他在这前后的表现并不满意，因此打消了让他去酒店兼任副总经理的计划，就让他仍然分管原来办公室那一摊和餐馆。最重要的酒店方面傅华仍然一手把持着，不让林东和罗雨插手。此刻，傅华就正在章凤的办公室，谈酒店方面的事务。

赵淼进来坐了下来，对着章凤说："章总，你要管管大堂的刘经理，太不像话了，工作期间竟然不在岗位。这要是我分管的，我一定批评他。"

章凤笑笑说："我知道了，回头我批评他就是了。"

赵淼又跟两人聊了几句，就离开了章凤的办公室。傅华笑着说："赵淼还挺负责的。"

章凤笑笑说："是，他挺认真的，这一点我挺欣赏他的。"

傅华说："我岳父也许应该好好谢谢你，你把他的儿子带得这么好。"

章凤笑了，说："不是我带得好，是赵淼本身的素质很好，我又没管他什么，只是给他一个发挥的空间而已。"

晚上，傅华和赵婷回家吃饭，赵凯、赵淼也回来了，傅华就讲了章凤表扬赵淼的话，赵淼听完，笑着问道："章总真的这么讲了？"

傅华笑笑说："我骗你干什么，她说很欣赏你啊。"

赵婷笑着说："章凤也是一个认真的人，看到认真的人自然很欣赏啦。"

赵凯笑笑说："小淼啊，爸爸也觉得你做得不错，如果你能把这股劲用在我们通汇集团就好了。"

赵淼说："好啦，爸爸，我知道您工作的辛苦，不过你放我在外面锻炼几年吧，我觉得我现在还没有能力在通汇集团工作，您那里的复杂局面我还应付不过来。"

赵凯愣了一下，儿子竟然说出来自己辛苦的话，他感到儿子已经开始有责任感了，点了点头说："小淼，我觉得你成熟了很多。看来你去酒店工作倒不是一件坏事。"

吃完饭，赵淼拉了一下傅华的胳膊，对傅华说："姐夫，你跟我来，有件事我想请教你。"

傅华进了赵淼的房间，笑着问："什么事啊，这么神秘？"

赵淼有些不好意思地看了看傅华，说："姐夫，有件事我想请你帮我拿拿主意，不过事先声明一点，你可要给我保密啊。"

傅华笑笑，说："说吧，究竟什么事啊？"

赵淼又露出了不好意思的神情，看着傅华说："姐夫，我觉得我喜欢上章总了。"

傅华惊讶地叫了一声"什么，你说你喜欢章凤？你知道章凤可是比你大的。"

赵淼脸腾地一下子红了，说："你别叫啊，我知道章总比我大，可是也没大多少啊，我觉得这个应该不是问题吧？再说大才显得成熟，你没看我那些同学，一个个娇滴滴的，都像是没长大的孩子，真是没劲。"

傅华说："可是不知道爸爸妈妈会怎么看这件事？"

赵淼说："我心中也没底，不过这还不是最关键的，关键是章总是怎么一个看法啊？"

傅华说："这个谁知道啊，这是要问她本人的。"

赵淼说："姐夫，你能不能帮我问她一下啊？"

傅华愣了一下，说："这个我怎么去问？最好你自己去问。"

赵淼说："我有些害怕，一旦她拒绝了我怎么办？你能不能帮我侧面问她一下，她如果不反对，我再去跟她说。"

傅华看了看赵淼，问道：“小淼啊，你告诉我，你喜欢章凤什么？”

赵淼说：“章总做事雷厉风行，身上有那么一种干练的劲，你不觉得这样的女人很酷吗？”

章凤身上是有一种女强人的气质，甚至某种程度上还有些男子气，这点傅华并不欣赏，他觉得女人还是应该温柔一点才对。

傅华说：“不过，你没觉得章凤并不漂亮吗？”

赵淼说：“没有啊，我觉得章凤身上有一种不同于北方姑娘的风味。”

傅华笑了，说：“那是当然了，她是南方人嘛。”

赵淼苦笑了一下，说：“不管怎样，我就是喜欢她，每天看到她，我就有了精神。”

傅华恍惚有些明白，这赵淼从小在赵凯的羽翼庇护之下长大，性格自然有些柔弱，他遇到了一个男人性格很有主见的女人，自然是很受吸引了。

不过，这件事情傅华还真是不敢贸然就出手帮赵淼，他无法想象赵凯对这件事情会持什么态度，如果赵凯支持还好，如果他不支持的话，自己这么掺和，会让一家人产生嫌隙的。

傅华笑了笑说：“小淼啊，首先声明一点，我不是反对你喜欢上章凤，这件事情你是不是先跟爸爸妈妈沟通一下，看看他们的意见如何？”

赵淼面露难色，说：“我怕爸爸反对，而且现在章凤那边也不知道是什么态度，贸然跟爸爸谈，也不是个事。”

傅华也觉得赵淼说得不无道理，章凤还不知是什么态度，贸然跟赵凯谈也确实不是个事。不过，这件事情还是应该由赵淼自己去谈的。

傅华看了看赵淼，说：“小淼啊，我倒不是不愿意帮你去跟章凤谈，可是你想过没有，我去谈，章凤会不会觉得不好意思呢？那样即使她内心中愿意，可能也不好表现出来，是吧？”

赵淼挠了挠头，说：“那怎么办呢？这样不行，那样也不行的。”

傅华说：“我觉得你应该鼓起勇气来，喜欢一个人就勇敢地去面对她。”

赵淼露出了为难的表情，说：“那我怎么跟章总去表示啊？”

傅华笑笑说：“你不要把她当做你的上司，你把她简单地当成一个女人，一个需要去呵护的女人不就行了吗？”

赵淼说：“不行啊，在章总的办公室我总感觉她很威严，这样状况之下我说不出来。”

傅华说：“你如果感觉在办公场所说不出来，可以把她约出来。”

赵淼还是很为难地说：“我怎么约她？我能说章总，我想约你出来告诉你喜欢你吗？”

傅华笑了，说：“小淼，我真是服了你了，你从来没追过女孩子吗？”

赵淼笑笑说：“我倒不是没追过，可那都是些小女生，我在她们面前有自信，章总与她们不同的。”

傅华看了看赵淼，他感觉这赵淼还是个孩子一样，他弄不清楚赵淼这个样子是真对章凤动了情，还是出于某种心理想玩一玩，章凤是感情受过伤害的人，是经不起折腾的，便说：“小淼啊，章凤与你是不同的，她已经有了很多的社会经验和感情经验，你虽然已经大学毕业，可踏上社会的时间不长，可以说很多方面还是白纸一张，你是不是再认真考虑一下你跟章凤之间的这种感情？”

赵淼严肃了起来，说：“姐夫，我已经考虑这件事情很长时间了，如果能放得下来我早就放下来了。”

傅华说：“你知道章凤感情上受过伤害吗？”

赵淼说：“我听别人说过，章凤当初就是因为感情上受了伤害才躲到北京来的。”

傅华说：“那你就应该知道你要追她一定要认真，可不能玩的。”

赵淼笑了，说：“姐夫啊，你怎么也不想想，我跟你说这件事情要鼓起多大的勇气，我还要面对的可能是爸爸妈妈的反对，如果我是在玩弄感情，我会玩得这么累吗？”

傅华笑了，说：“我明白了。章凤我可以帮你去约，不过话可要你自己去说，你先想好如何跟章凤说这件事情，想好了告诉我，我就给你约章凤见面。”

赵淼说：“不用想了，我想过很多遍了，可还是想不到完美的表达方法，你帮我约她吧，我有什么说什么好了。”

傅华拍了拍赵淼的肩膀，笑着说：“你这句话说得还有些男子汉气概。有些时候再完美的表达也不如实话实说。行了，我明天上午叫章凤到我们海川风味餐馆来，然后你就过去，你们在那谈吧。”

第二天，傅华在餐馆打了电话给章凤，说餐馆那里有点事情，需要她亲自下来看看。章凤答应了，说马上就过来。傅华又通知了赵淼，让赵淼等几分钟就来餐馆。

傅华将章凤领进了一个雅座，章凤四下打量了一下，说："怎么了，我没看到有问题啊？"

傅华笑着说："你先坐，听我跟你说。你来北京有一段时间了吧？对这边的生活还习惯吗？"

章凤说："开始不太习惯，这边风沙大，气候干燥，皮肤有点受不了。不过现在已经适应了，我觉得这皇城根的生活有它独特的情调，也挺不错的。傅华，你今天怎么了，突然关心起我的生活来了。"

傅华笑笑，说："没什么了，问一下而已。怎么样，打算长期在这边生活吗？"

章凤笑笑说："我已经有点习惯这边的生活了，又有赵婷郑莉这些好姐妹在，在北京挺好的。好了，你别老说些没用的，你到底找我什么事啊？我可是挺忙的，没工夫跟你扯闲篇。"

正说着，赵淼推门进来了，傅华笑了，说："不是我要找你，是小淼有事要跟你谈，我也挺忙的，先走了。"

章凤叫道："你们两个家伙搞什么鬼啊？"

傅华笑着说："你问赵淼吧。"

说完，傅华离开了。

章凤看着赵淼，诧异地问："赵淼，有什么事情不能在我办公室谈，怎么还要找你姐夫来演这么一出？"

赵淼脸涨得通红，诺诺地说："章总，是这样……"

赵淼胆虚地说了半天，也没说出自己想说的话。

章凤急了，说："到底是什么啊？你不说我可要走了。"

赵淼急了，说："我喜欢你，章总。"

章凤愣了一下，旋即看了看赵淼，笑着说："别开玩笑了，小淼，我比你大，是你的姐姐。"

赵淼把最关键的话说了出来，心情轻松了很多，见章凤并没有什么激烈的反应，胆子也大了起来，便反驳说："你又不是我亲姐，也没有什么规定说，男人就不能喜欢比自己大的女人。”

章凤说：“不是，你怎么能喜欢我呢？”

赵森索性豁出去了，大胆表白说：“我怎么不能喜欢你，你性格爽朗，很有主见，我就喜欢你这样的。”

章凤说：“可是我比你大很多的，我们不适合。”

赵森说：“我觉得年纪不是什么问题，再说你也没有比我大多少吧？我二十四岁，你呢？”

章凤说：“我都二十七了。”

赵森说：“你看，才大三岁而已，我们这边说女大三，抱金砖，说明这种岁数的差别还是很被人接受的。”

章凤说：“你说的这都是什么跟什么啊，不理你了，我走了。”

说完，章凤站了起来，就往外走。赵森有些急了，他知道这话已经说开了，今天如果不能得到章凤满意的答复，今后两人的相处就会尴尬起来，自己也会感觉在这里待着不自在的，便伸手一把拉住了章凤的胳膊，说：“章凤，我对你是很认真的，你不要以为我是在开玩笑。你就给我一次机会吧？”

章凤说：“你说的这个事情太突然了，我一点思想准备都没有，我们不能这个样子的，你让我怎么去面对赵婷啊？”

赵森说：“是我喜欢你，与我姐姐有什么关系啊？”

章凤说：“不管怎么样，你先放开我。”

赵森说：“你不答应我，我就不放手。”

章凤说：“你干什么啊，小森，我们不行的。”

赵森急了，说：“怎么不行，你现在又没有男朋友，我找不到不行的理由。”

章凤说：“你放开我，你突然就跟我说这么一套，总得给我点时间考虑一下吧？”

赵森看着章凤的眼睛，说：“这个事情你一定会认真考虑的，对吧？”

章凤说：“我会认真考虑的，你先放手。”

赵森松开了章凤的胳膊，章凤整了整头发，一句话也没说，打开门就离开了。

赵森呆呆地坐了半天，头脑乱成了一锅粥，他不知道章凤最终会给他一个什么答复，他也不敢回去面对章凤，他害怕得到的是一个不好的判决。

傅华正在办公室，晓菲来了，说很想念海川风味餐馆清蒸菜的鲜美，要傅华陪她一起吃。

傅华看看时间，还不到中午，就让晓菲先坐一会儿。晓菲坐到了他的对面，两人刚要说些什么，电话响了，傅华看看是赵淼的电话，对晓菲说：“你先等一下，我接个电话。”

傅华接通了电话，问道：“怎么样，小淼，章凤答应你了吗？”

赵淼叹了一口气，说：“她没答应，只是说要考虑一下。”

赵淼便把当时的情形讲了一遍，然后问道：“你说我要怎么办啊，姐夫？”

傅华笑了，说：“你这个家伙就是笨啊，你怎么能就这么放手了呢？她当时也没怎么挣扎，你应该用点蛮劲的。”

赵淼说：“我怎么用蛮劲啊，我总不能始终用力抓住她的胳膊不放吧？”

傅华有些哭笑不得，谈恋爱这种事情他怎么能手把手教啊，尤其是面前还有晓菲这样一位女士。

傅华捂住了话筒，尴尬地笑着对晓菲说：“不好意思啊，晓菲。”

晓菲笑了，说：“没事，就当我不在这里，大胆传授你的经验吧。”

傅华的尴尬少了些，说：“小淼啊，叫我怎么说你啊，她那个时候没有用力挣扎，就是在犹豫不决，你如果能够给她一点甜蜜的启发，她可能就接受你了。”

赵淼还是不太明白，说：“什么是甜蜜的启发啊，姐夫，你别遮遮掩掩的，有话直说嘛。”

傅华急了，说：“唉，小淼，你怎么这么笨呢，我的意思是你就吻她，吻住她，直到她软化下来。接吻你总会吧？”

赵淼说：“那她要是不肯，跟我翻脸怎么办？”

傅华叹了一口气，说：“小淼啊，你这样前怕狼后怕虎的哪行，爱上一个人是可以不顾一切的，拿出你的勇气来，用你的行动向她表达你的爱意，知道吗？”

赵淼说：“是这样啊，那我下面怎么办？我都不知道该如何去面对她了。”

傅华说：“你已经勇敢地迈出了第一步，这是最难的，下面你就不要去想太多，她不是说要考虑吗，过几天你可以以这个理由再约她出来嘛，或者你怕她不出来，直接追到她办公室去，下面再如何，就要看你自己的表现了。”

赵淼长出了一口气，说：“你这么一说，我心里就有底了。”

傅华挂了电话，椅子转过去看在身后看书的晓菲，笑着说：“不好意思啊，晓菲，我这个小舅子被岳父宠坏了，这样的事情也得我教他。”

晓菲并没有回答，而是眼睛直直地看着傅华。四目相交的那一刻，傅华看到了晓菲眼神中闪烁着炙热的火花，不由得心慌了一下，他刚才还在给人传授爱情经验，此刻自然明白这眼神代表着什么，他知道自己已经是有婚姻在身的人，不应该再来招惹晓菲了，便想转身回去。

但是已经晚了，晓菲放掉了手中的书，迅速地上前了一步，伸出手捧住了傅华的头，嘴唇就强吻上了傅华的嘴唇。

如兰似麝的气息让傅华一阵眩晕，这是一种什么样的感觉啊？傅华说不出来，似乎生命中久已期待这种感觉的到来，这一刻，所有的世俗的约束都不见了，所有的世俗的事和物都不再被考虑了，仿佛世界上只剩下了他们两个人，舌与舌的纠缠让两个人的心连接到了一起，他仿佛感觉自己的身体变轻了，融化了，彻底地消失在这个吻中了。

傅华此刻才明白，为什么他那么在意晓菲的态度，连丝毫的不敬都睚眦必报，这些都是因为他潜意识当中早已经想要去征服晓菲，渴望把她变成自己的女人。

不行，不能这样，这是不对的，短暂的失控之后，理智很快又回到了傅华身上，他知道这样做是对不起妻子赵婷的，即使他很留恋这种感觉，可是这样做是不被道德和社会所允许的。

傅华用力扭头把嘴唇躲闪开了，想要挣脱晓菲的双手，晓菲却不想让他挣脱，索性扑进他的怀里，越发抱紧了他，嘴唇移到了他的耳边，呢喃道：“傅华，我真的喜欢你，你就让我抱一会儿吧。”

傅华没有再挣扎，听凭晓菲抱着他，不过相比两人激吻的时刻，他的身体变得僵硬。

晓菲感受到了傅华的变化，便有些无趣，于是放开了傅华，也不说话，只是挑战似的看着他的眼睛。

傅华被看得些尴尬，他在晓菲面前总是会有这种尴尬的感觉，他觉得自己被晓菲看穿了心底一切。

傅华干笑了一下，说：“晓菲，我们不应该这样的。你知道，我是有婚姻的。”

晓菲淡然地笑笑，说：“我当然知道了，不然你又怎么会有岳父、小舅子之类的亲戚呢?”

傅华说：“我老婆对我挺好的，我没有任何理由去背叛她。”

晓菲又淡然一笑，说：“我知道，这看得出来，你提到你老婆那边的人，根本就是在说自己家人，如果你的婚姻不幸福不会这样的。”

傅华摇了摇头，他有点搞不明白眼前这个女人了，这个女人身上总是有着那么一种难以捉摸、难以掌控的气息，也正是这种气息让他感到尴尬，同时也强烈地吸引着他。

见傅华只摇头没说话，晓菲笑了，说：“我知道你摇头的意思，你是想说既然我知道你有婚姻还很幸福，就没有理由跟你发生刚才的一切，是吧?”

傅华点了点头，说：“我是有些想不明白。”

晓菲说：“其实，南哥要带你去我的沙龙之前，把你的情况大体讲了给我听。我早就知道你有婚姻的，知道你老婆也算是京师名媛之一，跟你很般配。可是这些并没有阻止我喜欢上你，第一次见到你，我就被你身上那种不同于我们圈子里人的气息深深地吸引住了，你率直，敢于讲真话，我心里说‘这也许才是真的有担当的男子汉吧’可是我心里也明白，我是不应该喜欢你的，我向来很讨厌搅到别人的婚姻中，可是，感情这东西由不得人，我还是不可自拔深深地陷了进去，我总想找理由见到你，看到了你，我心里就很开心，就忍不住想要跟你斗几句嘴。我知道这就是所谓的不伦之恋，是不被这个社会所允许的，可是，我没办法，谁叫我爱上你呢？本来，我还想尽量控制自己，压抑住自己对你的感情，可是刚才你的一番话，在教育你的小舅子的同时，也给了我勇气，让我觉得就算我不能全部地拥有你，也可以在某个时段拥有你，哪怕只有一刹那。上苍对我还算不薄，刚才有那么一段很短的时间，我感觉你和我一样抛开了世俗的一切，全身心地融合在了一起。这也算对得起我了，可惜这段时间太短，你的古板的个性很快就又回来了，你又想到了你的家庭，想到了你的老婆，所以你又想到要推开我了。傅华，你承认吧，你也是喜欢我的，是吧?”

傅华看着晓菲，他不知道该如何去回答，刚才那一刻的激吻告诉他他是喜欢晓菲的，可是他心中赵婷的位置更重要，而且他对赵婷有承诺在先，是要一生一世相守的。这就不允许他跟晓菲之间的这种情感蔓延下去。

晓菲笑了，说："胆小鬼，连自己的真实感觉都不敢承认吗?"

傅华苦笑了一下，说："我承认我也是喜欢你的，可是并不代表我不喜欢赵婷了，实话说这种感觉让我很羞耻，我觉得很对不起赵婷，无论如何我不应该是一个花心的人。"

晓菲笑了，说："你这种古板性格的人是很难做到逢场作戏的，就像刚才，你的回吻明明告诉我这一刻你也是很心动的，可是理智告诉你不应该这样，你就马上要推开我了。你就不肯多放松自己一会儿吗？伪君子。"

傅华干笑了一下，说："好吧，你要骂我伪君子就骂吧，曾虑多情损梵行，入山又恐别倾城。世间安得双全法，不负如来不负卿。连六世达赖仓央嘉措都没有什么双全法，我这样一个凡夫俗子更是只能顾好已经有了承诺的一面，也只能辜负你这一番情意了。"

晓菲笑了，说："世间安得双全法，不负如来不负卿。呵呵，有意思，傅华，你不用害怕了，我不会强求你做任何事情的。"

傅华看了看晓菲，这个女人还是那么一副淡定的神态，丝毫没有因为自己的推拒而变得焦躁，心中不得不佩服她的风度，这样的事情如果换在别的女人身上，此刻还不知道会是什么样的纠缠或者一怒而去。

傅华看了看时间，说："晓菲，到吃午饭时间了，还要我陪你下去吃饭吗?"

晓菲笑着说："为什么不呢？你心中如果放不下我，怕尴尬就不要去。"

傅华虽然不敢再越雷池一步，可是对晓菲总有那么一丝不舍，也有辜负了对方情意的歉疚，便笑了笑，说："你能放得下，我就能放得下，走吧，我陪你吃饭去。"

两人便到了一楼的海川风味餐馆，正碰到一脸不高兴的章凤，章凤看到傅华，并没有去注意他身边的晓菲，上来就说："我猜你会来这里吃饭，傅华，你搞什么鬼啊，是不是你给赵淼出的馊主意啊?"

傅华笑了，说："你先别这么着急，来我给你介绍，这是我朋友晓菲，这是顺达酒店的总经理章凤。"

晓菲猜到了章凤就是刚才傅华在电话里教人追求的女人，笑着说：

“你好。”

有了外人在面前，章凤就有些不太好意思了，她笑笑跟晓菲握了握手，也说了一句你好。

傅华觉得章凤来得正好，倒避免他跟晓菲单独相处的尴尬了，便说：“章凤你既然来了，那我们就一起去雅间坐吧，你听我慢慢解释。”

晓菲看了傅华一眼，心说这家伙叫这个女人加入饭局，肯定是想避免跟自己单独相处的，真是胆小鬼。

章凤也看了傅华一眼，她对傅华要在别人面前谈论自己的私事有点不太以为然，更对傅华谈论这样的私事不回避晓菲有所怀疑，看来傅华对晓菲是有相当程度信任的。

刚一坐下来，章凤对傅华没好气地说：“你回头赶紧去告诉赵森，我跟他是不合适的，这让你老婆知道了，不知道会如何笑话我呢。”

傅华笑笑说：“章凤，这事情不能怨我，是赵森非要让我给他安排跟你见面的，再是我就不明白，你觉得小婷会笑话你什么啊？”

章凤说：“这还用说吗？我跟她弟弟在一起的话，岂不是老牛吃嫩草？还不被人笑掉大牙啊？我都不知道要如何跟赵婷去说这件事情。”

晓菲笑了笑，说：“我倒不知道你们还有什么内情，如果仅仅是因为年龄的话，我倒要插句嘴，看不出章总还是这么封建的人，你是不是太多心了，现在都什么社会了，姐弟恋这种情形不是很普遍吗？谁会笑话你们啊？大家都很接受这种状况啊。”

章凤说：“晓菲，你不知道的，我平常都是拿赵森当弟弟的，他这突然跑来说喜欢上我了，我真的接受不了。”

傅华笑了，说：“这是需要一个心理转变过程的，不过，你讨厌赵森吗？”

章凤说：“我讨厌赵森干什么，可是他在我眼中还是个孩子，我怎么能跟一个孩子来往呢？不行，肯定不行。”

傅华笑了，说：“赵森二十四岁了，这要在古代，孩子都生一大堆了，他是成年人了。你怎么还把他当做孩子呢？”

章凤说：“我不管，反正你去告诉赵森，我跟他是不可能的。”

傅华笑了，说：“章凤啊，赵森现在你手下当差，你们抬头不见低头见的，你如果想要告诉他，可以自己跟他说嘛，不必要非让我当这个传声筒的。”

章凤说：“傅华，你这不是不讲理吗？事情都是你惹出来的，你不来收拾残局，谁来？”

傅华笑了，说：“我开始都跟你说了，这件事情是赵淼自己要这么做的，不关我什么事的。”

章凤急了，说：“傅华你怎么这个样子呢，我让你跟赵淼说是不想让他太下不来台，你是他姐夫，跟他说有个缓冲不是吗？也不会让他接受不了。”

傅华笑了，说：“你这是在维护他吗？嘿嘿，章凤啊，你既然这么维护他，何不给他一个机会，大家相处看看。”

章凤有点恼了，说：“什么相处看看，你不愿意传这个话算了，我自己跟他说。”

傅华笑了起来，说：“什么话还是你们当面说清楚好，好了，我们点菜吧。”

章凤说：“我没心情跟你们吃饭啦，走了。”

说完，章凤站起来气哼哼地离开了雅座。

章凤离开之后，晓菲笑了起来，说：“章凤完蛋了，一定会落在赵淼手里了。”

傅华笑了，说：“你怎么知道？”

晓菲说：“这章凤口口声声要拒绝，可表现出来的都是维护赵淼的意思，似乎拒绝是在表演给我们看的，我觉得她的心是动摇的，她不是不能接受赵淼，只不过她觉得一下子接受了有点磨不过面子，尤其是无法去面对那些相处的朋友们。如果她真的要自己去找赵淼，赵淼又受了你的教育，肯定会拿出你教他的损招来对付章凤，我觉得章凤肯定受不住，会被赵淼拿下的。别说，你教他这一招还真是损到家了，你这家伙够坏的。”

晓菲说完，看着傅华暧昧地笑了起来。

傅华知道晓菲是在说她刚才就是用这一招将自己拿下了，便苦笑了一下，说：“我这也是作法自毙，好啦，但愿赵淼能够真的能够将章凤拿下，也不枉我教他这一回。”

刘康带着一名美女到了海川，介绍说这个美女叫邵梅，是自己的助理。

吴雯要从机场把他们接去西岭宾馆。

一路上刘康看着海滨大道沿途的风光，笑着说："小雯啊，我有些明白你为什么会长得这么漂亮了，这里的山水实在太漂亮了，比我们国内其他著名的海滨城市有过之而无不及。可惜这里的旅游发展得不好，如果发展好了，这也是国内旅游胜地了。"

吴雯笑笑说："干爹从来没有来过海川？"

刘康笑笑说："我以前来过，很多年前了，那个时候这个地方还没开始发展，到处破破烂烂，哪里有现在这么漂亮。"

吴雯笑着说："其实海川以前是很出名的避暑胜地，名胜古迹也很多，但这几年市里面并不重视推介旅游资源，让邻近几个城市后来居上，海川反而沉寂了下来。"

刘康说："一个城市的好坏与一个主政者的思维是息息相关的，可惜了这大好的山水啊。"

到了宾馆，吴雯将刘康和邵梅安顿好，然后说："干爹，你刚下飞机先休息一下，晚上我过来陪你吃饭。"

刘康笑笑说："你先不要急着走，我想跟你谈一下怎么跟徐正见面。"

吴雯笑笑说："干爹，你这一次打算用什么名义去见徐正？"

刘康说："名义是现成的，你的工程不是要结束了吗？就跟徐正说海雯置业北京的股东来了海川，很感激徐市长对我们企业的关照，希望能跟徐市长见个面。"

吴雯点了点头说："这个理由合情合理，回头我跟徐正说一下，应该没问题。"

刘康说："关键不在于以什么名义见面，在于见了面之后怎么建立起交情来。我记得你跟我说过，你送过他卡，而他没有接？"

吴雯点了点头，说："这个徐市长挺正派的，他主要是看我一个女人在这里经营很不容易，又被王妍骗了一下，很可怜，所以才出面来帮我的忙。"

刘康笑了，说："他现在没跟你提出什么要求，我们还不明白他究竟有什么企图，等他真正要提出要求的那一刻，我们再来判断他是不是正派吧。这一次我来安排吧，你就管安排我们的见面好了。"

吴雯就出了刘康的房间，拨了电话给徐正的办公室。

过了几分钟，徐正接了电话，笑着说：“吴总找我有什么事情吗？”

吴雯笑笑说：“徐市长，我们海雯置业的北京股东来海川了，他很感激您对我们企业的帮助，想要邀请您一起吃顿饭，当面向你表示感谢。就叫我问问您，什么时间有空。”

徐正笑了，说：“你们这位股东也太客气了，我这个市长就应该为来海川投资的客商提供方便的，不用谢的，吃饭就更不必了。”

吴雯笑着说：“我们知道这在您徐市长来说只是一桩小事，可是对我们来说就无比重要的，我们刘董就是想表达一下他的心意，您就给个面子吧？”

徐正笑笑推辞说：“真的没必要的。”

吴雯赔笑着说：“徐市长，我已经跟刘董夸下了海口，说我邀请您一定会来的，您如果不答应，我没办法交代啊，求求您了！”

吴雯娇笑着哀求，徐正心里便有些不忍，说：“好啦，好啦，我让小刘看一下日程安排，尽量挤出时间见见刘董就是了。”

徐正就把刘超叫了进来，看了看他的日程表，问能不能挤出一点时间，刘超说明晚的宴会不太重要，可以让别的副市长去。

徐正也笑着把话筒放了下来，他对明天可以见到吴雯还是很高兴的。吴雯的靓丽是让人赏心悦目的，没有一个男人能对着这样一个尤物而不心情愉快的。

现在和吴雯很熟悉了，徐正很多应酬都安排在西岭酒店，只要徐正去的时候吴雯在酒店，她就会过来敬几杯酒，自然而然就熟悉了起来。

在第二天晚上，徐正带着刘超去了西岭宾馆，刘康、邵梅和吴雯已经早早等在了门口。

徐正的车一到西岭宾馆门口，吴雯就领着刘康迎上前去，笑着说：“我来介绍，这位是北京康盛集团的董事长刘康先生，这位是海川市市长徐正。”

刘康笑着说：“您好，徐市长。”

徐正就跟刘康握手，说：“你好，刘董，欢迎你到我们海川来做客啊。”

认识了之后，吴雯就领着众人进了宾馆的雅座。刘康坐了主人的位置，不知道他是不是有意安排，邵梅被安排在了徐正的下手边。吴雯作了副陪的位置。

徐正看邵梅也算是一个出众的美人了，可是坐到了吴雯身边，就逊色了很多，主要是吴雯太过于艳丽，女人如果明智的话，就不要去坐到吴雯的身旁，否则肯定会被比下去。

菜都是吴雯精心安排的，菜上来之后，刘康端起了酒杯，笑着说："这第一杯我要敬徐市长，感谢您这一直以来对我们海雯置业的帮助。"

徐正笑笑说："刘董客气了，你们来海川投资是来发展海川经济的，应该我这个市长谢谢你们才是。"

两人碰了一下杯，笑着干了。

放下杯子，徐正笑着说："刘董啊，我这个人见识比较少，还真没听说过康盛集团这个名字，不知道你们是做什么的？"

刘康笑了，说："不是徐市长见识少，是我们康盛集团偏于在北京周边地带发展，外地的业务都是以其他公司的名义进行的，就像海川这边就是以海雯置业的名义来发展地产，而且我这个人不喜欢出头露面，闹得集团公司的知名度就很低。其实，我们集团涉及的业务还是很广泛的，除了地产之外，物流、港口建设、机场建设等很多方面都有涉及。"

徐正看了看刘康，笑着问道："你们集团也做机场建设？"

刘康点了点头，说："是啊，我们旗下有一家机场建设公司，是很有实力的。来，徐市长，我们别光说话，喝酒。第二杯我要和小雯一起敬你，小雯当初要回海川发展，我是很担心的，我们都知道这社会上一个女孩子要做一点事是很难的，海川虽然是她的家乡，但是她在这边并没有什么基础，再是她也没有经营企业的经验，王妍骗她那桩事就充分说明了这一点。幸好她遇到了您这么一位好市长，她今天能取得这么一点成绩，应该感激您的帮助。小雯，我们共同来敬徐市长一杯。"

吴雯笑笑说："对啊，真的很感激您对我和海雯置业无私的帮助，来，我和干爹共同敬你一杯。"

徐正听吴雯这么说愣了一下，他看了看刘康，笑着问："刘董是吴总的干爹？"

刘康笑着点了点头，说："我和小雯很投缘，就认了干亲。"

徐正心里别扭了一下，他知道当下有一些所谓的干亲究竟实质内容是什么，刘康所谓的义父女的关系，很可能是一种情人关系的掩饰。

吴雯一直以来对徐正来说，都是一个很高贵的女人，她的美丽让徐正常有一种高高在上，不敢亵渎的想法，就像他是一个仆人，而吴雯是一个无比圣洁的公主一样，所以他甘愿无偿为她付出，只求博得美人的高兴而已。这一刻他忽然发现他心目吴雯所谓的高贵，只是他自己为她营造出来的假象而已，真实的吴雯实际上也是一个很俗的女人，她很可能为了获得财富而投进眼前这个老男人的怀抱。

刘康看徐正坐在那里发呆不讲话，不知道徐正在想什么，就叫了一声："徐市长，来，我们干杯。"

徐正笑了，说："不好意思，我刚才有点走神。"

服务员就来倒满了酒，邵梅这时端起酒杯，笑着说："徐市长，我想敬您一杯酒，一来我们第一次认识，喝个认识酒，二来也感谢您一直以来对我们康盛集团的帮助。"

徐正笑了，说："这个太急了吧，还没怎么吃菜，都喝到第三杯了。"

邵梅娇声笑着说："徐市长，您不能这样啊，刘董和吴总的酒你都喝了，偏偏差我这个小女子一杯吗？您赏我一个面子吧。"

徐正赶忙说："好啦，我喝就是了。"

徐正和邵梅干了杯，又回敬刘康，慢慢地就有点喝多了，满脸通红，有了醉相了。

邵梅却并没有因为徐正有些醉了就停止了纠缠，她又撒娇地敬了两杯。到此徐正知道不行了，他不能再喝下去了，再喝下去就要出洋相了。

刘康再给徐正倒酒，徐正就坚决不肯接受了，他大着舌头说："不行了刘董，再喝我就走不了了。"

刘康笑了，说："徐市长，走不了就走不了吧，您忘了吗？这里是西岭宾馆，不行的话今晚您就住在这里吧。"

徐正摇了摇头，笑着说："我晚上还有事情。刘董，酒今天就到此为止吧。"

刘康向邵梅使了个眼色，邵梅就娇笑着说："这样怎么行啊，徐市长？我还想再跟您喝两杯呢。来我给您满上。"

徐正却坚决地站了起来，说："刘董，我真的不能喝了，再给我倒酒，我就要走了。"

刘康见徐正态度坚决，并不为邵梅的美色所惑，第一次见面他也不想给徐正留下不好的印象，便笑着拉了一把徐正，说：“徐市长，您坐，既然你说不喝咱就不喝。不过，您也不能这么走哇。喝酒不吃饭，很伤胃的。”

徐正这才坐了下来，吴雯赶紧吩咐厨房上饭，一会儿饭上来了，徐正胡乱地吃了几口，便放下筷子，他知道自己必须赶紧走，不然的话酒劲上来，他就走不掉了。

徐正说：“今天真是很感激刘董的盛情款待，时间也不早了，我要赶紧回去了。”

刘康和吴雯等人就送徐正出来，一出宾馆大门，徐正被风一吹，醉意更胜，匆忙上了车，也没注意到刘康在他身边放了一大包东西，就让司机赶紧把他送回去。

这一晚，实际上是刘康和吴雯、邵梅轮番敬徐正的酒，喝得最多的是徐正，其次是邵梅，她是刘康故意安排要纠缠徐正喝酒的，刘康和吴雯反而喝得并不多。

邵梅回房休息了，吴雯把刘康请到了办公室，拿出茶具，泡上了冻顶乌龙，两人开始喝起功夫茶。

喝了一杯之后，刘康笑笑说：“这个徐正的自制功夫还可以，知道自己喝多了，赶紧撤了。这一次的项目这么大，我是志在必得的，不得不多准备几手。可惜的是徐正似乎并没有看上邵梅，这一手算是落空了。不过幸好徐正也被邵梅灌得差不多了，并没有留意到我送给他的礼物。”

吴雯笑笑说：“礼物虽然放到了他的身边，可是他今天是醉了，并不代表他一定会收下，说不定他明天会找您退掉的。”

刘康笑了，说：“礼物既然送出去了，又怎么能让他退回来呢?”

吴雯根据自己跟徐正交往的这段时间的了解，相信徐正的为人，笑笑说：“我猜他一定会退的。对了，干爹，你今天怎么没跟徐正提及你想参与新机场项目啊?”

刘康笑笑说：“我什么铺垫都没做好，我跟他提这干什么，我想苏南那一次来肯定是跟徐正达成了某种默契了，我贸然提出来，等待我的只能是拒绝。我要等什么铺垫都做好了再提出来，而且现在也不需要，项目都还没正式立项，现在提出来，也只能是一种规划，无法落到实处。”

第二天，吴雯陪着刘康、邵梅到海边去玩，刘康看着洁白的沙滩，天边飞翔的海鸥，笑着说："小雯啊，将来我退休之后，到这里买一栋别墅，来守着你养老，好不好啊?"

吴雯笑着说："好啊，有您在我身边我的心就会安定很多。而且这里的气候适宜，四季分明，也是适合养老的地方。"

刘康看着海边懒洋洋戏水的人们，笑着说："这个城市的节奏舒缓，不像大城市节奏那么快，倒真是一个养老的好地方。"

吴雯说："是啊，我刚从北京回来的时候，突然从快节奏变成了慢节奏，一下子还不习惯，现在觉得还是这里舒服。"

刘康点了点头，说："这人啊，快也好慢也好，怎么过都是一辈子，我还记得看过老外一个笑话，说一个富翁到海边度假，看不惯一个打鱼的小伙子的懒散，跟他讲了一番奋斗的大道理，说那小伙子要赚到万贯家财才可以在海边跟他一样晒太阳，结果那小伙子笑了，不屑地说：'你费了大半生，追求的不过是跟我一样在海边晒太阳，这又何必呢，像我一样直接享受不是更好?'"

吴雯有点心不在焉地听着，不时看看身边的包。

刘康说："你时不时地就去看你的包，那里面有什么重要的东西吗?"

吴雯笑笑说："手机放在包里，我怕来了电话我没听到。"

刘康笑了，说："你在等徐正的电话吧?"

吴雯点了点头，说："对啊，我是在想如果徐市长想要把礼物退回来，这个时候是不是应该来电话了?"

刘康笑着摇了摇头，说："你不用等了，这个电话他不会打的。"

吴雯心里还是不太相信徐正是这样一个人，不过她并没有继续去反驳刘康，只是说："干爹，你好不容易来海川一趟，多住几天吧。"

刘康笑笑说："北京还有好多事等着我呢。再说日后恐怕我会有很长一段时间待在海川，那个时候我想玩什么都可以啊，不必急在这一时半会儿的。"

吴雯说："看来干爹是对新机场项目有了一定把握了?"

刘康说："对啊，现在鱼已经咬饵了，别的我不敢夸口，不让咬饵的鱼跑掉这点把握我还是有的。那个苏南，我很了解，他做事太过于方正了，不会是我的对手的。"

吴雯是见识过刘康做事的手段的，可以说是无所不用其极，虽然吴雯只见过苏南一面，可是苏南的文质彬彬给她了一个很深的印象，这样一个人显然不会是刘康的对手。

而且现在刘康已经知道苏南是他的竞争对手，而苏南对这一切还茫然不知，一个在明一个在暗，显然在暗处的刘康更得便宜些。

吴雯笑笑说："那就预祝干爹马到成功了。"

在海边玩了一天之后，吴雯又陪着刘康去爬了海川境内有名的圣境山，圣境山是国家级森林保护区，环境十分优美，又在山上吃了黄精等野味，刘康玩得十分高兴，直说不虚此行。

一直到了晚上从圣境山回到了宾馆，徐正的电话一直没等来，似乎那一晚什么事情也没发生过，吴雯心中未免有些失望，她还是很期望徐正是一个清官、好官的，毕竟曾经她是这么认为的。

晚饭后，吴雯就开始帮刘康收拾行装，他转天就要回北京了。刘康看出了吴雯的郁闷，笑着说："小雯啊，你也不要对徐正太失望，徐正这样肯装的官也算是不错的官了。如果没这些官员在，我们谋取利益的空间就会少很多。真要凭真本事硬碰硬的话，我不会是苏南的对手的，他的振东集团比我的康盛集团实力大很多的。所以徐正的存在也是我们的机会，这一点你要明白。"

转天一早，刘康打了电话给徐正，说："徐市长，我要离开海川了。"

徐正有些歉意地笑笑，说："真是不好意思啊，刘董，我这边实在太忙了，一直也没抽出时间回请你。"

刘康笑笑说："您能百忙之中抽出时间跟我吃顿饭，我已经很感激了。这一次是我来去匆匆，以后我还回到海川来的，希望那时有机会再跟徐市长好好聚聚。"

刘康对能达到这种效果感到很满意，就跟徐正互道了一声再见，挂了电话。

郭奎在省委的书记会上，就海川市市委副书记人选作出了正式的表态，他说："经过认真的考虑，我认为陶文同志提议的秦屯同志无论是从政治觉悟还是工作能力上都是不错的，适合担任这个副书记。"

书记会就达成了一致，组织部门就对秦屯展开了考察，一系列的组织程序就启动了。

陶文首先将这一好消息告知了秦屯，秦屯千恩万谢，陶文说：“不要急着谢我，好好表现，干好自身的工作，不要在考察中出现什么差错，让我丢脸。”

秦屯笑笑说：“您放心吧，陶副书记，我一定不会让失望的。”

挂了电话，秦屯喜不自胜，虽然他对陶文表示了感谢，心中却并没有将这份功劳记在陶文身上，他觉得陶文推荐他了不假，可是真正让郭奎接受自己的，肯定是北京许先生给他找的某某对郭奎施加了一定的影响。

秦屯赶忙拨了北京许先生的电话，高兴地说：“许先生，报告你一个好消息，我们东海省委已经将我作为市委副书记候任人选开始组织考察了。”

许先生也很高兴，他心中暗道可以继续骗这个傻瓜下去了，便说：“这真是太好了，前几天我见到了某某，他还跟我说已经打了电话给你们东海的省委书记郭奎，说了你的事情，郭书记当时就满口答应了。当时某某还让我问问你有没有什么好消息出来，这几天我太忙了，就没顾得上这个茬。你打来电话正好，我回头就把这个好消息告诉某某。”

秦屯越发坚信一定是某某找了郭奎的缘故，感激地说：“许先生，您帮我好好谢谢某某他老人家，这一次他真是帮了大忙了，太谢谢了。”

许先生笑笑，说：“你的谢意我一定会帮你带到的，你自己最近也要小心些，不要做什么越轨的事情，出了差错考察通不过，就是某某脸上也是无光的。”

秦屯说：“我知道，我知道，我会小心的。”

北京，海川大厦。傅华办公室，赵淼一脸兴奋地找了过来，进门就说：“姐夫，太谢谢你了，你的办法果然好用。”

傅华笑了，说：“这么说章凤答应你了？”

赵淼喜悦地笑了起来，说：“对啊，她答应我了。”

赵淼就讲了经过的情形。原来章凤今天早上在办公室跟顺达酒店各部门主管开了一个小会，会议结束之后，赵淼等其他人离开之后，就走到章凤面前，说：“章总，你上次答应我考虑的事情已经过去几天了，你有没有考虑好？”

赵淼已经等了几天了，这一天天的过去就是对他的一种煎熬，他很担心随着时间的流逝，他和章凤之间就会不了了之，因此鼓起勇气来问。

章凤看了一眼赵淼，虽然那天中午她在傅华面前说得那么坚定，说她跟赵淼是不可能的，当时她还说要自己去告诉赵淼。可是并没有去找赵淼把话说开，因为她有点不知道该怎么跟赵淼去表达才能不伤害他的自尊。她知道如果伤害了赵淼的自尊，赵淼有可能不会再留在海川大厦了，那样她就会失去一个很好的助手，这也并不是她乐见的。章凤虽然管理企业来是一个杀伐决断、雷厉风行的好手，可是处理起感情来，就有些不是那么顺手了。她在感情方面并不是一个当机立断的人，不然的话当初也不会陷入感情的漩涡无法自拔，而被家里的人送到北京来疗伤。

章凤就暂且把这件事情放了下来，想等几天赵淼冷静些再谈。

现在赵淼却主动找上门来，让章凤给他一个答复，章凤苦笑了一下，说："小淼啊，我不知道该怎么跟你说你才能清楚我们是不适合的。"

赵淼说："那你就告诉我，我们到底哪里不适合了？你能说服我，我就再也不提这件事情了。"

章凤说："这还用说吗？首先是年纪。我还真的没想过要找一个比我小的男生做男朋友。"

赵淼说："那你现在想也不晚。"

章凤说："小淼，你这不是胡闹吗？我跟你说了我不喜欢小男生。"

赵淼看了看章凤，说："那你是讨厌我了？"

章凤苦笑着说："我不讨厌你，可是我没喜欢到要你做我男朋友的程度。"

赵淼说："那你喜欢什么样的人做你的男朋友，我如果哪一点达不到你的标准，我可以努力去达到。"

章凤感觉有点被赵淼缠上了的感觉，便站了起来，说："好啦，小淼，不管你怎么说，我是不会喜欢你的。我的话说得够明白了吧？你可以出去了。"

赵淼看着章凤，一副很受伤的样子，说："我就不知道你究竟不喜欢我什么？"

章凤头大了，她觉得赵淼这可怜的样子更像一个小女生，她想要的是一个强壮能够保护自己的男人，而不是一个娇滴滴的奶油小生，她心里有些烦躁，说："我不跟你说了，你出不出去？你不出去我出去了。"

赵淼坐在那里并没有要走的意思，章凤生气了，就离开办公桌往外走。赵淼急了，上前一把抓住了章凤的胳膊。

章凤这一次不像上一次那么任凭赵淼抓住，开始用力挣扎，想要挣脱赵淼的手。赵淼这一次也跟上一次不同了，他受了傅华同志的教育，已经有了应对之策，章凤的挣扎也激起了他的雄性，他一把就把章凤扯进了怀里，用力地抱紧了她，低下头就强吻了上去。

章凤没想到赵淼会突然变得这么霸道，呆住了，被赵淼吻了个正着。不过很快她就醒过神来了，嘴唇用力地想要闭紧，不让赵淼的舌头伸进她的嘴里，手脚用力地往外挣，想要挣脱赵淼的怀抱。

赵淼怎么肯让章凤挣脱，他更加抱紧了章凤，舌头蛮横地挑开了章凤的嘴唇，侵略性地就去纠缠章凤的香舌。章凤本来可以咬赵淼舌头的，可这是一个爱上了她的小男人，她终究不忍心咬下不去，只能让赵淼攻占了全部的阵地。

赵淼焕发出的雄性的气息也让章凤昏昏欲醉，这还是她从来没见识到赵淼的一面，原来这小男人也不完全是那么奶油，他也有其雄性侵略的一面。

章凤已经很久没被男人抱过了，心中很快漾起了阵阵春情，她浑身哆嗦了一下，心说这是怎么了，浑身像着了火一样，滚烫滚烫的。

直到这个时候，章凤还是不想彻底放弃抵抗，她拼命想压住心底泛起的潮水一般的春情，可是赵淼的怀抱似乎有着令她无法抗拒的魔力，这魔力将她压抑在心底很久了的火山岩浆彻底诱发了出来，岩浆一阵阵喷涌上来，彻底烧毁了她的理智和意志，她的挣扎越来越没有了力道，浑身酥麻瘫软，感觉就像融化在赵淼怀里了一样，忍不住用香舌去噙住了赵淼那火热濡湿却不甚懂得风情的舌头，让两人的激情更加迸发，彻彻底底燃烧了起来。

……

赵淼讲完，看着傅华说：“姐夫啊，我姐和爸爸那里我要怎么去说啊？”

傅华说：“也许爸爸本身就接受章凤，不反对你们来往呢？至于你姐，我会把这个消息通知她的，我相信不会有什么问题，就是有什么问题，我也能帮你说服她。”

赵淼说：“我姐那里好说，关键是爸爸，他的态度我还真琢磨不出，一旦他反对，在他面前我一点信心都没有，我不知道该怎么去说服他。”

傅华看了看赵淼，他知道赵淼从小在赵凯的威严下生活，已经对赵凯有了畏惧的心理，这对赵淼未来的发展并不是一件好事，他很希望借此机会帮助赵淼突破这个心理上弱点。

傅华说："小淼，你觉得去说服爸爸会比刚才你说服章凤更困难吗？"

赵淼也笑了，说："是啊，姐夫，你这么一说，我又觉得说服爸爸应该不是太难的一件事了，章凤那么坚决的人都被我征服，爸爸这里应该更不成什么问题。"

傅华笑笑说："其实，无论你做什么，爸爸都是爱你的，有这个底线在，我觉得爸爸最终是会支持你的。所以我觉得这个问题要你自己去面对。你已经是一个男子汉了，为了自己心爱的女人，拿出勇气来，克服一切可能的困难吧。"

赵淼昂起了头，俘获了章凤的芳心给了他很大的自信，他冲着傅华笑笑说："姐夫你说得对，爸爸这一关我自己去面对。"

傅华看着赵淼，高兴地笑了起来，看来爱情能够让一个男人迅速成熟起来，赵淼敢于面对一切的样子应该为赵凯所乐见吧。

晚上回家，傅华笑着对赵婷说："告诉你一个好消息，不过，可不准生气啊。"

赵婷笑了起来，说："好消息我生什么气？"

傅华说："你先答应我，我再告诉你为什么。"

赵婷说："好了，怕了你了，我答应你了，不生气。"

傅华说："小淼有女朋友了，是不是好消息？"

赵婷高兴地笑了，说："当然是好消息了，是谁啊？我认识吗？"

傅华点了点头，说："你肯定认识。"

赵婷说："我认识的女孩子当中还真没有适合给小淼做女朋友的，会是谁呢？快说啊，别卖关子了。"

傅华说："章凤。"

赵婷惊讶地说："什么，章凤？怎么可能？"

傅华笑笑说："我没骗你，真是章凤。小淼今天跟我说，他们确定了男女朋友关系。"

赵婷不高兴了起来，说："这章凤怎么这样子啊，利用工作之便，竟然把我弟弟给拐走了，太差劲了，也不看看自己多大的年纪。”

傅华看了赵婷一眼，说：“你可答应过我，不准生气的。”

赵婷说：“不是，章凤年纪比我还大，找了小淼这不是老牛吃嫩草吗？我怎么能不生气。是不是你跟她串通骗小淼的。哦，我记起来了，那天你跟小淼躲在房间里嘀嘀咕咕，就是为了这件事情吧？”

傅华笑了，说：“这样的事也能骗得来？是小淼自己看好人家的，费了好大劲才让章凤答应的。小淼那天找我就是说这件事情，想要我帮他忙追章凤的。”

赵婷说：“这章凤拽个屁啊，小淼这样的可爱的男人追她，她还不屁颠屁颠答应下来。”

傅华说：“章凤可是你朋友，你不能这么说她吧？你对这件事情怎么看？”

赵婷叹了口气，说：“我能怎么看，反正很别扭，原本是好朋友，成天章凤姐章凤姐地叫着，突然变成我弟弟的女朋友了，怪怪的，回头她是不是要叫我姐啊？小淼也是的，什么人不好追，偏追我的朋友。”

傅华笑笑说：“好啦，找什么人做女朋友，是小淼自己的事情，回头见了章凤不准露出不高兴来。”

赵婷说：“为什么，我就是有些不高兴嘛。”

傅华说：“章凤其实很在意你这个朋友的，她也觉得跟你之间的关系变成这个样子有点怪怪的，很想打退堂鼓。我跟你说，到时候惹翻了章凤，小淼跟你发火，我可不管。”

这时，傅华的手机响了，看看是赵淼的电话，笑着问：“小淼，爸爸什么态度啊？”

赵淼说：“爸爸说只要我喜欢，他没什么意见。只是他让我明天带章凤回家来吃顿饭。你跟姐姐明天也回来吧，我看妈妈的脸色不太好，似乎不太高兴的样子。”

傅华说：“好的，我们明晚回去。”

这时赵婷抓过电话，叫道：“小淼，你这个家伙，追我朋友也不事先跟我说一声，真不地道。”

赵淼笑笑说：“跟你说了有什么用啊？”

赵婷说：“那你跟你姐夫说了就有用了吗？”

赵森说："姐夫脑子聪明，主意多，当然有用了。我能追到章凤，全靠姐夫出主意呢。"

赵婷转头看了看傅华，不高兴地说："是你教他的？"

赵森在电话那边听到了，说："是我求姐夫帮我忙的，你可别怪他。好了我挂了。"

第二天晚上，傅华和赵婷早早就去了，赵凯也早就回来了，赵婷的妈妈脸色有些阴，看得出来她对儿子这个选择并不高兴，儿子即将脱离自己的控制，投入到女朋友的怀抱中，做妈妈的似乎也无法高兴起来，更何况选择的对象并不是自己所喜欢的。

过了一会儿，赵森带着章凤回来了。一家人当中只有妈妈不认识章凤，赵森给他们作了介绍，章凤略显紧张地跟妈妈问好。

妈妈也许受了赵凯的叮嘱，也许是不想让儿子难堪，强笑了一下，说："章凤，你好，欢迎你来做客。"

章凤又问候了赵凯，赵凯笑笑说："章凤啊，人和人的缘分真是奇怪，我怎么也没想到你会成为小森的女朋友。"

章凤笑了笑，说："赵董，人和人之间确实是很奇妙，我也没想到有一天会这样来见您。"

赵凯笑笑说："不要叫赵董了，在家里叫我叔叔吧。"

章凤又走到赵婷面前，笑着说："小婷，我也没想到事情变成这样，你没生我的气吧？"

赵婷拉着章凤的手，笑着说："我生什么气，你是我的好朋友，小森看上你是他有眼光，我很高兴。"

傅华在一旁笑笑说："章凤啊，你别紧张了，我们大家都很欢迎你。"

这一顿饭气氛还算融洽，章凤和赵凯赵婷早就是熟人，彼此之间都很了解，说话便知道分寸。对于妈妈，章凤也看得出来她不是太高兴，言语之间便对妈妈多了一些尊重，她是见过大场面的人，应对得十分得体。妈妈也觉得这个女孩子虽然年纪比儿子要大，可是也因此显得比儿子成熟，倒是儿子的一个好臂助。在妈妈心目中，儿子将来是要接赵凯的班，可能也确实需要一个像章凤这样一个出得厅堂的妻子。加上章凤平常保养好，为了来赴这个宴会，又精心打扮了一番，娇小玲珑的她坐在儿子旁边，倒看不出比儿子大的样子，妈妈心中也就接受了章凤。

章凤走的时候，妈妈将她送到了门口，说："章凤，现在你也知道家门了，以后有空的时候就来玩。"

章凤心里松了一口气，这代表着妈妈的认可，这个结果还算完美。

回家的车上，傅华一路默默无语，赵淼用他的办法征服了章凤，现在称心如意，可另一个用这个办法的人现在怎么样了呢？傅华忽然觉得自己不该那么偏激，说什么再也不会去晓菲的沙龙了，不然的话倒是可以约苏南去沙龙看看晓菲，就算自己不能娶晓菲，可她也算是自己的红颜知己，看一看她总还是可以吧？

傅华晚上刚想到苏南，第二天上午，苏南就出现在了驻京办。

傅华笑着说："苏董，去海川回来了？事情还顺利吗？"

苏南点了点头，笑着说："比我预想的要好，你们的市长已经说要公正公平对待我们振东集团，我相信新机场我们会有很大的希望中标的。"

傅华看苏南有些志得意满，看来这一次去海川肯定是对徐正做了一些必要的工作，徐正也给了他比较满意的答复。

不过，傅华现在对徐正是有了充分的了解，现在项目还没有在发改委立上，离竞标还有一段时间距离，苏南实在不应该这么有信心。

傅华笑笑，说："苏董啊，我不知道徐正答应了你什么，不过，我可提醒你一点，徐正这个人不是那么可信的，你千万不要以为这样就一定会将项目拿下来。"

苏南笑笑说："傅华，我明白你担心什么，你放心了，我这一次还找了东海省里的一位领导，这位领导帮我打了电话给徐正，我想没有太大意外，这一次我一定能将项目拿下来的。当然，目前的工作还只是前期的准备阶段，后续我还有一系列的手段要施展，确保一定能将这个项目拿下来。"

傅华心里却并没有这么乐观，不过他也不想扫了苏南的兴头，便说："那我就预祝苏董马到成功了。"

苏南笑笑说："借你吉言了。新机场项目发改委那边还没批下来啊？"

傅华笑笑说："快了，现在一切就绪，就等正式下发文件了。"

苏南说："那就好，这个项目总算要开始运作了。对了，你最近见过晓菲吗？"

傅华愣了一下，说："没有哇，前些日子来这里吃过一顿饭，走了之后就好长时间没音信了。苏董这些日子没去过她的沙龙吗？"

苏南说："我昨天想去来着，打了电话给晓菲，晓菲说沙龙停下来了，不想办了，正在四处找买主要将那栋厂房出手呢。"

傅华愣了一下，说："这是怎么回事啊？她不是办得好好的吗？"

苏南摇了摇头说："我也不太清楚是什么缘故，就问她，她说她厌烦了郊区的冷清，不想再留在那里了。这让我很奇怪，当初她要弄这个沙龙的时候，我还建议她不要放到山里面去，山里太偏，离市区太远，做什么都不方便。当时她说她就是喜欢这种偏远的地方，冷清，适合思考些问题的。怎么一转眼她就不喜欢冷清了呢？"

傅华也不知道所以然，可是他心中猜测肯定与那天晓菲在这里跟自己强吻有关，便笑笑说："我也不清楚是怎么回事，可能女人就是善变的吧？"

苏南笑笑说："也许吧，只是晓菲的沙龙突然关掉，让我失去了一个放松的地方，心里有些惆怅。"

傅华笑着说："晓菲没说她下面要干什么？"

苏南摇了摇头，说："只是说还没考虑好，等考虑好了再告诉我。"

傅华心中有些怅然，本来苏南来的时候他还想是不是可以去晓菲的沙龙玩，好见见晓菲，现在晓菲的沙龙关掉了，从根本上就断了傅华去见晓菲的可能性了。

傅华笑了笑，说："苏董也不用惆怅了，我相信晓菲要做的事情肯定不会俗了，耐心等待吧，也许她会给我们一个惊喜的。"

苏南笑了，说："也许吧。希望她能尽早让我们看到这份惊喜，不然的话我要很长时间都不能有一个放松的地方了。"

时间飞逝，新机场项目正式得到了国家发改委的批准，标志着新机场项目圆满完成了前期筹备工作。

徐正接到了发改委的正式批文，很是兴奋，他等待这个好消息已经很久了，他希望赶紧启动新机场项目，早点做出成绩来，好改变省委书记郭奎前段时间因为他跟市委书记孙永闹矛盾而留下的不好的印象。

要早日启动这个项目，下一步就是要启动招投标程序，徐正想到了已经来他这里做过工作的振东集团的苏南和康盛集团的刘康。

徐正抓起了电话，首先拨给了刘康："是这样，有件事情我想请教一下刘董。"

刘康笑笑说："我可担不起请教这两个字，徐市长您有什么问题就请问吧，我是知无不言、言无不尽的。"

徐正笑笑说："一定是要请教的，我们海川要建设一个新机场，现在项目已经发改委核准，我对这机场建设方面并不熟悉，就想到刘董曾经说过康盛集团旗下有一家机场建设公司，可能您在这一方面很有经验，就想咨询您一下有些问题。"

刘康笑笑说："这个我还真是懂一点，您有什么问题就问吧。"

徐正就泛泛地问了几个问题，本来他就是想借这个通知一声刘康，你要争取新机场项目该做的动作可以做了，因此他问的都是很表面的东西，刘康就简单给他做了解答。

徐正听完，连声感谢，说："刘董这么一说，我就明白多了。"

刘康心里明白徐正这是在通知自己新机场项目可以正式启动了，你要做什么动作赶紧做吧，便笑笑说："徐市长，既然您提起这件事情了，我就问一下，你们这个新机场项目我们康盛集团可不可以参与啊？"

徐正笑了："刘董对我们这个项目感兴趣？"

刘康笑笑说："当然了，您刚才不是说吗，康盛集团也有一个机场建设公司，我们这个机场建设公司就是要靠建设新机场吃饭的。"

徐正说："贵集团如果想要参与，那真是太好不过了，我们这个新机场项目马上就要展开招投标了，我们这一次准备面向社会公开招标，欢迎贵集团加入竞争的行列啊。"

刘康笑笑说："那太好了，幸亏徐市长您打电话来问我，无意中竟然让我们有机会加入到海川新机场项目的竞争行列中，谢谢您了，徐市长。"

徐正笑笑说："谢什么，我可跟你说刘董，这一次加入竞争的大公司肯定不少，你们公司可不一定会中标啊。"

刘康笑了，说："就我们公司的实力而言，我有信心拿下这个项目，到时候我们集团会亮出实力，让贵市选择我们的。”

徐正笑了，说：“看来刘董是志在必得啊？那我可要拭目以待了。”

刘康笑笑说：“只要徐市长在发招标公告的时候通知我们一声就好了，可不要故意忽略我们啊？”

徐正笑笑说：“放心吧，我们市里自然是想加入竞争的公司越多越好，那样我们也可以得到一个合理的报价啊，到时候我会亲自通知刘董一声的。”

打完给刘康的电话，徐正这才把电话拨给了苏南，苏南接通了电话，笑着说：“徐市长，我听说新机场项目被发改委核准了？”

徐正笑了笑，说：“看来苏董已经从傅华那里得到这个好消息了？”

苏南并不明白徐正心里在想什么，笑了笑，说：“是啊，傅华跟我说起过这件事情。不知道贵市准备什么时候开始发布招投标公告啊？”

徐正笑笑说：“现在发改委核准了，这一切就快了，我想很快就会发布招标公告的。”

苏南笑着说：“那麻烦徐市长您到时候通知我们一声，我们好及时参与。”

徐正笑着说：“没问题啊，我们欢迎各方有实力的公司加入到竞争的行列当中去。振东集团在行业内也是很有名气的，我们更是欢迎了。”

徐正挂了电话，心中对苏南这种掌控话语主动权的作风越发不满，什么都主动发问，倒显得他打这个电话可有可无了。

到这个时候，徐正发现自己越来越反感苏南这个人了，这家伙，拿了一本不知真假的书法册页给自己，就想做到对事态全面的掌控，是不是也太幼稚了。陶文打了电话又怎么样？徐正心里实际上并没有拿陶文当回事，他已经设想好了，如果苏南落败，他可以如何跟陶文去解释，反正最终是要经过专家评审才能决定哪一家公司中标的，就说专家最后选择了别的公司，想来陶文也是说不出什么的。

许先生在商人唐昌的陪同下来到了海川，这唐昌是一个五十多岁的中年男人，海川人，在北京经商多年，生意做得算是不大不小，因此跟海川和北京都搭得上关系，秦屯认识许先生就是唐昌从中牵线的。

唐昌的生意虽然不是很大，却因为身在北京的关系，在海川似乎很是一个人物，说起来那是在北京做生意的人，地方上的官员们自然高看一眼，秦屯也是这样，他在一个政商联谊的场合认识了唐昌，就把唐昌当做了一个很有用的朋友来交往，是唐昌跟秦屯吃饭时谈起到他认识一个许先生，认识中央的领导某某。原本只是酒席间吹嘘的一句闲话，唐昌想借此向秦屯表明自己在北京人脉的广泛。可是说者无心，听者有意。秦屯一下子就听到心里去了，因此赶忙拜托唐昌引荐自己认识这个许先生，唐昌骑虎难下，他本来就是吹嘘一下，他待在北京已经有一段时间了，知道北京像许先生这种说自己认识某某的人简直太多了，多数是吹嘘而已，真假难辨的。现在家乡的父母官说要认识一下许先生，他并不好得罪，只好介绍两人相识了。幸好许先生那排场是不同一般，秦屯一见之下，就奉为神明，相信得不得了。

这一次据秦屯说他当上市委副书记在许先生那里很是得到了帮助，秦屯邀请许先生到海川来玩，许先生虽然答应了，却迟迟不肯成行，就要求唐昌一定要想办法邀请许先生一起到海川来玩一趟，他要好好谢谢。

唐昌本是无心插柳，结果现在却柳荫了秦屯，让他成为了市委副书记，自然不肯放过这个领功的机会，就找到了许先生，坚持要陪他一起去一趟海川。

许先生之所以拖延不肯马上就去海川，本来就是为了显示自己的身份的重要和事务的繁忙，现在唐昌被秦屯派上门来邀请自己，乐得就坡下驴，便答应了下来。

在机场，秦屯派的车将唐昌和许先生接到了海川大酒店住了下来，临近晚饭时分，秦屯忙完手头的事物，就赶忙赶到了海川大酒店。

一见面，秦屯对许先生连连作揖，说道：“怠慢，怠慢，小弟我今天实在走不开，没到机场迎接许先生和唐总，真是抱歉。”

许先生笑笑说：“秦副书记公务繁忙，难以脱身也很正常。我和唐总都理解，不必有什么歉意了。”

秦屯笑笑说：“真是杂事太多。两位觉得这海川大酒店还行吗？您知道我们这不比北京，这里已经是最好条件的了。”

许先生笑笑说：“挺好的，各方面条件还可以。”

秦屯笑着说：“许先生这么说我就放心了，两位在这酒店尽可以随意，酒店方面我已经交代了，两位是我的贵客，一切都由我负责。”

许先生说：“秦副书记真是想得太周到了。”

秦屯笑笑说："应该的，不是认识两位，我秦屯现在还是一个排名靠后的副市长，这个副书记根本当不上。这我要特别感谢许先生了，能够认识你我三生有幸啊。"

许先生笑笑说："秦副书记，你不要这么讲，不是我帮了你的忙，是某某在帮你的忙。"

秦屯说："我知道，我知道，不过没有你跟某某去说，某某也不会帮我说话的，归根结底还是应该感谢你的。"

许先生笑笑说："你交代的要谢谢某某的话，我都跟某某说过了，某某听了很高兴，说这个秦屯不错，知道感恩，做副书记有点屈才了，等再有机会一定要把他选拔到更重要的领导岗位上去。"

秦屯眼睛放光了，这虽然只是一句惠而不费的空话，可着实让秦屯心里兴奋不已，仿佛更高的职位已经向他招手了，在他心目中，这个副书记不应该是自己的仕途终点，他期待自己能做到更高的位置上去，有了某某的支持，做到省级领导也是很有可能的，甚至将来说不定有一天有可能取代郭奎的位置做到省委书记呢。他惊喜地说："真的吗，某某真这么说？"

许先生笑着点了点头，说："好好干吧，秦副书记，你干出成绩来某某帮你说话也仗义是吧？"

秦屯兴奋地说："是，是，我会努力做出成绩来，不让某某他老人家失望的。"

许先生说："说到这里，我有件事要交代你们二位。我认识某某这件事情希望两位要保密，某某日理万机，本来是没有时间来管像你们这些基层的小事的，只是迫于我的面子和秦副书记的盛情，不得不出手。如果再有人来找我要去找某某，我就很为难了，我总不能一而再地去麻烦某某吧？再说传出去某某出手帮秦书记跑官，对某某的声望也是有很大影响的，还希望两位能够理解。"

唐昌说："对，许先生说得很对，这个是应该保密的。"

秦屯说："我明白，我不会再对别人讲这件事情的。"

谈到这里，秦屯看看时间，说："该吃晚饭了，我已经交代酒店好好准备一下，不过许先生，我们这里可没有地道的上海本帮菜可吃，没办法给你安排了。"

许先生笑了笑，说：“秦副书记真是客气了，我无所谓的，我还正想尝一尝海川有名的东海菜呢。”

于是秦屯就领着许先生和唐昌到了下面的餐厅，海川大酒店对这个新科的副书记自然是不敢怠慢，这一桌酒席自然是极力奉承，龙虾、鱼翅、海参、燕窝都上了，自然他们做的手法和功力比起北京的大厨们还是稍逊一筹的，口感上还是差了一点。

开了芝华士，秦屯亲自给许先生和唐昌倒满了，然后端起酒杯，笑着对许先生说：“首先欢迎许先生到我们海川来做客，我们这小地方没什么好东西，希望许先生不要嫌怠慢。”

许先生就和秦屯碰了碰杯，两人一起干了。

放下杯子，秦屯拿起筷子说：“来来，吃菜，吃菜。”

许先生就开始吃菜，服务小姐又过来给他们满上了酒。吃了一会菜，秦屯再次端起了酒杯，说：“别的感谢话我就不说了，没有许先生，就没有我的今天，我当这个副书记，实际上就和许先生当这个副书记是一样的。今后徐先生如果在海川有什么事情就来找我，我一定竭尽全力给您办好。来我们干杯。”

许先生笑了，说：“秦副书记真是仗义啊，好汉子，这一杯我跟你喝。”

两人再次碰了杯，又是一饮而尽了。

秦屯又感谢了唐昌，两人干了一杯。许先生和唐昌又回敬了几杯，满桌的人都是心情愉快的，不知不觉之间都有了些醉意了。

酒宴结束的时候，已经是将近十点钟了，三人喝得东倒西歪，站都站不稳了。

秦屯笑着说：“天下无不散的筵席，许先生和唐总远道而来都很辛苦了，早点回去休息吧。”

许先生大着舌头说：“那不行，我先送送秦副书记，再回去休息。”

秦屯笑了，说：“许先生喝多了，在海川这里我才是主人，应该我送你回房间才对。”

许先生指着秦屯笑着说：“秦副书记，我觉得你才喝多了吧。我住在这个酒店，相应来说我才是这里的主人，我送你是很应该的。”

秦屯说：“对啊，许先生住在这里，这里就应该是你的地盘啊，我真是喝多了。”

许先生说：“走，我送你离开。”

许先生和唐昌就陪着秦屯走出了雅间，将他送到了酒店门口，出了酒店大门，秦屯被风一吹，酒醒了一些，一拍脑门，说：“我这是办的什么事啊？许先生是我专门请来的贵客，怎么还敢劳烦你出来送我，不应该，不应该，走，许先生，我送你回房间。”

许先生还醉意朦胧，说：“不对，我们刚才说这里我是主人，该我送你，秦副书记，你上车，上车。”

秦屯也是酒后上来倔劲了，说：“这哪里行啊？这不是对许先生你不够尊重吗？不行，我一定要送许先生回房间。”

两人互不相让，就在酒店门前你拉我我推你的，互不相让，好半天搞不清楚究竟是谁应该送谁。

最终，在唐昌的劝解下，许先生总算接受让秦屯送他回房间，这场争执才算有了一个结果。

这一场闹剧看在酒店门口一个人眼中，他有些奇怪地看着这一场景，心说秦屯这么巴结的人是谁啊？怎么从来没听说海川还有这么一号人物啊？

这个人是海川农业局的副局长田海，他晚上在海川大酒店宴客，刚将客人送走了，打开车门上了车要走，就看到新任的海川市委副书记秦屯被人从酒店里送了出来，就想等秦屯先走了自己再走，避免见了面还要打招呼。他在海川政坛属于边缘性的人物，他是认识秦屯，可秦屯不一定认识他，这种状况之下他跟人家打招呼人家还不一定搭理他，可是不打招呼又怕被秦屯认出来，索性就回避见面。

本来田海以为这一次是谁请秦屯的客，才会送秦屯出来，没想到完全不是他想的那样，倒好像是秦屯请的客，而且这客人似乎还很受秦屯尊重，秦屯最后还非要坚持将客人送回房间。

不过那位客人旁边的那位，田海倒是认识，那人是唐昌，算起来田海和他多少还带点拐弯抹角的亲戚关系，知道唐昌现在在北京做生意，家安在北京，父母都带了过去，海川这边基本上没什么家人，不过有时候会回海川来，参加一些海川市组织的招商联谊活动。一般他回来都会跟田海碰碰面，吃顿饭什么的，毕竟两人还算有点亲戚关系，而且田海还担任着一个不大不小的官，多多少少在海川还有点能量，请客吃饭的能力还有。

秦屯将两人送了进去之后，就见秦屯出来上了车离开了，而唐昌并没有再出来，看来唐昌住在海川大酒店。田海心中就有些不满，这个唐昌也是的，回了海川也不跟自己打声招呼，。

田海当时就想打电话给唐昌，不过，看上去唐昌已经喝得很多了，他不想跟一个醉汉去交涉，就打消了马上打电话的念头，想等明天上午再说吧。

第二天上午，田海拔通了唐昌的电话，接通了，上来就责备说：“表哥，你怎么回了海川也不跟我说一声啊？”

唐昌刚醒过来，头痛得要命，说：“哦，是田海啊，不好意思啊，我这一次是陪一个贵客回来的，那个贵客行程定得很匆忙，所以我就没跟你说。”

田海说：“你说的贵客就是昨晚跟你一起出来送秦屯的那个人吧？”

唐昌笑笑说：“这你也看到了？对对，就是那个人。”

田海说：“那个人什么来历啊？我怎么看秦屯对他很是尊重。”

唐昌说：“说起这个人就不简单了，三句话两句话说不清楚的。你过来吧，我们兄弟也有好长时间没见面了，见一见，一块吃顿饭。”

田海过了一会就去了海川大酒店，唐昌已经泡了茶在喝茶，两人就坐到了一起开始聊天。

田海对许先生倒真是很感兴趣，在相互问候了对方家人状况之后，就问道：“表哥，说说你这一次是带了一个什么样的贵客回来啊？”

唐昌笑了，说：“这可是一位了不得的人物，不过这就是我们兄弟自己关起门来自己说的话，可不能向外人说啊。”

田海越发好奇，说：“你赶紧说吧，到底是什么人啊？”

唐昌说：“你知道这一次为什么秦副书记一定要邀请我陪同许先生来海川吗？这是因为秦副书记这一次之所以能够升任副书记，都是许先生的功劳。”

田海惊讶地说：“这么厉害？他怎么能做到？”

唐昌笑笑说：“人家认识一个了不得的人物，这个人物别说让秦屯做市委副书记了，就是想让他做省委副书记也不是不可能的。”

田海倒抽了一口凉气，某某的大名可是在神州如雷贯耳的，这个人确实有唐昌所说的能力。

田海不相信地摇了摇头说：“不会吧？某某肯管这种小事？不会是骗人

的吧?”

唐昌笑笑，说：“开始我也不相信，当初我也是无心在秦副书记面前吹了个牛，说出了这个许先生认识某某的事情，结果秦副书记就找上了他，再后来你就知道了。”

田海说：“看来这许先生认识某某是真的了，真想不到，某某也不像外面传说的那么廉洁啊。”

唐昌笑笑说：“台面上大家都在说自己廉洁，可真正能做到的有几个啊?”

田海说：“可他也不需要出来管这种小事啊?”

唐昌笑了，说：“我们不要去揣测他们了，他们的想法我们猜不到的。老弟，说说你最近的情况吧，还在农业局当副局长啊?”

田海笑了笑，说：“不然怎么样，你是知道我的，我这个人很老实没用的，不会巴结什么人，这个副局长也是这么多年辛辛苦苦熬资历熬上来的。”

唐昌笑笑说：“你这样下去不行啊，熬资历怕是熬不成一个局长的。”

田海说：“我也知道，可是我也没什么门路，就是想送礼，也是拿着猪头找不到庙门的。”

唐昌看了看田海，说：“想不想我帮你一把?”

田海愣了一下，说：“不要了吧，就为了我当这个局长去惊动某某，小题大做了。再说如果某某真是那么个人，这要多少礼去送啊？我虽然做副局长这么多年，可农业局是一个穷地方，我分管的部分又没什么油水，手头没几个钱的，拿出来估计还不够给某某塞牙缝的。”

唐昌笑了，说：“老弟啊，你这点事情当然不用去惊动某某了。你这点事情在下面许先生就给你办了。”

田海说：“他怎么办?”

唐昌说：“简单，让他帮你跟秦屯打个招呼不就行了吗？你不知道，昨晚喝酒的时候秦屯说过什么，他说他当这个副书记跟许先生当是一样的，所以许先生跟他说一声这件事情，我想他一定会帮你办的。”

田海看了看唐昌，说：“能行吗？我可从来没为了当官的事情去找过人。”

唐昌说：“哎呀，要么说你这么多年都不能进步呢？这一次是我恰好有这么个机会在这里，我们都是亲戚，想要帮你一把，起码也让你混个局长身份退休是吧?”

田海有些心动了，说："他真的能做到让我当上局长？"

唐昌说："能不能我也不好说，一会儿我令你见见这位许先生，还不知道他答不答应帮你这个忙呢。"

唐昌就拨通了许先生的房间电话，笑笑说："许先生，起床了吗？"

许先生说："起来了，哎呀，差一点起不来了，昨晚这酒喝得真是的，这秦副书记太热情了，受不了。"

唐昌笑笑说："我也是喝多了，头痛得要命。"

许先生说："幸好今天秦副书记上午不过来，不然的话还不知道怎么去见他呢。你打电话过来有事吗？"

唐昌笑笑说："是这样，我一个亲戚过来了，他是海川农业局的一个副局长，想见见许先生。"

许先生迟疑了一下，说："你不会是跟他说了我认识某某的事情了吧？哎呀，我不是说不让你跟别人说了吗？"

唐昌笑着说："许先生你别急啊，我没跟他说那件事情，他就是想见见许先生。"

许先生心里暗自好笑，他之所以让秦屯和唐昌不要到处说他认识某某，实际上是想故意制造一种神秘感，这世界上人的好奇心是很强大的，越是不想让他知道的，他越是想要知道，但只要他想方设法知道了，那就意味着他上当的时刻到了。

其实假装跟上层的某位领导有关系是古已有之的行骗手法，许先生是在一些明清的笔记小说中看到了一些前辈高贤被记录下来的丰功伟业，他一下子就明白了其中的诀窍，很快就把这种手法运用得出神入化，成为了许先生自己谋生的手段。

这也印证了古贤人的另一句话，书中自有黄金屋，书中自有颜如玉，书中自有千钟粟。关键就在于看书的人是怎么看书中的内容的。愚笨的人可能看一辈子书都不知道应该从中学习什么，而聪明如许先生这样的，一眼就从书中看到了这种高妙的诀窍，从而得以在北京五星级酒店住着，宝马轿车开着，嫩俏的美女搂着，享尽了荣华富贵。

这种手法屡屡得手完全是因为人们对权力的某种膜拜和迷信，他们相信只要找到某位高层领导，困惑他们的某些困难就会迎刃而解。而这种骗子把戏似乎看上去一戳就破，实际上却大大不然，就像自己宣称认识的某某，位高权重，深居大内，平常人想见都是难以见到的，更别说向他查证是否认识自己，所以这实在是一个再安全不过的游戏了。自己就是凭着这一点在北京吃香喝辣这么多年，竟然没有一个人敢质疑。

有些时候许先生自己想想都觉得好笑，这世界上的傻瓜原来这么多啊，就连平常那些看上去高高在上的，亮出真正的身份人家看都不看一眼的那种高官，也如苍蝇逐臭一般围着自己转来转去，祈求自己帮他们达到升官发财的美梦，岂不知自己就是借助这些人的愚蠢，才完成了发财的美梦。

唐昌说他有亲戚要见自己，许先生便知道又一只苍蝇飞过来了，那就好好招待你一下吧。他便笑了笑，说："既然是你的亲戚，见见就见见吧。"

唐昌挂了电话，赶忙嘱咐田海，说："千万记住，不要在许先生面前提及我跟你说他认识某某的事情，他不喜欢外人知道的。"

田海点头答应了。

唐昌带着田海去敲许先生房间的门，开了门，房间里一股浓郁的雪茄烟草味，田海看到许先生手里正拿着一根点燃了的雪茄。

许先生笑着将两人让进了屋里坐下，然后打开雪茄盒，说："两位吸不吸雪茄?"

唐昌和田海都摇了摇头，说不吸。

许先生说："这盒雪茄是古巴哈瓦那出产的，是朋友帮我从古巴大使馆弄来的，味道很正宗，我尤其是喜欢在宿醉后的早上吸，头痛很快就会好的，唐总，你真的不试一根?"

唐昌笑笑说："我可不敢，我怕抽了头更痛了。"

许先生就笑着指了指田海，说："唐总，这就是你的亲戚?"

唐昌说："对，这是我的表弟田海，海川农业局的副局长。"

许先生笑着跟田海握手，说："你好，很高兴认识你。唐总，你这位亲戚不错啊，海川农业局副局长，级别不低啊，副县级的吧?"

田海笑笑说："什么不错啊，许先生有所不知啊，我们农业局就是一个清水衙门，我又是一个副职，真的很难说什么不错。"

许先生说："田副局长不要不满足了，你看你多好，不用干活都有工资拿，出门有车，吃饭都在酒店，已经很好啦。哪像我们这些商人，手停口停，每天四处奔波，就是为了一口饭而已。”

田海说：“饭和饭还不一样呢，我如果能像许先生这样，我也会满足的。”

许先生笑笑说：“一家有一家的苦，不在其中，不知其味。”

唐昌对着许先生说：“是啊，都有各自的难处。我这个表弟早就成为了副局长，可是这么多年仕途蹉跎，还是一个敬陪末座的副局长而已。他今天跟我聊起这个来，我都觉得可怜。许先生，你看能不能拉他一把啊？”

许先生脸色一下子沉了下来，不满地看了唐昌一眼，说：“唐总啊，我不是跟你说了不要跟人说我认识某某了吗？”

唐昌愣了一下，说：“我没说啊？”

许先生说：“我一个商人而已，又不是官场掮客，你让我拉你表弟一把，我凭什么啊？”

唐昌有些尴尬，干笑了一下，辩解说：“许先生，我表弟问我这一次来海川做什么，我就跟他说你是秦副书记请来的客人，他就有些想让你跟秦副书记推荐一下他，真的没提你跟某某之间的关系。”

许先生借题发挥，只是要故意说出他跟某某之间的关系而已，听唐昌这么说，脸上露出了不好意思的神情，笑笑说：“那是我误会你了，你知道，某某很是忌讳我拿他的名字出来招摇，我对此就有些敏感。”

唐昌笑笑说：“没事啦，我能理解了。我刚才说的请你拉我这个老弟一把，许先生意下如何啊？”

许先生脸上露出了为难之色，说：“这不好的，某某常说我们这些他身边的人，不要去参与到政治当中去，会给他造成不好的影响的。”

唐昌赔笑着说：“这件事情不需要惊动某某他老人家的，只要徐先生私下跟秦副书记打个招呼，让秦副书记在我老弟的提拔使用上费费心，事情不就办成了吗？”

许先生看了看田海，他可以从田海的眼神当中看到田海期望自己能答应下来，就目前的形势来看，他也有把握只要向秦屯提出这个要求，秦屯一定会尽力办成的。不过，他并不想就这么轻易答应唐昌，太容易了会影响自己要价的能力的。

许先生摇了摇头，说：“事情哪里会这么简单？你认为秦副书记会什么都听我的吗？”

唐昌笑笑说："许先生，你这就不实在了，我清清楚楚记得秦副书记跟你是怎么说的，他说他当这个副书记跟你当是一样的，他都已经这样说了，你跟他说句话不费什么事吧？"

许先生笑了，说："那只是秦副书记酒后一时冲动说的过头话，很难当真的。我如果真的拿这个当真了，答应了你，回头他再拒绝我，我就不好说话了。"

唐昌看了一眼许先生，心里边有些不高兴了，心说你跟秦屯究竟是什么一种关系难道我不清楚吗？就冲着某某，秦屯也是不敢拒绝你的。

田海见许先生似乎是很为难，他还第一次做跑官这种事情，本来就有些心虚，不是唐昌鼓动他可能根本就不会来的，现在见到这种状况，心里就打了退堂鼓。

田海看了一眼唐昌，说："表哥，我们不要去为难许先生了，其实我做这个副局长也算可以了，比上不足，比下有余。"

唐昌心里越发别扭，是他鼓动田海来找许先生，满心以为许先生会看在自己给他和秦屯牵线的面子上帮表弟一把，没想到这个许先生根本就没拿他当回事，唐昌有点下不来台了。

唐昌看着许先生，说："许先生，我可是专程陪你来海川的，我表弟这件事情你都不帮忙，有点说不过去了吧？"

许先生看出田海已经有退意了，这可不行，原本他是想抻一抻对方好提高要价，可不是想把对方抻走，见唐昌这么说正好借坡下驴，赶忙笑着说："唐总啊，我不是不想帮忙，这个忙要帮也可以，只是……"

许先生吞吞吐吐，并没有说出下文来，田海虽然老实，可是也是在官场上历练过这么多年的人啦，人情世故还是懂一点的，便笑笑说："许先生如果是需要什么费用的话，大可以明说。"

许先生笑笑说："我想你们也明白现在这个社会，什么都是需要用利益去交换的。我不怕跟你们实说吧，秦屯跟我说那样的话，是因为他用某种利益从我那里换得了他想要的好处，现在反过来我要去求他帮我办事，怕是我也需要付出某种代价。人都是这么现实的。"

唐昌笑了，说："这个是应该的，再说我们也不想许先生白跑腿的。"

田海此刻对许先生已经是深信不疑，见许先生松口了，赶忙说："对对，许先生，你放心，该有的费用由我来承担。”

许先生笑笑说：“两位能理解就好，这不是我想要的，是秦副书记要的，其实不是我要在这其中赚点什么，实话说我也看不上这点小钱，不过我也不能往上贴钱是吧？”

田海笑笑说：“当然不能，这应该由我来出，不知道需要多少？”

许先生笑笑说：“还不知道田副局长想要秦副书记帮你做什么呢？也不知道秦副书记能不能让你的满意。”

田海说：“我这个副局长也做了很多年了，很想转正，或者是把我调到一个好一点的局去，让我管点事，农业局真的是太清水衙门了。”

许先生笑笑说：“这个要求我估计秦副书记倒是能做到，这样吧，看在唐总面子上，你拿十万出来做费用，我帮你达成这个心愿。”

十万块钱对田海来说倒不是一个太大的数字，如果真的能让他转正也是一笔划算的买卖。

田海说：“行啊，回头我就把钱带给你。”

许先生笑了，这个傻瓜又送了一笔收入来，看来这一趟海川真是没白来。

傍晚，秦屯再次来到了许先生的房间，笑着说：“许先生，晚上我带你们去一个好地方玩。一个休闲山庄，很好玩的，里面有很多男人们喜欢玩的东西。”

许先生笑了，说：“那可要跟秦副书记去见识一下了。”

秦屯说：“唐总呢？”

许先生说：“上午唐总的表弟过来了，我们一起喝了几杯，估计他现在在房间里休息呢。”

秦屯说：“打电话把他叫过来，我们好出发。”

许先生说：“先别急，我有件事情说一下。唐总的表弟秦副书记认识吧？”

秦屯说：“没怎么见过，倒是有一次听唐总提起过，他有个表弟在农业局做副局长。”

许先生说：“对对，就是这个人，他今天上午来说，有点想进步的意思，唐总就托我问一下秦副书记，看秦副书记能不能帮他一下。”

秦屯看了看许先生，说：“要提拔一个人可是要牵涉方方面面的，不是那么容易的。”

许先生笑笑说：“我知道不好办，可是唐总的面子总要卖一点的，你是不是帮他想办法提一下？”

秦屯笑了，说：“这件事情别人提出来是断然不能办的，可许先生提出来就不同了，我想想办法吧。”

许先生笑笑，说：“那我就替唐总先谢谢秦副书记了。”

秦屯说：“不用客气了，我帮许先生办事也是应该的。许先生，这件事情办可是能办，不过，可不能白办。”

许先生就打了电话让唐昌过来，唐昌过了一会就到了许先生的房间，一进门，秦屯笑笑说：“唐总，你表弟的事情许先生跟我说了，你放心吧，这件事情我会帮他留意的。”

唐昌高兴地说：“那真是谢谢秦副书记了。”

秦屯笑笑，说：“别谢我，要谢就谢许先生，按说这种违背原则的事情我一般是不办的，但许先生提出来了，我就不好拒绝了。”

唐昌对许先生表示了感谢，两人又互相客套了一番。

秦屯就带着徐先生和唐昌出了酒店，去了海盛山庄，一进山庄的大门，便听到此起彼伏的狼犬的吼叫声，许先生笑笑说：“这个地方环境倒不错，可是为什么养这么狼犬呢？有点吓人了。”

秦屯也不知道郑胜为什么添置这么多狼犬在山庄里，突然不知道怎么了，山庄戒备森严了起来，不但增加了保安，还添了许多的狼犬。

秦屯笑笑说：“许先生放心，这批狼犬是这里安保设施之一，是保护客人的。”

郑胜并没有对外面的人说过他在情人小娟那里被吴雯的人恐吓了的事情，因此秦屯并不知道其中的内情。自那晚被恐吓以后，郑胜夜晚再也不敢留宿在外面，即使回了山庄，他也是睡不安稳，生怕吴雯的人深夜摸到他的床边来，最后他购买了一批正宗的德国狼犬，夜晚只要一有风吹草动，这批狼犬就会大叫起来，这样郑胜才能放心地睡个踏实觉。

在山庄的正门前，郑胜已经等在那里了，笑着帮秦屯开了车门：“您秦副书记大驾光临，我这个小小山庄可是蓬荜生辉啊。”

现在郑胜和秦屯之间的关系发生了微妙的变化，郑胜因为被教训了之后，在海川商场上收敛了很多，尤其是对吴雯的海雯置业退避三舍；而秦屯是新科的市委副书记，正处于上升势头，此消彼长，郑胜自然对秦屯更加客气了。

秦屯笑笑说：“郑总真会说话，我给你介绍，这两位是我北京来的贵客，这位是许先生，这位是唐昌唐总，今晚你可要给我招待好啊。”

郑胜跟许先生和唐昌握手，笑笑说：“放心吧，到我这里来的客人没有说不好的。秦副书记的贵客就是我的贵客，两位在这里有什么需要尽管跟我说，保证让两位满意。”

郑胜就领着一行人进了餐厅，饭菜是早就准备好的，极为丰盛，不过秦屯意不在此，匆匆领着许先生和唐昌吃了一点，就结束了这场晚宴。

秦屯等人就跟着郑胜进了一个很大的装饰豪华的包厢，墙壁上的裸女油画暧昧而充满了春情，秦屯笑着说：“许先生，我们先洗个澡彻底放松一下吧？”

众人就换了浴衣，跟着郑胜去了二楼的洗浴大厅，众人在池子里泡了一会儿，郑胜就叫来了专门的搓澡师傅，为他们连搓带按摩的，好一番折腾。折腾完了之后，众人再看看别人，看看自己，都是一身红彤彤的，不过都觉得洗透了，每个毛孔都透着清爽，浑身轻飘飘的。

洗完了，郑胜说：“走，我带你们去休息一下。”

郑胜就带他们去了按摩的雅间，许先生进了雅间，雅间装修得很豪华，跟前面的包厢基本上是一个风格，刚洗完澡的他有些疲惫，就去床上躺了下来，迷迷糊糊正要睡着。

一个身穿粉红色轻薄旗袍的白人女郎悄然无声地走了进来，金发碧眼，长长的睫毛犹如洋娃娃一样，女郎很年轻，就是二十左右的样子，身材高挑，前凸后鼓，满脸媚笑，走到许先生面前，银铃般的声音问候道：hello。

饶是许先生这些年见多识广，这个洋妞的出现仍然让他有些惊奇，这里不比北京、上海那些大都会城市，大都会五光十色、千奇百怪，出现洋妞不令人奇怪，这里不过是东海省的一个中等城市，竟然也会有洋妞出现。

许先生心里跳跳的，顺势就拉住了洋妞的小手……

从包厢出来的时候，许先生看到秦屯和唐昌郑胜已经等在那里了，便笑笑说：“不好意思，小睡了一会儿。”

秦屯笑笑说：“没事的，我们也刚出来。”

秦屯就载着许先生和唐昌离开了，许先生看着车窗外的黑夜，那么宁静平和，却有如深不见底的深渊，不知道有多少人在这黑夜中像自己一样满足了不可告人的欲望呢。

接下来几天，秦屯并没有陪同在许先生身边，他安排了市委一个副秘书长陪同许先生在海川玩了几处著名的风景，最后在许先生离开的前夜，秦屯再次出面为许先生饯别。

许先生很高兴地离开了海川，他这一次也算是收获颇丰，玩了一趟不说，还拿到了田海送给他的十万块。

海川市成立了新机场建设指挥部，市长徐正担任了总指挥，新机场项目正式启动，很快新机场总体规划通过了专家初审，新机场建设指挥部面向全国发布了招标公告，招标活动正式开始。

振东集团和康盛集团都先后前来海川买走了标书，开始研究招标文件和准备投标文件。

北京，昌平，射击俱乐部，流动的靶标在宽阔的山坡上往来穿梭，苏南和傅华戴着耳塞，举着手枪射击，清脆的枪声连续不断。

打完之后，苏南有点扫兴地将手枪放了下来，说："成绩怎么这么糟糕啊。"

傅华本来是跟着凑热闹的，他还是第一次来玩实弹射击，因此对自己的成绩就无所谓好坏了。

苏南摘下了耳塞，看了看傅华，说："你还要打吗？"

傅华摇了摇头，说："我就是跟着你来过瘾的，你不打我就不打了。"

苏南说："那我们就去贵宾室坐一下吧。"

苏南就带着傅华去了贵宾室，贵宾室沿墙的枪架上陈列着各种长枪，玻璃橱里摆放着各式手枪，傅华饶有兴趣地看着这些枪械，笑着问苏南："苏董，你很喜欢射击吗？"

苏南笑笑，说："谈不上喜欢了，不过因为我父亲的关系，我从小就能接触到枪，练了一手好枪法，原本还想将门虎子，做一个军人呢，没想到现在做了一个市侩的商人。"

傅华笑笑说："看来苏董对今天的射击成绩很不满意啊。"

苏南笑着摇了摇头，说："今天的射击成绩太差了，我都不好意思了。"

傅华笑着说："我虽然第一次玩射击，可是我大约可以猜到，要打好，必须人要气定神闲，注意力集中，不然的话很难打出好成绩来的。"

苏南笑了，说："又被你看出来，我今天是有点心浮气躁。最近这一段时间也不知道是怎么了，我的心老是定不下来，真是莫名其妙。"

傅华笑了，说："我知道原因的。"

苏南看着傅华，说："你怎么知道？"

傅华说："能让苏董心浮气躁的，我想肯定不会是小事情，如果我没猜错的话，你大概是在为我们海川新机场项目着急吧？"

这时侍者送进来一瓶苏格兰威士忌，两个杯子。苏南倒上了酒，递给傅华一杯，说："这里的威士忌虽然比不上晓菲那里的，也还可以入口。"

傅华接过了酒杯，说："最近晓菲怎么没影了，也不知道在忙什么？"

傅华的心底还存着对晓菲的一丝牵挂，他对这个女人真是有点没脾气了，那一次轰轰烈烈的激吻之后，她就像没事人一样抽身而去了，这段时间音讯全无，连个电话都没再打来。似乎晓菲那一段表白只是她自己情绪的一个发泄，发泄完了就完了，再与傅华无关了。

晓菲这样做，反而让傅华放不下了，晓菲已经在他心中激起了涟漪，他无法像晓菲一样对这段感情戛然而止。可是他也不敢打电话去询问晓菲的近况，虽然他心中很清楚这个电话肯定是能打通的，可是他心中更明白一点，他并没有再去招惹晓菲的资格了。

苏南笑笑说："我听朋友说她的工厂已经出手了，好像在忙活什么，似乎在忙活成之前，她并不想让我们这些朋友知道。"

傅华笑笑说："晓菲要玩的肯定不会太俗气了。"

苏南抿了一口酒，笑笑说："我有时候就很羡慕晓菲，她做的都是她想做的，不受世俗啊什么的束缚，而我就不行了，每每受困于俗务，不得脱身。"

这是苏南第二次表现出焦躁不耐烦，似乎随着新机场项目的正式启动，他日渐感受到了什么危机，也就无法做到淡定了。

傅华笑着看了看苏南，说："苏董啊，我说一句话你别觉得刺耳啊，我怎么觉得你太在乎这一次新机场项目的输赢了？"

苏南笑了，说："我有吗？"

傅华说："你没有吗？你现在的状态就已经有些患得患失了，如果你就是这个状态，我怕这场仗你没打就已经输了。”

苏南苦笑了一下，说：“也许吧，这一次如果我再输掉，就是一输再输了，这对我来说不能不算一个很大的打击，所以这一次我一定不能输。”

傅华笑了，说：“你把自己逼上了一个尴尬的境地，没有一场大战在开战之前就能够确定一方赢定了的，你这个样子逼的是你自己。”

苏南说：“不逼不行啊，我这个主帅已经接二连三失败，再这样下去，我们振东集团的士气就会受到大挫的。”

傅华笑笑说：“苏董啊，你是应该明白自己集团输在哪里的，这是这个社会的问题，而非战之罪。”

苏南苦笑了一下，说：“我当然明白自己失败在哪里，可是你要明白我失败的原因也就是我当初成功的原因。”

苏南心里很清楚振东集团当初之所以能够获得那么大的成功，完全是父亲的荫庇，那时的苏老影响很大，而且那时的项目很多也是不需要竞标的。而现在他父亲已经失去了那种影响，并且更多有影响的人物纷纷崛起，振东集团的失败也就很难避免了。他这一次插手亲自运作海川新机场项目，已经不能靠父亲的影响去获得成功了，只能按照时下流行的做法去操作，想要靠跟主事者勾兑来获取项目，他这也是有为振东集团趟一条新路出来的意思。因此他这一次不能再失败了，失败了就意味着振东集团没有了新的出路，无法再争取到大的项目了，只能在维持中日渐没落。这在心高气傲的苏南来说是不可接受的。

傅华笑笑说：“苏董啊，你有没有想过就算你这一次成功了又如何？”

苏南愣了一下，这个问题他还真没认真考虑过，他只是觉得这一次如果探索成功，就会形成一种新的模式，以后就按照这种新的模式去走就行了。

苏南说：“成功了就继续做下去吧，要不然要怎么样？”

傅华笑了，说：“其实我大致可以猜到你这一次的操作思路，你想要通过私下的一些动作拿到这个项目。”

苏南笑了，说：“我这也是没办法，你不明白的，傅华，现在的招投标程序表面上看很公平，实际上很多都是流于形式的，为了中标，大多数公司都是像我一样，不择手段的，手法千奇百怪，无所不用其极。这里面最重要的就是主事者，大家都在想办法跟他沟通。这是一个社会的普遍现象吧，就算是那些国有的大型企业也不例外，这些年他们为了中标，不得不也采取了一些见不得光的手段。大家都是为了生存，我想你应该可以理解。”

傅华笑笑，说：“这大概就是你心浮气躁的原因吧，你心中讨厌这么做，却又不得不这么做，其实以你的个性，并不适合干这个的。”

苏南身上掩饰不去的是那种倜傥不群贵公子的气息，却为了蝇头小利不得不低三下四去谋求那些主事者的青睐，如果换到平常，他可能看都不愿意看一眼这些人的。所以傅华说他并不适合做这个。

苏南笑笑，说：“我也不想啊，可是为了振东集团的生存，我也不得不去这样做。”

傅华说：“可这样下去总不是一个办法，总有一天你的性格会让你接受不了的。”

苏南说：“接受不了也得接受，我是可以甩手不干，但是一大摊子的人都跟着我吃饭呢，我如果离开，他们的境况可能就会变得很糟，这些人当初都是出于信赖我而投身于振东集团的，我是有责任维护他们的。所以傅华，别看我是振东集团的董事长，好像威风八面，实际上这个位置更多意味着的是责任，而非荣耀。”

傅华说：“可是你有没有想过找一个可持续发展的办法，我曾经跟融宏集团的陈彻打过交道，我觉得他走的就是一种可持续发展的道路，他也有竞争，但那种竞争是要靠真正的实力，而非台面下运作的能量。”

苏南说：“我也研究过陈彻的融宏集团，他走的那条道路并不好模仿，他虽然是给人做代工，可是本身的科技含量很高，我要转型到他那个样子是很难的。”

傅华说：“我只是在拿陈彻做个比方而已，你也可以思考别的方向啊。我只是觉得你不能把未来都寄托在靠关系的勾兑上去。我觉得趁你们振东集团还有雄厚的经济实力，赶紧考虑转型吧。”

苏南叹了一口气，说：“转型是要认真考虑的，不过眼下最需要考虑的是拿下你们的新机场项目。我记得上次你跟我说徐正这个人不可信，似乎你对我拿下这个项目始终心存疑虑啊？”

傅华说：“你也知道前段时间我出的那段事情吧，其实我一直弄不明白徐正为什么对我有这么大的意见，按说我这个驻京办主任已经是很出色了，招商方面我把融宏集团拉到了海川，审批项目方面我不敢说没有我新机场项目就批不下来，但起码敢说，没有我这个项目不会批得这么快，但是我就是无法让徐正满意。有人跟我说，徐正对我有意见，就是因为当初他要约见陈彻，我没给他安排好，让他受了当时还是省长的郭奎的批评。这个祸根就此种下了，从此他就想尽办法要来打击我。可偏偏他很多事情又需要我来办，闹得他赶我走不是，不赶我走也不是，反正心里是很不痛快。你看就一件小事让徐正对我怀恨在心这么久，联想到你身上，我就觉得你不应该乐观了。归根到底，你是我介绍给徐正的，说不定他会把对我的仇恨转移到你身上，他无法来报复我，可能就想报复在你身上。所以这一次如果你无法中标，可能也是我害了你。”

苏南愣了一下，说：“不会吧，我觉得上次我去海川他的态度挺好的，我安排的礼物他也收下了，所以我才有些乐观。你也别说你害了我这样的话，事情的前后经过我都是知道的，要争取下去的决定也是我做的，我没有任何理由迁怒到你身上。”

傅华笑笑，说：“那些都是表面工夫，如果这一次你真的想拿下这个项目，我觉得你应该出一个徐正不可能拒绝的条件，否则，那就等着失败吧。”

苏南笑了，说：“这一点我也想到了，我想我的条件已经足够让徐正无法拒绝了。”

傅华看了看苏南，笑着说：“这么有信心？”

苏南笑笑说：“就是这么有信心。”

傅华刚想要说什么，他的手机响了，看了看是罗雨的电话。罗雨说：“今天不是我们海川政协的王副主任来京参加一个关于政协的理论交流会议吗，现在王副主任到了，可是顺达酒店那边说安排不出符合我们要求的房间了。你是不是跟章总说一下，让他们想办法调剂调剂？”

傅华说：“小罗啊，这种事情你还需要找我吗？你直接找章凤不就行了吗？”

罗雨说：“我找过了，她说现在正是北京举行会议的高峰期，客房紧张得不行，没办法调剂。人家不拿我当回事啊，还是你跟她说一下吧。”

傅华说：“那好吧，我跟章凤打个电话。”

傅华就拨了章凤的电话，先说了情况，然后说：“章凤啊，你的想想办法，帮我们这位王副主任安排一下。”

章凤为难地说：“那些标准高的客房都已经住满了，没办法的，再说客房部给你们的人安排的标间也很不错了，为什么不能住啊？”

傅华笑了，说：“别的人都好说，政协的人不行啊，你不明白的，这些人实权没有了，对级别就看得特别重，你如果安排的达不到他们的级别要求，他们会对我有很大意见的，求你了，别让我难做好不好？”

章凤说：“我也想啊，可是真的很困难。你不知道现在客房紧张到什么程度。”

傅华说：“好啦，我知道困难是有的，但也不是不能解决是吧？”

章凤笑了，说：“好啦，怕了你了，我让下面的人给你安排了。”

傅华打完了电话，这才看着苏南，笑笑说：“不好意思，琐事太多了。”

苏南笑笑说：“这种事情你还亲力亲为啊？”

傅华笑了，说：“我这里不比振东集团，忙活的都是这些接待方面的琐碎小事，没办法，下面的这些人搞不定。”

傅华并没有好意思讲出真正的原因，其实真正的原因是他并没有把酒店这一块放手让罗雨参与，他觉得罗雨有些方面并不是那么令人放心的，他还需要观察一段时间，才能决定是否把酒店这最重要的一块阵地交给罗雨去管理。

第五章 烂尾工程烫手山芋，走投无路徐正就范

当初徐正插手海通汽车城，因为高丰出事，弄成一个烂尾工程，等于昭告天下，把徐正的错误一直摆在那里，让他很没有面子。市委书记张林考虑到海通汽车城工程是徐正的心腹之患，于是便给傅华施加压力，要傅华尽快为海通汽车城项目找到接手人，把这个烂尾工程处理掉。

晚上，高月和罗雨一起去外面吃饭，高月看罗雨从海川大厦出来就始终沉着脸，便问道："怎么了，今天心情不好吗？"

罗雨叹了一口气，说："高月，你说傅主任是不是对我有意见了？"

高月看了看罗雨，笑笑说："我怎么没有这种感觉？再说你们不是一直很好吗？他怎么会对你有意见？"

罗雨说："自从我上一次喝酒喝多了之后，我始终感觉傅主任对我和以前不一样了，以前我们基本上无话不谈，开个玩笑什么的很稀松平常，可现在见面聊的都是公事，他也是板着脸一副公事公办的样子。"

高月笑笑，说："我没觉得什么不正常啊，你多心了吧？"

罗雨说："不会，我有一种被疏离的感觉，我觉得他好像在防着我似的。"

高月笑笑，说："肯定是你多心啦，也许他觉得你现在是副主任了，要多尊重你一点，因此就严肃了起来。"

罗雨摇了摇头，说："不是的，你不明白的，别说什么尊重，我觉得我做这个副主任还不如当初做办公室主任呢，谁尊重我啊？在海川大厦没有人会尊重我。"

高月说："罗雨啊，谁不尊重你啊，我觉得大家都很尊重你的，你不要想

多了。”

罗雨看着高月笑了笑，说：“只有你是真心对我好的，别的人根本就不是那么回事。我觉得傅主任肯定对我上次酒醉之后说的胡言乱语记在心里了，他还在记恨我。”

高月笑着握了握罗雨的手，说：“傅主任不会这么小肚鸡肠的，你别这么去想他，我觉得你就是那次酒后说了不该说的话，自己心虚的。”

罗雨说：“你不知道的，在我被提拔之前，傅主任曾经在我面前流露出要借重我的意思，那时候他给我的感觉就是我是他很信赖的亲信，驻京办以后很多工作可能都要交给我去负责。可是你现在看看，我都当上副主任这么长时间了，他有一丝一毫要重用我的意思吗？我看，他提拔我这个副主任，只是想利用我来制衡林东而已。”

高月说：“你这是什么话，提拔你做副主任这还不是重用你啊？”

罗雨说：“我做这个副主任有屁用啊，我连调剂一个酒店的房间都无法做到。但凡他们拿我这个副主任当回事，能这点小事都不给我办吗？根本上就是傅主任牢牢把持着酒店这一块，不肯放手，所以才导致酒店方面根本就不拿我当回事。”

高月脸沉了下来，她抽回了手，说：“罗雨，我不知道你是怎么回事，成天疑神疑鬼的，真是邪门了，以前你没当这个副主任没这些事啊？”

罗雨说：“不是我疑神疑鬼，确实是……”

“我不知道你在想些什么，”高月打断了罗雨的话，说：“我只知道你这个副主任是傅主任提拔起来的，就从这一点你也是应该感谢傅主任，而不是在背后埋怨他，人要知道感恩，知道吗？”

罗雨被说得不好意思了起来，赶忙解释说：“我只是发几句牢骚而已，今天调剂房间的事让我很没有面子，自然很不高兴了。”

高月看了看罗雨，不满地说：“你这话说得更有问题了，你解决不了问题，人家傅主任帮你解决了，我觉得你更应该感谢他才对。”

罗雨说：“高月，你怎么回事啊，怎么处处去维护傅主任？”

高月说：“我不是要去维护傅主任，我只是说你没有道理。”

罗雨说：“什么我没道理，不是他和章凤勾结好，故意难为我，我能找他解决吗？我感谢他，我感谢他个屁啊。”

高月有些恼火了，说：“你说话怎么这么粗俗啊？什么故意难为你，你当这个驻京办副主任已经有段时间了，为什么到现在还没有跟酒店那边把关系处理好，连个房间都调剂不好，不说你自己没能力，却怨张怨李，你算不算是个男人啊？”

罗雨被戳到了嗓子眼上了，也火了，冲着高月嚷道：“我不算男人，只有傅华才算男人是吧，你喜欢他就去找他啊，是不是后悔跟了我呀？”

高月没想到罗雨会这么说，看着他说：“罗雨，你真是不可理喻，我跟你讲道理，你却胡乱牵扯。”

罗雨说：“谁不可理喻了，明明是你处处维护傅华，我真不知道你那天跟傅华之间究竟发生了什么，是不是赵婷不出现你们就……”

高月没想到罗雨还在拿那天自己酒后跟傅华发生的事情来说事，这是个什么样的男人啊？自己怎么会托付终身给这样的人啊？她再也听不下去了，心中又气又恼，站起来伸手狠狠给了罗雨一个耳光，转身跑出了餐厅。

罗雨被打得清醒了一些，他心说自己今天这是怎么了，真是中邪了，怎么哪壶不开提哪壶啊？

早上，罗雨直接找到高月的办公室，高月看到他，冷冷地问道：“有事吗，罗副主任？”

罗雨尴尬地笑笑，说：“高月，你还在生我的气呢？对不起啊，昨天我的心情实在很差，说话过头了。”

高月冷笑了一声，说：“我可不敢生罗副主任的气，你如果没事的话，我这里要办公了，请你出去。”

罗雨摸了摸脑袋，说：“高月，我知道自己错了，对不起，就别生我的气了。”

高月冷笑了一声，说：“罗副主任，我想你没错，错的应该是我，请你离开吧，现在是工作时间，请你不要妨碍我们办公。”

罗雨还要说些什么，可高月不给他说的机会了，站起来离开了办公室。罗雨无奈，讪讪离开了。

傅华有事要跟罗雨商量，就把罗雨叫到了办公室，他看到罗雨的时候，不由得笑了，罗雨脸上清清楚楚一个巴掌印，便问道：“小罗啊，你这是怎么了?”

罗雨尴尬地笑了笑，说：“也没怎么了，跟高月闹了点小意见。”

高月是一个很秀气的女孩子，来驻京办这么长时间，傅华还从来没见过她发火过，心里就清楚这一场小意见闹得并不小。

傅华并不知道自己就是导火索，便笑着说：“小罗啊，不是我说你，对女孩子你要学着体贴一点，高月挺不错的，你要知道爱护她，不要老惹她生气。”

罗雨听着十分刺耳，明明是自己脸上挂着一个巴掌印，自己才是被打的人，偏偏傅华说自己不对，他觉得傅华这是在维护高月，心中更加不满，心说这两个家伙是不是真的发生过什么，才会这么相互维护对方?

罗雨看了看傅华，不满地说：“傅主任，你先搞清楚，是我被高月打，不是我去打高月。”

傅华听出了罗雨语气中的不满，心中别扭了一下，以前罗雨还没有用过这种语气跟自己讲过话，这家伙当了副主任之后变化竟然这么大，真是让人感到意外。

傅华也有些不高兴了，说：“就是因为高月打你我才觉得奇怪，你不惹到她，她怎么会打你啊？要不你告诉我你们什么原因吵架的，如果是高月的错，我负责来批评她。”

罗雨说：“傅主任，这是我和高月之间的私事，你最好不要插手。”

傅华心里又别扭了一下，这个罗雨啊，真是变了一个人，往常两人都是无话不谈的，现在提拔了他做副主任，竟然说私事不用自己插手。

傅华心中有些后悔把自己跟罗雨之间的关系弄成了这个样子，如果当初不提拔他，是不是他就不会变成这个样子了？诗人做了一个可以管几个人的官了，他的诗意就没有了，他的官气却大了很多。

傅华有些弄不清楚自己对罗雨的这一次提拔，究竟是好还是坏，不过罗雨身上却显现出了自己不想看到的一面。

傅华看了看罗雨，说：“好的，既然是你们之间的私事，我也不想干预，只是希望你们不要因为这些影响了工作。”

下午，高月送了一份文件给傅华，傅华接过文件时看了看她，高月的神情有些沮丧，便关心地问道：“小高啊，你跟罗雨究竟怎么了?”

高月也觉得不能在傅华面前说出缘由，只能淡淡地笑了一下，说：“傅主任，我们之间闹了一点小纠纷，没什么的。”

傅华说：“你不愿意讲，我也不勉强，不过小罗这个人还是很不错的，有些时候你多少让让他，男人总是还要点面子的，他已经是副主任了，你让他脸上挂着一道巴掌印，多下不来台啊？”

高月笑了，她早上见到罗雨脸上的巴掌印也觉得滑稽，不过她心中对罗雨的气还没消，便说：“那是他活该。”

傅华说：“好啦，活该就活该，不过下次请你手下留情，不要打他外面看见的地方，不然的话我们驻京办成什么了。再是两个人相处，互相之间要多体谅对方，才能把关系处理好，知道吗？”

高月笑了笑，说：“我明白了，傅主任。”

苏南从射击场回去之后，心中越想越有点不自信了，如果徐正真的把对傅华的怨恨报复在自己身上，那振东集团争取新机场项目的前景还真是不乐观。想到这里苏南有些坐不住了，他决定在提交竞标文件之前跟徐正见个面，把条件赶紧敲定，避免夜长梦多，被别人抢先一步夺走了这个利润丰厚的项目。

苏南就打了电话约徐正出来见面，说有些事情需要当面谈一下。

徐正迟疑了一下，说：“苏董啊，我现在是新机场建设指挥部的总指挥，振东集团是参加机场建设的竞标单位，我们如果单独见面不合适的。这一次为了规范竞投标行为，我们指挥部把海川纪委都请了来，纪委派人进驻了这个项目，监督投标行为公正合法。”

徐正只是说见面不合适，却并没有说不见面，苏南笑了，他知道徐正不想在海川跟自己见面了，毕竟他在海川是一市之长，众目睽睽之下，动静观瞻都有人看着呢。而且一旦传出去徐正私下跟竞标单位振东集团的老板见面，会对双方造成很恶劣的影响，到时候就是为了避嫌，徐正也是不能让振东集团中标的。

这是一个必须要慎重对待的事情，苏南想了想，说：“徐市长，我也没有别的意思，我就是想深入了解一下这一次招投标的情况，你看这样行不行，我们在齐州见面好不好？”

徐正笑了，说道：“也好，我觉得也应该跟你们这些竞标单位解释清楚新机场项目的情况。我后天在齐州有个会议，估计上午就会开完，我们就在会后碰个面吧。”

苏南说：“行啊，我马上动身，在齐州恭候你的大驾了。”

徐正挂了电话，苏南理了理思路，把该准备好的东西都准备好了，就让司机开着车往齐州奔。

到了齐州已经是第二天的傍晚，苏南事先已经打了电话给省委副书记陶文，陶文推掉了其他应酬，专门在晚上设宴招待苏南。

宴会设在齐州大酒店，苏南就住在这个酒店里。

坐定之后，苏南亲手给陶文倒上了酒，说：“陶副书记，振东集团这一次真的想要在东海省做点事情，还请您鼎力相助啊。”

陶文笑笑说：“老弟啊，这个不用说，我一定全力帮忙，你就说需要我做什么吧?”

苏南说：“现在一个关键事情，我想陶副书记多给海川市市长徐正施加点影响，确保我们振东集团一定会中标。”

陶文笑笑说：“老弟啊，施加影响这不过是几句话的事，我是能办到的。不过，你也要清楚，海川新机场项目牵涉几十亿的金额，怕各方觊觎的势力不会少了，你如果说把希望全部寄托在我这几句话上，怕到最后你会失望的。”

苏南笑了，说：“陶副书记真是洞悉世情啊，我也知道这个项目很大，争取的人必然很多，您这一方面只是很重要的一个点，其他方面我也会做些工作的。”

陶文笑了，说：“看来老弟是有了万全的准备了，呵呵，我希望你能马到成功，那时候你也能过来东海几趟，我们哥俩也能多凑一凑，也可以带苏老过来东海玩一玩，他老人家好多年没过来东海了。”

苏南笑了，说：“我父亲上了年纪之后，就有点不愿意动了，能不能来还是个问题。不过上次我从东海回去，说到您这来了，他老人家还让我问您好，要你多保重身体呢。”

陶文笑了，说：“难得苏老还这么惦记着我，回去你也替我带句话，就说东海的小陶想他老人家了，让他别老闷在家里了，多下来东海走走。”

苏南笑笑，说：“这话我一定带到，来，这杯酒我先敬您，先谢谢您的帮忙。”

陶文笑笑，说：“感谢的话就不要说了，举手之劳而已。来，我们哥俩碰个杯，同饮吧。”

两人碰了杯，一饮而尽。

陶文放下杯子，说：“徐正明天会上来开会，我会单独把他叫到办公室，跟他讲一讲这件事情的。”

苏南说：“我这一次也是来跟他在齐州见面的，要敲定一些细节方面的问题。”

陶文笑了，说：“呵呵，老弟的动作够快的了。那我就先预祝老弟成功吧。”

两人又碰了杯，笑着把杯中酒干掉了。

第二天一早，苏南就打了电话给徐正，跟他讲了自己到了齐州，住在齐州大酒店。徐正说他知道了，会议结束后会跟苏南联系的。

苏南焦躁地在齐州大酒店等了一上午，直到时间快到了下午一点了，徐正才打来电话，说开完会了，一会儿就到齐州大酒店来。

过了半个小时左右，等在一楼大厅的苏南见到了匆忙赶来的徐正，徐正是一个人进来的，并没有带司机和秘书，握了握手之后，苏南说：“先坐下来吃饭吧。”

徐正说：“是啊，先吃饭吧，我饿得前胸贴后背了。”

在大酒店里要了一个雅座，坐定之后，苏南让徐正点了菜，又问徐正要喝什么酒，徐正说：“酒就算了，我下午还要赶回海川去的。”

苏南也就没勉强，只是催服务员早一点把菜送上来。

徐正说：“本来还可以来得更早一点，可是被陶副书记留住说了几句话，陶副书记很关心你们振东集团啊，要我在适当的前提下多关照一下你们。”

苏南笑笑说：“我是昨晚就到的，时间充裕就去拜访了陶副书记，陶副书记问起我此行的目的，我跟他讲是为了海川市新机场项目而来的，没想到他这么热心，竟然会亲自找到徐市长您，没让您为难吧？”

徐正笑了，说：“我们也算是朋友了，就算陶副书记不交代，我在适当的前提下也是会关照你们振东集团的。”

苏南笑笑说："那就好，既然徐市长拿我苏某人当朋友，现在就你我二人在这里，我想索性打开天窗说亮话，今天我跟徐市长见面，就是为了能在新机场项目中中标，因此我十分渴望能够得到您的大力相助。"

徐正笑了笑，说："这个嘛，苏董，我跟你说过的，这一次招投标十分公正公平，为了防止有人从中上下其手，我连纪委都请了进来，我想只要振东集团实力够，肯定是会中标的。"

苏南笑着摇了摇头，说："徐市长，你这就不实在了，你心里大概也很清楚，别说纪委了，就是包公再世，怕也是很难阻止有人在其中上下其手的。"

徐正脸沉了下来，说："苏董，你这话我可不爱听了，你这是亵渎了纪委工作的严肃性。也不知道你们这些做商人的怎么了？动不动就说要活动关系，动不动就怀疑招投标程序的公正性，这种看法很成问题的。"

苏南笑了，说："徐市长，我不跟你去理论什么了，你时间紧，我就有话直说了。我来的目的很简单，就是要中标海川新机场项目，为了中标，今天我带了一份合同给您，您看看是否可以。"

苏南说着，从手包里拿出一份合同递给了徐正，说："这份合同我们已经盖好章了，您如果觉得还可以，就请收下。"

徐正笑了，他有点不知道所以然，便说："什么合同啊，我能跟你们振东集团订立什么合同啊？"

话虽这么说，徐正还是将合同接了过去，一看标题是中介服务合同，合同的甲方空着，乙方写着振东集团，合同的内容大致是振东集团委托甲方帮助他们竞标海川新机场项目，下面盖着红彤彤的振东集团的公章，还有董事长苏南的亲笔签名。

看了合同的内容，徐正愣了，感觉嘴里有些发干。

好半天，徐正还是难以决定如何去做，苏南在一旁似乎看透了徐正的心思，知道他难以取舍，便笑着说："徐市长，你也不要急在这一时做决定，合同你先收着，这目前还只是我们振东集团的一个承诺，只要我们能中标，我们肯定会兑现这个承诺的。"

这时服务员开始上菜，徐正赶忙将合同收了起来。

苏南心里笑了，徐正这个举动充分表明他接受了。

苏南笑着端起了桌上的茶杯，说："来徐市长，今日无酒，我就以茶当酒，预祝我们合作愉快。”

徐正看了看苏南，他到了此刻再也端不起那种正人君子的架子来了，便笑着说：“苏董啊，如果我们真有机会合作一把，那时候再来畅饮一番好好庆祝吧。”

苏南笑了，说：“我盼着这一天早一点到来。”

饭菜上来了，徐正并无多少心事在饭菜上，匆匆吃了一点，就告辞赶回海川市去。

苏南将徐正送到车旁，用力地跟徐正握了握手，两人都没说什么，可是一切都在这用力的一握当中体现了出来。

徐正上了车，让司机回海川。途中一言不发，神态凝重，可是脑海中转过来转过去都是苏南的那份合同。

徐正心里的天平已经开始倾向于苏南了，苏南的开价实在太令他心动了。康盛集团的刘康至今迟迟没有向自己开价，想来他似乎也无法开出比苏南更高的价码来了。振东集团的实力恐怕也不是默默无名的康盛集团能够比得上的，他私下打听过康盛集团，工商注册里倒是查得到，可是在北京的商圈里并没有多少人知道这家公司，这让徐正多少有点怀疑刘康的实力。

苏南看着徐正离开，有些落寞地回了酒店的房间，收拾了一下东西，他也要赶回北京去了。这一次出于对这个项目的重视，他一切都亲力亲为，就连以前这些他从来都没沾手过的举动，也不得不亲自上阵。

在这一刻里，苏南的心情很沉重，他有点厌倦这种虚与委蛇的生活了。他心中忽然有一种很疲惫的感觉，如果振东集团这样发展下去，自己可能还需要做很多次这样的举动。也许傅华说的对，这条路并不是可持续发展下去的一条路，自己是不是考虑振东集团的转型了。虽然争取这种大型项目表面上看利润丰厚，可是上不得台面的东西太多，真正能够获取的利润其实微乎其微。

不过这一趟东海总算没有白跑，不管心里高兴不高兴，也是达到了目的，这个新机场项目拿下来，集团又会有一个比较长时间的项目了，也可以缓口气进行转型的思考了。

苏南给陶文打了电话，向他告别，并感谢了陶文的帮助，然后就让司机开车回北京了。

徐正回到海川已经是傍晚，他跟人约好了在西岭宾馆吃饭的，就让司机直接开到了西岭宾馆。下车的时候，正好吴雯开着车从外面回宾馆，看到徐正来了，笑着迎了过来。

徐正眼神躲闪了一下，他刚刚跟苏南达成了交易，将来必然会拒绝刘康，因此见到刘康手下的人不自觉有点不好意思，不过他马上就掩饰了过去，笑笑说："吴总，这又是去忙活什么啊?"

吴雯笑笑说："也没忙什么啦，就是去售楼处看了看。"

徐正边往里走，边笑着说："销售状况不错吧?"

吴雯陪着徐正一起往里走，说："挺好的，已经卖得差不多了。"

进到了大厅里，吴雯笑笑说："徐市长，您先去雅座，我去办公室收拾一下，过一会我去敬酒。"

徐正笑笑说："你先去忙，一会儿可一定要过来啊。"

吴雯就去了办公室，放下手包，坐在椅子上长出了一口气，这一天忙碌下来真是累得要命，都觉得这商人在台面上很风光，可这风光的背后要付出多少辛劳啊。

不过，吴雯虽然感觉累，可这累只是身体上的，并不是精神上的，相反这累让她精神上感到充实，有一种脚踏实地的感觉。她已经习惯了这种生活，以前那些做花魁的岁月已经日渐遥远，淡出了她的脑海里了。

坐在那里休息了一会儿，吴雯看看时间，估计徐正的酒宴已经进行得差不多了，自己该出去敬一杯酒了，便简单梳洗了一下，出了办公室。

徐正见到容光焕发的吴雯，笑了，说："吴总啊，你为什么总是这么漂亮啊?"

徐正对吴雯总是有那么一种仰视的感觉，这个女人太出色了，常常让他有些自惭形秽，虽然刘康说是吴雯的干爹，让徐正怀疑两人有暧昧关系，使得吴雯的形象在徐正心目中大打折扣，将吴雯扯下了女神的神台，不过吴雯的美丽还是让他心动不已的。

吴雯笑笑说："徐市长真是会说笑，来，我来敬一杯酒。"

徐正看着吴雯就像穿花蝴蝶一样在酒桌上给客人们倒满了酒，心中是不无遗憾的，这一次自己拒绝了刘康，刘康肯定会震怒的，不知道会不会影响到吴雯跟自己之间的关系？吴雯的海雯置业还需要在海川发展，应该不会得罪自己这个市长吧？不过，到那时能不能像现在这么相处融洽，还真是一个很大的问题。

吴雯倒满了酒，笑着说："来，我敬大家一杯酒，感谢各位来我的酒店做客。"

徐正就和客人们站起来跟吴雯碰了杯，众人一饮而尽了。

吴雯又敬了一杯，这才告辞出去了。

散席的时候，吴雯再次出来送徐正，徐正已经喝得满脸通红，说了一声再见，就上了车离开了。

徐正走后，吴雯若有所思，徐正今天的表情实在是很耐人寻味的。虽然徐正尽力掩饰自己，表现得跟平常没什么大的区别，可是徐正今天的表现一一都看在吴雯的眼中，他的眼神是躲闪的。

想到刘康想要打通徐正这层关系争取海川新机场项目以及刘康跟自己的关系，吴雯心中有九成的把握可以断定徐正肯定是跟别人达成了某种关系，这种关系的建立让他不得不排除刘康出局。

这可是一件不大妙的事情，刘康布局海川已经很久了。吴雯现在已经慢慢理顺了思路，想明白了很多事情，如果说她回海川成立海雯置业的时候，刘康还没有布局海川的打算，那从让她接手西岭宾馆开始，刘康就肯定是别有企图的了，不然的话他也不会动用那么多关系让她去接触海川的政商两界，动用的这些关系是刘康早就建立好的，如果他真的是要帮吴雯，那一开始就应该动用了。如果现在被排除在外，这一切的布局就落空了，这恐怕是刘康难以接受的。

吴雯觉得有必要跟刘康谈一下了，她拨通了刘康的电话："我知道干爹这个时候还没睡，所以才打给你。我发现徐正的一个情况，似乎对干爹很不利，就想跟你说一声。"

刘康愣了一下，问道："什么情况啊？"

吴雯说："是这样，今天徐正来宾馆吃饭，他看我的眼神有点躲闪，不敢跟我对视，我很怀疑他已经跟某些人在某些方面达成某种协议了，因此想提醒了一下干爹，我觉得新机场项目发布招标公告这么长时间了，干爹你除了买了标书，都没什么进一步的举动，你不怕被别人抢先去吗？"

刘康笑了，说："是你的怎么都是你的，别人抢是抢不走的。"

吴雯说："我知道，可是干爹你就不怕别人先你一步跟徐正达成交易，那你这样等下去岂不是一场空？"

刘康笑笑，说："小雯，你不懂的，现在还不到我出价的时候。"

吴雯迟疑了一下，说："我不是太明白。"

刘康说："新机场项目金额巨大，想要插手的人自然不少。大家也都明白徐正作为主事者，在其中能量巨大，肯定会有很多人找徐正，我如果匆忙找了徐正，给了他一个眼下看上去还可以满意的价码，那后面别人为了争取到这个项目，在我的价码之上再增加条件呢？徐正会不会因此就动摇了呢？"

吴雯现在对徐正有了更多的认识，她还真是不敢肯定徐正一定会不动摇，便说："这还真是很难说，徐正这人我现在还真是看不透。"

刘康笑笑说："不用你看得透，所以局势随时都会发生变化的。据我收到的情报，苏南近日离开了北京，方向是去向东海省，如果我没猜错的话，肯定是二人在什么地方碰了面，苏南给了徐正一个很好的条件，让徐正没办法拒绝，只能接受下来。"

吴雯说："既然是这样，干爹你怎么一点都不紧张啊？"

刘康笑笑，说："我紧张什么，现在徐正这边我还保留着沟通的渠道，只要我能在苏南的价码之上再多给徐正一点好处就行了。"

吴雯说："那干爹准备等到什么时候找徐正谈啊？"

刘康说："徐正一开始就是在脚踩两只船，想要看我和苏南两家谁会出价高，然后让价高者得。我不能出价得太早，如果我出价太早，那样子就是我和苏南鹬蚌相争，只能让徐正这个渔翁得利。我必须在徐正没有时机可以再跟苏南讨价还价之时才出价，这样才会一锤定音。"

吴雯说："那干爹怎么就能保证一定会比苏南出价更高呢？"

刘康笑笑说："羊毛出在羊身上，苏南也好，我也好，用来收买徐正的必然都是整个新机场项目中赚取的利润，苏南敢给，我为什么不敢给？我的公司成本还要比苏南的振东集团要低，我自然可以给得更多了。"

吴雯笑了，说："看来干爹每一步都算到了。"

刘康笑笑说："干爹也算是老江湖了，这点算计还是有的。"

北京，罗雨已经被高月冷落了几天，心里越来越不是个滋味，他很想有个什么办法让高月原谅他，可是高月每每见到他，都是一脸严肃，只要他多说几句话，就算是在道歉的话，高月都是转头就走，根本不给他机会。罗雨知道这样下去不是个办法，而且时间拖得越长，他和高月的距离就会拉得越大，他是爱着高月的，不想就这样失去她。

傍晚下班，罗雨跟在高月的身后，看着高月回了宿舍，正要关上门，赶紧几步抢过去。

高月看见是罗雨，急了，叫道："罗雨，你想干什么？"

罗雨沮丧地靠在门上，说："高月，就算要惩罚我，这些天也应该够了吧？"

高月说："谁惩罚你了？你走开，我要关门了。"

罗雨痛苦地叫了起来："高月！你到底要怎样才肯原谅我呢？你说，你想让我怎样去做才行？"

高月这几天也并不好过，她心中还是喜欢罗雨的，可是罗雨始终对她当初来驻京办喝醉酒之后出的洋相耿耿于怀，这让她对情郎的小心眼无法原谅。

高月说："罗雨，我不需要你做什么，你现在离开就好了。"

罗雨说："我知道错了，我愿意改正，可是你为什么就不肯原谅我呢？"

高月见罗雨并没有离开的意思，只好无奈地去床边坐了下来，罗雨关上了门，走过去做到了高月的身旁，说："月，你原谅我吧，我下次再也不敢了。"

高月苦笑了一下，说："罗雨啊，不是我原谅不原谅你的问题，是你根本就不信任我的问题，我想我已经跟你解释过了，我跟傅主任是清清白白的，你那么说简直是对我的侮辱，我想不出还要怎样跟一个不相信自己的人去朝夕相处。"

罗雨说："那句话说出的当时我也后悔得要死，我那天真是中邪了，口不择言，对不起了，月，你原谅我这一次吧，我保证下一次再也不敢了，我发誓，如果我再提这件事情就让我出门就被车撞死好了。"

高月并没有完全被罗雨的发誓所打动，她说："罗雨，你也不用赌咒发誓了，我觉得我们的关系进展得有点太快了，我发现你这段时间变了一个人一样，也许我们需要冷静一段时间，给彼此一个空间，思考一下我们之间的关系。”

罗雨急了，说：“月，你不要这样，我承认我心底有些阴暗，可是我之所以这么想也是因为我是爱你的，我紧张你才会这个样子。就像我对你是全心全意一样，我希望你也对我是全心全意的，我知道自己错了，我以后再也不这样了。”

高月说：“我对你也是全心全意的，可是你老来怀疑我，你始终是不相信我。”

罗雨说：“我已经知道错了。”

说着罗雨伸手去揽过高月的肩膀，高月并没有就范，而是把头扭到了一边去了。

罗雨知道这一次如果不能挽回高月的心，下一次的难度将会更高，见高月这个样子，他放开了高月，扑通一下跪倒说：“月，我给你跪下来了，请你就原谅我吧。”

高月愣了一下，她没想到罗雨竟然会跪倒在自己面前，赶忙伸手去拉罗雨，说：“罗雨，你起来。”

高月用力去拉，可是罗雨就是不起来，她有些无奈，毕竟她心中还是有罗雨的，叹了口气，说：“冤家啊，好啦，我原谅你了。”

罗雨这才站了起来，坐到了高月身边，再次将高月揽进了怀里，低头要去亲吻，高月心里还是有些别扭的，扭头又要躲，罗雨急了，说：“月，你还是没原谅我。”

高月叹了一口气，没有再躲，让罗雨吻住了。开始，高月还有些僵硬，她还拿不定主意是不是真的原谅罗雨。

罗雨知道自己还是需要加一番努力的，他的吻更加富有了挑逗性，手在高月身上游走，高月的身子已经经过了雨露滋润，她终于不再矜持，向罗雨敞开了自己。

巅峰之后，罗雨突然莫名地感到一阵心虚，他感到自己在这段感情之中越来越失去了主动权了，他有一种被高月掌控了的感觉，虽然他还是很爱高月，不想放弃高月，可这种被掌控的感觉实在不是很好受，他的心里比没和好之前还难受。

高月看罗雨完事之后好半天没说话，就问道：“雨，你在想什么啊？”

罗雨掩饰地笑了笑，说："月，我在想你给我的快乐，以后我会更加珍惜的。"

高月说："其实，你一直误会傅主任了，这一次我们闹别扭他还说我来着，他说你已经是副主任了，我要多给你留面子，不要再打你耳光了。雨，那一下是不是打得很痛啊？"

高月本来是想把这件事情提出来让罗雨知道傅华是很维护他的，可是她没有顾忌到傅华是他们吵架的主要原因，在这个时候提出来，又是为傅华说好话的口吻，对于罗雨来说又是一个很大的刺激。罗雨心里暗骂傅华阴魂不散，不过他刚挽回高月，自然不敢再去批评傅华惹怒高月，便笑了笑，说："是我该打，痛一点也是应该的。"

高月亲了罗雨一下，笑着说："我们不要说谁对谁错吧，以后好好爱护对方就好了。"

罗雨点了点头，更加抱紧了高月，他心中为挽回了高月而感到高兴，但同时他认为傅华是造成这一切的主要原因，心中对傅华更加不满了。

海通客车因为高丰和辛杰的出事整体陷入了停顿，尤其是高丰大力发展的汽车城项目，因为海通客车本身的前景不明，进驻的客商纷纷撤走，汽车城里空空荡荡，眼见成了一座空城，还有一些建筑物并没有全部建成就停在了那里，脚手架、建筑材料到处是乱七八糟。

高丰的百合集团是徐正主持引进来的，汽车城这个样子摆在那里，等于是把徐正的错误摆在那里一样。海川市民看到汽车城就会议论，说当初曲炜市长因为对百合集团有所怀疑不肯轻易接受跟百合集团的合作，但是现在的徐市长急功近利，上来就跟高丰达成了合作协议，结果就造成这样一个烂摊子。

徐正也多多少少听到些议论，心中不禁暗自恼恨，恼恨这些人没看到自己的成绩，只看到了自己的错误。自己在引进融宏集团的二期投资和争取新机场项目上还是做出了很大成绩的，偏偏人们都不说这些，专门去揭自己的疮疤。

但徐正也不得不承认，烂尾的汽车城摆在那里给市民造成的观感是很差的，心里也急于早日想出办法来摆脱这个醒目的错误。

市委书记张林也觉得老是把一个烂尾的汽车城摆在那里不是个办法，不少热心的市民向市委反映这个情况，说这个汽车城就像是海川市脸上的一块疮疤，极大地影响了海川市的市容市貌，要求市里面尽快把这块疮疤处理掉。

于是，在书记会上，张林把这件事情给提了出来，他说："老徐啊，汽车城项目老是这样放在那里是不行的，很多市民对我们市里是有意见的。"

徐正看了张林一眼，心里别扭了一下，强笑着说："张书记，我也知道这样放着不是办法，可是目前并没有好的解决思路。"

市委副书记秦屯说："可是也不能不想办法处理一下啊，汽车城的位置就在海川市显眼的中心区域，我每次经过的时候，看到那里一片狼藉，心里真是堵得慌，可想而知那些住在周围的市民们会是怎么想的。再这样放下去不行的，市民的意见会越来越大的。"

张林说："是啊，我看到的时候心里也很别扭，那里本来是一片黄金地带，搞成这个样子实在不应该。老徐啊，你看是不是市里面发动一下各方的力量，献计献策赶紧把这个地带给处理一下啊？"

不过这一段时间张林对徐正的工作配合得很好，很多徐正做的工作张林都是大力支持的，徐正心里虽然别扭，可还是认为张林这是出于工作方面的考虑，并不是针对他，但秦屯就不一样了，这家伙显然是附和张林来针对自己的。

对于徐正来说，秦屯坐上市委副书记的位置是很令他不舒服的。原本秦屯是孙永的人马，徐正跟孙永起冲突的时候，秦屯在背后没少帮着孙永使劲。孙永倒台之后，也不知道省里是怎么想的，秦屯却转任市委副书记了，这下子这家伙反而升迁成为了常委之一，徐正反而可能受制于他了，因为现在专职的副书记的权力很大，很多方面都可以掣肘徐正的。

局势瞬间就变得微妙起来，让徐正一度很是埋怨省委瞎搞，不过，事态已经是这样了，徐正并没有胆量跟省委对着干，因此他就是有意见也不敢显露出来，包括在省组织部来考察秦屯的时候，他都没有提出什么反对的意见，因为他清楚秦屯背后有什么人在支持，没有郭奎点头，秦屯是不可能成为被考察的人选的，秦屯他是可以得罪，但他可不敢得罪支持秦屯背后的那些人。

徐正心里暗骂秦屯想趁这个机会打击自己。不过这个汽车城也确实需要赶紧解决了，遮着掩着也不是个办法，不如趁张林提出来，索性发动全市各界的力量，尽快想办法将这个问题解决掉吧。

徐正笑了笑，说：“张书记说得对，这个问题是应该全面摊开，好好研究如何来解决了。”

市政府常务会议研究的结果，是要市里的各部门发动一切力量招商引资，并给予一定的优惠政策，尽快将烂尾的汽车城项目处理掉。

驻京办自然也接到了布置下来的任务，市里面要驻京办把汽车城项目当做目前工作的重点，希望能尽快找到合适的下家，赶紧将汽车城项目处理掉。

傅华在汽车城这个项目之上是有所歉疚的，不管怎么说，百合集团是他当初领到海川去的，事件肇始于他，虽然导致这个结局他也是不想的，可他觉得有责任去弥补这个错误。

傅华就在驻京办的工作会议上将这项工作布置了下去，要全驻京办的人员都动员起来，发动全部的人脉，寻找可能接受汽车城项目的客户。

傅华也询问了一些自己的朋友，想要找到有这样能力的公司，可是一时之间却很难找到合适的公司，事情就悬在那里了。

在提交竞标文件截止之日，刘康到了海川，住在了西岭酒店，他是来亲自提交竞标文件的。竞标文件提交之后，刘康打了电话给徐正要求见面。

徐正此时的心态相比初识刘康的时候已经发生了很大的变化，那时候他还想让两家竞争，可是现在苏南的出价已经大大超出了他的意料，在这种状态之下，他的谨慎便开始占上风，他开始思考不要因为见刘康而给自己增添什么麻烦，因此笑笑说：“刘董啊，都这个时候了，我们再见面不合适了吧？”

刘康笑了，说：“徐市长，我当初参与这个项目可是您邀请的，您现在连见都不肯见我，是不是有点不够意思了？”

徐正觉得刘康语气中带着威胁，他笑笑说：“刘董啊，我并没有忘记你在我这里还有些东西，放心吧，我会还给你的。至于新机场项目，我们会秉承公平公正的原则对待每一家参与竞标的单位的。”

刘康笑了，说：“徐市长，您这么说倒好像我刘某人很小气似的，我还从来没有做过送出去的东西收回来的事情，我只是想跟徐市长您见见面，谈一谈不行吗？”

徐正笑笑说：“不好意思，刘董，我实在没办法跟你见面。不过我这个人向来做事都是清清楚楚的，回头我会把东西放在西岭宾馆，到时候让吴雯吴总将东西转交给你吧。”

刘康愣住了，他根本没料到徐正会谨慎到不跟他见面的程度，这一步他事先并没有想到，便有些措手不及。

刘康说：“徐市长，我都跟您说了，我送出去的东西没收回来的道理，我现在就在海川，我就想你给我一次见面的机会，见了面情况再怎么发展下去，我都可以接受。不过，你如果连见面的机会都不给我，是不是也太不够朋友了吧？”

徐正笑笑说：“刘董啊，你始终没明白我的意思，不是我不想见你，实在是我现在见你很不合适，这要让相关人员看到，会以为我们之间有什么勾结的，会给我和贵公司造成极其恶劣的影响的。好了，我话尽于此，就这样吧。”

刘康还想说些什么，可是徐正已经挂了电话。

刘康有点傻眼了，这个徐正还真是够绝情的，已经决定接受苏南，转过头来就不再搭理自己，不旁生一点枝节出来，以避免产生麻烦。可是这样，徐正是没有麻烦了，刘康这边却麻烦了，他费尽心机布了这么长时间的局，叫徐正这么一搞就算是没戏了。费点脑子倒无所谓，可刘康这段时间已经付出了很大的资金成本出去，最大的一部分就是招兵买马增加了各方面的条件，让他那个原本没什么规模的机场建设公司，具备了可以建设大型机场的资质，做这一切就是为了海川新机场项目，这如果是海川新机场项目落空，他前期的投入要怎么收回来啊。

刘康十分后悔自己没像苏南那样抢先一步，他算到了苏南会抢先一步，偏偏他没算到徐正的谨慎和苏南出价的力度，这让本来笃定要中标的他马失前蹄，眼见就要失去这一次的机会了。

刘康自然不甘心失败，而且现在只是竞标文件提交的截止日，还没有开始展开评标，就连评标委员会可能都还没组建，他还有时间来运作。不过时间并不多，一旦评标委员会组建好了，一些可能施加的影响都会施加给评标委员会，那时候再想展开运作可能一切真的就晚了。

可是目前最主要的是跟徐正见不上面，就算自己有千般好的条件可以诱惑徐正，见不到徐正，谈不上话也都是枉然。要如何去让徐正见上自己一面呢？刘康头大了，他一时想不到主意了。

时间是不等人的，刘康在房间里转了半天，还是一点头绪都没有。他只好把吴雯叫了来。

吴雯一进房间，刘康就苦笑着说："小雯啊，干爹这一次恐怕要真的失算了。你在海川跟徐正打交道这么长时间了，对他很熟悉，你想一想有没有办法安排我和他见上一面，只要能见上一面，我准保能让他改变主意。"

吴雯迟疑了一下，说："这一时半会儿我也是想不到什么的。要不我看看徐正最近几天有没有什么应酬安排在我们酒店，如果有，我想法安排你到时候跟他见面谈一谈。"

刘康说："那你赶紧去查一下吧。"

吴雯匆忙到前台问了服务小姐，也真是寸劲，往后几天并没有市长徐正安排在这边的饭局。

刘康有些烦躁了起来，自己还真是低估了徐正这个人，现在事态发展成这个样子，这可要怎么办呢？难道要放弃这个项目吗？

刘康的字典里还从来没有放弃这两个字，不过，不放弃也要有个什么办法拿出来，总不能就这么硬闯到市政府去见徐正吧？现在的市政府戒备森严，就算是要硬闯也是闯不进去的。

北京，在驻京办办公的傅华接到了市委书记张林的电话，张林笑着说："你好，傅主任。最近一段时间驻京办的工作还顺利吧？"

傅华笑笑说："还算顺利吧，现在一切都上了轨道，都在按部就班地进行着。"

张林说："那个小罗怎么样？他的副主任当得还称职吧？"

傅华说："罗雨同志表现还是很好的，我很满意他的工作。"

张林不着边际说了这么多，可真正的意图并没有说出来，傅华有点摸不着头脑，说："张书记，您有什么指示吗？"

张林笑笑说："傅华啊，驻京办这边我可是按照你的要求都给你安排得好好的，你是不是也该给市里面出点力了？"

傅华笑了，说："张书记，如果您有什么工作安排给我们，就请指示吧。"

张林说："按说这件事情不该我插嘴，应该是徐正同志自己做的事情，可是考虑到徐正同志跟你目前的关系状态，我觉得他可能不好意思来亲自吩咐你这项工作。”

傅华一听张林这么说，赶忙解释道：“张书记，我是很尊重徐正市长的，只要是市里面的工作我都在认真完成。”

张林笑了，说：“我知道你是个什么样的人，你肯定是不会因私废公的。我这么说并不是要来怪罪你，我只是觉得徐正同志自己不好跟你来强调这项工作而已。”

傅华说：“张书记，您说了半天，究竟是什么工作啊？”

张林说：“这项工作市里面已经布置下去有些天了，就是海通客车的汽车城项目。今天人大那边的人又跟我反映，不少市民写信到人大去，说汽车城项目荒废在那里不光影响市容市貌，而且那么好的一块地就这么闲置，对我们市里面也是一个很大的损失。更有甚者提出说汽车城项目是当初决策者的一个很大的错误，他们很怀疑在其中受贿的不仅仅是海通客车的厂长辛杰，他们怀疑辛杰是一个替罪羔羊，辛杰上面肯定有人应该承担这个责任。这个矛头指向谁，不用我说你大概也清楚了吧？”

徐正是海通客车和百合集团达成合作的主持者，傅华心里明白这个矛头肯定是指向徐正的。

傅华说：“我清楚，这件事徐市长可能是枉担虚名了。”

张林笑笑说：“对啊，这件事情我是很清楚的，我相信徐正同志是清白的，当时孙永同志主持市委这边的工作，对海通客车存在的腐败是查得很严厉的，并没有查出徐正同志有任何不法的行为，但是徐正同志也是汽车城项目的决策者之一，市民对他有意见是很正常的。可这样下去对徐正同志今后开展工作是很不利的，所以汽车城项目必须予以解决，而且是尽快解决。我这个当书记的，是有义务协助市长搞好工作的，对徐正同志目前的这个难题自然是不能坐视不管。傅华同志，你在驻京办这段时间的工作经历我是很清楚的，我觉得你在招商引资这一方面还是很有办法的，是不是在汽车城项目上再加把劲？”

张林说得很委婉，可傅华还是听出来了他对驻京办没有很快接洽到客商来解决汽车城项目有所不满。

傅华笑了笑，说：“张书记，我不是不想解决这个问题，当初百合集团是我引到海川去的，我觉得造成今天这个局面我也是多少有些责任的，所以市里面布置这个任务下来，我也是发动了驻京办全体工作人员都在寻找合适的能接下汽车城项目的客商，我也动用了全部的人脉，但是这不像我们想的那样，我们要找马上就能找到的。”

张林笑了笑，说：“傅华同志，我不是说要责备驻京办的同志们工作不够努力，只是目前群众意见很大，需要尽快加以解决，驻京办是我们是招商工作的前沿，你要多动动脑筋，尽快想到解决的办法。我相信你还是有能力帮市里面解决这个困难的。”

傅华说：“是，张书记，我一定尽快找出解决的办法，不辜负您对驻京办的信任。”

张林说：“你这么说我就放心了。”

张林挂了电话，傅华坐在那里可就犯愁了。张林说得轻巧，尽快找到解决的办法，一句话责任便全压在了下面的工作人员头上了。这不同于当初傅华去找陈彻的融宏集团，那时候目标明确，只要针对陈彻这个目标制定行动方案就行了。现在的状况是根本不知道目标在哪里，这种漫无边际的寻找又怎么能够做到尽快啊。

更令傅华烦躁的是，张林似乎因为自己跟徐正的矛盾，觉得自己对这个问题的解决并不尽力，因此才会打来电话专门强调一下，虽然傅华感觉张林这个书记是很称职到位的，他见过不少市委书记和市长争权夺利的，像张林这样维护市长权威的还是很少见的，说明张林是一位很好的市委书记，他的身心都投入在了工作上，而非跟市长的争权夺利。

但是张林这么一弄，压力就全转移在了傅华身上，让他不得不尽快想到办法来解决这个问题。

可是办法在哪里啊？这个高丰还真是害人不浅啊。

门被敲响了，苏南满脸笑容走了进来，看到傅华的样子，笑着问道：“怎么了，一副愁眉苦脸的样子？”

傅华叹了一口气，说：“我这个驻京办主任还真难当啊。苏董今天倒是很高兴啊，有什么好事吗？”

苏南坐到了傅华对面，笑着说：“也没什么，只是心情好一点，想到你这里吃顿饭而已。”

傅华笑了，说："不对，肯定是你接到了什么好消息了吧？"

傅华可以看得出来，苏南的心情跟前些日子大大不同，显得很放松，现在新机场项目提交投标文件的日子已经截止，对新机场项目的竞争进入了白热化的阶段，没什么实质性的好消息，苏南的心情是不可能这么轻松的。

苏南笑了起来，说："傅华啊，你这个人的眼睛就是毒，一下子就看透了我。私下跟你说吧，我刚刚跟徐正通了电话，问了问参加竞标公司的情况，他说我们集团是目前参加竞标单位当中实力最雄厚、最有竞争力的公司了，要我放心，市里面一定会秉承公平公正的原则，择优选择中标单位的。"

徐正虽然没有明说，可语义再在明确不过了，他已经等于在跟苏南确认，一定会让苏南的振东集团中标的，难怪苏南会这么高兴。

傅华笑笑说："那我可要恭喜苏董了。"

苏南有些得意，笑笑说："现在还没有最后定局，先不要急着说恭喜。你刚才在为什么发愁啊？"

傅华笑笑说："是原来百合集团的高丰跟我们海川合作了一个项目，现在高丰被抓，项目烂尾，市里面就想责成驻京办赶紧想办法找到能接下这个项目的客商。"

苏南笑笑说："是高丰的事情啊，他不是被判刑了吗？"

前段时间高丰的案子在北京宣判了，高丰数罪并罚，被判处有期徒刑十五年，这样一个曾经眼高于顶的人物，今后将有很长一段时间要在监狱里度过了。

傅华笑笑，说："是啊，这家伙遗祸不浅，在我们海川市中心搞了一个汽车城项目，现在出事，整个汽车城变成了一座死城，周围的市民没有不抱怨的。市里让老百姓闹得没有了办法，只好发动我们这些单位招商引资。刚才你还没来之前，我们的市委书记张林亲自打了电话过来，说要我加把劲赶紧把这个问题解决了。"

苏南笑笑说："这些事不都是市长管的吗？市委书记怎么也插手了？"

傅华说："本来是徐正的事，可是徐正因为一直跟我很别扭，不好出面逼我做什么。张书记这个人还是不错的，他是想帮徐正解决问题，这才找到我的。苏董，你有没有认识的人想在我们海川发展的？"

苏南笑了，说："你们那里又不是什么特区，我可不认识什么人想要去你们那里发展什么汽车城项目。这件事情你不要找我啦，我帮不上你的忙。”

傅华叹了一口气，说：“哎呀，这还真是个愁事，我到哪里去给他们找这样的客商呢？”

苏南笑笑说：“这是可遇而不可求的，你也别着急了，实在找不到你们市里面也不会拿你怎么样的。”

两人又闲聊了一会，到了中午，傅华陪着吃了饭，苏南才高兴地离开了。

苏南这边轻松愉快了，可刘康那边就有点像热锅上的蚂蚁一样了，时间又过去了一天，再想不出办法就彻底完蛋了。

到了这一刻，刘康有点什么都顾不得了，他把心一横，对吴雯说：“小雯，你打电话给徐正，就说我说的，要他立即把收我的东西亲自送到西岭宾馆来，迟了别怨我对他不客气了。只要他过来，我就可以在这里跟他见个面，好谈谈新机场项目的中标问题。”

吴雯愣了一下，说：“干爹，你这可是在威胁徐正啊。”

刘康冷笑了一声，说：“对，我就是要威胁他，到了这时候，我再不威胁他，新机场这个项目就没我什么事了。”

吴雯看了看刘康，只见刘康脸上都是杀气，看来这一次他绝对是不肯善罢甘休的。

吴雯问道：“如果他说不能马上来呢？”

刘康狠狠地说：“那你就跟他说，让他就等着去纪委交代问题吧。”

吴雯惊讶地叫了起来：“你准备去举报他？”

吴雯心中对徐正前段时间帮自己还是心存感激的，看刘康为了这件事情要变脸去告发徐正，心中总是有些不忍。

刘康说：“我这只是威胁一下他而已，我就不相信他敢不来。”

吴雯还是有些担心，问道：“如果他真的不来呢？”

刘康说：“如果他真的不来，那对不起了，我恐怕要对他下手了，我真是要向东海省纪委举报他，他不让我如意，我也不能让他自在了。”

吴雯说：“那干爹你要举报他可有证据吗？”

刘康笑着摇了摇头，说：“没有，不过徐正是一个小心谨慎惯了的人，我猜他没有胆量跟我较这个真，不到山穷水尽的时候他是不敢坐视让我去举报的，毕竟可以肯定地说他是拿了苏南的好处的，真要查起来他怕是经不起查的，我估计多半他是会来的。小雯啊，你记住一点，说话要虚虚实实，要让他以为我们抓住了他的某些把柄，知道吗？”

吴雯就抓起电话打给了徐正，接通了，吴雯笑笑说：“您好，徐市长。”

对方笑笑说：“吴总啊，我是刘超。”

吴雯笑笑说：“是刘秘啊，徐市长呢？能不能麻烦你让徐市长接电话，我有点十分要紧的事情必须跟他当面讲。”

刘超笑笑说：“不好意思啊，吴总，徐市长在会议上，你有什么事情可以让我转告他吗？”

吴雯捂住了话筒，看着刘康说：“干爹，徐正不接电话，我跟他秘书怎么说？”

刘康冷笑了一声，说：“想躲？没门。你就跟他秘书说，有件东西需要徐正马上还给我，迟了大家恐怕都不好看。你说得技巧一点，既要徐正感到威胁，又不能把话说得太直白。”

吴雯点了点头，松开了捂着话筒的手，说：“刘秘啊，你转告徐市长也行啊，你就跟徐市长说，康盛集团的刘董有件东西在他那里，需要他马上送还到西岭宾馆来。”

刘超笑着问：“什么东西啊？这么着急？”

吴雯笑笑说：“刘秘啊，徐市长知道是什么的，你可以尽快转告他啊，我们刘董说了，如果不能马上送过来，怕是后果就很难预料了。”

刘超迟疑了一下，说：“有这么严重吗？”

吴雯笑笑说：“我们刘董这个人性子比较急，心里装不下事，一时半会都很难等的。刘秘你就尽快转告吧，我想徐市长是明白事情的严重性的。记住啊，你可要尽快转告啊，如果因为你这儿耽搁了，那徐市长怪罪下来我怕你承受不起啊。”

吴雯就挂了电话，看了看刘康，说：“干爹你都听到了吧？”

刘康笑笑，说：“你做得很不错，我想不用多一会儿，徐正肯定会打电话过来，他也会在心里猜测后果是什么，在无法确定的前提下，他一定会打过电话来问你的。”

市政府那边，刘超放下电话，赶忙就敲了敲徐正办公室的门。徐正正在批阅文件，原来是他交代再有刘康或者吴雯的电话，他不直接接，让刘超先接。

刘超说：“是吴雯打了电话过来，说了一些莫名其妙的话，我有些听不懂她的意思。她说您这里有康盛集团刘董的一件什么东西，刘董现在急着把东西要回去，否则后果很难预料。”

徐正笑着的脸一下子僵住了，他当然知道刘康所谓的这件东西是什么，看来刘康似乎因为自己不见他想要采取什么行动了。

徐正装糊涂说：“我这里有刘康什么东西啊，真是胡说八道。吴雯还说了些什么？”

刘超说：“吴雯说您明白事情的严重性，还要我不要耽搁，如果因为我耽搁了，你一定会怪罪我的。”

徐正心里跟明镜似的，刘康难道想举报自己吗？这个后果自己可承担不起，他暗骂刘康卑鄙，说：“这都什么跟什么啊？吴雯这是胡扯了什么啊？好啦，事情我来处理吧，你先出去吧。”

徐正不敢冒险，他要赶紧把东西退还给刘康，这东西就像炸弹一样，多放一会儿都很难让人放下心来。他抓起了电话打给了吴雯，吴雯接通了。

徐正笑了笑，说：“吴总啊，小刘说你刚才来过电话了，他转达的内容我有些没搞明白，是怎么回事啊？”

吴雯笑了笑，说：“徐市长啊，我也不是太明白，只是我们公司刘董跟我交代，说他有一件东西放在您那，现在公司内部出了一点问题，似乎有人想拿这件东西做文章。刘董担心这件事情牵涉您，会给您造成不好的影响，所以让我打电话给您，让您马上把东西还回来。”

吴雯还是感觉不好意思去直接威胁徐正，她也不想跟徐正撕破脸，话到嘴边就变得委婉了许多。

徐正说：“哦，是这样啊，不过我这里很忙啊，一时半会走不开啊。过几天行不行啊？”

徐正觉得让他去送钱是一个陷阱，很可能是刘康无法见到自己，以此为借口来跟自己见面，他想拖延一下再说，看看刘康会是个什么反应。

吴雯笑笑说：“徐市长，事情已经迫在眉睫，我需要您马上就送过来，迟了恐怕会对您不利的，这个局面我想你也不想看到的吧？”

徐正越发觉得是刘康想要见自己才布下的局，可是他也不敢不去，他决定去见刘康了，便说：“那你在办公室等我吧，我一会儿就过去。”

徐正匆忙让刘超给他安排了车子，说：“你不用跟着我，我去办点私事一会就回来。”

徐正赶到了吴雯的办公室，进门就看到了吴雯正陪着刘康在喝茶，他气哼哼地把东西往桌子上一放，说：“刘董，这是你的东西，你收好吧。”

吴雯和刘康站了起来，刘康笑着说：“徐市长啊，怎么这么大火气啊？”

吴雯笑着说：“请坐啊徐市长，一起喝杯茶吧。”

徐正瞪了刘康一眼，说：“你们不用装糊涂了，东西都在这里了。”

刘康走到了徐正身边，笑笑说：“先消消火，我想徐市长肯定心里明白，我不是想要这件东西，我是想找机会跟你谈一谈。”

徐正说：“你不就是想拿下新机场项目吗？我告诉你，新机场项目中标单位是要由评标委员会评审出来的，我徐正无法左右结果，所以也没办法帮你什么忙。你如果真有实力，他们一定会选中你的，如果没有实力，我这里你就是下再大的气力也是没有用的。”

刘康笑了，他转头看了看吴雯，说：“小雯啊，你先出去，我跟徐市长有话要单独谈。”

吴雯出去了，刘康脸上的笑容顿时消失了，他看着徐正，说：“徐市长，现在就你我二人在这里，你也不用跟我说这些道貌岸然的话了，你就说苏南给了你什么好处，才会让你这么坚决地拒绝跟我会面？”

徐正愣了一下，心里暗自震惊，这刘康原来从一开始就知道苏南的存在，难怪他那么沉得住气，等到截标了才肯出面跟自己谈。对了，苏南第一次到海川来，自己是在西岭宾馆这里请的客，如果刘康早就留意到了海川新机场项目，那他早就会留意可能的对手，就应该猜到苏南千里迢迢从北京赶到海川，一定也是为了海川新机场项目的。

自己的一举一动原来早就在刘康的监控之下了，他让吴雯接下西岭宾馆，用慈善捐款高调在海川登场，这一切的布局原来归根结底都是为了争取海川新机场，这家伙用心不可谓不深啊。

不过，徐正估计刘康不可能知道自己跟苏南接触的一切细节，他可能只是猜到了苏南接触自己的用意。

徐正笑了笑，说："刘董啊，我不明白你这么说是什么意思。我承认我是认识苏南先生，我跟他也只是吃过几顿饭而已，算得上是朋友，但并无你说的他给了我什么好处这件事情。至于我避不见面，是因为我是海川新机场项目建设指挥部的总指挥，你是竞标单位的法人代表，我们在这竞标的敏感时期是应该回避见面的，我想这个你应该明白。"

刘康眼睛直直地瞪着徐正，说："徐市长，我也真是服了你了，现在就你我二人，你还在说这些冠冕堂皇的话，真是够可以的了。我为了新机场项目花费了大量的心血，投入了巨额的资金，如果我不能中标，我会不择手段报复破坏我计划的人的，这一点希望你想明白了。"

徐正冷笑了一声，说："你这是在干什么，在威胁我吗？我很忙，还要赶回去开会。"

刘康冷笑了一声，说："徐市长，你这个态度很不友好啊，我劝你可要想清楚，我跟苏南不同，苏南做什么都有一个好老子庇护着，所以他才能有今天这样的局面，而我呢，基本上都是自己一手一脚打拼出来的，比起苏南来，我更不择手段些，他是君子，我可是小人。你可知道有句话叫宁得罪君子，也不得罪小人。"

徐正愣怔了一会儿，说："刘康啊，你怎么还这么胡搅蛮缠呢？"

刘康冷笑了一声，说："徐市长，如果你真的跟苏南没什么，我这次输了也就认了，可是你明明就是跟苏南有猫腻。你别以为我不知道，前些日子你跟苏南可是在省城见过面的，他当时肯定给了你一个极其优渥的条件，你这才拒绝再跟我交易。"

徐正惊诧地看了看刘康，说："你怎么知道这么清楚？你在跟踪我们？"

其实刘康并不知道徐正和苏南在什么地方见过面，只是他猜测苏南到过东海，而徐正只有去省城才会不引起别人的注意，因此诈称知道徐正跟苏南在省城见面，没想到还真蒙对了。

刘康说："我要竞标这么大的项目，投入这么多，你说我能不多做些准备工作吗？"

刘康这么说，就是要营造出自己在无孔不入地监控徐正和苏南的氛围，让徐正心里紧张，不敢就这样跟苏南达成交易，而将自己抛在一边。

徐正信以为真了，说："刘康，你真够卑鄙的。"

刘康既然已经拉下脸来了，跟徐正就没有了客气的必要，便笑笑说："我是很卑鄙，可我是真小人，做了什么敢认，如果我不能中标新机场项目，我也不会让中标的人轻松了的，我会让人密切注视你跟苏南之间的一切风吹草动的，只要你被我掌握一丝一毫的不轨行迹，我都会向你们东海省纪委举报你的。到那个时候你会在监狱里后悔没有把这个项目交到我手里来。"

徐正看着刘康，就像看着一条伺机要猛咬自己一口的毒蛇。他心里是很清楚如果自己接受了苏南的交易，以后必然会跟苏南之间发生某些往来，这些往来如果没有人注意，那还可以瞒天过海，什么问题都不出。可如果一举一动被人盯上了，那就根本经不起推敲的。

仕途上的人最应该懂得的一个词就是妥协，其实很多时候政治就是一个妥协的艺术。当你斗不过你的对手的时候，你就应该想办法跟对手妥协，这是一个政治人物的生存之道。

徐正当然是深悉妥协之道的人，他看着刘康笑了，然后走到沙发那里坐了下来，说："刘董啊，你不用这个样子吧？你这个人就是这样不识逗？"

刘康也笑了，他明白徐正已经要向自己投降了，他去坐到了徐正的对面，看着徐正说："哦，原来徐市长是在跟我开玩笑啊，哎哟，你说我这个人怎么就这么没有幽默细胞呢？"

徐正和刘康相互看了看对方，同时哈哈大笑了起来。

笑完之后，徐正说："其实关于苏南那边的情况，我是早就想跟刘董说的，只是一向和刘董很难见面，其他人我又怕人多嘴杂，把消息传出去对我们大家影响都不好。"

刘康笑笑说："对对，徐市长顾虑得极是。"

徐正说："既然刘董今天过来了，我就把情况跟你说一声吧。其实苏南也没答应我什么太好的条件，我当时主要是考虑刘董你迟迟没来找我，可能是你对我们这个新机场项目没了兴趣了，想想苏南出的条件还可以，就勉强答应了下来。我可跟你说啊，我可不是要刻意将刘董你排除在外啊，所以这件事情你是不应该怪我的。"

刘康笑了，说："对，这件事情不怪徐市长的，是我这个人疏懒惯了，做什么事情都拖拖拉拉的，幸好交了徐市长这么一个好朋友啊，虽然我拖拉，可徐市长还是愿意给我一个机会，谢谢了。"

徐正笑笑说："彼此都是知心的朋友，应该互相帮助的，说谢谢就太过于客气了。"

刘康笑笑说："也是。徐市长是不是还觉得苏南出的数目已经很高了？"

徐正笑了笑说："算是吧，我跟刘董无法去比，你可能还觉得不多，你一笔生意可能都不止赚这么多，可对我这一个拿工资的人来说已经是天文数字了。"

刘康说："苏南是欺负你不懂这里面的诀窍。其实百分之三的中介费在行内算是很低的，一般最少也要拿出四个点来作为中介服务费的，这苏南也赚得太多了点，真是贪得无厌。"

刘康话里的意思已经透露出他愿意给徐正四个点的中介费，可是徐正听到耳朵里并没有丝毫感觉高兴。他主持过几个工程，深知一分钱一分货，可能刘康可以在工程中挤出更多的利润来，可是那很可能是在损害工程质量的前提下，这对徐正来说并不是一个好事，如果工程质量出了问题，他这个工程建设总指挥不论到哪里都是要承担责任的。

在这一方面，徐正更相信苏南，苏南给他的印象就是一个很能信得过的人，这样的人做起事来绝对靠谱，他提出给自己三个点的中介服务费，肯定是在经过精算才会提出来的，是在能够保证各方利益的前提下做出来的。而眼前这个刘康，根本就没经过大脑，张口就加了一个百分点，根本就没认真计算过，徐正相信，刘康是早已经准备在苏南出价的基础上再加价，他如果说苏南给了自己百分之十，刘康也会说苏南给少了，应该是百分之十一。这可能也是刘康到现在才要求跟自己见面的原因吧，他是想在所有竞争对手都出了价的前提下，再提出自己的出价。

徐正还想把新机场作为自己任内的一项政绩留给海川市，他可不想建一座豆腐渣工程出来，被海川市民在背后指着脊梁骂。

徐正笑笑，说："刘董啊，有一点你需要明白，无论怎样，这个工程质量需要保证的，我可不想到时候一建成，工程就出问题。"

刘康笑了，说："这你放心了，我们公司的资质都在那里，建这种机场一点问题都没有。"

徐正笑笑说："刘董啊，我可不是跟你说场面话，你我都明白，资质这个东西并不代表什么，我可不希望你为了挤出来这多一个点的中介费，就去降低对工程质量的要求。”

刘康笑笑说：“看来徐市长是有点信不过我刘某了？”

徐正冷笑了一声，说：“当然信不过，你别忘了，你刚才说过苏南是君子，而你是小人，在这个方面我还是选择相信君子好一点。”

刘康笑了笑说：“话说到这份儿上了，我想徐市长不会再跟苏南达成交易了，那你说要我怎么办？”

徐正不想再在工程质量上出什么问题，这也是他一向谨慎的一种表现。徐正看了看刘康，他在刘康脸上看到了得意，他是被要挟才跟刘康达成这种交易的，心中就有些愤懑。

徐正笑了笑，说：“刘董啊，我们这算是达成了某种默契，我会尽力让你称心如意的。”

刘康得意地笑了，说：“徐市长放心了，刘某人如果称心如意了，一定会保证也让你称心如意的。”

不觉就来到了宣布中标的日子，苏南从徐正那里并没有得到进一步的消息，这个时候没有消息就是最好的消息，他满心以为这一次争取新机场项目一定是稳操胜券了。海川市机场建设指挥部决定召开中标大会，公开宣布中标单位，苏南得到通知之后，决定亲自到海川来参加这一次大会。

到了会场，苏南正碰到了康盛集团的董事长刘康，他跟刘康认识，彼此都知道对方的情况，却也算不上是什么朋友。

刘康跟苏南握手，笑笑说：“苏董啊，您亲自来参加大会，是不是已经稳操胜券了？”

苏南并没有把刘康的到来当回事，在他眼中刘康的康盛集团还不是一个足以跟振东集团抗衡的对手，便笑笑说：“其实我并没有什么把握，只是有事正好路过海川，就来捧场一下了。刘董也来参加，是不是已经有了胜算了？”

刘康心里暗自好笑，这苏南这么自在，徐正大概还没有跟他讲振东集团这一次没戏了吧？不知道一会儿宣布中标单位他会是什么样的表情呢？自己见惯了苏南得意的样子，一会见见他失意的模样，也是一件很有意思的事情。

刘康装糊涂地笑笑说：“我心里也是没底，跟苏董的振东集团比起来，我们的康盛集团实力就差了很多，我这一次看来只能是凑凑热闹罢了。”

苏南心说你也知道康盛集团跟振东集团的差距啊，算你有自知之明，嘴里却笑着说："刘董真是客气了，胜负现在还很难讲的，也许你们的方案更合海川市的意呢?"

两人心中各有所想，握手完毕，就各自找了一个地方坐了下来。

会议开始，徐正亲自跑来参加，他首先感谢了各投标单位对海川市新机场项目的支持，然后让评审委员会宣布中标单位。

苏南看向台上，他看到徐正正微笑着看着自己，似乎正在向他表示这个项目振东集团肯定没问题的，他心中的信心更足了。

评审委员会主任首先讲了评审委员会详细评审的各项指标和理由，然后说："下面我宣布，中标单位是……"

在这个时候，评审委员会主任停顿了一下，扫视了一下全场热切的目光，苏南压抑住了自己喜悦的心情，做好了准备，等着下一刻主任一念出振东集团的名字，就站起来向全场示意。

苏南是很渴望这一刻的，为了这一刻他已经做了很多努力了，他可以想象出现场电视台和报社记者的镜头马上就会转向自己的情形，振东集团有一段时间没有这样的情形发生了。

主任只是稍稍停顿了一下，随即念出了中标单位的名字："中标的单位是北京的康盛集团，让我们掌声祝贺康盛集团中标。"

时间瞬间被冻结了，苏南有些傻眼了，他根本没想到中标的竟然不是自己，而且中标的竟然是他认为实力跟振东集团相距甚远的康盛集团，这怎么可能?

刘康却早在意料之中，他微笑着站了起来，并没有直接走上主席台，而是先走到了苏南面前，有些得意地笑着伸出了手，说："承让了，苏董，没想到我们竟然能够独占鳌头啊。"

苏南尴尬地笑了笑，虽然他觉得不可能，可是现实就是如此，他也不得不接受，他还是很有风度地站了起来，跟刘康握手，说："祝贺你，刘董。"

刘康用力跟苏南握了握手，然后转身快步走上了主席台，跟主席台上的人一一握手，握到徐正的时候，徐正笑着说："祝贺你啊，刘董。"

刘康激动地说："谢谢徐市长的大力支持。"

徐正说："很高兴你们康盛集团能够和我们海川市携手合作，共同为我们海川市建设出一座国际一流的新机场。”

刘康点了点头，说：“让我们共同努力吧。”

刘康最后从评审委员会主任手中接过了中标证书，高举过头，得意洋洋地向全场展示，全场一片热烈的掌声。

苏南面色灰暗，有些落寞无力地跟着大家鼓着掌，他这一次又失败了，现实再一次给了他一个响亮的耳光，他有点茫然了，这一次他完全按照自己理解的社会上通行的做法去做了，为什么得到的结果还是失败呢？徐正不是接受了自己的礼物了吗？怎么最后竟然是这样一个结果呢？

大会结束了，苏南站起来就往外走，他觉得自己没有脸面再在这里多待。刚走几步，他的电话响了起来，看看是徐正的号码，苏南有些愤慨地想到，这家伙这个时候打来电话干什么，是要来嘲笑自己吗？

不过，苏南还是很想听一听徐正的解释，他很想知道自己已经做得够好了，为什么徐正还是没选择他。

苏南接通了电话，说：“徐市长，你这么做究竟是什么意思啊？”

徐正笑笑说：“苏董啊，你先不要急，我会跟你解释的，刚才我在主席台上看到你要离开，你先别急着走，我们见个面聊一聊吧？”

苏南冷笑了一声，说：“徐市长，我们振东集团已经落选了，这个时候还有什么好聊的？”

徐正笑笑说：“苏董，你不是这么意气用事的吧？我叫住你是因为你在我这里还有两件东西，我想还给你。”

苏南心知徐正是指书法册页和合同，这原本是让他稳操胜券的东西，此刻却让他有些被羞辱的感觉，便说：“不需要了吧？”

徐正笑笑说：“你这两件东西不拿回去，我心里会不安的。”

苏南说：“合同你销毁就行了，至于书法册页，这点礼物我还送得起，你留着把玩吧。”

徐正心里暗自赞赏，这家伙不愧是世家子弟，就算已经落败，还能保持这样的风度。不过徐正从谨慎的角度出发，并不敢将东西留在身边，尤其是一个在自己手里落败的敌人的东西。徐正很清楚这世界上没有不透风的墙，很快苏南就会从某种渠道知道，是自己干涉了评审委员会，让评选委员选择了康盛集团，而非振东集团，到那个时候，徐正不相信苏南仍然会对自己这么友好，到那个时候，他还不知道要想什么办法来报复自己呢，这些商人们为了利益都是不择手段的，本质上苏南和刘康应该没什么区别，特别是苏南背后还有一个省委副书记陶文，到时候他真要找自己的麻烦怕是很难对付的。

还是尽早把身边的隐患排除了吧，这个册页虽然是好东西，可是到时候说不定会成为自己的罪证的，徐正笑笑说："苏董啊，我不好夺人所爱的，你如果不来拿回去，这东西我也不敢保留，怕是要上交组织的。"

苏南虽然心中很不情愿去见徐正，可是也不得不把东西拿回来，他不想让振东集团行贿的事情公示于众，如果真的公示于众了，那振东集团的名声就算臭了，日后再有政府的项目，振东集团就不用想参与了。因为没有一个政府的项目会不剔除曾经有行贿黑记录的公司的，官员们就算为了避嫌也是会这么做的。

半个小时之后，徐正在办公室见到了苏南，他将书法册页和合同放到了苏南面前，然后笑笑说："苏董啊，这些请你收回去吧。"

苏南看了徐正一眼，说："徐市长，我有些不明白，我的这些条件还不够好吗？还是刘康给了你更好的条件？"

徐正笑了笑，说："苏董啊，还记得你上一次来我办公室我跟你说的话吗？我当时跟你讲现在这社会上的歪风邪气太厉害了，有些都让人都觉得匪夷所思。徐某人不得不时常心存警惕，不要被这种腐败的风气腐蚀了。当初我出来做官的时候，我父亲就提醒过我，要我时常念一念自己的名字的这个正字，他老人家教育我说，做官要行得正，才能百毒不侵。我的话音还没落，你就送了这个书法册页给我，还以什么《正气歌》作为理由，我当时就觉得这件事情很滑稽啊，你是不是认为我徐正这个人口不应心啊？"

苏南愣了一下，这个时候徐正旧事重提，似乎想向自己证明他这个人是很正派的，难道自己看错了，这徐正真是一个廉洁的官员吗？

苏南有些困惑了，他问道："既然你不喜欢我这么做，为什么当时你还收下来呢？"

徐正笑着摇了摇头，说："苏董啊，我跟你说什么好呢？我当时如果不收下来，你是不是不会善罢甘休啊？是不是还会想别的办法来向我施加压力啊？"

苏南看了看徐正，问道："难道徐市长那时候收下这个书法册页，就是为了不想我采取进一步的行动?”

徐正点了点头，说：“是啊，你这么做的心情我是可以理解的，这么大的一个新机场项目，谁不想争取啊，换到我是在你的位置上，我也会想尽一切办法为公司争取。现在的社会风气这么差，你用送礼这一招我丝毫不意外。甚至后来你还给了我这一份天价的合同，你知道当时我看到合同心里吓了一跳吗？实话说虽然我经手的金钱数额不少，但这么大一笔钱可能成为自己的还是第一次。”

说到这里徐正呵呵笑了起来，然后接着说道：“但随即我心里就很恐惧了，这笔酬劳诚然超丰厚，可是这不是我应该得的，反而可能害我一生的。这个时候我又想起了父亲的谆谆教导，做官要行得正，才能百毒不侵，所以当时我就想拒绝你。可是转念一想，我如果拒绝了你，你肯定又会提高出价的价码，或者动其他脑筋，那这个事情就没个了，你必然会一再折腾，直到我答应你为止。我说的对吧，苏董?”

苏南笑了笑，说：“应该不会了，这份合同我是精算过了，我最多只能出到这个价码了，再多，就会对工程质量有影响了。”

徐正心说，这家伙果然精算过，看来他还算是一个负责任的人，本来跟他合作是最好的，各方都安全，可惜的是他遇到了一个卑鄙的对手刘康，明面上的君子是斗不过暗地里的小人。

徐正笑笑，说：“那就是我多想了。基于这种考虑，我就接下了你这份合同，目的就是为了防止你继续做一些不符合规定的事情。作为朋友我不希望你为了争取中标，做一些违法的事情，你要知道，违法的事情只要你做了，将来一定会受到惩罚的，同时你是陶文副书记介绍过来的，你如果出事了，陶文副书记的脸上也不好看，所以我接下合同，就是为了让你觉得我会帮你中标的，然后不再四下活动，给你们振东集团和陶文副书记造成恶劣的影响，我这么说是不是你就明白了?”

苏南看了看徐正，徐正说得这么正义凛然，倒好像真是一个大公无私的官员一样，他有些拿不准了，事情也许真的像徐正所说的那样。

徐正看苏南只是看着他不言语，笑笑说：“好了，我知道你不相信我说的，现在这个社会风气啊，很多人宁愿相信歪门邪道，而不相信一个官员是正派的，廉洁的。但是我告诉你，我不管你相不相信，我徐正就是要坚持原则的，所以这一次我只能说抱歉了。”

苏南笑笑，不管怎样落败，自己也是要保持一定的风度的，不过他也不是傻瓜，徐正这几句话还不能忽悠住他，他看了看徐正，说：“徐市长，事情也许真像你说的这样，那我就是已经失败了，心里也是很欣慰的，毕竟你让我见识到了一个廉洁的官员是什么样子的。我只是有一个疑问，刘康的康盛集团无论从实力还是从这一次他们提交的竞标方案，我都丝毫找不到他比我优胜的地方，你能告诉我海川市选择他们的理由吗？”

徐正脸色变了一下，但旋即恢复了正常，他知道苏南这是点到了关键的地方了，自己坚持这一次竞标是公平公正的，那选择刘康就必然有一个能说得过去的理由，而苏南是振东集团的董事长，对机场建设方面肯定不是一窍不通，自己还真是无法随便编一个理由搪塞过去的。

徐正马上就找到了说辞：“苏董啊，选择刘康的康盛集团是评审委员会的评审决定，他们的主任在刚才的大会上已经就选择的原因作了解释了，就不需要我重复了吧？”

苏南没再说什么，收拾好书法册页和合同，连句再见都没说，站起来就走出了徐正的办公室。

徐正马上想到要赶紧打电话给省委副书记陶文解释一下了，这个电话还要赶在苏南打给陶文之前。不然的话，陶文先入为主听到苏南的意见，还不知道会如何来看待自己呢。最好是不要让陶文对自己心生恶感，毕竟，陶文还是省委副书记，还是自己的领导。

徐正拨了陶文的电话：“陶副书记，有个事情要跟您汇报一下，我们新机场项目的中标单位产生了，遗憾的是评审委员会最终没有选择苏南先生的振东集团。”

陶文停顿了一下，他心中其实很在意这件事情的，他很想帮苏南办成这件事情的，没想到他叮嘱了半天要徐正关照苏南，徐正竟然还是让苏南落选了，这种结果实在让他很不高兴，他心里很别扭，便有些冷淡地说：“是这样啊，行啊，我知道了。你还有别的事情吗？”

陶文连原因都没问，徐正心中更加发虚，笑笑说：“陶副书记，我想跟您解释一下，这个决定是评审委员会做出的，我也不好干涉。”

陶文也打起了官腔，说：“我知道，你也是在按规定办事嘛，好啦，我清楚了，你不需要再解释什么了。”

陶文没等徐正再说出什么来，直接就挂掉了电话，徐正拿着电话愣在那里半天，他知道陶文这一次算是被他得罪了。也是，自己是多此一举，陶文在官场上已经久历风雨，他一眼就会看到问题的实质，问题的实质就是苏南的公司没中标，自己再怎么解释也不能把苏南没中标解释成中标了，因此陶文根本就没必要听自己的解释了。

挂了电话的陶文心里也是很别扭，老领导的公子难得找上门来要自己帮点忙，自己也很上心要帮这个忙，偏偏徐正这家伙明面上跟自己虚与委蛇，私下却让别的公司中标了。

陶文知道自己的仕途得益于苏南的父亲苏老不少，那个时代的官场风气还是很正统的，苏老赏识自己是个人才，就几次很主动提携自己，苏老并不是一个施恩望报的人，这些年也从来没向自己要求过什么回报，自己呢，也就是每次去北京到苏老家里看望一下他而已。自己对苏老是心存感激的，这一次苏南找上门来，陶文还觉得自己可以回报一次了，没想到到头来却是一场空，他心中难免有些歉疚。

陶文拨了苏南的电话，他想要把这件事情解释一下，说：“苏老弟，你在哪里？”

苏南说：“我在从海川回北京的路上。”

陶文愣了一下，苏南是亲自到海川来听结果的，看来他对这一次新机场项目真的是很重视，心中更加歉疚地说：“老弟啊，你到了海川也不来省里看我，是不是因为这一次没中标生我的气了？”

此刻的苏南已经平静了下来，他可以怪徐正，可无法把事情怪到陶文身上，笑了笑，说：“没有了，陶副书记，我知道这一次您是真心帮我的忙，对您我只有感谢的份，哪敢生您的气呢？我不去您那里，实在是没什么心情，下一次吧，下一次有机会我一定去看您。”

陶文苦笑了一下，说：“可实际上你这个老哥还是没帮到你什么的，这是我没用啊，老弟让我办这么点小事我都没办成，我都感觉没脸去见苏老了。”

苏南笑笑说：“我还真是领教了徐正，这家伙说话办事都很有一套。”

苏南将前后发生的事情都讲给了陶文听，包括徐正开始怎么接下他的礼物，后来又如何收下合同，最后在中标之后又如何说了一番冠冕堂皇的话。

陶文有些愧疚地说："不好意思啊，老弟，我也老了，下面这些家伙开始不拿我当回事了。"

苏南说："陶副书记，您不要这样，不关您的事的，您这么说我倒不好意思了，是我这件事情没办好，反而给您添堵了。"

刘康和吴雯坐在西岭宾馆的办公室内，商量晚上举行的庆祝康盛集团中标的晚宴，刘康面沉似水，脸上丝毫看不出中标者的喜悦。

刘康看了看吴雯，说："小雯啊，今天晚上徐正是主宾。"

吴雯苦笑了一下，说："我知道，干爹，您放心了，我会好好招待他的。徐正是新机场工程建设的总指挥，如果他想难为我们，一定会有很多办法和机会的。"

刘康做过很多工程了，心里是很明白工程业主方面有很多办法难为施工方的，这也是徐正为什么敢放心大胆地让他们延迟到工程中标之后再兑现承诺的原因。

刘康离开了，吴雯坐在那里，好半天没动弹。刘康对她恩同再造，她是一个知道感恩的人，她利用徐正对自己的好感周旋在这场商务中，这是她对刘康的报恩。

吴雯心里也是堵得慌的，她反感的是这种方式，这与她想象的生活越来越背道而驰，她开始有些疲惫和厌倦。

吴雯忽然很想找人说说话，可是找谁去说呢？她想了半天，竟然找不到一个人可以倾诉的，心里不由得更加落寞了。

坐了半天，吴雯还是拨通了傅华的电话。

傅华接通了电话，笑着说："吴总啊，好久没接到你的电话了，最近还好吗？我在北京时常听来自海川的朋友说你的生意越做越好，风生水起啊，真替你高兴啊。"

吴雯笑笑，说："傅主任也会关心我吗？"

傅华笑笑，说："当然了，你是我朋友嘛。"

吴雯心里又感动了一下，这才是真正的朋友，即使互相之间并没有太多的直接联络，可在私下里总是牵挂着对方。

吴雯笑了，说："我打电话给你，是想告诉你一个好消息，我干爹的公司中标海川新机场项目了。”

这还是吴雯第一次在傅华面前提及她干爹的公司，以前她都是神神秘秘，不肯多透露一点她干爹的情况。

令傅华惊诧的是，吴雯干爹的公司一露面竟然就中标海川新机场项目，这公司的实力真是了得，竟然击败了苏南的振东集团。想不到苏南费尽心机，竟然还是落选，傅华心中不免很为他惋惜。

傅华笑笑说："那真是要恭喜了，想不到你干爹的公司这么有实力，竟然可以击败苏南的振东集团。”

吴雯愣了一下，问："你认识苏南？"

傅华笑笑说："对啊，是我介绍苏南认识徐市长的。”

想到苏南结识了徐正竟然还落败，这吴雯的干爹真是实力非凡了，傅华心中不由得对吴雯干爹的来历更加好奇。

他接着问道："吴总，你这个干爹什么来头？"

吴雯苦笑了一下，并不想说出实情，她含糊地说："也没什么了，他能中标是你们海川市选出来的，具体情形我也不是太懂。”

傅华笑笑说："你干爹去了海川，那吴总就更如虎添翼了，看来你要鹏程大展了。”

吴雯笑了，说："傅华啊，我在你眼中就是这么重视事业吗？"

傅华笑笑说："我不知道该怎么说，反正你在我眼中是一个很有主见的女强人。”

吴雯心说：我倒更情愿是一个备受男人呵护的小女人，尤其是被你呵护，可是这可能吗？很久以前我就知道自己走上了一条不归路了，现在只不过是硬着头皮强撑到底了。”

吴雯笑笑说："想不到你这么看得起我。我就跟你说这件事情，有时间也回海川来嘛，不要忘了海川才是你的家乡。”

第六章　防猫腻傅华旁敲侧击，佯生气张林剑指别处

傅华隐隐担心着机场建设工程，经过认真调查，终于打听到康盛集团的情况，对刘康的人品产生了怀疑，生怕他在机场建设中上下其手，搞成一个豆腐渣工程。他左思右想还得向张林书记反映情况，不料却遭到张林的一顿批评。张林说机场建设牵涉面太广不好插手，责令傅华抓紧为汽车城项目找接手商。

晚上，西岭宾馆的宴会厅灯火辉煌，男士们西服领带，衣冠楚楚；女士们一身华丽的晚礼服，珠光宝气。海川市政商两界的名流聚集于此，海川市新机场项目的中标承建商康盛集团在此举行庆祝酒会，招待海川市市委和市政府的有关领导以及海川市政商名流。

晚宴是自助形式，宾客们三三两两聚集在一起，相互交谈着。服务员托着盛酒的杯子穿梭在人群中。

一身黑色晚礼服的吴雯艳光四射，陪着西装革履的刘康微笑着站在宴会厅的门口迎客。

市委副书记秦屯到了，秦屯来西岭宾馆吃过饭，所以吴雯认识他，就笑着迎上去，说："欢迎您的到来，秦副书记。"

秦屯握住了吴雯的小手，笑着说："吴总啊，你今天晚上可真是太漂亮了，我想在场没有哪一个女人能够比得过的。"

吴雯笑笑说："秦副书记客气了，来我给您介绍，这是我们康盛集团的刘康刘董事长。"

吴雯边介绍，边往后退了一步，借机从秦屯紧握的大手中把自己的手抽

了回来。

刘康笑笑说：“您好，秦副书记，感谢您来参加我们的庆祝酒会。”

秦屯跟刘康握了握手，笑着说：“您好，张林书记有事不能前来，他让我代表市委对贵集团中标海川新机场项目表示祝贺，也对贵集团积极参与我们海川的建设表示感谢。”

刘康笑笑说：“谢谢张林书记、秦副书记和海川市委对我们集团的支持。”

秦屯笑着看了看里面，问道：“徐正市长还没到吗？”

刘康说：“刚刚刘秘书打来了电话，说徐市长马上就到，请秦副书记先进去喝一杯酒吧。”

秦屯就走了进去，很快一些海川市的官员和商人就凑到了他面前，形成了一个小小的圈子。

刘康事先对海川市的头面人物都向吴雯了解了一下，他对秦屯的观感并不佳，看了看吴雯说：“没想到这家伙会来。”

吴雯笑笑说：“我们给市委和市政府的领导都发了请帖，他来也很正常。”

过了一会儿，徐正和常务副市长李涛相伴一起来了，刘康和吴雯笑着迎了上去，徐正看到盛装的吴雯，心里头便有些过电的感觉。

徐正笑着跟吴雯握手，回头笑着对李涛说：“老李啊，看到这么美丽的吴总，是不是一天的闷气都无影无踪了？”

李涛也常来西岭宾馆吃饭，跟吴雯也算熟悉，便笑着说：“是啊，我还是第一次看到吴总穿这种晚礼服，高贵大方，艳压群芳啊。”

吴雯笑着说：“徐市长、李副市长还真是会说笑。”

刘康也跟徐正和李涛握手寒暄了几句。贵宾到齐了，刘康和吴雯就陪着徐正和李涛走进了宴会厅。

刘康站到了麦克风前，他身旁是徐正、李涛、秦屯和吴雯，面前是来参加酒会的宾客们。

刘康对着麦克风说：“尊敬的徐正市长、秦屯副书记、李涛副市长以及各位尊贵的来宾，今天是我们康盛集团中标海川新机场项目的大喜日子，感谢各位百忙中还能来参加我们这场庆祝酒会，我向各位领导和来宾表示由衷的感谢……让我们康盛集团和海川市政府携起手来，早日将一个国际化、现代化的新机场奉献给海川市市民。”

随即，徐正发表了演讲，对康盛集团的中标表示了祝贺，然后表达了海川市市委和市政府对新机场项目的期待，希望康盛集团能够建设一座质量过硬的新机场。

徐正讲完话之后，刘康宣布庆祝酒会正式开始，悠扬的音乐响了起来，便有人邀请女伴陆续走进舞池。

徐正看了看吴雯，伸出手来，笑笑说："我能邀请吴总跳支舞吗？"

吴雯看了看徐正，笑着把手放到了徐正手里，说："很荣幸。"

徐正就牵着吴雯进了舞池，他跳得倒也中规中矩。吴雯笑笑说："没想到徐市长舞跳得还真不错。"

徐正笑了，说："吴总是不是以为我是一个老古板啊？"

吴雯笑笑，意味深长地说："我倒没这么认为，只是徐市长这段时间的表现常常令我意外啊。"

徐正脸上的笑容有些不自在了，他沉默了。

与此同时，秦屯端着酒杯正和刘康在交谈。

秦屯笑着说："刘董啊，不得不说你竞标这一仗打得漂亮啊。"

刘康笑笑说："这也要感谢贵市市委和市政府对我们集团的大力支持。"

秦屯说："那也要你们集团有这个实力才行，我真是没想到，康盛集团竟然连鼎鼎有名的振东集团都击败了。"

刘康看了秦屯一眼，这家伙原来对竞标的状况很了解啊，他一个市委副书记了解这些干什么，想到秦屯这一次意外的到来，这可是要小心应对。

刘康笑笑说："那是苏南先生礼让我们了，其实我们相比振东集团，实力还是稍逊一筹的，不过也正是因为我们知道实力比不过振东集团，所以我们才更加用心来做海川新机场的竞标方案，才能做出一个更适合海川市的方案来，才得以雀屏中选啊。振东集团可能也是大意失荆州了。"

秦屯笑笑，说："这倒也是。刘董，问一个也许不太合适的问题，这么大的工程贵集团准备完全自己做吗？"

刘康看了秦屯一眼，笑着问："秦副书记这么问是什么意思？"

秦屯笑笑说："我也没别的什么意思，也许贵集团边边角角的地方无法兼顾得到，能不能让我们海川市当地的企业跟着分润一点啊？"

刘康笑了，他明白秦屯今天来的目的了，眼下自己手里握有海川市最大的工程项目，肯定海川市很多人都看到了这一点，秦屯今天来就是为了某家公司想从自己手里拿工程去做的。

刘康不想得罪秦屯，这家伙在海川市的地位还很高，他要跟自己为难，自己虽然未必要怕，却也是一件很令人头痛的事。

刘康笑笑，说：“我们集团当然是能够独立完成这个项目的，不过，这个项目是在贵市，不让贵市的企业参与，于情于理都是不太合适的。我们集团远在北京，什么都从北京带过来从成本上考虑也是很不合适的。因此我们已经充分考虑过这些因素了，某些方面一定是要借助贵市的本土企业了。”

秦屯笑了，说：“刘董果然是大企业家，有大企业家的风范，这成本和情理都考虑得这么透彻，难怪能把企业做这么大。”

刘康笑笑说：“秦副书记，您这么称赞我，是不是什么企业找到您了，想要您推荐给我们啊？”

秦屯笑了，指点着刘康说：“精明，刘董真是精明啊，一眼就看透了我想说什么。”

刘康笑笑说：“秦副书记就不要不好意思了，您想做什么说一声就行了，以后我们集团要长期战斗在海川，还需要您的鼎力支持啊。”

秦屯笑笑说：“刘董不要这么说，贵集团是来建设海川的，我这个做副书记的自然应该全力支持，本来今天我是不应该跟刘董谈这个的，我来谈也有点不合适，不过刘董把话说到这份儿上了，我再不讲，就有点矫情了。是这样，我朋友有一家置业公司，很想参与到新机场建设的土木工程当中去。”

刘康笑笑说：“欢迎啊，只要他的质量可以保证，我们欢迎。秦副书记什么时候介绍这位朋友给我认识啊？”

秦屯笑笑，说：“随时都可以，只是有件事情可能需要事先跟刘董说一声。我这位朋友跟我说他前段时间犯了点糊涂，冒犯过吴雯吴总，不过他也从吴总这里得到过教训了，想让我问一下刘董，肯不肯给他这个机会化解矛盾，共谋发展。”

刘康马上就明白，这个人是海盛置业的郑胜。

原来郑胜也一直在关注海川新机场项目，这是一块大肥肉，他自然很想咬一口。不过他是没有资质能够直接参与竞标了，他想的只是能够分包一点土木工程，这么大的项目当中土木工程是很大的一块，能拿下一些，已经足够支撑海盛置业几年的了。

因此在中标结果出来之后，郑胜马上就对中标企业康盛集团进行了一番调查，这一调查，郑胜吓了一跳，这个康盛集团原来跟西岭宾馆的吴雯有着千丝万缕的关系，这可是冤家对头啊。

从被恐吓了一番之后，郑胜对吴雯就开始退避三舍了，他知道这个人惹不起。现在吴雯身后的人物来海川了，他们的实力更加壮大了，还不知道以后要怎么对付自己呢？

郑胜一方面更加恐惧，另一方面他也有些不想放弃分包新机场项目的机会，想来想去，就想到了求和这条路，他想借这个机会主动示好刘康，一方面可以化解矛盾，解除自己对安全的担心，另一方面他也想趁机从新机场项目中分一杯羹。

郑胜不相信这么大的一个项目刘康会不需要本土企业的配合，自己在这个时机主动凑上去示好，刘康如果够精明，一定会接纳他的。

现在的关键就是找到一个能够牵线搭桥的人，郑胜把他的朋友在脑海里过了一个遍，很快就想到了市委副书记秦屯，秦屯现在是市委副书记，在海川市也是排名前几位的人物了，这样一个有影响的人为自己出面，刘康肯定不会不给面子。

郑胜就打了电话给秦屯，问秦屯能不能跟康盛集团的刘康搭上线，他想从海川新机场项目中分一点工程做。

秦屯手头正拿着刘康派人送来的请柬，邀请他参加庆祝康盛集团中标的酒会呢，原本他晚上另有安排，根本就没想要去参加这个酒会。新机场项目的招投标一直被徐正所把持，秦屯相信这个中标的康盛集团一定跟徐正关系匪浅，因此他对康盛集团很不感冒，并不想去参加什么庆祝酒会捧徐正的臭脚。

秦屯说：“郑总啊，我跟刘康不认识，刘康倒是请我去参加他们集团的庆祝酒会，不过我没打算去。”

郑胜笑笑说：“那能不能为了我们海盛置业，请秦副书记屈尊去一趟？到时候我希望秦副书记帮我在刘康面前引荐一下，最好是能安排在一起坐一坐。”

秦屯说："引荐一下倒是可以，不过这个新机场项目一直在徐正的把持之下，这家集团能中标，肯定与徐正有莫大的关系，怕是到时候他不一定同意跟你见面啊。"

郑胜说："我想刘康不会这么不识趣，徐正虽然是市长，可也不能什么事情都帮他做，他如果懂得人情世故，一定会同意的。"

郑胜就讲了他跟吴雯之间冲突的大体经过，不过他对自己加害吴雯和吴雯找人报复自己的细节语焉不详，只是说起了冲突，然后被吴雯教训了一下。

说完经过，郑胜说："你替我跟刘康道个歉，就说我已经知道错了，希望他能给我一个机会化解矛盾，共谋发展。"

于是这才有了秦屯来参加酒会，又在酒会上跟刘康谈起分包项目的事情。

刘康在脑海很快思索了接纳郑胜的利弊，郑胜是一个被打趴了的对手，能够找到市委副书记搭线跟自己认识，说明这家伙是要向自己投降，这样一个人用起来会很听话的。

刘康笑了，说："多个朋友多条路，什么时间安排他来西岭宾馆坐一下好了，我请客。"

秦屯笑笑，说："刘董果然是大地方来的人，有雅量，回头我就跟郑胜说一声，让他登门拜访。"

上午，吴雯起得很晚，到办公室的时候，刘康已经坐在那里喝茶了。

吴雯笑笑说："干爹，怎么这么早？"

刘康笑了笑，说："干爹上了年纪了，没你们年轻人那么能睡了，我早就起床了。"

吴雯问："昨天我跳舞的时候，看你跟秦屯说得很热乎，说了些什么啊？"

刘康笑笑说："你猜都猜不到他找我谈什么了。"

吴雯笑笑说："他谈了什么？"

刘康说："他是替郑胜来求和的。"

吴雯惊讶地叫了起来："就是找人来撞我车的郑胜？"

刘康说："对啊，他想参与到新机场项目当中去。"

吴雯看了看刘康，说："干爹你答应了？"

刘康说："我同意跟他见面坐一坐，怎么小雯，你现在还介意这件事情吗？我想我已经给他足够的教训了。”

吴雯笑了笑，说：“只要他不跟我们捣乱，干爹要用他就用吧。”

这时办公室的电话响了起来，吴雯接了，笑着说：“你好，哪位？”

对方笑着说：“你好，吴总，我秦屯啊。”

吴雯笑笑说：“秦副书记啊，这么早打电话来有什么指示吗？”

秦屯笑了，说：“哪里敢指示吴总啊，我只是想看看你们集团的刘董现在有没有时间，我有一个朋友想去拜访他。”

刘康将电话接了过去，笑着说：“是秦副书记啊，您好。”

秦屯说：“您好，刘董，您还记得昨天我跟你说的那件事情吗？”

刘康笑笑说：“记得，您秦副书记说过的事情我哪敢忘记啊，是您那位叫郑胜的朋友要过来吧？欢迎啊。”

挂了电话，刘康看着吴雯，说：“郑胜要来，一会一起见见吧。”

吴雯笑了，说：“这家伙有脸来见我吗？”

刘康笑了，说：“商场其实和战场是一样的，没有永远的敌人，也没有永远的朋友，只有能把人聚集在一起的利益。这个人肯被我们利用，那我们就欢迎他。”

过了半个小时多一点，两辆轿车驶进了西岭宾馆，秦屯和郑胜下了车，刘康和吴雯迎了出来。

刘康笑着跟秦屯握手，说：“您好，秦副书记。”

秦屯笑着说：“您好，刘董，来，我给你们二位介绍，这位是海盛置业的郑胜郑总。”

郑胜虽然跟吴雯暗战了一番，双方曾经打得你死我活，可是还是第一次这样接触吴雯和刘康。

刘康笑着伸出手来，说：“久闻郑总大名了，只是缘吝一面啊。”

郑胜跟刘康握了握手，笑笑说：“不好意思，以前是小弟不懂事，冒犯了刘董和吴总，两位能大人大量，不跟我计较，我心里十分感谢。”

刘康笑笑说：“那都是过去的事情了，过去的就让它过去吧。”

郑胜笑笑说：“那真是太感谢了。昨天刘董集团大喜之日，我却没能来当面道贺，真是抱歉啊。我现在向两位道一声恭喜，不晚吧？”

刘康说：“郑总客气了，朋友的恭喜什么时候都不会晚的。两位里面请吧，我们进去说话。”

将秦屯和郑胜请进了办公室，坐定之后，吴雯给他们泡上了茶。

郑胜笑笑说：“刘董强将手下无弱兵啊，吴总将这西岭宾馆打点得井井有条，真是令人佩服。”

吴雯笑笑说：“郑总真是夸奖了。”

刘康看了看郑胜，他不想跟郑胜兜什么圈子，便笑笑说：“郑总啊，秦副书记已经跟我谈过你的意思了，新机场项目本身就是海川市的工程，我们集团当然十分欢迎海川市的企业参与了。而且这么大的项目，也是需要大家一起努力才能把它建好嘛。只是不知道贵公司承建工程的资质如何？”

郑胜笑了，心说这老家伙果然识时务，知道强龙不压地头蛇，便说：“谢谢刘董肯给我们海盛置业这个机会。您放心，我们公司是具备承建新机场项目的土木工程资质的，相关的资料我已经带来了。”

说着，郑胜将海盛置业的资质文件拿了出来。

刘康接了过来，看了看之后，笑笑说：“郑总做事利落，秦副书记推荐得果然不错，我看这个资质没问题，找个时间我们详谈一下，看一看我们两家怎么个合作法。”

秦屯笑着说：“刘董真是爽快啊，这么快就能拍板，真是雷厉风行。”

郑胜说：“佩服，佩服。我真是要跟刘董好好学习一下这种做事的风格。”

刘康笑了，说：“两位就不要拍我马屁了，我们这些民企这些年能够在社会上获得一点立足之地，不就是因为我们反应迅速吗？如果像国企那样决策要经过多方请示，我们这些民企岂不早就倒闭了吗？”

郑胜笑了，说：“刘董一言中的，精辟啊。”

合作大体敲定，几个人又说了一会闲话，刘康看看时间到了中午，站起来笑着说：“今天两位能够大驾光临，是我刘某人的荣幸，就请两位在这里吃顿便饭啊。”

一行人到了餐厅的雅座里，刘康坐了主位，主客的位置出于尊重市委领导，让秦屯坐了，郑胜坐在副客的位置上，吴雯作陪。

菜式很讲究，鱼翅鲍鱼都上了，酒上了茅台。

小姐刚要给客人倒酒，郑胜站起来，说：“刘董，我有一个不情之请，不知道可不可以？”

刘康笑了起来，说：“我都说了大家以后就是合作伙伴了，不用这么客气了，郑总要做什么，就请随便。”

郑胜就吩咐服务小姐说：“小姐，你把酒瓶给我，然后再给我拿两个杯子来。”

小姐就把酒瓶递给了郑胜，又拿了两个杯子给他。郑胜在自己面前把三个杯子一溜摆开，拿起酒瓶倒满了三个杯子，然后端起了第一杯酒，说：“今天蒙刘董和吴总看得起我，我可以坐在这里跟两位一起喝酒，两位的大人大量，我十分感激，越发惭愧自己当初的糊涂行径，所以我在这里自罚三杯，当做给两位的赔罪。”

说完，没等刘康和吴雯说些什么，郑胜仰脖就把第一杯酒给喝掉了，然后抓起第二杯就要接着喝。

刘康伸手拦住了郑胜，说：“郑总啊，我不是说那件事情过去了吗?”

郑胜说：“刘董，你别拦我，这三杯酒你一定要让我喝完，不然就是你看不起我。”

刘康笑笑说：“那我陪郑总喝。”

郑胜坚决地说：“那可不行，刘董如果要喝，那等我喝完这三杯酒，我再敬你。”

刘康本身就是黑白两道都踩的人物，对郑胜这种爽直的性格倒有几分欣赏，他知道这种人是比阴阴地坐在一旁的秦屯要好很多的，处理好了倒是一个可用的干将。

刘康松开了手，说：“那行，我就不拦你了。”

郑胜没再说什么，接连两下，将三杯酒全部喝完了。

刘康看着郑胜说：“郑总，这三杯酒喝完，我们之间的梁子就此揭过，从此以后谁不准再提了。”

郑胜说：“好，就此揭过。来，我敬刘董一杯。”

说着郑胜给刘康满斟了一杯酒，然后又给自己添上，端起酒杯去跟刘康碰杯。

刘康看郑胜一下子喝完三杯，面色丝毫未变，心中暗道这家伙酒量还真是可以。他们这些人向来都认为酒品就是人品的，因此对郑胜心里更有了一定的认识，便跟他碰了碰杯，将杯中酒一饮而尽了。

这场赔罪作为花絮就此完结，酒桌上就恢复了正常秩序，刘康作为主人领着大家一起喝起酒来。席间难免对秦屯奉承了不少，秦屯在奉承中就难免多喝了几杯。

酒宴结束的时候，秦屯郑胜和刘康都有了些酒意，只有吴雯是女士，并没有被劝喝太多。

秦屯看着刘康，笑笑说："今天能够认识刘董这个好朋友，真是高兴，如果刘董不嫌弃，我们换个地方放松一下好不好？"

郑胜笑笑说："是啊，刘董，不瞒您说我有一个休闲性质庄园，里面的桑拿还是不错的，给个面子一起去松松筋骨吧？"

刘康看了看郑胜，笑笑说："行啊，我这个老骨头也真是需要放松放松了。"

吴雯笑了笑，说："我就不去了，我昨晚没休息好，现在有点不舒服，想回去睡一会儿。"

刘康听吴雯这么说，看了看她的脸色，有些关心地说："你是有些憔悴，回去睡一会儿吧。"

吴雯点了点头，说："秦副书记、郑总，不好意思，我就不奉陪了。"

秦屯和郑胜、刘康三人驱车就去了海盛庄园，到了海盛庄园，刘康对这里的环境大加赞赏，只是说养那么多狗有些聒噪。郑胜一面心说我这还不是被你这家伙吓的，一面将二人请进了桑拿浴室。

服务人员见老板亲自领着人进来，赶忙过来伺候，三人就宽衣解带，准备进浴室。

刘康的衣服脱掉之时，郑胜和秦屯都有些愣住了，他们不但是惊讶刘康这这么把年纪了，却还是一身栗子肉，十分健硕，更是惊讶在刘康后背上文着一条张牙舞爪十分凶猛的青龙，这条青龙栩栩如生，飞扬跋扈，看上去恶狠狠的，让两人都不免心生寒意，这刘康到底是什么来历啊？

刘康把秦屯和郑胜的神情都看在眼中，暗自好笑，他想要的就是这种威慑的结果。郑胜出身草莽，服从的是丛林法则，这种人向来是谁强谁是老大，自己需要给他必要的威慑，他才会服服帖帖；而秦屯是仕途中人，这种人向来权力和生命是最重要的，自己给了他这种威慑，他就不敢轻易跟自己搞鬼了。

刘康笑了笑，说："我们这也算是赤诚相见了。"

秦屯干笑了一声，他还没从发现刘康的文身的震惊中完全恢复过来，他是不愿意跟刘康这种看上去根本就是混社会的人来往的，这种人物无论从哪个角度来看都是很危险的，不过不愿意往来也已经往来了，现在这个场面还需要撑下去，便说："呵呵，我们还真是赤诚相见。"

相比刘康，郑胜虽然年轻很多，可是肌肉松弛，只是一堆白腻的肥肉而已，看来这家伙太平日子过得太多了，养尊处优久了，已经不复那么强悍。

郑胜看了看刘康，试探着问道："刘董啊，你这后背上文了这么大一条龙，当初文的时候很痛吧？"

郑胜是带着羡慕的口气问的，他还在草莽的时候，也曾想要文身，但后来怕痛就退缩了，因此看到刘康文身，他自然想到了这要多痛啊。

刘康笑了笑，说："当时也没觉得怎么痛，呵呵，年轻的时候哪还知道痛啊？这也是我年轻时混账，觉得好玩，就文了，两位现在看到了是不是觉得很好笑啊？"

秦屯哪里敢说好笑，笑了笑说："哪里，很生动，很漂亮，像一幅画一样。"

刘康笑笑说："秦副书记真会说话。其实那时候是幼稚，以为文这么条龙大家都会怕你，就会服你。后来慢慢有了些年纪之后，才知道人们服我的是因为我的实力，而不是有这么一条虚有其表的龙。"

秦屯和郑胜心中都是一凛，这老家伙话中有话啊，这是在警告他们不要跟他捣鬼啊。

秦屯没经过郑胜那一场惊吓，对刘康的警告还感受不深，只是心中暗自认为这家伙不好得罪而已。而郑胜被刘康收拾过一次了，知道这老家伙背后的势力深不可测，心中不免更加恐惧了。看来以后要服服帖帖跟他合作了。

三人说着话就到了浴池边，各自下了浴池，刘康仰躺着，微眯着双眼，笑着说："不知道为什么，我始终感觉泡澡是最舒服的，我现在还想当初在北京那些大澡堂子，虽然没有现在这些罗里吧嗦的玩意儿，可是泡上去就是那么舒服，可惜那些大澡堂子都消失了。"

三人都是有点年纪的人了，对泡大澡堂子都有记忆，那个时候物质条件匮乏，洗个澡是很不方便的，家里不像现在还有什么电热水器或者太阳能什么的，洗澡对人们是一件赏心乐事，往往是好长时间才能洗上一回，现在倒是随时都可以了，可是那洗澡的乐趣却没有了。

三人说着闲话，泡了一会儿，便一起去了干蒸室。干蒸室是一间狭长的木板房子，里面温度极高，蒸汽腾腾，光线显得含混暧昧。三人在腰间各自围了一条浴巾，坐到了热烘烘的木台上。屋角的桑拿石被烧得有些发黑，刘康似乎还觉得屋内的温度不够高，从木桶里舀起水浇到了桑拿石上，只听刺啦一声，一股白烟升腾起来，瞬间，白烟消失，化作滚滚热浪袭向三人，汗水就从三人的身上冒了出来，浑身的骨缝好像都开了，说不出来的舒坦。

郑胜很快就大汗淋漓，看看刘康，刘康的老脸现在被室内的高温蒸腾得红扑扑的，多少有点返老还童的意味，他的眼皮耷拉着，对室内的高温若无其事。

郑胜心说这老家伙身体就是棒，自己都有些感觉发闷了，他竟然还乐在其中。郑胜本来想出去冲冲，好透口气，看刘康这个样子，心中便有些较劲了的意思，他打消了出去的念头，想跟刘康熬一熬，看谁能够熬到最后。

刘康并没有去看郑胜和秦屯，他只是耷拉着眼皮，似乎完全沉浸在自己的氛围中。

热浪很快就消失，刘康再一次拿起木勺，又是一勺水浇到了桑拿石上，热浪又滚滚起来，郑胜感觉汗被一层层逼了出来，在他身上形成一道一道的小水流流了下去。

秦屯有些受不了干蒸室内的高热，从木台上站了起来，说："太热了，我出去透口气。"

说完秦屯就走出了干蒸室。

门一开一合，让坐在靠门近的郑胜感受到了一丝清凉，好受了很多，他看了看刘康，很想看到刘康也跟这秦屯一样站起来，走出干蒸室，好让自己在这一场暗战中获胜。

但刘康还是那副若无其事的样子，他的眼皮耷拉着，等热浪消失了之后，还是拿起了木勺，刺啦一声又在桑拿石上浇了一勺水。

刺啦声在郑胜的耳朵里已经变得刺耳了，他开始感觉到头脑有些发胀，呼吸变得困难，每一秒钟都变得有些漫长，但是他的倔劲上来了，心说我不信撑不过你个老头子，于是郑胜为了这一场可能刘康都没察觉的战争咬着牙坚持着。

刘康还是那样坐着，过一段时间就浇水，没有丝毫多余的动作，似乎这干蒸室的高温对他来说根本就是不存在的。

郑胜的思维开始无法集中了，他浑身感觉像着了火一样滚烫，他的心怦怦跳着，声音之大让他感觉像有人在敲鼓，他眼前的景物开始模糊，刘康身后那条青龙在他眼中开始升腾起来，张牙舞爪向他飞了过来。郑胜知道他无法再坚持下去了，再坚持下去他可能就要丧命在这里了，他站了起来，想要走出去，没想到却脚下一软，眼前一黑，一个踉跄摔倒在地上了。

睁开眼睛的时候，一片清凉，世界又恢复了原样，郑胜看到自己躺在了床上，秦屯和刘康在眼前正看着他。

刘康见郑胜睁开了眼睛，笑了，说："哎呀，郑总啊，刚才真是被你吓坏了，你受不了干蒸室的高温可以早点出去嘛，干吗非要陪着我熬呢？"

刘康一副浑身清爽的样子，似乎很享受刚才这一场干蒸，郑胜心中暗叫这老家伙简直不是人，自己还是没斗过他。

秦屯有些不解地看着郑胜，说："郑总啊，你今天这是怎么了？怎么会晕倒了呢？是不是中午的酒喝得有点多？"

郑胜不好说自己在暗自跟刘康较劲，虚弱地笑了笑说："也许吧，我中午可是比你们多喝了三杯呢。"

郑胜出了晕倒这种状况，刘康没有了继续玩下去的兴致，便告辞要离开，郑胜虽想挽留，可是他浑身的气力还没有恢复，这挽留便有些有气无力，刘康笑着让他好好休息，以后他有的是机会来这里玩的，郑胜也就没再劝下去。

秦屯虽然很想留下来，他知道郑胜下面肯定会有很好的安排的，可郑胜现在这副样子，让他也觉得留下来不合适，就跟着刘康一起离开了。

刘康回了西岭宾馆，正遇到吴雯在大堂里忙碌，便过去关心地说："你不是说要休息一会吗？"

吴雯笑了笑，说："我是不想跟你们去，郑胜没惹您吧？"

刘康笑了，说："明面上没有，不过这家伙暗地里跟我较劲，想看看我们谁能在干蒸室时间长一点，结果昏倒了。"

吴雯看了看刘康，说："那干爹你没事吧？"

刘康笑了："我倒是蒸透了，神清气爽啊。"

吴雯还是有些不放心，嗔怪地说：“干爹啊，你年纪也不少了，干吗跟他斗这种气啊，有个闪失可不好。”

刘康笑笑说：“你不明白郑胜这种人，只有压他一头，他才会老老实实听话的。”

吴雯笑笑说：“干爹啊，你这么重视郑胜吗？”

刘康笑了，说：“我不是要重视他，你知道当初他为什么敢对你下手吗？”

吴雯说：“为什么啊？”

刘康说：“因为看上去你在本地并没有什么根基，即使当时你已经有徐正出面支持你，但是徐正本身就是外来的，他在本地也是无根的浮萍，自身都很难保，更别说护着你了。你那时惹到了郑胜，他自然敢于来对付你。另外一方面也是因为郑胜是本地土著，又在海川打拼了这么多年，是有根基的。我们在这里做工程需要协调很多方面的关系，有这么一个人帮我们冲锋陷阵，我们是可以轻松很多的。”

吴雯说：“这倒也是。”

刘康看看吴雯，说：“说到徐正，我正好有话要问你，我们去办公室谈吧。”

吴雯就跟着刘康去了办公室，坐定之后，刘康看着吴雯的眼睛，说：“小雯啊，我下面要问的话很重要，希望你能如实回答我，好吗？”

吴雯笑了，说：“干爹啊，你怎么突然这么郑重起来，你要问什么就问吧，我对你是不需要隐瞒的。”

刘康说：“你现在参与我的事情中了，心情愉快吗？”

吴雯苦笑了一声，说：“还好吧？”

刘康说：“小雯啊，这件事情既然已经发展成这个样子，我想下面索性做大一点，我们要好好利用一下这个徐正，徐正毕竟是市长，手头可以动用的资源很多，我们不好好利用他，实在有点对不起他。”

吴雯说：“干爹，你对徐正有什么打算？”

刘康说：“小雯啊，这一次争取海川新机场项目让我感觉自己有些老了，也许是我该收山的时候了，所以我打算这个工程做完，就移居到国外去生活，你如果不反对的话，我想到时候你跟我一起去。”

吴雯叹了一口气，她原本从北京回到海川是打算干一番事业给家乡的父母亲人看的，可是现在却成了一个公关的角色，也许早日结束这一切，倒是一个不错的主意。

吴雯说：“我不反对，我跟干爹一起走。”

刘康说：“那我们就说定了，我有个朋友可以帮我们办理到加拿大的投资移民，回头我就从集团调一笔钱给他，让他帮我们办理相关的移民手续。”

吴雯说：“行啊，我听干爹的。”

刘康说：“我是这样想的，既然我们想要离开这个国家，那我们走之前就应该利用徐正好好赚上一笔大的，以作为我们在国外的生活和发展基金。”

吴雯说：“那干爹打算怎么做？”

刘康说：“现在我们先不要急，这件事情我还没考虑成熟，等我想清楚具体怎么做再告诉你。”

刘康心中已经有了一个还不太成型的计划了，原本他并没有想要拿海川新机场这个项目做什么文章，也就是想争取下来做完工程，然后赚取工程应得的利润就好了，他开始重新考虑这整个工程的运作，他现在已经不满足仅仅赚取那看上去有些微薄的利润了，他想闪转腾挪，从中获取更丰厚的利润。

接下来，康盛集团和新机场建设指挥部签订了项目承建合同，新机场的建设就轰轰烈烈地展开了。

海盛置业和康盛集团也签订了项目分包协议，新机场的一些土建工程就交给了海盛置业承建。郑胜现在对刘康真是服气了，对刘康交代的事情没有不尽心尽意去办好的。

新机场周围的一些村落的百姓，原本以为项目落户在他们村落的旁边，承建单位又是什么北京的康盛集团，是在海川没什么根基的外来者，他们这些坐地户少不得可以从新机场和康盛集团身上啃下几口肉来吃，虽然这是市里面的项目，相信市里面也会睁一只眼闭一只眼的。于是便纷纷有人以这种理由或那种理由找上门来，希望康盛集团给他们一点好处。

对于这些人，刘康一律笑嘻嘻地接待，问清楚对方的要求之后，便让对方去找海盛置业的郑胜，说相信郑胜一定能给他们一个满意的答复的。

这些本地人当然对郑胜不无了解，知道了郑胜在新机场项目中也是有份参与的，谁也没有胆量去打郑胜的秋风，不得不灰溜溜地离开，再没有人来骚扰工程的进行了。

工程便如火如荼建设着。

傅华从吴雯那里得知苏南竞标失败之后，当时就很想给苏南打个电话问问情况，他知道苏南是很重视新机场项目的，这次失败肯定对他是一个很大的打击。可转念一想，又觉得不合适，苏南是一个很傲的人，似乎自己还没有资格去安慰他。

傅华又给在海川天和房地产的丁益打了电话，询问新机场项目中标公司的情况，丁益对此也是不甚了了，只是知道中标公司是北京的，叫什么康盛集团，董事长叫刘康。

说到这里，丁益说："对了，傅哥，按说你应该比我熟悉刘康才对，刘康跟吴雯之间似乎有很深的关系，康盛集团现在都在西岭宾馆办公。"

傅华说："我只是知道刘康是吴雯的干爹，其他的情况我根本就不清楚。"

丁益说："原来是这样啊，不过好像海川市民对这一次招投标的印象还不错，大家都认为徐正这件事情办得公正公平，好评不少。"

傅华笑了，人们只看到了表面的东西，真正台面底下发生了什么他们并不知道。这件事情就目前来看，傅华可以肯定的是，徐正和刘康都不是那种地道的君子，他对刘康能凭借真正的实力战胜振东集团是持一种怀疑态度的，虽然他跟刘康还从未谋面，可是单凭吴雯当初救他那一次接触到的刘康的手下人来说，这个刘康绝非奉公守法之辈。而且，他在北京时日已经不短了，还真没听说过康盛集团的名号。

一个籍籍无名的公司能够战胜鼎鼎大名的振东集团，如果没有猫腻，那是打死他也不相信的。不过傅华也不好在丁益面前褒贬徐正，毕竟徐正是他的顶头上司，有些话是不方便讲给这些朋友听的。

傅华笑笑说："行了，我就跟你了解这么情况，挂了。"

丁益说："傅哥，你先别急着挂，你好长时间没回海川了，我爸爸前几天还念叨过你的，你可不要娶了媳妇就把老家忘掉了。"

傅华笑了笑，说："我只是工作上走不开，你跟你父亲说，前几天我跟贾昊贾主任一起打高尔夫的时候，贾主任还提起过他，说他有好长时间没来北京了，还挺想他的，现在他不是什么都放手让你去做了吗？你让他别闷在家里了，什么时间来北京走走。”

丁益笑了，说：“我父亲他现在虽然是把职务交给我了，可还是对我放心不下，他还想在公司盯一段时间，毕竟这个企业是他一手创办的，一时很难放得下来。”

傅华笑笑，说：“那你替我带给话给他，就说北京的朋友们想他了。”

周末，吃完饭，傅华跟着赵凯去了书房，保姆给两人泡上了茶，退了出去。

傅华喝了一口茶，然后说：“爸爸，您还记得我被杨军骗了那段事情吗？”

赵凯笑了，说：“我怎么不记得，那时候你小子可够拽的，我的一千六百万支票放在你面前，你愣是连个好脸色都没给我。”

傅华笑了起来，说：“我现在还不是老老实实被您收编了吗？”

赵凯笑笑说：“你是不是被我收编你自己清楚，怎么又提起这件事情来了，是不是又冒出了什么枝节来了？不应该啊，事情不是结束了吗？”

傅华说：“事情倒是没有留下什么尾巴，只是当时帮我的那个人现在浮出水面了。”

赵凯愣了一下，说：“你是说帮你的女人的干爹？”

傅华点了点头，说：“刚才在饭桌上我不好跟你说，怕小婷听到会多想。”

赵凯说：“那倒也是，这种事情还是不要让她知道为好。是不是那个女人的干爹让你办什么事情啊？”

傅华摇了摇头说：“这倒没有，不过现在这个人出现在海川地面上了，他叫刘康，是康盛集团的董事长。”

赵凯惊讶地说：“刘康？那个女人的干爹就是刘康？”

傅华说：“对啊，爸爸您知道这个人？”

赵凯说：“我知道这个人，不过我知道他是在你被杨军欺骗那件事情之后，是因为这家伙出手抢了我们通汇集团一笔很大的生意，原本我们跟对方已经讲好了一切条件，就等着签约了，可这家伙突然横插一杠，生生地将这笔生意抢走了，我当时就有些不忿，心说这刘康籍籍无名，竟然惹我们通汇集团，就想找个什么机会跟这个刘康斗一把，可是后来我一个朋友知道这件事情以后，专门跟我谈了一次，他认识刘康，知道刘康是怎么发家的，这是一个不讲规矩，什么道都走的家伙，睚眦必报，利益第一，为了利益什么样的事情都做得出来的。劝我不要招惹他，如果真要跟他对上了，以后的麻烦就大了。”

傅华说：“原来这个人是这样的。”

赵凯说：“是啊，我想了想，觉得这样的人还是少惹为妙，这笔生意没做成，下笔生意再做嘛，就放弃了报复他的念头。你说他去了海川，他去海川干什么？”

傅华说：“他一出手就击败了苏南，中标了我们的海川新机场项目。”

赵凯笑笑，说：“这我并不意外，苏南做事情一派君子作风，他不是刘康的对手。”

傅华说：“不过我很意外，原本苏南在我面前表现得稳操胜券的。

赵凯笑了，说：“刘康从我手中抢走的那笔生意，我当时也以为自己稳操胜券了。刘康就是有这个本事，不然的话他当初也没能力帮你的。”

傅华说：“这倒也是。”

赵凯说：“你打听他干什么，我可跟你说，这种人太过于危险，千万不要去招惹他。”

傅华笑了，说：“我没有要招惹他的意思，我只是奇怪康盛集团为什么能中标海川新机场项目，我怎么从来都没听说过他们呢？就想跟您了解一下他们的情况。”

赵凯说：“我那个朋友说，刘康似乎很知道韬晦之道，做事只重实际，而不图虚名，因此北京并没有多少人知道他们的实力的，甚至连他们公司的名字都很少人听说过。这一次估计苏南也就是没把他当回事，才会失手的。”

傅华说：“原来是这样啊。”

赵凯说：“傅华，你知不知道这一次你们市里面是谁选中了刘康的？”

傅华说：“具体情形我不是很清楚，不过现在的机场建设指挥部的总指挥是徐正。”

赵凯笑了，说：“这一次徐正可能完蛋了，他也不详细打听一下刘康的为人，什么人他都敢合作啊。”

傅华笑了，说：“怎么了，刘康就这么可怕吗？”

赵凯说：“刘康就是这么可怕，他就是个灾星，很多招惹上他的人后来都倒霉了，就说他抢走我的那笔生意吧，那个跟他合作的老总最后赔得一塌糊涂，后来被审计出一堆问题，锒铛入狱了。刘康这家伙却老谋深算，把自己保护得很好，全身而退。这可能也是他为什么这么低调的原因之一吧，他劣迹斑斑，如果再那么高调，可能他早就倒霉了。”

傅华马上联想到了新机场项目上，如果是这样一个公司来承建，那会把新机场建设成什么样子啊？刘康不会是一个对工程质量负责的人。

傅华可不想把自己费尽心血才办下来的新机场项目就这么糟蹋了，那样子国家和海川市要遭受多大的损失啊？

傅华有些着急地说：“这不是糟糕了吗？”

赵凯看了傅华一眼，说：“我知道你在想什么，你在担心新机场项目被毁了是吧？你急什么？这个局面又不是你造成的。”

傅华说：“爸爸，那总是我们海川市的工程，我总不是就这么眼看着它被毁了吧？”

赵凯冷笑了一声，说：“你不这么看着，又能做什么？”

傅华语塞了，这个机场建设的总指挥是徐正，而徐正现在对自己厌恶至极，不管自己说什么他都是不能听进去的，更何况徐正也许早就跟刘康勾结了，自己就算跟徐正说出了担心，徐正说不定更讨厌自己了。

傅华想了想，说：“这件事情我绝对不能置之不理，既然我知道了刘康是这种状况，我就有义务提醒市里。”

赵凯看了看傅华，摇了摇头说：“你怎么就是改变不了这个倔脾气呢？你可要想清楚，这个时候你给招投标泼冷水，会更加得罪徐正的，你想给自己找麻烦吗？”

傅华说：“我不想找麻烦，可是也不能眼见着这样不管。起码我要提醒一下市里面，对新机场项目的质量多注意一点，这将来可是我们市里面的标志性建筑之一，我可不想建出来一个豆腐渣工程。”

赵凯笑了，说：“关键的问题是这个状况本身就是你们的总指挥造成的，你就是想管也得经过他，所以你根本就管不了。”

傅华说：“徐正并不能一手遮天，他上面还有市委书记张林，我把情况反映给张林，我就不信他也不管。”

赵凯看了看傅华，说：“你因为张林就一定管吗？我看未必。你在仕途中打转也不少日子了，知不知道还有个词叫官官相护？”

傅华说："不会的，我了解张林书记，他不会是这样的人。"

赵凯笑了，说："是不是你自己试验一下吧。"

第二天上午，傅华打了电话给张林，说："您好，张书记。"

张林笑笑说："你好，小傅啊，找我什么事情？"

傅华说："我在北京这边听到一个情况，想跟您反映一下，是有关新近中标海川新机场的康盛公司的……"

傅华就讲了自己从赵凯那里了解的刘康的情况，张林听完，半天没说话。

傅华觉得张林是在为难，便说："张书记，这件事情你可不能不管啊，新机场项目对我们海川市是十分重要的，如果出什么纰漏，后果不堪设想。"

张林说："小傅啊，首先呢，我觉得你对市里面工作认真负责的态度值得肯定，应该给予表扬。"

张林打起了官腔，让傅华心里凉了半截，他知道下面肯定是会跟着一个但是，这一但是，整个态势就都变了。

傅华急了，说："张书记，我不需要这种表扬，我是希望市委能有一个妥实的办法，确保新机场项目的工程质量。"

张林说："你有这种担忧是好的，不过你想过没有，这项工程是公开招标选中康盛集团的，又有专门的监理在监督着工程的质量，这上上下下牵涉到多少人，你怎么能就凭几句不知道从哪里听来的话，就认为康盛集团一定会在工程质量上出问题呢？你有什么事实凭证吗？还是你就见到了康盛集团违规施工了？你这个同志啊，考虑问题怎么这么不成熟呢？"

傅华愣住了，这些他倒真是没认真考虑过。

傅华说："张书记，可能我有考虑欠周的地方，不过我就是给您提个醒，您一定要想办法加强质量监督，千万大意不得。"

张林说："你这个同志啊，我怎么说你才能明白呢？这个工程从一开始就是徐正同志在负责的，他现在又是工程的总指挥，从我们这段时间的配合上看，我觉得徐正同志是一个认真负责的同志，市里面的工作在他的领导下开展得很是不错，你凭什么就认为徐正同志一定不能管理好这项工程？我贸然去干涉，会让徐正同志产生我不信任他的感觉，这对我们之间的团结可是很不利的。"

傅华无语了，张林说得在情在理，经济建设方面确实是应该徐正主抓的，张林不愿意干涉也是他在恪守自己的本分。

张林接着说："我知道，你个人方面对徐正同志有些看法，可是人无完人，看一个同志，要懂得看他的主流，不要因为你自己的看法，左右了对整件事情的判断。"

傅华急忙辩解说："张书记，您别误会，我是因为听到关于康盛集团的一些情况，觉得有些问题，才向您反映的，我可没有针对徐正市长的意思。"

张林说："好了，我相信你是出于好意，不过，你是不是多专注于自己的本职工作，尤其是我前些日子给你提过的汽车城项目的招商，怎么到现在都没什么进展啊？"

傅华说："张书记，这件事情我已经布置了下去，驻京办的同志们都把这件事情当做目前工作的重中之重，全力想办法予以解决。"

张林说："你不要跟我说这些废话、套话，你就告诉我有进展了没有？"

傅华干笑了一下，说："目前还没有找到有兴趣的客商。"

张林说："那就是你们目前在这方面什么工作都没做了？你这个同志啊，叫我怎么说你呢？这个工作光布置下去有什么用？布置下去等在那里跟不布置有什么区别？你要开动脑筋，想办法解决这个问题才对。"

傅华说："我们都想了，也发动了各自的人脉关系，只是目前还没遇到。"

张林打断了傅华的辩解，说："我不想听你说这种废话，什么叫还没遇到，这种等靠完全是一种消极的工作作风，你当初是遇到了融宏集团的陈彻吗？你是主动出击，穷追猛打才将融宏集团拉到了海川来投资的。怎么，海川大厦盖起来了，豪华的办公室有了，你就可以躺在功劳簿上吃香的喝辣的，不需要再努力了吗？"

张林这话说得很重了，这是因为最近一段时间向人大、政协两部门反映汽车城项目的市民越来越多，这两部门把意见都反馈到了市委，也有两部门的委员们提出要对相关部门进行质询，彻底追查问题的根源。问题闹得越来越不可收拾，让张林也有些不胜其烦，解决汽车城项目问题的心日加迫切，所以他对目前关于汽车城招商没进展的情况很不满意，对驻京办这里本来是寄予重望的，偏偏傅华也说没进展，由不得他不恼火，因此重话批评傅华，想要迫使他早日想办法解决这个问题。

傅华被训得有些灰溜溜的，说："张书记，您批评得是，我马上就发动我们驻京办的工作人员，开动脑筋，尽快找到解决汽车城项目的方案来。”

张林说：“那就好，市委市政府可就等着你们的好消息了。”

傅华说：“我会尽好自己的本分的，不过张书记，新机场的事情……”

一听傅华再次提及新机场项目，张林知道他又要啰唆徐正和工程质量的问题，他有些生气了，再次打断了傅华的话，说：“你这个同志怎么回事啊？你的本分是协助市政府处理好在北京的一些事务，不是让你去监督市长的工作，你尽好自己的本分就行了，不要管那么多。”

说完张林没等傅华再说什么，直接扣了电话。

傅华根本没想到事情会是这个样子，自己好心向市委书记张林反映情况，可是张林不但不认真听取，甚至直接挂断电话，这可让傅华太过意外了，就这段时间的接触来说，傅华对张林的印象还是很不错的，没想到张林竟然完全像赵凯所预想的那样，跟徐正官官相护，丝毫没有一种责任感。

傅华有些无奈了，新机场这件事情在他这里也只好暂时到此为止了。

傅华放下了电话，把林东和罗雨叫到了自己的办公室，把刚才张林批评自己的话跟两人说了一下，然后问道：“老林、小罗，汽车城项目你们最近可找到了感兴趣的客商吗？”

林东撇了撇嘴，说：“哪里有这么容易啊，要接下那么大的汽车城项目，要有一定的实力，可是真正有这种实力的客商对我们海川的兴趣寥寥，这个问题真是不好解决。”

傅华知道林东是没什么才能的，因此对他这么说也不意外，他转头看了看罗雨，说：“小罗，你呢？”

罗雨也皱了一下眉头，说：“傅主任，这件事情还真是不好办，我接触了一些北京的朋友，把我们的汽车城项目跟他们都说过了，可是几乎没有人愿意接这个烂摊子。”

傅华说：“市里面还拿我们驻京办当盘菜呢。我们不能就这么坐等着，必须尽快找到解决的方案。两位，你们要多辛苦些，多发动些朋友，要多方寻找，只要有一丝可能，我们就必须尽全力争取，就像当初我们争取融宏集团的陈彻一样。”

林东和罗雨都点了点头，说：“好的。”

傅华说：“那我们大家就各自努力吧，如果找到了什么合适的客商，先不要管对方情不情愿，提出来我们大家一起来研究，看有什么办法能将对方拿下。”

两人答应了一声就出去了，开始各自联络自己的朋友，看朋友们认不认识有可能接下汽车城项目的人。

过了几天，张林主持了召开了一次市委常委会议，开完会后，张林叫住了李涛，说：“老李啊，你来我办公室一趟，我有点事情想跟你说一下。”

徐正在收拾东西，闻言抬头看了看张林，心中不免打了一个问号，张林找李涛有什么事情啊？

张林说完话，就转身离开了会议室，并没有看到徐正看他的眼神。

李涛收拾好东西，对徐正笑笑说：“徐市长，我过去看一下张书记有什么事。”

徐正笑笑，说：“去吧。”

李涛跟着张林进了办公室，秘书进来给两人倒上了茶，退了出去。

张林看了看李涛，说：“老李啊，说起来我们共事已经有很长一段时间了。”

李涛笑笑说：“是啊，曲炜同志还是市长的时候，我们就已经是同事了，一晃这么多年了。”

说到这些，李涛心中难免有些感慨，张林还比自己年轻，想不到竟然后来居上，做了自己的领导了。

那时张林是副书记，李涛是副市长，两人虽然是同事，可是互相之间的交往并不多，他们都是副手，顶头上司之间互有嫌隙，两人自然不能走得太近，以避免让上司猜忌自己心怀他志。

张林说：“是啊，真是不觉得，时间过得真快。”

李涛看了看张林，闹不清张林葫芦里卖的是什么药，便问道：“张书记，您说要有事问我，什么事啊？”

张林说：“老李啊，本来这件事情我不太想问的，可是事关重大，想了很久，觉得还是私下跟你了解一下比较好。”

李涛见张林这么严肃，也坐正了一些，说：“张书记，有什么事您尽管问。”

张林说："老李啊，新机场项目招投标你全程都参与了，我想问一下，你对中标的康盛集团印象如何？"

虽然张林在傅华提出康盛集团可能存在问题的时候，严厉批评了傅华，可是并不代表他一点不接受傅华反映的情况，实际上他是很认真地听了傅华提到康盛集团的每一个字的。

张林批评傅华，是因为他不想给傅华造成一种错觉，以为可以借助自己去打击徐正。在一个城市中，市长和市委书记的关系是很微妙的，稍微一个不谨慎，就会造成两人之间极大的矛盾。张林是相信分权和制衡的，他认为自己这个市委书记职责范围是党群和人事，而徐正的职责是经济建设，他并没有想要越界揽权的意思，他希望自己和徐正能够各自管好自己的一摊，分工合作，搞好海川市。因此，他并不想在下属口中听到反映徐正的话，尤其是这个下属和徐正之间还存在着几乎公开化了的矛盾。

张林可以在某些方面帮助傅华，因为他觉得在徐正和傅华的争执中，徐正做得有些偏差，这并不代表他对徐正有意见，人无完人，做领导的也是一样，所以有些事情发生了也是可以理解的，只要主流上是好的就行了。

在不与徐正公开冲突的前提下，张林可以适当维护一下傅华。但是他不能接受傅华在自己面前公开挑剔徐正的毛病，他接任市委书记以来，也从来没有在公开或者私下的场合批评过徐正一个字。这是因为从根本上讲，他想做一个称职的市委书记，而一个称职的市委书记是应该跟市长搞好团结的。

但另一方面，张林对傅华是有一定了解的，他知道傅华不会没来由的就去怀疑中标的这家康盛集团，这是一个有能力肯负责的同志，因此他的心里也是打了一个问号的，为什么傅华会感觉康盛集团有问题呢？

但是也不能贸然就去调查康盛公司，徐正这一次操作海川新机场项目的招投标，是得到了省委省政府的高度评价的，认为这一次招投标严格按照国家的法律法规进行，全程公正、公开、透明，给东海省工程的招投标活动作出了一个很好的榜样，值得东海省其他工程项目学习。在这种情况下，去调查康盛集团就更有些不合时宜了，这也是张林严厉批评傅华另外的一个原因，你在上下一致看好的情况下去质疑徐正，不但无法损及徐正，怕反而会招致各级领导对你的不满。张林话说得很重，就是不想傅华再掺和下去，如果再掺和下去，不但于事无补，反而会危及傅华自身。张林对傅华的批评实际上是一种变相的保护。

不过，涉及这么大的工程项目，张林不敢掉以轻心，真要出了什么问题，后果真是不堪设想。这里面大都是海川市民的血汗，张林更不想让它成为一些不法分子的饕餮盛宴。他觉得有必要私下摸一摸康盛集团的底，看一看这家公司究竟是何方神圣。

可是不摸底还好，这一摸底张林心中更加没底了，他找了几位在北京商界的朋友，想要向他们了解一下康盛集团的资质和信用情况，结果大大出乎他的意料，竟然没有一个朋友知道康盛集团的，更别说能够说清楚康盛集团的具体情况了。要知道自己这些朋友在北京的商业界也都是呼风唤雨的人物，他们都不知道这家公司，可见这家公司真是不起眼了。

张林惊出了一身冷汗，在他心目中能中标新机场项目的公司应该是赫赫有名的，怎么是泛泛的无名之辈呢？这其中是什么原因让康盛集团能够胜出呢？张林越发想不明白，便让朋友帮他调取了康盛集团的工商登记资料，登记资料看上去倒也中规中矩，但感觉上并不是什么有实力的公司。张林心中的疑窦并没有解除，想来想去，决定还是找经手招投标的人来问个清楚。

张林并不想直接去问徐正，徐正是这个工程的总指挥，不论从哪个角度上看，他都与选择康盛集团有着相当的关系，问他，只能是听到一些辩解的话。同时，查问中标单位的情况也会让徐正感觉自己对他有所怀疑，会造成两人的矛盾，并且也不利于问题的解决。

想来想去，张林的目光放到了李涛的身上。就他的了解，李涛还是个很有原则性有正义感的同志，应该可以信任他，便在会议后把他留了下来，向他询问康盛集团的情况。

李涛丝毫没想到张林会向自己询问康盛集团的情况，他问这个想干什么？在李涛的印象中，张林跟孙永是有很大不同的，张书记上任以来，一直旗帜鲜明地支持市政府方面和市长徐正的工作，对市政府管辖范围的事务向来是不插手的，怎么会突然问起了市政府主导的海川新机场项目的中标公司的情况呢？难道前段时间的表现都是张林在伪装自己？现在他站稳了脚跟，开始想要插手揽权了？

想到这些，李涛便有些反感，他刚刚感觉海川因为市委和市政府紧密合作，经济建设有了起色，这又要重演不和的戏码，真是烦人啊。他看了看张林，说：“张书记，您怎么突然想起来问这个？”

张林看出了李涛对自己心存疑虑，便说：“老李啊，我不是说这个康盛集团有什么问题，只是前几天我跟北京的几个朋友聊天，我跟他们说北京康盛公司中标了我们的新机场项目，我想他们身在北京，一定了解康盛集团的情况吧，结果令人意外的是竟然没一个朋友知道这家公司的。我心中就很诧异，能够中标我们海川市这么大的项目，不应该是一家很有名气的公司吗？所以就想找你来问问情况，只是了解一下，可没别的意思啊。”

李涛笑了，说：“原来是这样啊。我跟您说张书记，这次招投标工作徐正市长很重视，很多工作都是他亲自做的。我对这家康盛公司只是注意了一些必要的资质上的问题，他们各方面资质都符合我们的要求，因此参加竞标是没问题的。”

张林说：“那我们最终选中这家公司的理由是什么？”

李涛笑笑说：“徐正同志对这家公司印象很好，在评标的时候，点评说这家公司实力雄厚，很适合海川新机场项目。评审专家们经过评审，也一致认为康盛集团的方案最好，所以就最终选择了康盛集团。”

发标方点评说某某公司最适合发标项目，这不是在强烈暗示发标方的意图是让这家公司中标吗？专家们自然不会故意跟请他们来的发标方作对的，这是他们的衣食父母，他们可不想砸了饭碗。

张林心中越发怀疑这个招投标是有问题的，似乎徐正刻意要让这家康盛集团中标的。

张林看了看李涛，说：“老李啊，你当时是怎么看的？”

李涛笑了笑，说：“这是徐正同志主导的，我自然是唯他马首是瞻了。”

张林看出李涛心中似有不同意见，便笑笑说：“老李啊，我们这是一次私人的谈话，你就没必要跟我说这种套话了吧？”

李涛笑了笑，说：“其实我个人认为另外一家振东集团更合适，他们的竞标方案也更适合。不过这只是个人意见，我还是尊重专家评审的结论的。”

张林在打听康盛集团的过程中听说过振东集团，那些朋友们都问张林说振东集团在机场建设方面比较有名气，海川市为什么不选振东集团而选择这家无名的康盛集团，看来这家振东集团倒是公认的有实力的公司。

张林听到这里，大致上已经明白了事情当中的蹊跷，不过虽然他心中明白这件事情有问题，可是徐正把问题掩盖得很好，台面上的运作都是合规合法的，他无法对此进行更深入的调查，甚至不能公开质疑什么。

但张林也不甘心就让这家康盛集团毁了新机场的建设，便看了看李涛，说："老李啊，新机场是这几年我们市经济建设中的重点项目，如果建设不好，海川市的老百姓会指着你我的脊梁骨骂娘的。你是新机场建设指挥部的副指挥，在工程建设中要多关注一下工程的质量问题，多加强质量监督，知道吗？"

张林不方便对中标再说什么了，也只能跟傅华提醒他的一样，提醒一下李涛，加强质量管理，现在对工程施工的监管措施很多，也许加强了质量管理，康盛集团不能从中投机取巧，工程就不会出什么问题的。

李涛点了点头，说："这是我应尽的责任，我会对施工加强监督的。"

张林说："老李啊，我们今天只是一场私人之间的谈话，我不希望这次谈话的内容让第三人知道。"

李涛说："好的，我会保密的。"

张林说："这其实只是我对这个项目的一种担心，很可能是多余的，所以我不想因为这个造成一些不必要的误会，影响了和同志们之间的团结。"

李涛说："我明白，张书记你这也是一片苦心，是不想我们新机场项目出什么问题。"

张林叹了一口气，说："老李啊，你理解我就好，很多人觉得我这个市委书记做得很风光，其实不然，市委书记这个职务对我来说更多的是意味着责任，我有责任管理好海川市这些大大小小的事务，真是出了什么问题，首当其冲的是我。所以很多事情我就需要比别人多考虑考虑，尽量做到防患于未然吧。"

张林的目光投向了窗外，现在傅华反映的情况基本得到了印证，这让他的心情不由得变得沉重起来。

北京，周末，又奔波了一个周，罗雨还是一无所获，心中不免有些焦躁，他是很想自己能够联络到一家客商接盘海川汽车城项目的。

成为了驻京办副主任之后，罗雨就觉得需要赶紧做出点成绩来给众人看看，以证明他这个驻京办副主任不是像林东那样的尸位素餐之人。同时因为和高月之间产生的几次冲突，虽然最后两人都和好了，可是罗雨心中对傅华的心结已经形成了，他觉得高月之所以跟自己闹别扭，完全是因为有一个傅华在那里，傅华的身份和才能都比他强，压得自己在高月眼中毫无风采可言，因此也急于做出点成绩来证明给高月看，自己其实是不差于傅华的。最好是能够借此取代傅华，以免在他手底下受气。

但是，日子一天天过去，罗雨能做到了的不过是处理好了一些日常的杂务。这可不是他愿意接受的局面，他很想像傅华当年那样，一来驻京办，就攻下了陈彻的融宏集团，做出了令人眼前一亮的成绩。这也奠定了傅华在市委领导眼中的地位，几次仕途危机都让他有惊无险地顺利渡过了。

罗雨很清楚，市里面不是不想换掉傅华，而是找不到有能力可以取代傅华的人选，自己如果想要稳住地位，甚至将来能够取代傅华，首先就必须做出跟傅华一样的成绩来。

因此，罗雨是把汽车城项目招商看做一次机遇的，现在徐正和张林对这个汽车城项目都头痛不已，自己如果找到了能够解决问题的客商，那自己在他们两位领导的心目中的地位肯定变得十分重要。

但是，事情想起来容易，做起来却是十分之困难，关键是罗雨发动了自己所有的人脉，也找不到一个有能力接盘的客商。

眼看着机会在眼前，可是自己却无从表现出能力来，罗雨心里自然是很别扭。早上的时候，高月说要去逛街，罗雨没有心情，便推说自己身体不舒服，不能陪她去了。

高月看看罗雨确实脸色发暗，知道这些日子他在为工作上的事情烦躁，也就没勉强，让罗雨好好休息，她自己出去了。

罗雨在宿舍里一个人待着百无聊赖，便翻看着手机的电话簿，看看里面还有没有可能帮上忙的人。他这也是心存侥幸，其实他的电话簿这些日子已经被他看过很多遍了，但凡有一点可能帮上忙的人他都打过电话了。

翻看了一遍之后，罗雨还是没发现新大陆，便叹了一口气将手机扔到了一边，他心中不免有些沮丧，自己怎么就没有当初傅华一来北京就碰到陈彻的运气呢？

这时手机响了起来，罗雨拿起来一看，是一个陌生的号码，他心里疑惑着接通了电话，说：“你好，哪位？”

电话那边一个男子呵呵笑了起来，说："小罗啊，你的手机还是没换啊，我王洪啊。"

罗雨惊喜地叫了起来："王洪大哥，你这是从哪里冒出来的？"

王洪原来是东海省的相邻省份西江省罗清市驻京办的办公室主任，当时罗清市驻京办和海川驻京办所租用的房子在一起，比邻而居，两人又都是办公室主任，业务方面相近，又都是离家在外，因此常会聚在一起喝酒聊天，很快就成了一对很好的朋友。

后来王洪被调回了罗清市里任职，离开了北京，就断了联系。想不到今天这家伙竟然冒了出来。

王洪笑笑说："我到北京来办事，住在了我们的驻京办，本来想找你玩的，想不到你们驻京办已经不在原来地方办公了，就想打打原来你留给我的电话试试，没想到竟然打通了。"

罗雨笑笑说："过去多少年了，我们驻京办现在自己建了大楼了。"

王洪说："不错啊，鸟枪换炮了。"

罗雨说："王大哥，我们可真是好多年没联系了，你过来吧，我们哥俩聊聊，中午我请你在我们驻京办吃饭。"

罗雨说了海川大厦的位置，过了一会儿，王洪就打的过来了。

罗雨把王洪迎到了驻京办自己的办公室，王洪看了看门上的副主任铭牌，笑笑说："老弟现在是驻京办的副主任啊？"

罗雨笑了笑，说："芝麻绿豆大小的官，不值一提，王大哥你回罗清市这么多年了，现在肯定位置很高了吧？"

王洪笑笑说："比老弟也强不了多少，我现在是我们市里的招商局长，干的活跟原来差不多。你们这里环境不错啊，看来你们现在有了一个很有能力的主任啦。"

因为两家驻京办当初比邻而居，王洪对海川驻京办的情况自然是比较熟悉，所以会这么说。

罗雨说："是啊，这栋大厦就是我们驻京办现在的主任一手建起来，不过也不是我们驻京办一家出资，还有两家合作单位。"

王洪说："那也不错啊，这要领个客商来参观多体面啊，哪像我们驻京办这么多年了，还是一副老面孔。"

罗雨将王洪让到了沙发坐下，然后给他倒上了一杯茶，说："这里在风光也轮不到我什么，哪里赶上王大哥你招商局长威风。"

王洪笑了，说："老弟啊，你又不是不知道这招商局是干什么的，成天四处给人赔笑脸，央求人家到我们那里投资，市里面每年都下达一定的招商指标，完不成就等着挨批吧，你以为这是一个好差事啊？"

罗雨笑了笑，说："差事再不好，也是自己说了算，怎么着这局长也是比我这副主任威风。"

王洪笑了，说："老弟这么说，是心中有所不满啊，在有能力的领导手底下工作大概滋味不好受吧？"

罗雨笑着摇了摇头，说："是不好做啊，好的机会都是领导把持着，下面的人都没什么出头的可能了。"

两人又聊了一些彼此的近况，不觉就到了中午，罗雨就领着王洪去了下面的海川风味餐馆，点了几个菜。

罗雨说着话，给王洪倒满了酒，接着说道："说了这么半天话，我还没问王大哥这一次进京是做什么来了？"

王洪说："还能干什么，当然是来招商来了。"

罗雨笑了笑，说："你们罗清市在北京要举行招商活动？"

王洪摇了摇头，说："我这一次是专门奔一个港商而来的。"

罗雨心里咯噔一下，能够让王洪这个招商局长亲自追到北京来，这个商人肯定实力不少，这也许就是自己想要找的那种客商。

罗雨看了看王洪，装作不经意地说："什么港商啊？还需要王大哥你亲自跑这一趟。"

王洪笑笑说："如果我亲自跑这一趟人家就肯去我们罗清市投资的话，那就等于我走运了。怕是人家根本就不肯接我这个茬。"

罗雨心中更加感兴趣了，赶忙问道："有这么大的实力？看来肯定是很有名头的公司了。"

王洪摇了摇头，说："说来你不相信，这家公司并不是香港那六大家族中的任何一个，他们行事很低调，以前我从来就没听说过这家公司，不过却实力惊人，丝毫不逊于他们其中的任何一个。"

罗雨常年在招商的第一线，当然知道香港的六大家族，六大家族是指李嘉诚家族、郭氏家族、李兆基家族、郑裕彤家族、包玉刚、吴光正家族以及嘉道理家族。这六大家族代表的跨行业企业财团通过把持没有竞争的各种经济命脉，有效操控全港市民需要的商品及服务的供应及价格。他们通过地产霸权，把触角已经扩展到电力、煤气、交通运输、通讯等公用事业以及批发零售业和服务业，成为香港这个连续多年获选为全球最自由经济体系的赞誉背后隐藏的吊诡，是真正可以左右目前香港经济的势力。

罗雨笑了笑，说："如果真正有这么大的实力，怕是早就名声在外了，王大哥说说看，可能这家公司的名头我也听说过。"

王洪笑了，说："这公司的名字叫香港鸿途集团，老弟你听说过吗？"

罗雨在脑海里把自己了解的公司迅疾过了一个遍，这个香港鸿途集团还真是一点印象都没有，便诧异地问："王大哥，哪个鸿途啊？字怎么写？"

王洪说："鸿雁的鸿，路途的途。"

罗雨越发确信自己没听说过这家公司，会不会是一家骗子公司呢？罗雨在招商的过程中遇到过很多骗人的公司，往往都是把自己公司的实力吹嘘的天花乱坠，其实就是一个空壳，整个公司可能就老总一个人，便说："还真是没听说过这家公司，按说我们这些做招商的脑子里都有一个有实力公司的目录，怎么会不知道这家公司呢？不会是那种吹牛皮的皮包公司吧？"

王洪笑了，说："去你的吧，皮包公司？你以为我是傻瓜啊？"

罗雨说："那你怎么这么肯定这个公司有实力？"

王洪笑笑说："我当然敢肯定了，因为我知道他在我们省会城市投资建设了一个很大的项目，几十亿的投资啊。"

罗雨还是有些不太相信，在香港身家超过几十亿的富豪他背都背得下来，怎么会突然冒出来这么一个名不见经传的鸿途集团呢？

罗雨看了看王洪，说："你究竟是怎么知道这家公司的？"

王洪说："说来也巧，前几天我到省城去参加一个招商会议，省城的招商局长跟我关系相当不错，他本来想单独请我吃饭，结果晚上已经有了安排，他无法分身，就让我一起参加了那个宴会。宴会的主宾就是鸿途集团的董事局主席钱兵钱先生，钱先生很谦卑的一个人，不笑不说话，对我们这些人都很客气。我当时跟你现在一样，觉得什么鸿途集团啊，我怎么从没听说过，所以根本就没当回事。宴会结束，钱先生离开了，我还说省城的那位招商局长，这是什么人啊，用得着你对他这么尊敬吗？那局长笑了，说你知道什么，这个钱先生在我们省城的中心地带投资了三十多亿人民币，正在建设鸿途商城，要给我们省城打造出一个现代化的核心商业圈。这么有实力的财神，我不捧着他行吗？”

听到这里，罗雨心里也有些惊诧，西江省城的招商局长亲口确认了这家鸿途集团的实力，看来这家公司确实不是什么皮包公司，如果自己能让这个钱先生到海川投资，岂不是美事一件吗？看来踏破铁鞋无觅处，得来全不费工夫啊。

罗雨笑了笑说：“这么说这钱兵钱先生现在在北京？他住什么地方啊？”

王洪警惕地看了罗雨一眼，说：“你问这个干什么？难不成你对这鸿途集团也感兴趣？”

罗雨心里正是这样想的，可承认了等于说要撬王洪的墙角，便笑了笑说：“我也就是随口一问，鸿途集团既然已经投资了你们省城，你跑来又是干什么？”

王洪叹了口气：“我这不也是被招商指标逼的吗？我们局连续几年没完成招商指标了，市长说我今年如果再完不成，回头就撤了我，我既然见到了这么一个有实力的客商，自然是不能放过了，当时钱先生在宴会上说他要到北京有事，我就按照他说的时间追了过来。”

罗雨心里笑了起来，这家伙原来跟自己一样，也是一个撬墙脚的。

罗雨叹了一口气，说：“唉，我们这些做招商引资干的真不是人干的活啊。”

两人就边喝酒边发牢骚，同病相怜，这场酒倒是喝得很投机。

喝完酒，王洪就回去了。虽然两人并没有再谈起钱兵和鸿途集团，可是罗雨心中却暗自刻了一道痕，他知道这个鸿途集团具备接盘汽车城项目的实力，如果能争取来，那可就是大功一件了。

第七章　夸海口遭遇骗子公司，堵漏洞先出两道难题

驻京办副主任罗雨急于立功表现寻找投资方，终于碰到一个香港商人钱兵，喜滋滋认为邀功的机会来了。其实钱兵的鸿途集团在香港名不见经传，据说却在邻省投资了三十多个亿。钱兵到了海川之后，受到了徐正的隆重接待，并表示有意接手汽车城项目，前提是要把旁边两幢刚刚盖起的高楼拆掉。

现在，罗雨知道，自己要赶紧找到钱兵住的地方，也不知道他会在北京待几天，如果他离开了北京，再想联络他就更困难了，时间是很紧迫的，罗雨赶忙联络自己在北京各五星级宾馆的熟人，向他们查询有没有一个香港鸿途集团的钱兵入住。

很快，罗雨就查找到了钱兵入住的酒店，并得知他还会在北京待上三天，下面的问题就是如何接触到钱兵了。这对罗雨并不是一件难事，他有傅华这个老师在一旁，只要跟着他当初的做法去做就好了。

第二天一早，罗雨就准备好了有关汽车城项目的资料，联络好了钱兵入住酒店的朋友，就赶到了那家酒店，在大堂里要了一杯咖啡正对着电梯门坐着，他要跟傅华一样守株待兔，等待钱兵外出的时候。

十点多的时候，罗雨得到了朋友的指示，钱兵离开了房间，要外出了。过了一会儿，一个看上去五十岁左右、个子高高、长脸、略显消瘦、戴一副黑框眼镜的男子和一个穿着职业套装干练的年轻女子一起走出了电梯。

罗雨的朋友大致给他描述过钱兵的模样，眼前的这男子跟描述很是相符，罗雨基本上可以认定这就是钱兵和他的女助理，便站起来匆忙迎了过去。

走到那名男子面前，罗雨笑着说："钱先生是吧，您好。"

那名男人愣了一下，停了下来，身边的女子赶忙抢前一步，挡在了男子和罗雨面前，警觉地看着罗雨，说：“你是什么人？怎么会认识钱先生？”

罗雨一听，确定眼前这个男子就是钱兵了，便笑了笑，拿出名片递给女子，说：“你好，我是海川市驻京办的副主任罗雨，我们市里面有一个汽车城项目，很适合钱先生去发展，所以我想跟钱先生谈一谈。”

女子回头看了看钱兵，钱兵点了点头，女子就把名片接了过去，转交给了钱兵。

钱兵看了看名片，又看了看罗雨，笑了，说：“年轻人，你倒是挺会找机会的，你是怎么知道我的？”

罗雨见钱兵笑了，暗自松了一口气，起码这个钱兵对自己拦截他并不反感。

罗雨笑笑说：“我是跟西江省一个朋友聊天听他说起过您，知道您的鸿途集团实力雄厚，觉得您可能对我们海川的汽车城项目会感兴趣，就找了过来。”

钱兵笑着摇了摇头，说：“年轻人，不要听你的朋友瞎说，我们鸿途集团没什么的。而且我们集团目前的发展中心是在西江省，对海川市不感兴趣。好啦，我跟一个朋友约了一会儿见面，再耽搁下去就要迟到了，你是不是可以让开一下。”

罗雨并没有闪到一边，他总结过傅华说动陈彻的成功经验，他觉得傅华之所以成功，说穿了很简单，就是缠住对方不放。此刻罗雨自然觉得不能放走钱兵。

罗雨赔笑着说：“钱先生，您还没听我具体谈海川的汽车城项目呢，又怎么能确定您就没兴趣呢？”

钱兵脸沉了下来，说：“年轻人，我这个人向来很守时的，你再阻拦下去我如果迟到了，一定会很不高兴的。”

罗雨看到钱兵脸色变了，也不敢再不让开路了，便说：“钱先生，您听我说一句，我敢跟您保证，这个汽车城项目一定会让你大有收获的，现在您不方便跟我谈，回头您可以再跟我约个时间谈谈啊，相信您跟我谈了之后，一定会有兴趣的。这是关于汽车城项目的资料，您可以先看一看啊。”

钱兵笑着摇了摇头，说：“你这年轻人还真有韧性，好了怕了你了，你先把资料交给我的助理好了。我看了资料改时间再跟你谈，好不好？”

罗雨高兴得连连点头，就将资料递给了女助理。

钱兵说：“好啦，现在你可以让开了吧？”

罗雨恳求说：“钱先生，你可一定要看这份资料啊。”

钱兵笑笑说：“好啦，我答应你一定看，这下可以让开了吧，我真的要迟到了。”

罗雨这才闪到了一边，钱兵带着女助理匆匆就往门外走，罗雨站在他们身后，心说原来傅华摆平陈彻并没有什么啊，自己这不是也三下两下就摆平了钱兵吗？看来自己也不比傅华差点什么。说不定这一次自己还表现得比傅华要强呢。

等到钱兵和女助理走得都看不见了，罗雨这才收拾好激动的心情，回了海川大厦。

一进海川大厦，正碰着高月，高月说：“罗雨，你这大周末的一早去哪里了？昨天我让你陪我去逛街，你说不舒服不去，这倒好自己一个人偷跑出去玩。”

罗雨笑了笑，说：“我哪里是去玩，我只是出去见了一个刚来北京的外地朋友。”

罗雨隐瞒了自己已经找到可能接盘海川汽车城项目的客商这一情况，他觉得钱兵这边一旦接洽成功，这应该是自己的一项功劳，他到时候要先向市里面尤其是向徐正市长通报情况，可不能让傅华把功劳抢了去。

高月笑笑，说：“那你也要跟我说一声啊，你这不声不响地就出去，会让我担心的。”

罗雨笑笑说：“我这不是回来了吗？好了，到了中午了，一起吃午饭吧。”

傍晚时分，罗雨接到了钱兵女助理的电话，女助理说钱兵看了罗雨送过去的资料，对这份资料还算感兴趣，因此想请罗雨过去详谈。

罗雨心中这个高兴啊，自己的运气原来这么好啊，傅华摆平陈彻可是费了更多功夫，自己一出马钱兵就约自己去谈，真是简单得多。

罗雨克制住自己心中的喜悦，笑着说：“请你告诉钱先生，我一会儿就过去。”

放下电话，罗雨连忙收拾打扮了一下自己，匆忙出了大厦，打了的就去了钱兵住的酒店。

钱兵见到罗雨，笑着跟他握手，说："你好，罗先生。"

罗雨用力地握了握钱兵的手，说："谢谢，谢谢钱先生肯给我这个详谈的机会。"

钱兵笑笑说："我是担心，如果今天我不跟你谈，明天你说不定一早又在大堂里堵我。"

罗雨有些尴尬地笑了笑，说："不好意思啊，钱先生，我那是没有办法的事。"

钱兵笑笑说："但是很有效啊，你不用不好意思了，我刚才是跟你开玩笑的。其实我是很欣赏你身上的这股干劲，这在时下的年轻人身上可是很难见到了。"

钱兵就把罗雨让到了沙发那里坐下，女助理给他们跑上了茶。

钱兵看了看罗雨，说："年轻人，你现在可以跟我说说你们的汽车城项目了吗?"

罗雨说："好的，海川汽车城项目正好位于海川市的市中心，是我们市最繁华的地带了，交通便利，前段时间原本由一家叫做百合集团的客商投资兴建，现在由于百合集团出现了问题，资金无法延续，整个项目就被搁置了下来。"

钱兵说："原来是百合集团开发的项目，看来高丰出事，让你们也跟着遭殃了。"

这钱兵对商业圈还真是了解，一提及百合集团，他立即就知道高丰出事的情况，罗雨心中对钱兵越发信服，笑着说："看来钱先生也知道高丰的事情啊，实际上他在这个地方发展汽车城本来是很英明的，可是不该玩弄一些金融伎俩，搞到最后资金链断裂，白白葬送了一个大好的项目。钱先生，我跟您说，您现在要是接手下来，会节省很多前期的投入，而且这是个黄金地带，前景可是一片大好啊。"

钱兵看了看罗雨，说："不过，罗先生，我的集团公司跟汽车可是扯不上半点关系，没这方面的资源，我不知道把这个项目接手下来能够做些什么?"

罗雨说："这可是一个黄金地块，不做汽车城也可以做别的啊。您放心，钱先生，做别的一样大赚的。"

钱兵笑了笑，说：“那罗先生，现在是你找到了我，你想让我接下这个项目，那你给我拿出一个赚钱的可行方案来，看能不能说服我。”

罗雨心里慌了一下，他只是准备了汽车城项目原有的资料，对于钱兵接下这个项目能够做什么并没有认真考虑过，钱兵这么一问，一下子就把他问住了。

罗雨明白，钱兵要自己拿出方案来，是在考自己，如果自己不能给他一个满意的答复，怕跟钱兵的交道也就打到此为止了。

这样一个大好的机会一定不能放过，自己一定能想出一个好主意来的，罗雨脑海里飞快地转动着，把平常所看的一些经济杂志上的名词想了一个遍，忽然脑海里灵光一下，对啊，自己怎么这么笨啊，窗外不就是北京的 CBD 地带吗？可以建议钱兵把海川汽车城这块黄金地块改建成海川的 CBD 啊。

CBD 是中央商务区（Central Business District）的英文简称，是指一个国家或大城市里主要商业活动进行的地区。其概念最早产生于 1923 年的美国，当时定义为“商业会聚之处”。随后，CBD 的内容不断发展丰富，成为一个城市、一个区域乃至一个国家的经济发展中枢。一般而言，CBD 高度集中了城市的经济、科技和文化力量，作为城市的核心，应具备金融、贸易、服务、展览、咨询等多种功能，并配以完善的市政交通与通讯条件。世界上比较出名的城市 CBD 有纽约曼哈顿、伦敦金融城、巴黎拉德方斯、东京新宿、香港中环等等。而钱兵所住的这家酒店就位于北京朝阳区 CBD 地带上。

罗雨站了起来，说：“钱先生，您过来跟我看一下。”

钱兵就跟着罗雨一起走到了房间的窗户前面，罗雨指了指窗外，说：“钱先生您看窗外，您应该知道这一片地带是什么吧？”

钱兵并没有马上就明白罗雨的意思，他看了看窗外，说：“是什么啊？”

罗雨笑了起来，说：“钱先生，您真是当局者迷啊，这是北京的 CBD 地带啊。看到了这么繁华的地带，您就没联想到些什么吗？”

钱兵愣怔了半晌，他还是不十分明白罗雨的意思，便问道：“罗先生，你究竟想说什么？”

罗雨双手冲着窗外比划了一下，说：“您现在住的这个地方，就是北京的 CBD，是北京最繁华的商业圈之一，您想一想海川汽车城项目位于海川市的城市中心，如果把它建成海川的 CBD，建成海川市最繁华、最大的一个商业圈，那该是怎样的一个辉煌前景啊。”

钱兵眼睛亮了，笑着说：“还是你们这些年轻人脑筋反应快，一下子就想到了 CBD，我上了些年纪，脑子不太灵光了，竟然这半天才反应过来。不错，你这个设想很不错，把你们的汽车城项目建成一个繁华的 CBD，盈利前景一定很可观。”

罗雨笑着说：“这么说钱先生愿意到我们那里去投资了？”

钱兵笑笑说：“我现在还不能下决定，不过我倒愿意到你们那里实地考察一下，等实地考察完我再看是否要投资，你看这样行吗？”

罗雨兴奋地点了点头，说：“当然，您如果要投资这么大的项目，当然需要实地考察一下了。您看什么时间能够成行，我好跟市里面说一下，做好迎接您的准备。”

钱兵说：“行程安排方面嘛，目前还不好说，我还需要去西江省处理些事情，这样吧，一等我把西江省的事情安排好了，我就马上去你们海川市，行吗？”

罗雨愣了一下，钱兵不能马上成行让他有些担心，他担心在钱兵去了西江省之后会有些什么反复，便说：“钱先生，打铁要趁热，现在我们机缘巧合碰到了一起，你何不直接就去海川市呢，您放心，我跟我们市长是有直接联系的，可以马上就将接待您的事宜安排好。”

钱兵笑了，他看出了罗雨在担心什么，便说：“罗先生，我这个人就有一点好处：守信。答应别人的事情就一定会去做，你放心了，我答应你要去海川，就一定会去的。来，这是我的手机号码，在我去之前的这段时间，你可以直接跟我联系。”

说着钱兵拿出一张名片递给了罗雨，名片上很简单，就是一个电话号码，连钱兵的名字都没留。罗雨双手接了过来，心中不免有些感慨，钱兵这才是真正大商人的自信，做事简洁利落，就连名片上都只写电话号码，其他的一个字都没有。其实名片只是一个联系方式，别人如果想跟你联络，一个号码足矣；别人不想跟你联络，你就是写上再多的头衔也是没用的。

罗雨将名片收好了，说：“那我就等着听钱先生的安排了？”

钱兵笑笑说：“我会尽快安排，不会让罗先生久等的。时间也不早了，一块吃点晚餐吧？”

罗雨说："能跟钱先生一起共餐，是我的荣幸，谢谢了。"

钱兵伸手拍了拍罗雨的肩膀，笑着说："年轻人，不要这么客气，是我要谢谢你才对，你送了一个这么好的项目到我面前来。"

吃饭这当中，钱兵对罗雨是大加赞赏，说什么年轻人有想法有冲劲，敢想敢干，是一个十分难得的人才，说得罗雨晕晕乎乎的，感觉自己就是一匹千里马，一直被埋没在驻京办，今天有幸遇到了伯乐，终于被挖掘出来了。

饭菜很简单，钱兵也没叫酒，两人很快就吃完了。罗雨虽然晕乎乎，有些不舍得离开，可是也清楚时间不早了，便站了起来，告辞要离开。

第二天一早，罗雨哼着小曲就去了办公室，高月看到他，问道："昨晚又跑去哪里了？"

罗雨说："我朋友有急事要离开北京了，我去送别一下嘛。"

高月没当回事地笑了笑，说："你朋友倒是很匆忙，刚来就回去。"

罗雨听高月这么说，心中更慌张了，他看了看高月，高月笑嘻嘻的，倒也没再说什么。

过了一会儿，罗雨估计徐正已经上班了，就借口去餐馆看看，离开了办公室，在电梯里他看看就自己一个人，拨了电话给徐正。

接通了，罗雨说："您好，徐市长，我要向您汇报一个好消息。经过我的一番努力，终于找到了一个很有实力的港商，他对我们的汽车城项目很感兴趣，想近期到我们海川考察一下。"

徐正笑了，说："好哇，这是一个好消息，小罗啊，我没看错你，你当上副主任之后，这么快就能给海川拉来客商，不错，你果然是一个可造之材。"

听到徐正这么赞扬自己，罗雨兴奋得脸都红了，说："我是徐市长您培养的干部，当然要尽力工作，好不辜负您对我的信任。"

徐正笑了，说："我是给了你机会，不过也要你自己肯努力才行。小罗啊，你是块好材料，好好干吧，组织上会注意你做出来的成绩的。"

罗雨更加感动，说："我一定不会辜负您对我的期望。"

挂了电话，正好电梯到了一楼，电梯门打开了，傅华正站在门外，罗雨错愕了一下，在这个他被徐正表扬的兴奋时候，他最不想看到的就是傅华了，为了怕傅华看出些什么，他尽力将心中的喜悦压下去，假装平静地说："傅主任过来了。”

傅华注意到了罗雨脸上一闪即逝的兴奋，笑着问道：“小罗啊，什么事把你高兴的？”

罗雨心慌了一下，他自然不能把自己偷着向徐正汇报的事情说给傅华听，赶忙假装平静地说：“没有哇，我没什么高兴的事情。”

傅华心中不免有些疑惑，他明明就看到了罗雨掩饰不住的喜悦，看来这家伙现在跟自己越来越陌生了，什么事情都不愿意分享了。

傅华进了自己的办公室，他并没有用心去想罗雨究竟为什么那么兴奋，他现在正被汽车城项目难住了，一时难以找到解决的方案，也没心思去考虑罗雨私下在做什么。现在的他四处托人寻找客商，可是有时候就是这样，你越是急于寻找的，往往越是难以找到。

可能这一阵就是不顺吧，傅华自那次想要提醒张林却被训了一番之后，又四下去拜托了朋友一遍，但是他并没有得到什么新的收获，虽然他知道这是可遇而不可求的，但是张林的训斥言犹在耳，他心中不免有些焦躁起来。看上去林东和罗雨有各自的事情要忙，根本就没有提出什么有用的线索，现在整个驻京办似乎只有自己在着急。

傅华坐困愁城了，他很想找个人聊聊，可是却很难找到这样一个人。赵婷一向闲散惯了，对这种事情并不关心，就算她为了关心傅华而帮他操心这件事情，她的人脉关系现在跟傅华完全是重合的，傅华找不到能帮忙的人她一样也是找不到的。

另一方面，赵婷自小娇生惯养，并不是一个温柔体贴的妻子，她虽然很爱傅华，可是表现在傅华面前更多的是撒娇和使小性，这个时候傅华想要在赵婷那里寻找慰藉不但是徒劳的，还会给赵婷徒增烦恼。

本来苏南是一个很适合在一起聊聊的朋友，可是苏南自海川投标失败之后，就没再出现，傅华并不知道他现在是什么心境，是不是躲起来在疗伤？但傅华清楚这个时候去骚扰苏南并不合适，相比起苏南要撑起整个振东集团，他这点事情实在是小事，他不能拿这点小烦恼去烦一个更加烦恼的人。

至于晓菲，她这段时间一直沉寂着，傅华倒是很想找她聊聊，这是一个聪明到家的女子，她一定了解自己心中所想，就算拿不出什么具体的解决方案，起码也能给自己打打气，宽解一下。虽然晓菲的手机号就像刻在脑海里一样清楚，他却不敢拨动这十一个最简单的阿拉伯数字，晓菲对他来说就像一座火山，他不敢去撩拨，怕一旦这座火山活了起来，那时候喷涌出来的岩浆能将两人一起毁灭。

傅华有些弄不明白自己跟晓菲之间究竟是怎么回事，他是深爱着赵婷的，不愿意给赵婷造成任何伤害，但是有时午夜梦回，他又不可抑制地思念着晓菲，脑海里翻腾的都是那一次两人深吻的影像。

这让傅华心中有一种很深的负罪感，这与他接受的教育所形成的道德原则是不相符的，让他难以接受，他内心深省，便以为这是自己人性中恶的部分，是他需要去克服的部分，傅华宁愿把这座火山掩埋掉，也不想去触发，他也就更不能去主动联系晓菲了。

罗雨下到了一楼，在海川风味转了转，没事找事说了服务员几句，他此刻的心情是愉快的，他看到了一片光明的前景。

回到办公室之后，他接到了王洪的电话，王洪说他拜访了鸿途集团的钱兵，可是钱兵对邀请他去罗清市投资并不感兴趣，此次北京之行算是无功而返了，他要回去了。

罗雨心说，其实你这一次不能说是无功而返，你是给我送了一个天赐良机过来，我是应该感谢你的，也许没有我参与，可能钱兵会对去罗清市感兴趣。

王洪说了声再见，便挂了电话。

罗雨心中忽然有些怅然，他感到是自己造成了王洪的失败，自己这是怎么了？以前的自己不是这个样子的啊，以前别人有了难处，自己都是感同身受，会想尽办法去帮忙解决的，可现在呢，不但没帮忙，甚至还在暗地里撬墙脚，这还是那个校园里浪漫的诗人罗雨吗？自己怎么变得这么六亲不认了？

可是转念一想，就算自己不去找钱兵，钱兵也不一定就会接受王洪的邀请去罗清市投资啊。自己不过是及时把握住了机会而已。

这么一想，罗雨释然了，他不再为王洪的事情烦了，他想得更多的是已经触手可及的成功，想的是钱兵在海川市投资之后，自己能够受到市委市政府领导们的认可。

想到这些，罗雨越发有了干劲，钱兵不是留了私人电话给自己吗？那好，我就天天督促他，直到钱兵成行那一天为止。

罗雨相信这个时候只要自己脸皮厚一点，多纠缠，钱兵一定会成行的。

于是罗雨就一天一个电话打给钱兵，询问他在西江省进展情况。罗雨在电话里话都说得小心翼翼的，生怕自己这么纠缠惹烦了钱兵。幸好钱兵似乎对罗雨很有好感，只要罗雨的电话一打过去，他很快就会接通，接通了之后，便会立即向他讲明自己这一天都做了什么，然后还会聊一会儿天。钱兵这么热情闹得罗雨反而不好意思起来，心说这钱兵不愧是大老板，没架子不说还很有涵养，自己这么烦他，他还能这么热情地跟自己聊天。

虽然明知道自己是在烦钱兵，罗雨却不敢停下这每日一个电话，他害怕停下了，钱兵就从自己身边溜走了。

但是聊着聊着，罗雨慢慢就感觉不对劲了，似乎钱兵很多商业方面的基本东西都不懂，不用说别的，就说这个 CBD 吧，虽然现在钱兵开口闭口都是 CBD，可是似乎他并不知道 CBD 究竟是什么东西，就连罗雨为了显示自己的英文水准，随口讲了 CBD 的英文全称 Central Business District，钱兵当时竟然没反应过来。

这可让罗雨起了怀疑，这钱兵真的是香港的大老板吗？他怎么连一句基本的英文商业术语都听不懂呢？要知道在香港，英文也是官方语言之一，香港被英国殖民了那么久，很多香港人国语可能讲得不流利，甚至不会说，可是英文却十分精通，怎么这么大一个集团公司的老板竟然会不懂英语？

钱兵有些不对劲。

再聊下去，罗雨越来越怀疑了，钱兵口口声声说要在海川建一座鸿途国际 CBD，要在海川打造出一个地标性的建筑，声称集团准备为此投资四十八亿元人民币，可是他并不能说清楚这个 CBD 究竟应该包括什么。

罗雨的心凉了，他是受过高等教育的人，知道要投资四十八亿元人民币，这就算是香港的六大家族中的任何一个，也不可能是一摸脑袋就可以决定的事情，必然会经过集团内部的专业团队详尽的可行性研究，形成可行性报告，然后提交董事会通过，才能做出决定。钱兵这么脑袋一发热张口就来，真正懂得的人马上就明白这不是一个大老板可能做的事情，更何况他连 CBD 应该包括什么都不知道。真正的大老板都是很矜持的，就算是真的要投资，也会故意为难对方，好抬高要价的砝码，哪里像这个钱兵还没去海川考察，就跟自己套近乎。

罗雨基本上可以认定了，钱兵是个骗子。

想清楚这一点，罗雨的汗就下来了，自己可是将钱兵要去海川的情况私下跟徐正汇报过了的，这如果迟迟不能把人领过去，徐正会怎么看自己呢？他肯定不会在赞赏自己是什么可造之材了。再是就算领了钱兵过去，到时候发现钱兵竟然是一个大骗子，自己的脸往哪搁啊？

罗雨心中暗骂自己冒失，他甚至想抽自己几个嘴巴子，不该这么嘴快把情况通报给了徐正，这下子弄得骑虎难下了。罗雨是很清楚徐正为人的，往往一个小小的举动就会引发他的猜忌，傅华身上发生的事情就是一个很好的例证。

这可怎么办呢？自己可没有傅华那么硬的根基，徐正动不了傅华，动自己却是轻而易举，如果自己到时候拿不出一个令徐正满意的交代，那仕途就算彻底完蛋了。罗雨心中开始大骂王洪不地道，他高度怀疑王洪这一趟北京之行是来骗自己的。他还一度暗自感激对方送给自己这么好的一个机会呢，哪知道根本就是一个陷阱。

自己还有满怀壮志没有施展呢，怎么能就这么被毁了呢？一定有办法解决这个问题的。要解决这个问题，首先最基本的一点，就是不能放弃钱兵这条线。

罗雨想了想，便给自己一个在西江省省城的朋友打去了电话，让这个朋友尽快想办法弄清楚到底有没有香港的鸿途集团在那里投资，投资的情况如何？老板又是谁？总之，他想了解关于鸿途集团的一切情况。他要根据了解来的情况做下一步的判断。

朋友传回来的讯息让罗雨越发困惑了，这个鸿途集团竟然真的就在西江省有投资，而且据说声势还很大，叫什么鸿途商城，投资额几十亿人民币，是得到了市政府高度扶持的一个项目，现在正在轰轰烈烈地搞招商活动呢。

难道自己的分析是错误的？这个钱兵真的是大老板？罗雨有些不自信了起来，他又问了朋友关于鸿途集团老板的情况。

朋友不负罗雨所托，把鸿途集团的情况打听得很详尽，他告诉罗雨，这个鸿途集团的老板叫钱兵，在西江省获得了很多的荣誉，什么爱国企业家了，什么杰出贡献奖了，鸿途集团更是西江省的建筑领军企业，行业信用三 A 级企业……

看来自己是冤枉了王洪，他所说的关于鸿途集团和钱兵的一切都是真的，但是罗雨并没有就此就排除对钱兵的怀疑，倒不是他怀疑朋友的可信性，而是朋友打听来的钱兵的信息都是表面上的东西，这些东西都可以是做假的，这无法抵消罗雨心中对钱兵的判断，这个判断可是他根据自己见到和听到的真实情况作出来的，是他内心中对钱兵的真实感受。

这个跟自己判断矛盾的信息并没有让罗雨确信，也就无法给他一个明确的解决问题的答案，怎么办呢？是放弃钱兵还是带领钱兵去海川？罗雨更加犯难了。

但是不管怎样，仕途是不能放弃的，而现在自己的仕途就绑在了钱兵身上，那也就只有选择带领钱兵去海川这一条路了。

现在问题的关键是，如何把钱兵领去海川？罗雨现在争功的念头彻底打消了，他不能把这样一个问题人物记在自己账上，他现在既要把钱兵领去海川，给徐正一个交代，又想能够尽量撇清自己，不要将来出了什么问题牵连到自己身上。

还有，起码要在钱兵被领去海川的时候，要让徐正看上去是很可信的，这样子才能对徐正交代过去。

如何能做到这些呢？罗雨绞尽脑汁，想要给自己找出一条出路来。最后他终于想出了一个办法，那就是把这份功劳让出来，把钱兵这条线索交给傅华，让傅华去做最先的审查工作，那样，如果钱兵投资成功了，自己一开始就跟徐正汇报了这个鸿途集团是自己发展的，功劳当然少不了自己一份，如果失败了，那傅华首当其冲就需要承担审查不严的责任，自己也可以甩脱干系。

当然，还需要保证钱兵一定能通过傅华的审查，这一点罗雨感觉应该没问题，现在鸿途集团在西江省的投资是实实在在的，这首先就奠定了鸿途集团是可信赖的基础，至于钱兵说话的不靠谱，罗雨相信他是能够帮钱兵纠正的，他可以在聊天的时候，有针对性、不经意地跟钱兵讲解一下 CBD 包括的内容和功能，讲解一下 CBD 可以带给海川市的一切好处，相信这些钱兵都会让人听并且记在心里的。这样一来相信钱兵在傅华眼中肯定会是一个有雄厚实力的香港商人。

罗雨之所以有这个自信，是因为一方面他回忆了一下自己这些天跟钱兵聊天的内容，基本上钱兵都是在贩卖自己告诉他的一些关于 CBD 的知识，他有些明白钱兵为什么喜欢跟自己聊天了，钱兵在不着痕迹当中就能完成。

另一方面，罗雨认为自己对傅华太了解不过了，知道傅华喜欢什么，他只要在对钱兵的培训中有针对性地把傅华喜欢的东西加进去就行了。

李涛自从跟张林那次单独谈了话之后，便开始对新机场项目更加关注起来，他是一个有责任感的人，不想看到自己参与建设的新机场成为一个豆腐渣工程，隔几天就会出现在工地上，看施工的质量，跟工程监理交谈，要监理加强对工程质量的监管。

李涛的举动很快就引起康盛集团现场施工人员的警惕，有这样一个领导时不时来检查质量对他们并不是一件好事，他们不得不时时小心，不要让李涛发现什么问题。

现场施工经理把这个情况跟刘康汇报了，刘康心中有些诧异，李涛是徐正的副手，是不是徐正想要难为自己啊？自己各方面应该都已经尽量打点得徐正满意了，他这么搞究竟是什么意思啊？

刘康就打了电话给徐正，说有事要谈，徐正就让他去了市长办公室。

一见面，刘康便直截了当地问："徐市长，我最近有什么事情让你不够满意吗？"

徐正笑了，说："刘董这么说是什么意思啊？"

刘康笑着说："你我现在应该算是合作伙伴了吧？你有什么需要可以直接跟我讲，我一定会尽量给你办的。"

徐正困惑地看了看刘康说："你究竟是什么意思啊？不要打哑谜了，你想干什么明说。"

刘康说："您既然没什么不满意的，那你派李涛时不时跑去工地监工算什么意思啊？"

徐正愣了，他根本就不知道李涛最近常去工地，便说："谁说我派李涛去监工了？"

刘康看了看徐正，说："你没有吗？为什么李涛最近一段时间时不时就会出现在工地上，问这个问那个，就好像我们施工的人一定会搞鬼似的。"

徐正对工程质量也是很担心的，他怕刘康觉得跟自己达成了交易，就肆无忌惮不注重工程质量了，便说："既然你们没搞鬼，那怕什么?"

刘康说："我倒不怕什么，可是他老这么去，我们工地上要迎来送往的，会耽搁工程进度的。"

徐正看了看刘康，他心中在猜测李涛这么做是什么用意，便问道："李涛还跟你提出什么不合理的要求了吗?"

刘康说："倒没提出什么特别的要求，只是他一再出现，问这个问那个，会影响我们施工的。既然不是你派他去的，这家伙这么做究竟是什么意思啊?难道也想在工地分一杯羹?"

徐正说："李涛也没跟我提起过他要经常巡视工地啊?或许你说得有道理，他也想在工地上分一杯羹，不过他也是机场建设指挥部的副总指挥。"

刘康笑了，说："如果这家伙是这么想的，那倒容易，我一定处理得他满意就是了。"

转天，李涛再次出现在工地上，施工经理就把消息通报给了刘康，刘康就匆匆从西岭宾馆赶去了工地上，直接把车停在了李涛面前，下了车，笑着说："李副市长，想不到会在这里碰到您啊。您来工地有什么指示吗?"

李涛笑笑说："我会有什么指示啊?今天正好有时间，就过来看看施工的情况。"

刘康说："李副市长您真是一个有责任心的好领导啊，有您的监督，我相信我们康盛集团一定能够保质保量地完成工程。"

李涛笑了，说："关键不在我的监督，而是在于贵集团公司的施工。刘董啊，你要知道，这新机场将会是海川市新的标志性建筑，质量可是马虎不得啊。"

刘康笑笑说："这您尽管放心，我们公司是有信誉的单位，再说还有现场施工监理，这一切都能确保新机场的质量一点问题都不会出。您来了也正好，我正有事找您，到我办公室坐一下吧?"

刘康在工地上有一间自己的办公室，方便他来办公。

李涛以为是工程上的事情，便问道："什么事啊，工程上有什么需要吗?"

刘康笑笑说："走，我们去我办公室坐下说。"

李涛就跟着刘康到他办公室坐了下来，然后问道："刘董啊，究竟是什么事情啊?”

刘康笑笑说:“您对工地这么关心,我们公司十分感谢,这些天您也辛苦了,这里我们有一点小意思,请您笑纳。”

说着,刘康将已经准备好的一个扁扁的红包放到了李涛面前,红包里面是一张银行卡。

李涛愣了一下,旋即脸色变了,说:“刘董啊,你这是什么意思?”

刘康看了看李涛,笑笑说:“李副市长,你为我们工地操了这么多心,拿一点辛苦费也是应该的。当然这个很微薄,你如果还有什么别的要求或者有些费用不好处理,也可以交给我,我都可以帮您处理好的。”

李涛火了,说:“你这不是贿赂是什么,刘董,我提醒你,你这种行为可是违法的。”

刘康呆了一下,他没想到李涛竟然不接受自己的礼物和安排,他看了看李涛,试探着说:“这些如果李副市长不喜欢,我可以收回来。”

李涛此刻有些明白了,一定是刘康以为自己来工地上关心施工质量是为了敲诈勒索他们公司,便将眼前的红包推回了刘康面前,笑了笑说:“刘董啊,你误会我了,我来工地是因为这个项目对我们海川实在很重要,我一定要确保施工质量才能放下心来,没有任何想从你这里索取什么的意思。你不了解我,每逢遇到重大项目,我都会到工地上去检查工程质量的,这有点类似强迫症的症状,想不到竟然会给你造成这样的困扰。”

这家伙还真是为了工程质量而来的,这倒让刘康有些意外,他将红包收了回来,笑笑说:“是我以小人之心度君子之腹了,没想到李副市长竟然是这样一个廉洁的领导,不好意思,我这么做真是不应该的。”

李涛笑笑说:“刘董放心,只要你施工质量可以保证,基本可以把我当透明的。”

刘康心中厌恶,嘴上还不敢明说:“施工质量您就放心了,这个我敢打包票,一定没问题的。”

李涛是机场建设的副总指挥,总不能说不让他来吧?不过最近一段时间得小心一点,千万不能被他抓住什么把柄。

李涛走了,刘康的眉头皱了起来,他最怕遇到的就是李涛这样的人,这种人无法收买,要想他不管闲事还真是需要费些周折的。

刘康就去找了徐正，把大致讲给了徐正听，说："你说这李涛是不是嫌少啊？"

徐正想了想，摇了摇头，说："他根本就没看内容，不会是多少的问题。再说工程开建了一段时间了，这里面一定有什么缘故的。"

是啊，李涛图什么呢？徐正忽然想起前些日子市委书记张林把李涛单独叫去谈话，张林和李涛以前的互动并不频繁，为什么会突然单独跟李涛谈起话来？也没听说这两人要做什么事情，是不是张林跟李涛说过什么，李涛这才忽然变得这么积极，开始关注起机场建设的工程质量。

通常一个副市长对市长主抓的项目会主动回避的，除非市长有交代。自己对新机场项目的重视海川市上上下下都是知道的，按说李涛也是老官场了，这个禁忌还是应该懂得，不会再不知趣参与进来，可他就是参与进来了，那几乎只有一个可能，就是有比市长更强硬的人在背后支持着他。

徐正本来就是一个多疑的人，什么事情难免比别人多想一点，这两件事情在他脑海里一下子联系了起来，这一联系起来他的心就紧张了起来，他并没有想到张林可能是关心工程质量的问题，而是开始怀疑张林要跟李涛联合起来对付自己了。

徐正对张林这一向很好地配合自己，心里并不踏实，他知道很多市委书记和市长实际上都跟冤家对头一样，彼此为了争权夺利斗得你死我活的，张林对他那么好，一举一动处处维护市长的威信，让他都有不太真实的感觉了。他坐下来认真思考了一下张林这么做的原因，想来想去，他得出的唯一结论就是张林是因为新登上市委书记宝座不久，根基还不扎实，因此想先跟自己维持和平，先站住脚再说。

理顺了思路之后，徐正就开始对张林心生警惕了，今天李涛这件事情更让他看到了一个不好的征兆，张林开始插手本来应该自己管辖的范围了，这是张林在揽权，也吹响了他向自己进攻的号角。

这种状况绝对不能继续下去，自己的管辖范围是不能允许张林伸进手来的，必须赶紧予以制止，否则张林就会得寸进尺，步步蚕食自己的权利。

想到这里，徐正觉得必须弄清楚李涛频繁出现在工地的真实意图，便说："我们不要在这猜谜了，你先回去吧，回头我把李涛叫来问一问，看他究竟是想干什么。"

刘康说："好吧，你赶紧把这件事情搞清楚吧，不然的话老这样搞下去，会搞得大家都无法心安的。"

徐正警惕地看了看刘康，他很怀疑刘康对李涛出现在工地上反应这么强烈，是想在工程质量上打马虎眼，怕被李涛发现，便说："刘董啊，我可提醒你一点，新机场项目从市、省直到中央，各级都在密切关注的项目，你可不要在工程质量上给我出什么问题啊！"

刘康笑笑，说："这你放心了，我怎么会拿工程质量开玩笑呢，我只是觉得李涛频繁出现有些烦人而已。"

徐正说："最好是这样，否则工程质量如果真要出现什么问题，我可是不会跟你客气的。"

第二天一早，市政府开完市长碰头会之后，徐正让李涛跟自己去了办公室。坐定之后，徐正笑着说："老李啊，我昨天听刘康说你最近经常去新机场工地转转？"

李涛笑了，说："是啊，刘康跟你说了？他以为我去工地上是为了要打他的秋风呢，还想送我红包，真是好笑。其实我是不放心他们施工的质量，这新机场可是我们市目前最重要的项目了，出个什么问题我们大家可都有麻烦的。"

徐正笑笑说："哦，是这样啊。老李啊，我觉得你是不是过于担心了，工地上不是都有施工监理吗？"

虽然徐正的话是笑着说的，可是李涛却听出了话中的别样意味，徐正似乎对自己出现在工地上有些不高兴，自己也没做啥不应该的事情啊，去看看工程质量不也是这工程副总指挥应该做的事情吗？

李涛笑了笑，说："徐市长，我想你也知道，那些工程监理都是怎么回事，他们哪里肯负责任，我去看看才能放心些。"

徐正笑着说："老李啊，我只知道这工程监理是依国家法规设立的部门，他们的责任就是监管工程质量，工程质量出了问题他们是要负很大的责任的。可叫你这么一说，他们成聋子的耳朵——摆设了。"

李涛感到自己话说得不合适了，便笑笑说："可能我说监理的话有点偏激了，我收回，不过，我去工地看看总是有益无害的，我是希望能保证施工的质量，这一点徐市长您的想法也跟我一致吧？”

徐正笑了，说：“那当然，那当然，我也希望这项工程能够做成优质工程，这个工程的质量我也在抓，老李啊，你不会连我也不放心吧？”

徐正这么说就有些咄咄逼人了，李涛心里别扭了一下，笑笑说：“怎么会啊，徐市长您是工程总指挥，对这个工程责任比我重大，我怎么会连您都不放心啊。”

徐正说：“老李啊，自我来海川之后，你我向来都配合得很好，我也很感激你对我的大力支持。我希望这一点能够继续下去，千万不要因为某些人不当的挑唆就影响了你我的关系啊。”

李涛心里咯噔一下，徐正这话说得有意思了，这家伙够机敏的，由自己去工地马上就想到了肯定是别人在自己面前说了些什么，而这个别人徐正已经猜到了是张林。徐正这是在怀疑自己跟张林联合起来对付他了。

李涛只是因为不想看工程质量出什么问题，可不是想跟张林联合来对抗徐正，他赶忙笑笑说：“我向来是支持徐市长您的，今后也是。看来我去工地是有些多事了，这些天我也看出来了刘董一定会把好工程质量关的，以后我也就没必要去了。”

徐正看李涛退缩了，笑了，他很高兴自己能对李涛有这种威慑力，说：“老李啊，你有这种态度我就放下心了，我不是不想让你去新机场工地，我只是觉得你去得过于频繁会让施工方感受到很大的压力的，会影响施工进度的。你知道我们这些做领导的，往往到一个地方都是前呼后拥的，你去工地，人家不接待你不是，可每次都接待又会造成很大的负担，你说是不是？”

李涛笑了笑，说：“客观上是可能造成这种局面，这可能是我考虑的不周到了。”

徐正说：“当然监督还是要监督的，我们也不能放松对工程质量的要求，但频率可以降低一些，同时，我也会监督这项施工的质量的，毕竟我也是工程的总指挥，我的责任更大些。”

李涛心里明白，如果频率降低，像蜻蜓点水一样偶尔才去检查一下，这种检查是毫无意义的，施工方大可以将问题遮掩过去。徐正这么维护刘康，看来一定是在某种程度跟刘康达成了默契，因此并不欢迎自己出现在新机场的工地上。

李涛经过这几年折腾下来，年岁日长，仕途上已经没有了更上一层的空间，虽然他仍然还有一定的责任感，可是没必要再去得罪这些未来还会有发展的同事们了，他也要为了日后的退休生活广结善缘，因此并不想挑战徐正的权威。

李涛笑了笑，说："我明白徐市长您的意思了。"

两人又聊了一些闲话，李涛就告辞离开了。李涛离开后，徐正并没有感到轻松，他的心中反而更加沉重了起来。李涛可能日后都不会到工地去了，可是张林肯定是不会就此罢手的，这个平庸的老好人开始不甘寂寞了，他想跟自己叫板了。虽然此刻徐正已经不像张林刚接任市委书记那个时候处境尴尬了，新机场项目成功在国家发改委立项，然后顺利招标，让徐正在省里的声誉有了一定程度的恢复，可是他并不因此就感觉自己底气足了，可以直接跟张林叫板，自己是有不服党委领导的前科的，那样如果冲突起来，肯定又会让省里面以为自己犯了老毛病，刚刚积攒起来的一点声誉怕是又要损耗殆尽了。

又要哑忍，却又不想让张林插手自己的势力范围，这种尴尬的境况让徐正心中极为不舒服，脑海里想的都是如何摆脱这种局面，可是一时之间也毫无办法。

下班的时间到了，市委书记张林并没有离开办公室，他过一会还要去参加一个宴会。他这一层级的官员实际上是没有什么上下班和工作日休息日之分的，参加宴会也是他工作的一部分内容。虽然张林认为宴会不会解决什么实际的问题，可是自己以市委书记的身份出现，是代表着一种荣誉或者形式，是在向社会肯定着某种东西，因此他心中虽然有些厌烦，却也不得不参加。

张林也不知道自己什么时候开始接受这种官员的生活方式了，这种生活方式中大多时间是没有自我的，有的只是你的职务。因为职务的关系，你不能说出内心真实的想法；因为职务的关系，你无法表达你喜欢什么，不喜欢什么；甚至因为职务关系，你不得不将一些私人的娱乐爱好隐藏起来。

张林是很喜欢下围棋的，在他刚参加工作还是一个机关的小办事员的时候，他在下班时间常常会约上棋友，杀个天昏地暗。但在成为副书记之后，他就已经没有下过棋了，因为很多人得知他爱好围棋之后，便纷纷投其所好，要不是送他有关围棋方面的东西，要不邀请他参加围棋方面的活动。围棋已经不再只是一种单纯的竞技运动，而变成了一些人讨好自己的媒介，一种公关的手段。这让他心生厌恶，不得不把这个爱好深埋起来，只能在家里一个人的时候摆一摆棋谱，自娱自乐一下。

秘书孔庆敲门进来了，他是来通知宴会的时间到了，张林收拾好东西，便出了办公室，上了车去了海川大酒店。

海川大酒店的门口，张林的车刚停下来，另外一辆豪华轿车也驶了过来，停在张林车的旁边，常务副市长李涛从车上下来了。

李涛是来参加另外一场宴会的，没想到会在这里碰到张林，他刚被徐正叫去谈了一下，正想要尽量避开张林和徐正之间的纠葛，没想到赶巧不巧，晚上就和张林碰到了一起。此刻已经容不得李涛闪躲了，市委市政府领导们的用车车号大家都熟悉得可以背下来了，张林肯定也看到了李涛的车号，闪躲反而会造成一些不必要的误会。

张林也下了车，李涛笑着走过去，说：“张书记，你晚上在这里也有活动？”

张林点了点头，说：“民营企业家协会在这里有个酒会，邀请我来参加。”

两人握了握手，并肩往酒店里走。张林边走边问道：“老李啊，新机场那边进展如何了？”

李涛心里有些尴尬，他刚刚才被徐正警告过，张林却又马上提及这个话题，他有些不知道该如何措辞了。

“还可以吧。”李涛含糊地说道。

张林说：“老李啊，你是协助徐正同志抓新机场建设的，可要为他排忧解难，抓好新机场的建设质量啊。”

李涛心说什么协助徐正同志工作，徐正同志刚刚找我谈过话，就是让我少插手新机场建设工作。你们这两个人，一个说往东，一个说往西，这让我们这些做下属的如何是好啊？

不管怎样，还是要先应付过去，李涛笑了笑，说：“您放心了，我会做好这项工作的。”

张林觉得李涛话说得有些敷衍，这与那天两人在办公室谈话的情形有些不一致，便看了看李涛，李涛见张林看他，眼神有些不自然地闪开了。

张林便知道这期间似乎发生过什么事情了，不过现在是公众场合，两人又都是来参加宴会活动的，都很匆忙，张林虽然心中有些疑问，也不方便追根究底。

正好到了李涛要参加活动的楼层了，李涛说了一声就先走了。

张林要参加的民营企业家协会的酒会安排在海川大酒店的宴会厅里，协会的会长郭强带着一众人已经等在宴会厅门口了，张林一到，他们便迎了上来，一一和张林握手，张林马上就进入到了酒会的状况中，脑海里关于李涛的疑问便暂时搁置到脑后了。

北京，驻京办傅华的办公室，经过一番侧面的培训，罗雨感觉已经可以把钱兵介绍给傅华了，便找到了傅华。

一进门，罗雨便笑着说："傅主任，我找到了一个港商，他对我们的汽车城项目很感兴趣，想去海川考察一下看看。"

傅华惊喜地看着罗雨，这个困惑他有些时日的问题终于有了一些曙光了，便问道："小罗，这位港商叫什么名字，现在在什么地方?"

罗雨说："他叫钱兵，是香港鸿途集团的董事局主席，现在在西江省省城，他在那里有一个很大的投资项目。"

傅华愣了一下，说："鸿途集团，我怎么没听说过?"

傅华觉得要想接手汽车城项目是需要相当大的实力的，有这样能力的香港公司他应该脑子里有印象的。

罗雨对此早就有所准备，他笑了笑，说："这家公司行事很低调的，原本朋友介绍给我认识的时候，我也没听说过这家公司，可是我问过我在西江省的朋友，这个鸿途集团在西江省投资的项目还是很大的，得到了西江省的大力扶持，不是什么空壳公司。"

傅华说："哦，是这样啊，是不是我们去西江拜访一下这位钱先生?"

耳听是虚，眼见是实，傅华因为高丰的事情现在更加谨慎了，他可不想再往海川领一个骗子客商去。

罗雨说："是啊，我觉得也应该去西江省实地考察一下，实话说我对这个鸿途集团也是半信半疑，去实地考察一下，也能确认一下鸿途集团真正的实力。"

傅华说："你跟对方约一下时间，我们一起去看看再说。"

罗雨就跟钱兵约了时间，跟傅华二人一起飞到了西江省城。

钱兵派人将傅华和罗雨接到了鸿途商城的在建工地，工地上搅拌机轰鸣，一片热火朝天的施工景象。傅华看到了施工现场，看到了占地这么大的鸿途商城，心中对钱兵就信了七八分了。要知道撑起这么大的项目，鸿途集团没有一定的经济实力是根本做不到的。

参观完工地之后，钱兵设宴宴请傅华和罗雨。

宴会并不奢华和铺张，这符合傅华对港商的认识，他知道这些港商们都是经济动物，他们是该花的话，该节俭的一定会节俭。

宴会一开始，钱兵先向傅华表示了歉意，他说："傅先生，真是不好意思，还麻烦你跑到西江省来。你们这位罗先生几次催我去海川看一看，可是我这边工地太忙了，一时难以抽身，所以才拖延到现在。"

傅华笑了笑，说："钱先生这话说得太客气了，您对我们的汽车城项目感兴趣，工作又这么繁忙，我是理应过来拜访的。"

罗雨笑笑说："是啊，钱先生太客气了，您要到海川投资，就是我们最尊贵的客人。"

钱兵笑笑说："两位真是客气，什么尊贵的客人，其实钱某只是一介商人，在商言商，我去投资是看到了汽车城项目可以给我带来丰厚的经济利益而已。"

傅华笑了，说："想不到钱先生这么实在啊。"

钱兵说："话说得再动听，不去落实也是没用的，没有可观的利益，我想谁也不会傻到去拿钱打水漂的。"

傅华说："钱先生说得真是太对了，既然说到这，我很想问一下钱先生，如果您接手了这个项目，打算如何去发展啊？"

钱兵笑了笑，说："我们集团的技术团队研究了一下你们这个项目的各方面因素，感觉很适合开发成为区域内的 CBD。"

傅华是学经济的，当然知道 CBD 是指什么，CBD 是一个国际大都会的名片，具有超强的跨区甚至跨国的经济辐射力，如纽约曼哈顿、伦敦金融城、巴黎拉德方斯、东京新宿、香港中环等。现在关键是海川是否有这么大的经济辐射力，是否有能力支撑起所谓的 CBD。

傅华笑了笑说："钱先生，既然你想建设一个 CBD，我很想知道你是怎么定位的，我知道国际上一些著名的 CBD 都是建设在一些大都会区的，都是一些国家的核心区域，您认为海川也具有大都会区这样大的经济辐射力吗?"

钱兵笑了，说："傅先生，看来你很懂经济啊，是的，国际上一些成功的 CBD 都是建设在国家的核心地带，像什么法国的巴黎、美国的纽约，海川市肯定没有他们那么大的经济影响力，想要建立像他们那样的 CBD 显然是不太实际的。这一点我是很认同的，所以我一开始就跟你说我要建的是区域内的 CBD。这个区域是指什么呢，你看海川市正位于黄渤海这条沿海经济带上，经济可以辐射影响到日本韩国，海川市有这样得天独厚的地理位置，未来必然是这个区域的核心，所以我想在这里提前布局，建设区域内的 CBD。当然，这个 CBD 规模会小得多，我们鸿途集团的经济实力也是有限的，也无法建设像纽约曼哈顿一样规模的 CBD 的。"

看钱兵侃侃而谈，而傅华听得津津有味，一旁的罗雨心中暗自好笑，心说这个钱兵倒好记性，把自己跟他说过的一字一句都记在心里，转头来贩卖给傅华听，傅华还被唬得一愣一愣的，真是有意思。看来自己这份心机没有白费啊。

傅华果然被钱兵这套说辞打动了，他说："钱先生，还是你的眼光独到，你这个想法很有战略前瞻性啊。"

钱兵笑笑说："这主要是我的工作团队的功劳，他们告诉我海川汽车城具备能成功建设成 CBD 的几大因素，CBD 的成功要素。第一点，CBD 的建成政府鼎力支持，这是 CBD 作为城市功能发展的必然，没有政府的强力支持是不可能的。这一点我已经在你们海川市政府招商承诺中看到了，相信我去投资，一定会得到贵市政府的大力支持的。第二点是强有力的地方经济支撑，根据我的工作团队研究表明，海川市所处的黄渤海经济带现在已经是继珠江三角区之后一个新的经济高速发展地带，我想支撑一个区域内的 CBD 应该没什么问题。第三点就是海川市高效的水陆交通网络，交通网络是 CBD 发展的基础，交通水平高低，直接制约和影响着 CBD 在高度集聚状态下的有效工作。因此，大规模的 CBD 开发，尤其是 CBD 新区开发建设，往往需要以大规模的交通系统建设为先导……"

钱兵侃侃而谈，如数家珍，傅华不知道这是罗雨事先帮他做好了的功课，心中更加佩服了，钱先生不愧是大集团公司的董事局主席，对经济竟然会这么精通。看来真是不虚此行了。

这餐饭宾主都很愉快，主人谈得兴致勃勃，客人听得津津有味，结束的时候，傅华已经和钱兵达成了一致，他将陪同钱兵去海川实地考察，以确定是否接手海川汽车城项目。

罗雨心中暗自窃喜，如果连傅华都看不出什么问题，那市里面那些官员们就更看不出什么问题了，看来自己这个如意算盘是打响了。

傅华就将情况跟常务副市长李涛作了汇报，说香港鸿途集团的董事局主席钱兵想要来海川考察，看看是否要接手海川汽车城项目。

李涛听完十分高兴，说："这可是一个好消息啊，我们市里面现在被这个项目搞得是焦头烂额的，如果有客商愿意接手，实在是解了我们的燃眉之急。傅华，你又立了一功。回头我马上跟徐市长汇报，我相信他一定会很高兴的。"

李涛知道前段时间傅华和徐正闹得很不愉快，他知道不是傅华的错，可是处于他的立场上，他又无法帮傅华，因此心中对傅华就有几分歉疚，他觉得傅华和他都算是曲炜的老部下，他应该维护傅华的。现在傅华又立了新功，他想赶紧把这件事情告诉徐正，让现在被汽车城项目弄得很难堪徐正可以从困境中解脱出来，也能借此缓和他和傅华之间的矛盾。

傅华并不想贪天功为己有，笑了笑说："这个功劳不是我立下的，是我们驻京办的副主任罗雨，客商是他联系的。"

李涛说："哦，是那个小罗啊，不错嘛，这个小伙子还是挺有能力的。"

听说是罗雨，李涛心里凉了半截，市里面的领导们都知道罗雨提升副主任是徐正建议的，如果功劳是罗雨的，那只能证明徐正有眼光，能够识拔人才，与傅华可就没什么关系了。不但没什么关系，甚至可能危及傅华的地位，因为徐正是早就有意换掉傅华的，只是苦于没有适当的人才可以代替，如果罗雨有能力顶上傅华的缺，相信徐正一定会想办法将傅华从驻京办调开，而让罗雨取代他的。

这对傅华来说是一个危机，而不是什么好事。

罗雨这一次将钱兵介绍给了驻京办，让傅华对他的看法有所改观，这个同志还是可信的，心中还是有驻京办这个集体的，起码没像当初林东那样，私自就把客商领回了海川，他说："是啊，小罗这个人还是很不错的。李副市长，现在我把情况跟您汇报了，请市里面做好准备，不日我将陪同钱兵先生去海川考察汽车城项目。"

李涛说："行啊，市里面会做好准备，你就安排钱兵来吧。"

李涛就跟徐正作了汇报，徐正听完笑了，说："嗯，不错啊，这个罗雨同志还真是很有能力，没让我失望。"

李涛还没提到客商是罗雨联系上的，徐正却上来就说功劳是罗雨的，便知道罗雨肯定私下跟徐正做过汇报了，心里越发为傅华担心了。罗雨越级汇报，肯定是跟徐正之间建立起了某种直接的联系，有这样的一个可以通天的下级在，傅华这个主任怕是更不好做了。

李涛笑了笑，说："看来罗雨同志跟您汇报了，是啊，傅华说这个客商是罗雨联系上的。"

徐正说："做好迎接客商的准备吧，这个汽车城项目弄得我们市政府灰头土脸的，最好是能够早一点转让出去。这一次在适当的情况下，我们可以把条件放开一点，多给客商一定的优惠。"

过了两天，傅华、罗雨陪同着钱兵和助理到了海川，李涛到机场迎接，将钱兵和助理安排在了海川大酒店住下。当晚，李涛做东给钱兵洗尘。傅华见只有李涛出面，觉得市里面似乎有些怠慢了钱兵，不过钱兵似乎并不计较这些，和李涛谈得十分融洽，这让傅华对他的好感又多了几分，这家伙身家几十亿，竟然丝毫不跟地方官员摆架子，这是十分难得的。

第二天上午，李涛带着相关人员陪同钱兵实地考察汽车城，钱兵看得十分认真，围绕着烂尾的汽车城转了好几圈。

看完之后，钱兵似乎有些不满意，一直皱着眉头，一言不发。

李涛觉得形势似乎不太妙，便问道："钱先生，你对这个地块感到还满意吗?"

钱兵摇了摇头，说："老实说我不是很满意。"

罗雨在一旁心说你不满意最好，我现在已经将你领到了海川，也算可以跟徐正作了交代了，如果你离开不投资，就只能说是市政府这方面没安排好，达不到客商的满意度，我就没什么责任了。

不过罗雨心中也有些诧异，这家伙如果真是个骗子，不是应该说看好，然后假说投资再来骗钱的吗？怎么他会上来就说不满意呢？难道自己看错了，他不是个骗子，还真是有实力的客商吗？

罗雨心中有些不自信了起来，他在西江省城是看到鸿途集团实实在在建工地的，那个工地的规模可不是一个皮包公司有能力支撑起来的。他和傅华这几天在西江省省城，也跟当地的官员们做了一些接触，据这些官员反映，鸿途集团真是一个很有实力的集团，先后在西江省为省城的下岗职工和残疾人捐款累计到三百万之多，是一个很有善心的企业家。官员们言之凿凿，看来是确有其事，应该不是什么骗子能够做出来的行为。

罗雨此刻的心情是患得患失的，他一方面觉得钱兵不可信，希望这一次走个过场能够跟徐正交代过去就好，另一方面他又盼望钱兵真的有实力能够在海川投资建CBD，那样子就是他罗雨的功劳了，那他的仕途会一片光明的。

权衡再三，罗雨并不想失去这个机会，他笑笑问："钱先生，我们这里有什么令你不满意的地方吗？"

钱兵说："这里位于城市的中心地带，经济繁华，四周交通发达，这些我还都满意，只是有一点不好。"

李涛说："不知道哪方面不好，我们市里面可以研究改正啊。"

钱兵说："李副市长，你看到这汽车城南面和东面那两栋高楼了吗？"

李涛说："我看到了，那两栋高楼是新建的，不在这个汽车城项目地块之中的。"

钱兵说："问题就在这里了。按照我心目中预计的规划，这个汽车城地块的土地根本不够我用的，我想往南和东再扩展些，可是一下子被那两栋楼限定死了，这个地块就只能这么大了，很可惜，这个地块小了一点，我只能跟贵市说声抱歉了。"

钱兵这么说把李涛说愣了，钱兵不接受这个项目原来只是因为项目地块小了，不够他用的。

李涛说："钱先生，你能给我讲一下你的设想吗？"

钱兵说："是这样的，我想在这个位置建设一座CBD，初步设想要建设五十万平米的建筑物，投资四十八亿人民币，打造一个东海省内最繁华的商业圈。"

李涛看了看钱兵，他没想到钱兵的设想规模这么大，这相对来说是一个很大的项目了，他不想就因为两座新建的大厦就影响这个项目落地。

李涛说：“钱先生，你先不要急着做决定，如果您真的有意投资，这两座新建的大厦可以想适当的办法处理的。”

钱兵看了看李涛，说：“真的可以吗?”

李涛笑笑说：“可不可以，我不能做这个决定，不过我可以把情况向上汇报一下，由市里面决定是否处理这两栋大楼。”

钱兵脸上露出了急切的表情，看着李涛说：“李副市长，那就拜托你了。跟你说我很看好海川市优越的地理位置，这里处于黄渤海沿海经济带的中心位置，CBD 建设在这里，上下游城市都可以辐射到，如果把 CBD 建设换到别的城市，可能就不会有这么好的效果了。”

李涛说：“我尽力帮钱先生争取吧。”

现场考察就告了一个段落，李涛和傅华等人将钱兵送回了海川大酒店，然后告辞离开了。

傅华跟着李涛往外走，一边问道：“李副市长，您真的要打算将两栋新楼拆掉吗?”

李涛笑笑说：“那要看值不值得了，如果值得，拆了也无妨啊。”

傅华说：“那两栋新楼建得那么漂亮，拆了很可惜的。钱兵是不是把规模搞得也太大了一些，我们这么配合他是不是有些盲目了?”

李涛说：“这个情况我是不能做决定的，我要徐正市长汇报一下，这个事情要上市政府常务会议。”

这是需要领导集体研究决定的，傅华就不好再说什么了。

李涛把情况汇报给了徐正，徐正听完，眼睛亮了，说：“他们要建 CBD?真是太好了，这可是目前国内城市化当中最热、最时尚的东西了。我们东海省目前还没有一个城市有 CBD，这个项目要是落地海川，我们海川市将会引领东海省城市建设的新风尚。”

钱兵这个 CBD 的设想，正迎合了徐正求大求新的心理，他已经开始设想，如果这个 CBD 建成，会在东海省造成什么样的影响，这将成为他又一项显赫的政绩，为他将来的发展奠定雄厚的基础。

李涛说：“可是钱兵嫌那两栋新楼碍事，说是被新楼限死了，无法达到他想要的规模。”

徐正笑了笑，说：“那简单啊，什么碍事就拆什么。”

那两栋楼，一栋是某银行新建的地区总部，另一栋是海川市行政事务管理中心，本来李涛认为如果钱兵要投资的话，这两栋大楼不是不可以拆迁的，不过傅华在他来的路上提醒过他，一味地配合客商是不是太盲目了，现在徐正又表现得这么热衷，作为副手，他就不能立即赞同了，他需要扮演理智一点的角色了。

李涛看了看徐正，说：“徐市长，这两栋楼都是新建不久的，贸然拆除，市民的反响肯定很大，您是不是慎重些？”

徐正笑了，说：“慎重什么？现在是什么样的时代了？这是个超速发展的时代，一慎重我们就要比人家落后了。”

徐正这么急切，让李涛更加感觉不妥，这似乎有些冒进的迹象了，他知道自己无法去反驳徐正，便很想徐正跟张林谈一下，于是说：“那总要集体研究一下吧，也许其他同志会有不同意见的。”

徐正看了看李涛，他对李涛这么说很不高兴，这么说好像是在质疑他的权威，是不是这家伙跟张林谈过话之后，已经在某种程度上跟张林勾结在一起了？上一次李涛去工地检查质量已经冒出了某种危险的苗头，这一次他又这么说，明显是暗示想让自己去请示，这件事情倒不是不能请示张林，可是一请示，就会默认把事情的领导权交到了张林手中，这可不是他徐正所乐见的。

徐正笑了笑说：“对啊，是应该集体研究一下，回头马上召集市政府常务会议，我们研究一下。”

市政府常务会议是在徐正的掌控之下的，他相信一定能够顺利得以通过的。

徐正这么说了，李涛就没办法再说什么了。

市政府常务会议上，李涛先把钱兵要来投资以及嫌那两栋楼碍事的情况向会议汇报了，李涛讲完，徐正就首先发表了自己的看法，他说：“我们海川市在改革开放之初，作为最先开放的沿海城市，曾经是东海省经济的领先城市，但这些年我们变得有些骄傲自大了，都在坐着吃老本，一些原本落后的兄弟城市经济发展先后超过了我们，这对我们来说是一个很大的刺激。这一次香港鸿途集团想在我们市建设一个 CBD，这对我们来说是一个很大的机遇，CBD 我想大家都知道是什么，国际上那些著名的 CBD，像纽约、东京、巴黎等，都是国际性的大都会，对周边城市的影响力都是巨大的。虽然目前我们并不能像这些国际大都会一样，成为整个世界瞩目的焦点，但是我们可以利用这个机遇让海川市成为黄渤海沿海城市的核心城市之一，我们要把这座历史悠久的古城打造成为沿海经济带的区域中心，为此嘛，我想做出一点小小的牺牲也是应该的，所以我赞同，如果有必要就将这两栋楼拆掉。”

徐正首先表明了自己赞同的态度，就为这次常务会议定了调子，几个副市长相互看了看，都不好再提什么不同意见了。

只有新来的副市长金达对此很不赞同，他说：“徐市长，我觉得这件事情似乎不太妥当啊。CBD 是很好，这大家都知道，可是有一点大家可能不清楚，一个地区的经济发展程度、产业结构和生产要素集聚以及市场化程度直接决定了 CBD 发展的成败。我们可以花巨资建设一个 CBD，但这只是一个有形的外壳，它更需要一个与该 CBD 定位相当的经济基础和市场规模，这才是 CBD 的内核，是 CBD 成败的关键。世界著名的 CBD 的发展历程告诉我们，只有当地经济强盛的 CBD 才能发展得很好，如纽约、巴黎、香港和东京等，他们无一不是世界上经济最发达的区域。没有强有力的地方经济支撑，要打造一个 CBD 是不可能的。因为打造一个 CBD 首先需要的是充足的资金。国内外不乏因定位失当，没有相应经济支撑而失败的案例。我们是不是认真考虑一下，现在我们这里的经济实力是否可以支撑起一个区域性的 CBD？如果不能的话，我觉得还是不要盲目为了迎合客商的要求拆迁两座新建的大楼，毕竟这两栋大楼刚建不久，马上又要拆迁掉，是很大的浪费。另一方面也会让市民感觉我们的规划没有前瞻性。”

金达是省里面下派的干部，他来是接替秦屯空出来的位置的，年纪很轻，还不到四十岁，前途不可限量。这一次被省里面安排到海川市任职，明显是下来增加基层经验的。

徐正对金达站出来反对自己心中很不舒服，他笑了笑说：“金达同志看来有很丰富的书本知识啊，不过呢，书本上的东西是要跟实践结合起来才能发挥作用的，首先一点你要明白，这个 CBD 是由港商投资的，资金问题就不需要我们去考虑了，我们只需要给他们一些必要的支持就行了。另一方面，关于我们市的经济实力是否能够支撑CBD的问题，你也说了城市规划是需要前瞻性的，我们目前也许还没那么强的实力，可是建成CBD之后，它一定会给我们市的经济带来很大的促进的，到那个时候，我相信我们的CBD一定会很兴旺的。”

金达还要说些什么，徐正却不想让他说下去了，说：“金达同志，我不想跟你辩驳什么，我知道你反对就是了，其他同志有没有反对意见？”

其他几位副市长包括李涛纷纷说没有反对意见，徐正说：“现在只有一票反对，也就是说本次会议同意，如果为了建设CBD的需要，可以拆除那两栋新建楼房。”

金达见徐正完全是一副听不进他人意见的态度，便说：“我保留不同意见。”

徐正看了看金达，心说这家伙以为自己是省里派下来的，就敢这么不把自己放在眼中，真是不知好歹。他说：“行啊，金达同志的保留意见可以记录在案。”

会议结束后，金达心中很是不忿，徐正这完全是独断专行，他便去了市委，找到了张林书记。

张林正在批阅文件，看到金达一脸的愤怒，笑着说：“金达同志，你这是怎么了？”

金达说：“徐正同志真是专横，别人的意见听都不愿意听，这样子工作可是要出问题的。”

金达就把常务会议上发生的情况跟张林汇报了，特别强调了自己想要跟徐正辩论，徐正却根本就不听这一情况。他最后说：“张书记您说，为了一个还不知道前景的CBD项目，就要先拆掉两座新建好的楼房，这不是胡闹吗？”

金达被任命为海川市副市长之前，郭奎曾经就他要下来任职一事跟张林交换过意见，郭奎当时交代张林说，这金达一直在省直部门中任职，主要从事一些经济政策研究工作，书生意气比较足一点，没有基层的工作经验，要张林多看顾他一些。张林明白像金达这样学历很高，在省直部门工作多年的人下放基层就是来镀金的，这是省里重点培养的人才。郭奎又这么重视，专门交代给自己，他自然不能多护着他一些。

张林对金达身上这种责任感很欣赏，评价一个官员的好坏，首先就要看他身上是否具备这种责任感，就要看到认为不合理的事情进行抗争，即使金达这种方式很不注重斗争的策略，他笑了笑，劝慰说：“金达同志，你先不要急嘛，可能徐正同志有他的考虑吧。”

金达看了看张林，说：“张书记，看来你是赞同徐正同志的意见了？”

张林说：“我不是这个意思，可是你要知道地方上这些同志们都肩负着很重的GDP增长任务，这么大的一个项目来了，徐正同志自然很想让项目落地，这你要理解他。”

金达说：“张书记，你不知道的，我曾经专门研究过CBD，这个东西虽然名气很大，说起来很时髦，可是在中小城市鲜有成功的案例，因为中小城市的财力支撑不起来一个所谓的CBD。如果贸然让客商来投资，那将来可能又要在我们城市的核心部位多了一个不是烂尾、却实际上烂尾了的建筑，到时候我们海川市中心会出现一个空空的商业中心，这和现在汽车城项目的状况并没有什么本质的区别。”

张林不笑了，他可不想把麻烦引进来，便说：“有这么严重吗？”

金达说：“当然了，国内现在几个CBD都是在一线的大城市建设的，像我们这样的二三线的城市有几个能搞得起来的？徐正同志也不知道是怎么想的，不做充分的调研，只要是大的新的就是好的，这可是有些盲目和冒进的。”

张林说：“不做调研是不对的，你说这个项目是驻京办的同志领回来的？”

金达说：“对啊，李涛同志说是驻京办的主任傅华和副主任罗雨一起将人领来的。”

张林说：“傅华同志也回来了？你先等一下，我把傅华同志叫过来了解一下具体的情况。”

张林就打了电话给傅华：“傅华，你回来海川了怎么也不跟我说一声？是不是因为我上次批评你了，对我有意见了？”

傅华可不敢给张林造成这种印象，赶忙笑笑说：“没有，没有，我这次是带客商来考察是否接手汽车城项目的，现在客商接不接手还不一定，所以就还没跟您汇报这件事情。”

张林笑笑说：“你别紧张，跟你开个玩笑了，你带客商回来这件事情我知道了，你来我的办公室吧，我想了解一下这个客商的情况。”

傅华说："好的，我马上赶去。"

过了一会儿，傅华到了张林的书记办公室，张林指了指傅华，对金达说："金达同志，你还没见过傅华同志吧？"

金达笑了笑，说："还真没见过，不过傅华这个名字我可是听说过，融宏集团落户海川不就是傅华同志的功劳吗？"

张林对傅华说："傅华同志，来认识一下，这位是金达同志，我们市里面新来不久的副市长。"

张林认为金达未来肯定是海川市甚至东海省的政治明星，他把傅华叫来，也是有意安排让两人认识。

傅华赶忙上前跟金达握手，说："您好，金副市长。"

寒暄过后，张林就让傅华说说要来投资的鸿途集团的情况，傅华就讲了事情的来龙去脉。

张林听完，说："这是那个罗雨联络的客商？不错嘛，看来这小伙子还有点才能。"

傅华笑笑说："这一次罗雨同志确实做得很好。"

张林说："你对这家鸿途集团和这个什么 CBD 项目是怎么看的？"

傅华说："我和罗雨在西江省见到过鸿途集团在建的项目，他们在市中心圈了好大一块地，看样子是很有实力的公司。当地的官员对这个鸿途集团也是赞誉有加，说他们主动为下岗职工和残疾人捐款达三百多万，是一家很有社会责任感的公司。"

张林点了点头，说："这说明这家公司还是靠谱的。那你对 CBD 是怎么看的？"

傅华说："一开始我并不能接受在我们海川建 CBD 这个想法，我认为海川的经济能力有限，无法支撑一个 CBD，后来钱兵跟我讲了他具体的设想，他说他是想建设一个可以辐射黄渤海沿海经济带的 CBD，他这么说我倒觉得也许可以实行，他是一个成功的商人，有这个设想也许自有他的道理，反正我们只提供汽车城项目的地块，你愿意建什么只要不违法，都是可以的。只是我没想到他来了海川之后，竟然会不满足于汽车城项目的地块，还想要往外扩展，甚至要拆除两栋新建不久的大楼，我就觉得这个代价有点大了，也跟李涛副市长说过，这件事情要谨慎。"

金达说："什么黄渤海沿海经济带，傅华同志，你被这个人忽悠了，黄渤海沿海这一带虽然得益于改革开放，经济比较发达，可是各地的发展并不均衡，犹如一盘散沙，国家都还没提什么黄渤海沿海经济带的概念。再是 CBD 是一种总部经济，是以第三产业为主导的，这里的第三产业可不是指传统的第三产业，而是当今世界上最发达最先进的第三产业，比如金融、保险、证券、中介等行业。你想想，所谓黄渤海沿海经济带包括的城市有可能将金融、保险、证券这些最先进的第三产业的地区总部设在我们海川吗？"

海川在这个黄渤海沿海地带只是其中一个普通的城市，并不具备一呼百应的影响力，想要其他地区把一些重要产业的地区总部设置在这里，显然是不太现实的。

傅华有些惊诧地看着金达，他没想到这个新来的副市长对经济这么懂行，金达笑了，说："你不用这么看我，我专门研究过 CBD 的。"

傅华也笑了，说："您这么一说，我也开始觉得钱兵说的不靠谱了，看来他并不真的懂得 CBD。"

金达愤愤地说："可是我们市政府常务会议刚刚通过了决议，要准备接受这个项目，而且为了让这个所谓的 CBD 项目落地，不惜将两栋新建的楼房拆除，你说这不是胡闹吗？"

张林笑了，说："金达同志，我们这些下面的同志可没有你这么高的理论水平，这你要谅解。"

金达说："可是也不能什么调研也不做，就马上做出决策吧，这个可是很不科学的。"

张林笑笑说："好啦，这件事情回头我会跟徐正同志反映一下，让他慎重考虑一下这件事情。"

金达说："不是慎重考虑，是应该纠正这个错误的决定。"

傅华在这时看了一眼金达，他心说这个副市长理论水平很高，在官场上却好像是一个白痴，就算是市委书记也很难命令市长纠正市政府常务会议上通过的决议，因为各自分工不同，这部分并不是市委书记应该管辖的范围，就是有错误，市委书记也基本上只能劝市长慎重考虑，而无法采用命令的方式。

更何况张林自接任市委书记以来，对徐正的工作向来是大力支持，很少干预的，他能说要反映一下让徐正慎重考虑已经是很不错了。

张林心中对金达的看法跟傅华基本是一致的，这家伙一直在省里面做政策研究工作，对官场上这些权力斗争似乎并不了解，看来郭奎对他还真是了解，不然也不会专门交代要照顾他。

不过要想真正成长起来，还是需要受点挫折，不受到挫折哪知道现实是什么样子的，郭奎把金达放到基层来，估计也是想要他补上这一课吧。

张林说：“好啦，金达同志、傅华同志，今天的谈话就进行到这吧，我还有工作要做。”

金达还想说什么，张林已经低下头开始批阅文件了，他只好讪讪地跟傅华一起离开了张林的办公室。

第八章　落陷阱仍然一意孤行，疑有诈只能赴汤蹈火

徐正鬼迷心窍，为了解决汽车城烂尾项目，竟然同意拆掉两座新楼。张林心中有数，知道徐正急于解决烂尾楼工程打算赴汤蹈火，他也不好干涉，只得同意。不料进入施工招标中，鸿途集团却要求施工的工程单位必须垫资进场。工程单位从来没有遇到过这样苛刻的开发商，参与投标施工不仅得不到预付款，反而需要交纳高额的保证金，极为不满，矛盾一触即发。

第二天一早，在书记会上，张林说："徐正同志，我听说驻京办针对汽车城项目领回来一个客商？"

徐正笑笑说："是啊，这主要是驻京办副主任罗雨同志的功劳，这个客商是他联络上的。"

徐正刻意强调了罗雨，让张林心里别扭了一下，就算是罗雨的功劳，可罗雨也是驻京办的工作人员，他做的事情自然也是驻京办做的事情，值得这么强调吗？这根本就是徐正和傅华还有心结未除，不想把功劳归到傅华身上。

不过张林并无意跟徐正计较这个，他笑了笑，说："看来还是你当初慧眼识人啊，这个罗雨确实不错，能引来客商是很值得表扬的。"

徐正笑了，说："是很值得表扬，而且这一次来的客商实力很强，要打算在我们海川建设一座 CBD，投资四十八亿呢。"

张林笑笑说："客商的实力真是很强，不过，我听说市政府方面打算为了承接这个项目，把那两栋银行和行政事务管理中心大楼给拆除掉？"

徐正笑笑说："是啊，要引进这么大的项目，我们总得体现一点诚意出来，做一点小小的牺牲也是必要的嘛。"

张林说："可是有同志跟我反映，我们海川的经济实力并不足以支撑一个CBD，这个CBD前景很不明朗，这个时候贸然先把两座新大楼给拆除掉，是不是付出的代价太大了？徐正同志，你们市政府是不是再慎重调研一下，看看这个方案究竟可不可行？"

徐正一听，就明白金达找过张林了，他心中不由得十分恼火，这个金达竟然背后告自己的状，张林是在干什么，又要插手市里面的经济吗？上一次李涛的事情已经引起了徐正一定程度的反感，不过那是第一次，徐正又及时把火苗给扑没了，因此把事情压了下去，这次张林再次想插手市政府的事务，让他觉得不能再这么容忍下去了。"

徐正看了看张林，说："张书记，您这么说是什么意思？您不赞同承接这个CBD项目？"

张林笑笑说："我倒不是不赞同，我只是认为是不是再慎重调研一下？我觉得贸然就拆除两栋新楼，是不妥当的，如果不能给出一个很好的解释，市民对我们这么做肯定是很有意见的。"

徐正说："调研什么，客商现在就等在海川，您以为他有时间等我们调研几个月再来决定吗？时机稍纵即逝，我今天跟客商说我们要调研，明天他就可能另找地方。这个时候我们就是要当机立断的。"

徐正说的也不是没有道理，张林说："即使是这样，我们也不能一味迁就客商的要求，尤其是拆迁两栋新楼的问题上，是不是可以协调一下，尽量避免不要这么做。"

徐正说："张书记，您是站着说话不腰痛啊，我也知道拆除两栋楼我们市里面浪费很大，可是如果不拆，客商就要离开，您要我怎么办？现在上上下下因为汽车城项目矛头都对着我，好不容易找到了能解决问题的客商了，您让我把他放走吗？放走了他，您能帮我解决汽车城项目的麻烦吗？"

徐正话说得已经有些咄咄逼人了，这让张林也有些恼火，他说："徐正同志，是，汽车城项目是需要解决，可是我们也不能因为要解决前面的麻烦，就不顾及后面可能产生的麻烦，所以我才劝你慎重考虑一下。"

徐正说："张书记，您不要听那个金达同志的胡说八道，他那些都是书本上的知识，现实当中并不实际的，我不知道这个CBD有什么麻烦？还能比目前这个汽车城项目更麻烦吗？再说这是我们市政府的集体决议，又不是我徐正一个人的意思，难道说我们都错了，就金达同志一个人正确？”

两个人的声音都提高了八度，看上去就像吵了起来一样，一旁的副书记秦屯心里暗自好笑，他很高兴这两个人打起来，这两个人有了冲突，他就能从中渔利了。不过，当下秦屯还是不能眼看着两人冲突起来的，他嗯哼了一声，说：“张书记、徐市长，两位能不能先冷静一下？”

秦屯这么一说，张林和徐正都意识到自己有些失态了。徐正笑了笑说：“我们这是争个什么劲啊，项目谈判还没有展开，最终人家落不落户海川还不一定，我们却在这里争得不亦乐乎。”

张林也笑了，他感觉徐正讲得也不无道理，现在汽车城项目已经到了必须要解决的时候了，如果不跟鸿途集团合作，再想找一家有实力的公司实在不是一件容易的事。总不能放任汽车城项目就这么搁置着不管吧？

张林说：“老徐啊，我们俩也是的，争个什么劲啊。你说的也不无道理，机会是不等人的，如果放走了这一次的客商，下一次还不知道什么时候再能找来呢。”

徐正说：“反正这一次是客商自己投资，投资风险要由他们自己承担，至于拆除两栋楼房，我想他们会给予必要的补偿的，这对于我们来说并无什么损失啊。现在关键在于先把汽车城项目解决掉。”

张林心里也明白，汽车城项目烂尾在那里，就像海川市脸上长了癣一样，时时刻刻都在醒目彰显着曾经犯过的错误，这块癣疾是需要赶紧去除掉的。可能启动 CBD 项目不一定会给海川市带来太大的经济利益，可是政治利益却不少，起码在短时间内会消除市民们因为汽车城项目烂尾所产生的意见。

这大概就是徐正一定要选择这个项目的原因吧。

张林心中也没有什么好的办法可以替代这个 CBD 项目，他能理解徐正这么做的缘由，便不再想坚决反对下去了。

张林说：“老徐啊，既然你坚持，那就跟客商继续谈判吧，不过尽量争取不要拆除那两栋楼，毕竟那是新建不久的，拆除了实在令人心痛。”

徐正笑笑说：“张书记，这些年城市建设拆除了多少建筑啊，真要心疼你会痛不过来的。”

张林想想也是，便没再说些什么了。两人算是暂时达成了一致，可是他们心里都明白，他们融洽相处的蜜月期是结束了。

一方面徐正对于张林一再插手干涉市政府的行为十分不满，另一方面张林也对徐正什么都不跟自己通气很不高兴，徐正根本就是没把自己这个市委书记放在眼中。

于是海川市政府和鸿途集团就展开了谈判，钱兵坚持要拆除那两栋新建的楼房，说不拆除的话，所能建设的范围太小了，无法达成他预想的目标。

最终海川市政府妥协了，他们答应鸿途集团拆除这两栋楼，而鸿途集团承诺会在未来的 CBD 当中，建设相同面积的两栋楼房作为这两栋楼拆除后的补偿。双方达成了合作协议，由海川市政府向鸿途集团提供开发所需要的土地，而鸿途集团则承诺投资四十八亿，把汽车城项目改造成东海省唯一的一座 CBD。

合作协议达成之后，很快这个 CBD 项目就被宣传成了海川市招商引资的一项新的功绩，海川市政府对相关有功人员进行了表彰，其中罗雨最为突出，徐正在表彰大会上高度评价了罗雨所做的工作，认为他对海川市政府引进鸿途集团功不可没。

银行的地区总部和海川市行政事务管理中心先后被夷为了平地。在市政府的支持下，鸿途集团在海川市办起事来顺风顺水，很快相关的项目公司在工商局正式登记注册，《工程规划许可证》《土地规划许可证》《房地产开发资质证书》《施工许可证》《土地使用权证》这些本来别的公司办起来很费劲的证照，在海川市政府特事特办的指示下，以惊人的速度办了出来。

鸿途集团开始招标建设单位，准备开工建设了。

天和房地产有限公司的丁益打了电话给已经回了北京的傅华，询问鸿途集团的情况，他有意参与到这个 CBD 建设当中去。

傅华是见证过鸿途集团的实力的，因此就将自己在西江省所见到的情况跟丁益讲了，丁益听完，说："既然这样有实力，那我们公司肯定也要参与一下，不然这么大的地产项目没我们天和，岂不是很遗憾。"

傅华笑笑说："行啊，鸿途集团的钱兵钱先生是一个雄心勃勃的人，你们这样有实力的公司加入，他会求之不得的。"

鸿途集团 CBD 项目的落地，让徐正在海川市的声望基本得以恢复，现在罗雨成功地将 CBD 项目引进了海川市，说明其才能已经足以替代傅华了，让傅华离开驻京办丝毫不会影响驻京办的工作了。

虽然眼下傅华并无什么过错，可是徐正等不得他犯错了，他觉得傅华只要还担任驻京办主任，对他来说就是一个莫大的讽刺，他容不得这种情况继续下去了。

很快，徐正就想出了一个绝妙的主意，只要张林予以配合，相信傅华就算不肯离开，也不得不离开驻京办了。

于是，在书记会上，徐正跟张林说起了市里面的招商工作："张书记，您觉没觉得我们市里面的招商工作，除了驻京办一枝独秀之外，其他部分真是乏善可陈啊。"

张林说："倒也是，这两年除了驻京办引进了几个大项目，招商局引进的企业似乎都只是小打小闹，你要跟招商局王尹局长说说了，这样下去可不行啊。现在全国上下都在招商，我们的招商工作老没有起色，对我们市的发展是很不利的。"

徐正说："这个问题我正想跟张书记好好谈一谈，去年我就说过王尹同志了，可是还是丝毫没有起色。我觉得王尹局长干了这么多年招商了，年纪似乎有些大了，开拓性不足，思路有点跟不上这个时代了，是不是可以给他换个位置了？"

张林想了想，觉得王尹确实是守成有余、开拓性不足的这么一个干部，再把他放在招商局有些不合适了，便说："老徐啊，那你打算如何调整王尹同志的工作呢？"

徐正说："王尹是一个认真负责的干部，可以调整到一些不需要像招商局这么有开拓性的部门去任职，这个就需要张书记您考虑确定了。"

张林说："这个我考虑考虑，只是王尹同志改任别的职务，招商局长这个位置你心目中可有人选？"

徐正笑笑说："这个位置需要一个年轻、有思路、有开拓性、有能力、又有奉献精神的同志来担任，我把全市的干部在心目中过了一遍，倒是找到了一个不二的人选。"

张林看了看徐正，有些好奇地问道："谁啊，谁能得到老徐你这么高的评价？"

徐正笑了笑说："这不用我说了吧，我们市里面现在招商工作做得最好的是哪个地方啊？”

张林愣了一下，说：“你是说驻京办的傅华同志？”

徐正点了点头，说：“对啊，傅华同志年轻、有思路，有开拓性，有能力，又有奉献精神，张书记，您想想还有比傅华同志更适合这个位置的人吗？”

张林一下子就明白了，虽然傅华确实很适合招商局长这个位置，张林也相信如果把傅华放到招商局他能发挥更大的作用，但是徐正提出这个建议用心险恶，他明明对傅华一肚子意见，却给傅华这么高的评价，实际上是想要将傅华逼走的。

傅华现在已经把家安在了北京，张林也见识过他岳父赵凯在北京的局面，如果把他调回海川，无论从哪一方面讲他都很可能不接受，那时候只能有一种结果，就是他辞职离开。

张林是不想看到这种情况发生的，心中也对徐正这种不能容人的做法十分反感，如果换到张林刚接任市委书记的时候，也许为了配合徐正，他会考虑将傅华调离，但是目前的形式不同了，张林已经看出对徐正一味地配合是不行的，这样子会纵容他认为自己这个市委书记是可有可无的，这种状况已经不能再任其发展下去了。

张林笑了笑，说：“老徐啊，你再想想还有没有别的同志合适吧？”

张林话还是说得很婉转，他让徐正再想想别的人选，是不想直接拒绝让徐正难堪。

徐正看了看张林，笑笑说：“我再三想过了，只有傅华同志是最合适的，张书记认为傅华同志不能胜任吗？”

张林说：“胜任倒是能胜任，不过调傅华回海川不合适，我认为他在北京能发挥更大的作用。”

徐正笑笑说：“看来张书记是担心影响了驻京办的工作啊，不会的，现在驻京办的副主任罗雨已经成长起来了，足可以把驻京办的工作担负起来。再说让傅华同志担任招商局长，是给他一个更广阔的舞台，我想会更有助于他的工作的。”

秦屯这时在一旁插话说：“张书记，我也觉得傅华同志确实很适合招商局局长这个位置。”

秦屯虽然和徐正不和，可是在对待傅华的态度上他跟徐正是一致的，他对傅华也想除之而后快，因此在一旁帮腔徐正。

徐正看了一眼秦屯，他觉得秦屯这一帮腔来得很是时候，这让他意识到虽然以前两人明争暗斗过，但是现在这个家伙也是一个可以联合的对象。

徐正笑了笑说："张书记，您看，秦屯同志跟我的意见是一致的。"

张林看了看两人，说："傅华同志是一个人才，这是我们大家都公认的，可能你们都觉得他出任招商局长比较合适，可是你们忽略了一点，傅华同志的家已经安在了北京，他的妻子也是北京人，如果你们非要将傅华同志调回来，他为了家庭着想，一定会辞职离开海川的，为了留住这个人才，我不会同意这么做的。老徐啊，如果你想不出别的人选，王尹同志还是继续担任他的局长吧。"

张林话说得很婉转，可是已经点明了徐正和秦屯二人的险恶用心。徐正见张林已经能够看透了这一点，不好再坚持了，便笑笑说："是啊，张书记说得对，我有点忽略了傅华同志现在的家庭状况了。"

秦屯见徐正退缩了，他就更没有必要去跟张林争什么了，便说道："对对，我们也应该多为傅华同志考虑一下。"

书记会散了之后，徐正回了办公室，他想要换掉傅华却功亏一篑，让他心里很不舒服，看来张林跟傅华已经走到了一起，因此才会这么维护傅华。

事情不能就这么罢休，还是要找一个什么理由将傅华换掉，目前张林这么维护傅华，点明了调离傅华实际上是在逼傅华辞职，徐正就不能再用这种所谓捧杀的招数来对付傅华了。徐正想了半天，也许只有傅华出错才能将他赶走。

可是徐正一时也抓不到傅华什么错处，这时他想到了罗雨，傅华远在北京，只有他身边的人才能知道他详细的情况，而这个罗雨是一个再合适不过的探子人选。

徐正给罗雨拨了电话，笑笑，说："小罗啊，鸿途集团这一战你打得漂亮啊，我都为你骄傲。"

罗雨激动地说："谢谢徐市长对我的鼓励。"

徐正笑笑说："应该的，应该的，你做出了成绩来了嘛。我跟你说，这一次呢，我觉得你做得很好，证实了你的能力，我认为你应该得到提升，以资鼓励嘛，于是就私下向张林书记建议，把傅华同志调回海川，下一步考虑由你负责驻京办工作。”

罗雨听到这里，越发激动，说：“感谢徐市长的提携，我一定努力工作，不辜负您对我的期望。”

徐正说：“你先别急着感谢，我的话还没说完。我是向张林书记建议了，可是张林书记并没有同意。”

罗雨的心一下子从兴奋的顶峰跌落到了谷底，他有些沮丧地问道：“为什么啊？徐市长？张书记对我个人有意见？”

徐正说：“不是，张书记对你个人是没什么意见的，他说，这一次鸿途集团被引进到海川来，傅华才是功不可没的，说你只是做了一些辅助的工作，还不能证明你具备领军驻京办的能力。”

罗雨有些急了，说：“张书记怎么会这么认为呢？明明是我把鸿途集团领会海川的。怎么到头来却变成了主要功劳是傅华的了？”

徐正说：“我也是这么为你争辩的，我说这件事情前前后后都是罗雨在做的，傅华同志只是因为是驻京办的主任，才会参与其中，主要功劳都是罗雨同志做的。可是也不知道傅华同志跟张林书记是怎么汇报的，反正不论我怎么帮你辩解，张林书记就是坚持认为功劳大部分是傅华同志的，弄得最后我也没办法了。”

罗雨是知道傅华曾被张林叫去办公室的，看来傅华肯定是趁机在张林面前大大表功了一番，所以张林有了先入为主的印象，才会不承认功劳都是自己的。

罗雨心中十分懊悔，自己不该当初出于谨慎非要将傅华拉进来，如果自己当初将钱兵领回海川，就不会有现在这样的局面了。另一方面，罗雨对傅华更加愤怒，这家伙原来是这样一个人，有了功劳就往身上揽，让自己这么大好的升迁机会就这样失去了。

徐正说：“你的事情呢，我还会帮你留意的，不过只要傅华还在驻京办主任的位置上，这件事情就不是太好办。这一点上你要多跟傅华学习，看人家怎么去贴近主要领导的。你也不是小孩子了，遇事要多动动脑筋，知道吗？”

罗雨说：“我知道了，徐市长。”

徐正说完，就挂了电话，这一边的罗雨恨不得把手机给摔了，傅华前几天还一再在自己面前说这一次鸿途集团的事情办得漂亮，转过头来就把一切功劳揽到了他的头上，还真是没看出来这人阴一面阳一面的。

傅华对发生的这一切却浑然不知，海川汽车城项目被解决掉了，相对他来说是去掉了一个大包袱，因此心情愉快。

就在这个时候，他接到了苏南的电话，傅华笑了笑，心说这家伙总算又露面了。

苏南笑笑说："我过去坐一下不妨碍吧？"

傅华笑笑说："你苏董要来，我怎么会不欢迎啊？"

过了一会儿，苏南就到了傅华的办公室，傅华上下看了看苏南，感觉苏南略有清减，神色之间还是带着那么几分沮丧。

苏南笑了笑说："你这么看我干什么？这么几天没见就不认识我了吗？"

傅华笑了笑，说："苏董啊，胜败乃兵家常事，不需要太放在心上的。"

苏南看了看傅华，说："傅华啊，你这么说什么意思啊？你是说我还没有走出新机场失败的阴影吗？"

傅华笑了，说："你说呢？"

苏南摇了摇头，说："我承认竞标失败对我的打击很大，我有些想不太明白我什么地方没做好，但是我并不是那种受了打击就一蹶不振的人，那件事情已经过去，我早就不放在心上了。"

傅华看了看苏南，笑笑，说："那就好。"

苏南说："不相信我啊？"

傅华说："我不是不相信你，我看你脸上似乎带有一股郁郁之气，还是有些不开心的样子。"

苏南笑了，说："那不是因为竞标的事情，早上在公司遇到了一个没想到会遇到的人，心中十分憋气，因此才想到你这坐一坐，聊一聊。"

傅华笑了，说："怎么了，什么人竟然敢给我们苏董气受啊？你的仇人？"

苏南摇了摇头，说："你猜不出来的。"

傅华笑笑说："说来听听嘛，我真还很好奇，什么人能够让你生气。"

确实苏南是一个涵养很好的人，一般喜怒不形于色的，能惹得他十分憋闷的人，肯定不会是一个简单的角色。

苏南淡淡地说："这个人曾经是我的精神上的偶像，是我曾经佩服得五体投地的人。只是我没想到他现在会变成这个样子了。"

傅华说："怎么回事啊？"

苏南说："这个人是我大学里的学长，在学校是风云人物，是当时我们学校哲学社的社长，我当时也是哲学社的一员。他最迷尼采，能够背诵全本的《查拉图斯特拉如是说》《偶像的黄昏》等尼采的著作，谈起尼采来神采奕奕，当时我们学校很多人都跟我一样迷他迷得不行。可是这样一个思想睿智的人今天跑到了我的办公室来向我募捐，说要我出钱赞助他办一场什么大型晚会。"

傅华笑了，说："这有什么啊，你的偶像也得吃饭，要你赞助他一点也很正常啊。难道你这就看不起人家了吗？"

苏南笑了笑说："我还没那么浅薄，我也知道人踏上社会首先就要面对的是自己的生存问题，他为了生计做一些改变我也是能接受的。可是你不知道他现在变成了什么样子，那种猥琐劲我就不说了。我问他这些年都在忙什么？还在研究尼采吗？那家伙说他早忘记了尼采是什么了。他现在主要在文艺圈混，都是在组织人凑演出班子走穴或者组织剧组拍电视剧什么的，很赚钱的。"

傅华说："这不过是人家的谋生手段，你有什么好嫌弃的。"

苏南说："如果就这么简单就好了，你知道接下来他跟我说什么，他说如果我能赞助他们晚会十万块钱，他能安排晚会中一个有名的女歌手陪我一晚，还跟我说那个女歌手要多水灵有多水灵，保准让我满意，傅华你说我是那种看上去好女色的人吗？"

傅华有些明白苏南曾经的偶像是一个什么样的角色了，这可能是一个类似穴头之类的角色，游走于社会的缝隙之间讨生活。哲学现在不再是他们的梦想，而成为了他们谋生的技巧，这种人可能更容易做出让苏南难以接受的龌龊事，因为从辩证法来看，事物都是可以一分为二的，哲学家们总是可以找到有利于他们自己的解释的。

傅华笑了笑说："别生气了，你的学长他需要用女色来达到募捐的目的。"

苏南摇了摇头，说："我不是在乎这个，我在乎的我心目中曾经崇高得不能再崇高的人，现在变得俗得不能再俗，我觉得心里堵得慌。"

傅华笑了，说：“你这可是有点苛责于人了，现在这社会多功利啊，这社会并没有能让哲学家生存下去的土壤，在学校的时候，他也许能有自己的睿智的思想，可是踏上了社会，生活扑面而来，梦想支离破碎。”

苏南笑了起来，说：“你还会做诗了。”

傅华笑了，说：“这最后两句是我们驻京办的诗人罗雨告诉我的。”

苏南说：“也许你说的对吧，以前我不能体会这生活究竟是怎么个样子的，可现在我经历了几次挫折，慢慢就明白了现实的残酷性。也许我这位学长有他不得不改变的缘由吧。”

傅华笑笑说：“你之所以感到难受，是因为你把你的理想寄托在他的身上，你认为你做不到的事情，他能帮你做到，最终你却发现大家其实都是凡人，你做不到的，他也做不到，因此你才会深深地失望。”

这实际上是一种对偶像的移情现象，在于苏南来说，他的偶像就是他的楷模，因此他心里在道德等各方面都给偶像设定了很高的标准，一旦偶像达不到他的标准，他就会失望。

苏南笑了，说：“你说的有道理，我是对他有些苛责了。不过，他也没吃亏，我写了张十万的支票给他，但告诉他不要再出现在我面前了。”

傅华笑了，说：“我相信他会愉快地拿着支票走掉，然后在心里骂你傻瓜的。”

苏南说：“你怎么知道他是愉快离开的？”

傅华说：“他的目的就是要钱，钱拿到了，他的目的达到了，当然高兴了。至于你让他不要再出现，在他来说根本就不是什么羞辱，他为了要钱都可以安排女人陪你睡觉了，你这一点点羞辱又算什么？脸面只有对你这种还在谨守道德边际的人才是不得了的事，对他这种本身就不想要脸的人，根本就没什么的。”

苏南笑了，说：“是啊，他根本不在乎脸面的，你看我，还觉得羞辱了他呢。也许真的像你说的，他现在在骂我傻瓜呢。算了，这也算是我跟过往的一次彻底告别吧。”

苏南虽然是笑着说的，可是傅华却能听出他语气中那种颓废，这跟当初刚认识他时那种意气风发真是不可同日而语，看来他并没有完全从竞投失败的阴影中走出来。

傅华笑了笑，说：“苏董啊，你这一次竞投失败损失很大吧？”

苏南笑了笑说：“损失是有的，不过还在可承受的范围之内，只是没想到会败在刘康的康盛集团手里，后来我调查了一下，才明白其实一开始我几乎就注定要失败了。”

傅华愣了一下，说：“苏董认识刘康？”

苏南看了一眼傅华，说：“这么说你也知道刘康了？”

傅华笑笑说：“我跟刘康打交道比跟苏董打交道要早，不过知道这个名字却是最近一段时间的事。”

苏南说：“为什么这么说？”

傅华说：“当初我刚到北京不久，出了一点事情，是刘康手下的人帮我摆平的，后来我介绍了刘康的干女儿吴雯回了海川。”

苏南说：“你也认识吴雯？呵呵，这就对上了。我以为自己打海川新机场的主意是最早的，其实不然，刘康比我动脑筋还早，他早就派这个干女儿吴雯回海川进行布局了。”

其实苏南并不清楚的是，吴雯先回的海川，后来刘康知道海川在申请新机场立项，这才顺势安排吴雯进行布局的，倒不是一开始就派吴雯回海川布局。

苏南接着说：“这样从一开始我就在明处，刘康就在暗处，我还以为自己我们振东集团一家跟徐正扯上了关系了呢，谁知道刘康利用吴雯更早跟徐正扯上了关系。”

傅华笑笑说：“苏董可能没调查清楚，吴雯这个人我是了解的，她是不会跟徐正搞暧昧的。”

苏南看了看傅华，笑了起来，说：“傅华啊，你是怎么跟吴雯认识的？”

傅华镇静了一下，笑笑说：“一个朋友介绍给我认识的，挺仗义的一个女人。”

苏南笑笑说：“那你知道她在北京的时候是做什么的？”

傅华摇了摇头，他并不敢承认一开始他就知道吴雯是夜总会的小姐，说：“我不是很清楚，朋友介绍过来的时候，就说她是在北京发展的海川人，想要回海川投资，让我给她引引路，就是这样。”

苏南略有些失望地说：“你也不知道她的来历啊，我托朋友在北京好一通查，就是没人能够查到吴雯在北京做过什么，就好像凭空冒出这么一个人似的。”

傅华松了一口气，笑了笑说：“这很正常啊，北京这么大，一千多万人口，这就好比大海捞针一样，你朋友找不到就对了。”

苏南笑了起来，说：“傅华啊，看来你对吴雯还是很有好感的嘛，你弄错了，她根本就不是什么正经女人。你向来看人很准的，怎么这一回看走眼了呢？是不是真的对她有什么想法啊？”

傅华急了，说：“苏董啊，她是我一个很好的朋友，我不允许你这么无根据地糟蹋她。”

这话傅华说得理直气壮，他认为苏南既然没查出吴雯以前的经历，那就不能随便说她不正经。

苏南笑了，说：“我听说，刘康就是利用徐正对吴雯的好感，打通了其中关节，拿下了工程，你还能说你的朋友是一个正经的人吗？”

傅华说：“吴雯也是被刘康利用。”

苏南看了看傅华，说：“你被你朋友的表面骗了。可是我想，他们绝对不会是去喝茶聊天吧？”

傅华有些呆住了，他从来没把徐正和吴雯往一块想过，可苏南向来不会说无根据的话。

傅华心中有了一种被亵渎了的感觉，他虽然知道吴雯原来是做什么的，但吴雯在他心目中始终是当初刚在飞机上相识时的那种惊为天人的感觉，以前的事丝毫没有影响傅华对她的观感，他常常会觉得以前吴雯做那种事情，只是被生活所迫，是一种无奈的选择。

但现在吴雯已经有了足够的经济能力了，如果她再搅和在其中，一定不会有什么好结果。

苏南见傅华好半天不说话，伸手拍了拍他的肩膀，笑笑说：“可是这社会就是这样，大多时候你是知人知面不知心的。”

傅华苦笑了一下，说：“也许吧，不过你这个消息还真是令我意外。”

苏南笑笑说：“我想你还是挺在意吴雯的吧？我很少看到你在我面前这么失态过。”

傅华说：“都跟你说了，是朋友，她帮过我很大的忙，我当然会关心她多一点。”

苏南笑笑说：“其实我之所以起意调查徐正，完全是因为竞标失败，你还记得吗？我当初在你面前可是志得意满，似乎那新机场项目就是我囊中物一样。可是你们这位徐大市长真是嚣张，让我落败了不说，还故意来羞辱我，说了一大套，什么他父亲教育他做官要正，什么我向他送礼是歪风邪气了。我苏南是什么人啊，什么时候受过这个？刘康不论是公司实力和他竞标的方案都明显不是我们振东集团的对手，他这个样子都能中标，明显是跟徐正之间有猫腻。所以我就想索性好好事，看看刘康究竟做了什么，才让徐正舍我而取他，于是我在北京找了一个做私家侦探的朋友，让他去海川蹲点，一定要给我摸清徐正和刘康之间究竟是达成了什么交易。于是就发现了吴雯和刘康之间的关系，以及徐正被吴雯利用的事实。”

傅华看了看苏南，说：“既然你已经知道这个情况了，你打算怎么办？”

苏南笑着摇了摇头说：“我不是想用它来打倒徐正的，我不做这种小人的，我只是想弄清楚人家究竟做了什么就能击败我了。我现在弄清楚了，心里也不得不佩服刘康。”

傅华笑笑说：“你是君子有所为有所不为，我相信有些事你是做不出来的。”

苏南苦笑了一下，说：“说穿了我们做的性质都差不多，但我就是无法像刘康那样做，这件事情让我开始思索上一次我们在射击场那里你跟我说的话，思索我们振东集团未来该往什么方向发展？我还要为了这一点蝇头小利而成天跟一些主事者私下勾兑吗？最终我认为你说的对，我是要趁着振东集团还有一定的经济实力的时候，趁早转型，为我们集团寻找一条能够持续发展的道路。”

傅华笑了笑说：“这也是大环境造成的，本来你们很有竞争力的方面人家根本不当回事，而当回事的方面你们又没有什么优势。”

苏南说：“是啊，这一点我也看明白了，所以对自己说算了吧，我还是放弃好了，毕竟我已经在这方面得到过莫大的好处，也该见好就收了。”

苏南是成也权势，败也权势，他因为父亲的权势成就了振东集团，现在也是因为父亲的权势衰落一再败北。

傅华笑笑说：“我倒是觉得你这一次竞标失败未尝不是一件好事，行贿这种方式是难以持久的，就算你这一次成功，留下的后患却是无穷。将来难保会出什么事情，到那个时候怕牵连的不仅仅是金钱。”

苏南笑笑说：“是啊，我现在也是这么认为的。”

傅华说：“那你打算做什么？”

苏南说：“我想把集团的实业部分出售，向资本运作方向发展。我一个发小刚从美国回来，跟我详谈了一次，他跟我说资本运作是未来的发展方向，现在中国的资本市场风起云涌，投资机会不断涌现，利用钱能生钱来赚快钱、赚大钱，几乎是一种必然的理性的选择。现在他有这方面的专业知识，而我有资金，正是可以合作大干一把的时候。”

不得不承认的是，经过这么年发展，中国实业的市场化程度已经很高了，但是他们面临的竞争和压力却不仅仅来自市场，这常让做实业的人处于一种焦虑无力的状态之中。就像当初吴雯刚回海川投资一样，她迫切想要找到的是与政府机构的关系，而不是一个好的投资机会，而后来也正是因为作为市长的徐正帮了她，她才有机会发展。这就是苏南这些实业家们所面临的尴尬处境，他们身处一个按照市场规律设计的公司当中，却时时刻刻受着非市场因素的制约，他们的退缩就是一种必然了。

傅华笑了笑，说：“行啊，这是好事啊，那我就先恭喜苏董发财了。”

苏南苦笑了一下，说：“傅华，你觉得发财这个词对我来说有意义吗？说实话，我是不太愿意这么转型的，在我心中，实业是一切经济的基础，没有实业，所谓的资本运作不过是一场数字游戏而已。我当初之所以选择做实业，是存着实业报国的念头的。”

傅华笑了笑说：“那你可以去做 PE 或者 VC，利用你做实业的经验，去选择扶持一些有发展前途的实业公司发展。”

PE 是指 Private Equity 也就是私募股权投资，从投资角度看，是指通过私募形式对私有企业，即非上市企业进行的权益性投资，在交易实施过程中附带考虑了将来的退出机制，即通过上市、并购或管理层回购等方式，出售持股获利。

VC 是 Venture Capital 也就是风险资金投资的意思，是指风险基金公司用筹集到的资金投入到他们认为可以赚钱的行业和产业的投资行为。比如美国的兰德公司，他们的投资手段多数是将资金投到一个公司，参与经营，将公司资产迅速增值，然后看准机会通过卖出资产或股票来收回投资，并获利。

PE和VC现在是时下中国最时尚的资本运作方式，说穿了也就是通过股权交易获取差价，是风险不大却利润巨大的行业。

苏南笑了，说："你对资本运作倒是门清，是的，我和朋友准备开始做PE了。"

两人就这么聊到了中午，吃了午饭之后，苏南已经倾诉差不多了，心情愉快地离开了。

傅华却无法心情愉快起来，他看得出来苏南这么做是很不情愿的。现在这社会怎么了，做什么都得关系，做什么都要去讨好主事者，最关键的是参与者不以为耻，反以为荣。如果这个社会老是像目前这个状态，始终以功利作为追求的第一目标，忽视公平，长此以往那后果将是不堪设想的。

岁月匆匆，又过去了一个周，在办公室的傅华接到了丁益的电话，丁益在电话里问傅华："鸿途集团究竟实力如何？"

傅华愣了一下，说："确实很不错啊，我亲眼看到过他们的工地，而且西江省的官员们也当面向我证实过鸿途集团是一家优质的公司啊，怎么了？"

丁益说："我总觉得有点不太对劲，既然他们那么有实力，怎么还要求工程商垫资进场，参与投标还需要交纳高额的投标保证金，这不像是一家有实力的公司能干出来的。"

傅华说："应该没问题吧，西江省的官员们在我面前口口声声都说鸿途集团的好话，这可是做不得假的。"

丁益说："你看人向来是很准的，既然你这么说，我就相信他一回吧。"

丁益挂了电话，傅华坐在那里想了一会，越想越觉得不对劲，怎么一个号称要投资四十八亿的项目，投资方一上来却要工程商垫资，还收取什么高额的投标保证金，这似乎在表明投资商的资金并不充裕。

傅华开始感到不安起来，原本因为钱兵在自己面前表现实在完美，让傅华忽略了很多问题，现在一一想来，便觉得钱兵的行径其实不无可疑之处。一个动辄号称要投资几十亿人民币的公司，怎么会名不见经传？接连投资两个大项目，加起来近八十亿的规模，动用这么大的资金，而钱兵作出决策却好像很轻易，很短的时间就跟海川市达成了合作协议，这有点不像一个大企业家能做的事情。再是钱兵说起CBD，好像如数家珍，似乎熟到不能再熟，那他就应该能明白 CBD 项目是一个很长期的投资，短时间是很难见到效益的，那他就不应该在资金链紧张的时候还要投这么大一笔资金，除非 CBD 只是他用来做噱头的，他实际上并不是想要投资，而是借用这个噱头来骗钱。

如果是这样，鸿途集团要工程商垫资进场以及收取高额的投标保证金就能得到合理的解释了。

同样，如果鸿途集团在海川是这样做的，那在西江省估计也是这样做的，那个轰轰烈烈正在进行建设的工地，可能也是工程商垫资在开发……

想到这里，傅华的冷汗下来了。他开始觉得这件事情做得有些仓促和草率了，自己当时就是急于解决汽车城项目，加上钱兵在自己面前实在是表演得很好，这才会让他相信了。

傅华坐不住了，他把罗雨叫到了办公室："小罗啊，我一直忘了问你，你当初是怎么跟鸿途集团的钱兵联系上的？"

罗雨看了傅华一眼，心说功劳都被你抢走了，这个时候你再来问我这个，还有意思吗？

罗雨强压着厌恶，笑了笑说："傅主任，你为什么突然提起这件事情来了？"

傅华说："今天丁益打了电话过来，说了一些他对鸿途集团的怀疑，我突然觉得钱兵有些可疑，就想找你来问一问情况。"

罗雨心里咯噔一下，他当初对钱兵其实也是不无怀疑的，只是后来钱兵的一些行为又使他相信了，傅华这个时候说对钱兵有所怀疑，是不是发现了什么？

罗雨有些慌了，他知道钱兵很多说法实际上是贩卖他的说法的，他当时为了让傅华将钱兵领回海川，曾经故意在钱兵面前讲了很多傅华愿意相信的东西，而钱兵也没让他失望，几乎是完完全全照搬到了傅华面前。

这个时候徐正已经在公开场合表彰过罗雨将鸿途集团引进海川了，罗雨明白自己的荣辱实际上已经跟鸿途集团拴到了一起，便硬着头皮说："哦，说来是很巧的，原来在西江省罗清市驻京办一个叫王洪的人是我朋友，他现在是罗清市招商局局长，前些日子来北京想要找钱兵去罗清市投资，他来找我叙旧，聊天时说起了钱兵。当时他还很神秘，不想让我知道钱兵的住址。我就通过一些酒店的朋友找到了他。怎么，这有什么问题吗？"

傅华听完，心想这么认识起码不是钱兵自己找上门来的，按说应该没什么问题的。

傅华笑笑说："没有啦，只是丁益跟我讲的情况，似乎鸿途集团的资金十分紧张，还要工程商垫资什么的，有点不太像要投资四十八亿的集团公司所为。"

罗雨听傅华这么说，心里稍稍放松了一点，这说明傅华现在只是起了疑心，并没有抓到什么真凭实据。

罗雨笑了笑，说："傅主任，我觉得你是多心啦，很多公司都是现金流很紧张的，你可别忘了，鸿途集团在西江省还有一个大项目，那个项目运作的比我们更早，他们现在出现短暂的资金紧张也是很正常啊。"

傅华想想也是，现在很多公司流动资金都是捉襟见肘的，自己单凭这个就怀疑鸿途集团，似乎有点草木皆兵了。

不过，傅华却也没有因此就完全相信钱兵，他说："可是，我现在慢慢觉得钱兵并不是那么可信，似乎他决策做海川 CBD 有点太草率了，不像一个真正的大企业家。"

罗雨心更定了一些，看来傅华也只是一些捕风捉影的怀疑而已，他笑了笑说："傅主任啊，你是不是小心过了头了，什么样的人才应该像一个大企业家？你能给我一个标准吗？不能吧？一个人有一个人的做事风格，大企业家也是形形色色的，你凭什么就能确定钱兵不是一个大企业家呢？我倒觉得他就应该是一个大企业家，你看他拥有那么多钱，却表现得十分低调，这不正是一个真正大企业家的风格吗？"

这倒是有点道理，真正有钱人都是低调的，那些张扬的家伙往往只是一些小财主，这当初也是傅华信任钱兵的原因之一。

罗雨接着说道，再说："目前鸿途集团跟两个地方政府都建立起了很深的合作关系，他们会跟一个骗子建立这么深的合作关系吗？难道这两个地方政府的官员们都是傻瓜吗？"

傅华想想也是，这两个地方政府的人不可能都是傻瓜，如果钱兵是骗子，他们在合作谈判的时候不可能一点都看不出来。

傅华被说服了，笑了笑说："好啦，可能是我多疑了。"

罗雨看了傅华一眼，说："你放心了，傅主任，我不会领一个骗子回来的。"

傅华听出了罗雨语气中不满，笑了笑说："小罗啊，我不是要怀疑你什么，正好丁益问起，所以我才想要跟你落实一下。”

罗雨说：“我没事，落实清楚也是一件好事。”

傅华就让罗雨出去了，想了想还是有一点不放心，于是又打了电话给丁益，丁益是基于他给的信息在跟鸿途集团做生意，他不想因此误导了丁益。

丁益接了电话，笑了，说：“傅哥，这么一会儿你就又打来电话，是有什么事情没交代吗?”

傅华笑了笑说：“你跟我说的情况，我认真想了一下，鸿途集团可能也不无可疑之处，你在处理跟他们之间的业务的时候，还是小心点为妙。”

丁益说：“怎么了，有什么地方不对劲了吗?”

傅华说：“我总觉得有点问题，可是又说不出来。”

丁益说：“好了，知道了，我注意些就是了。”

挂了电话，傅华有些无聊地坐在那里，他无法确证鸿途集团的究竟是一个什么样的公司，心绪就难以平静下来，也就无法安心办公。

有人在敲门，傅华喊了一声进来，门开了，傅华惊讶地站了起来，说：“你什么时间回北京了?”

原来门口站的是吴雯，依旧还是那副令人惊艳的样子。吴雯笑了笑，说：“你这里建好之后，我还是第一次来，就想来看看，不欢迎吗?”

傅华笑了，说：“怎么会不欢迎，我只是没想到你会过来。这次回北京来做什么啊?”

吴雯说：“我在海川有些气闷，就想回到北京来散散心。傅华，你这里的环境还真是不错啊。”

傅华说：“这还要感谢你当初帮我的忙啊，没有你帮忙，根本就不会有海川大厦的。”

吴雯坐到了傅华对面，笑了，说：“那都是过去的事情了，你还挂在心里啊?”

傅华说：“反正我是永远不会忘记的。”

吴雯表情复杂地看了看傅华，说：“傅华，只有你始终没改变。”

傅华笑了，说：“吴总啊，你不是也没什么改变吗？你还是那么漂亮。”

吴雯看着傅华的眼睛，说：“傅华，你真的认为我漂亮?”

傅华笑笑，说：“你的漂亮任何一个男人都是无法忽略的，这一点还用问吗?”

吴雯笑笑，说：“可是我怎么觉得我的漂亮对你没有任何的吸引力呢?”

傅华笑了，说：“吴总，你这话说得，怎么会对我没有任何吸引力呢？我不过是已经没有资格欣赏了而已。”

吴雯看着傅华的眼睛，说：“傅华，你跟我说真心话，如果你现在还有资格，你会喜欢我吗?”

傅华看了看吴雯，他感觉到那美丽的背后有着几分迷茫，几分无奈，他不知道这个美丽的女人怎么了，也无法回答她的问题，他眼神躲闪开了，说：“吴总，海川那么一大堆事务，你怎么就走得开啊?”

看傅华王顾左右而言他，吴雯苦笑了一下，说：“你是不是在嫌弃我啊?”

这是吴雯的手机响了起来，她拿出了手机看了看号码，然后接通了，颇为不耐烦地道：“我散散心过几天就会回去了，你每天都打电话来，烦不烦啊?”

说完，吴雯没等对方回答，直接就扣了手机。

傅华还是第一次见吴雯表现得这么粗暴，愣怔了一下，心中暗中猜测打电话来的是谁。

扣了电话的吴雯粉面含嗔，还是有些恼怒，傅华倒了一杯水递给了她，说：“喝点水。”

吴雯喝了一口水，情绪平复了下来，她看了一眼傅华，说：“出来散散心也不得清闲。”

傅华笑了笑，没言语。他也不知道该说些什么。

吴雯似乎也烦躁得不想说话，两人就这么沉默地坐了一会儿。吴雯忽然意识到了什么，她看着傅华，问道：“傅华，你似乎对我吼对方一点都不惊讶，你是不是知道了些什么?

傅华再次把眼神躲闪开了，说：“那是你私人的事情，我好奇干什么?”

吴雯冰雪聪明，马上就看出了傅华的不自然，她说：“不对，我们总算是朋友吧？朋友心情不好不应该关心一下吗?”

傅华笑了，说：“好，那我关心一下你，你这么吼对方是不是出了什么烦心事啊?”

吴雯看了看傅华，说：“你连对方的姓名都不问，要不就是你根本就不关心我，要不就是你已经知道对方是谁了。”

傅华没想到吴雯这么心细，一下子就看透了他，他不敢看吴雯，说：“你别瞎说了，好了，既然你嫌我没问对方的姓名，那我现在问一下，对方是谁啊?”

吴雯苦笑了一下，说：“傅华，我现在心里很苦，如果连你也在我面前虚言假套地演戏，那我真是不知道这世界上还有什么朋友可以依靠的了。”

傅华见遮瞒不过去了，叹了一口气，说：“吴总，你想要我说什么啊?”

吴雯说：“你不要叫老叫我吴总，我可以叫你傅华，你为什么就不能喊我的名字？你跟我说实话，你是不是已经知道了?”

傅华说：“好，吴雯，老实跟你说，我确实已经知道了，只是我想了很久，还是没想明白，你不是脱离原来的环境回乡创业的吗？你为什么还会跟他搅在一起，金钱对你真是这么重要吗?”

吴雯的脸色一下子变得煞白了，她虽然猜测傅华可能知道了点什么，可是真正得到印证还是让她有些措手不及。

好半天，吴雯才缓了过来，她看着傅华说：“傅华，你不明白的，很多时候人都是情非得已的。”

傅华摇了摇头，说：“是，我是想不明白，可能每个人心目中重要的东西各不相同吧。”

吴雯苦笑着说：“傅华，你是不是打心底了看不起我？认为我是个贪婪的不知足的女人?”

傅华说：“我没有看不起你，你是我的朋友，你有你自己的处世之道……”

这时，吴雯的手机响了起来，她不敢不接，叹了一口气，接通了。

吴雯干笑了一下，说：“干爹啊，刚才我一时心情不好，过几天就回去了。”

刘康说：“是不是我惹你生气了?”

吴雯干笑着说：“没有了，是我自己心情不好。”

刘康说：“小雯啊，不是我说你，我们现在还需要徐正帮忙做很多事情，你就快点回来吧。”

吴雯没好气地说：“好啦，我知道了。”

挂了电话，傅华看着一脸无奈的吴雯，说：“我不知道你跟你干爹之间究竟是一种什么关系，可是我奉劝你小心，千万不要被他当做棋子摆布。”

吴雯说："我干爹对我很好的。"

傅华说："吴雯哪，作为一个朋友，我提醒你，很多事情绝非你想象的那么简单。"

吴雯摇了摇头，说："这件事做得很隐秘，你身在北京，怎么就知道呢？"

傅华说："要想人不知，除非己莫为，我一个北京朋友因为竞标失败，对徐正做了些调查发现的。"

吴雯愣了一下，说："难道是苏南？你们认识？"

傅华说："是，你猜得没错。你知道苏南发现这件事情之后说什么了吗？"

吴雯说："他说什么？"

傅华说："他说没想到你干爹这么老谋深算，竟然早就在海川布下了你这颗棋子。"

吴雯摇了摇头，说："我去海川是在你们申请新机场项目之前就发生的事情，那个时候连项目的苗头都没有，我干爹怎么也不能预先做这种布置的。"

傅华说："也许那个时候他没有，可是你敢说他知道海川市申请新机场项目之后，他没做什么布局吗？"

吴雯愣住了，她一开始回海川创办海雯置业，刘康虽然也多少参与意见，可基本上是一种放任不管的状态，什么都让吴雯自己去做，可是后来，在海川开始申请新机场项目之后，刘康就全面开始操控自己在海川的行动，什么承包西岭宾馆，什么让省人事厅的厅长专门拜托徐正照顾自己，什么向社会捐款做公益，这些当初看上去似乎是照顾自己的行为，今天想来一一都有为新机场项目布局的味道，特别是让自己去跟徐正打交道这件事情，更好像是为了自己去公关。

想到这些，吴雯有一种不寒而栗的感觉，原来这一切都是在刘康的算计当中的，于是刘康平日那些嘘寒问暖的话，对吴雯来说便少了关切，多了许多阴谋的味道。

傅华看吴雯发呆的样子，知道她可能已经开始怀疑她干爹了，便说道："我不知道事情究竟是什么样子的，不过，站在朋友的立场上，我觉得你做事的时候要多想想为什么，不要像一个木偶一样完全听别人摆布。"

吴雯苦笑了一下，说："傅华，我还真没认真想过这些，现在想想还真是可怕。"

傅华说："我想以后你要小心应对了，你干爹的手段我想你不是没见识过，下面他可能干出什么事情来谁也不知道，你要注意安全。"

吴雯摇了摇头说："不会的，我觉得他心中还是有我的位置的，他不会对我怎么样的。"

傅华说："那你也要小心，关键现在这里牵涉了更多的利益在里面，身在局中的人怕是很难完全凭自己的意志行事的。"

这时吴雯这个集美丽与精明在一身的女人显出了她的柔弱无助，傅华看在眼中也觉得楚楚可怜，他不由自主地想更多去帮助她。

他问道："你这一次来北京是跟刘康发生冲突了？"

吴雯苦笑地摇了摇头，说："没有啦，我只是有些累，有些厌倦了。我怕牵连了徐正，原本我以为，我已经算是久经沙场了，可是我实在有些受不了了，再不出来透口气，我会疯掉的。傅华，你说我这是不是有些莫名其妙啊？"

傅华说："你有机会还是早点想办法脱身吧。"

吴雯说："刘康说他在帮我办移民，等他办好了看看，不行的话我到国外生活去吧。"

傅华说："这倒是一个不错的主意，反正你已经帮他拿下了项目，早点去国外，也算是能够置身事外了。"

本来傅华这是一番好意，想要提醒吴雯，没想到因为他的这一番提醒，事情却朝着他难以控制的方向发展了。

中午一起吃了午饭，午饭后，吴雯就要告辞离开，傅华看她一副闷闷不乐的样子，便说道："你别这个样子了，去找找别的朋友聊聊天，玩一玩，心情就会好了。"

吴雯苦笑了一下，说："我在北京其实只有你这一位真心朋友。"

听起来吴雯似乎是专门来找自己的，傅华看了看她，虽然他不能去喜欢她，可是作为朋友，他也不放心吴雯现在这种精神状态，他觉得起码要让她心情开朗起来。

傅华说："我今晚有一个活动要参加，你跟我一起来吧。有人请我去看话剧，大明星主演的啊。"

吴雯笑了，说："你会喜欢话剧？"

傅华笑笑说："你别看不起话剧，现在看话剧在中国已经变成了一种时尚，更何况这场话剧是由著名影星文巧主演的，演出剧目是台湾著名导演赖声川的《暗恋桃花源》，这是在国际上获奖无数的好剧啊。”

吴雯看了看傅华，笑笑说：“原来你这么有文艺细胞啊。”

傅华笑了，说：“不是了，这主要是捧我师兄的场，文巧是他的女朋友。”

吴雯笑笑，说：“看来你师兄也是非富即贵了。”

晚上，在大剧院里，傅华领着吴雯去了A区，贾昊带着一束百合花已经到了，看到傅华领着一个他不认识但很漂亮的女人，看了傅华一眼，有些不高兴地说：“赵婷怎么没来啊？”

傅华知道贾昊在女人方面一直是很保守的，这两年除了文巧，就没见过贾昊把别的女人领到朋友面前，贾昊跟文巧本来很想论及婚嫁的，可是贾昊的孩子跟文巧有些处不来，贾昊觉得应该让他们先处好了再说，可是文巧的演出活动很多，很难有一个长时期呆在贾昊和他孩子身边，也就无法处理好关系，事情就这样耽搁下来了。

傅华赶忙解释说：“师兄，这是我海川市的老乡，只是朋友，来北京玩的，我就带她过来看看了。来，我给你介绍。”

傅华就为两人作了介绍，吴雯笑着跟贾昊握手，贾昊对吴雯的美貌倒没过多的注意，简单握了一下手，就松开了。

吴雯对贾昊的冷淡有些意外，很少见到男人不受自己美色吸引的，便有些失落，她不知道贾昊的心思都在文巧身上，对别的女人很少旁顾的。

坐定之后，灯光暗了下来，剧场里安静了下来。一会儿灯光亮起，舞台上男主角江滨柳哼着歌，在文巧扮演的云之凡后面来回走着。

傅华指着云之凡告诉吴雯，这就是贾昊的女朋友文巧，吴雯贴着傅华的耳边说：“不愧是大明星，真的很漂亮。”

吴雯的讲话让贾昊感到了干扰，他转头看了看吴雯，看得吴雯和傅华都有些不好意思。

《暗恋桃花源》实际上是一出悲剧《暗恋》和一出喜剧《桃花源》的硬性凑合，据说灵感来自导演赖声川有一次在台湾艺术馆看朋友排戏。下午彩排，晚上首演，可就在中间，还有两个小时要给幼稚园开毕业典礼。舞台上的彩排还没有结束，小朋友们都来了，钢琴啊，讲桌啊，都急着要往舞台上搬。本来，赖声川一直就在琢磨怎样在舞台上表达悲与喜，悲与喜实际乃是

“一体之两面”，当时现场的混乱正好给了他这个灵感，两出并不完整的悲剧和喜剧就这样硬凑在一起，形成了这部经典的《暗恋桃花源》。

正是因为把完全不搭调的东西放到了一起，形成了这台剧的戏剧张力和喜剧效果，吴雯很快就被剧情吸引了，不时露出了会意的笑容。

一部优秀的戏剧让人不注意时间的流逝，不知不觉《暗恋桃花源》就演完了，吴雯意犹未尽地说：“傅华，我好久没这么开心了。”

傅华笑笑说：“那就好，我本来就想要你放松一下心情的。”

贾昊这时拿起了百合花，对傅华说：“我们去后台看一下。”

傅华知道贾昊这是要对文巧演出成功表示祝贺，就跟着一起去了后台。

文巧正在后台卸妆，看见贾昊和傅华进来了，笑着迎了过来，说：“怎么样，我演得还可以吧？”

贾昊笑笑说：“太棒了，没想到你的话剧也可以演得这么好。”

文巧笑笑，说：“别瞎捧我，你的话我不太相信，不客观，傅华你说，我演得到底如何？”

傅华笑着点了点头，说：“真的是很棒，你简直把云之凡演活了。”

文巧笑了，说：“你这么说我就放心了，实话跟你们说，我在台上紧张得心都提到嗓子眼了。”

傅华笑了，说：“你可是老演员了，怎么还会紧张？”

文巧说：“你不懂的，演话剧和演电影是两个概念，电影演不好可以 NG，话剧可没这个，必须一气呵成，不由得人不紧张。傅华，这谁啊？赵婷呢？”

傅华赶忙介绍了吴雯，文巧略显冷淡地跟吴雯握了握手，一边用目光询问傅华领这么一个女人来是什么意思。

傅华知道文巧跟贾昊一样，都以为自己跟吴雯有什么暧昧的关系，这时他也感觉到今晚领吴雯来看话剧有些冒失了，他光想到让吴雯散心了，没顾忌到朋友的感受。

文巧卸完妆，一行人就一起去吃夜宵，吴雯也看出了贾昊和文巧对自己的不友善，便在席间貌似不经意地说自己是来看望傅华，正好看到了傅华桌上《暗恋桃花源》的票，因为喜欢文巧，这才求傅华带她来看演出的。吴雯的解释合情合理，她的表现也很得体，贾昊和文巧这才对她友善了些。

为了缓和气氛，傅华笑着问贾昊：“师兄啊，你打算什么时间娶文小姐？”

文巧转头看向了别处，贾昊有些尴尬地说："快了，快了。"

傅华明白自己问了不该问的问题，本来想要缓和气氛，却把气氛弄得更僵了。

这顿夜宵吃得很别扭，草草就结束了，傅华送吴雯回去，到了吴雯住处的楼下，吴雯下了车，说："谢谢你了，我今晚真的很开心。"

傅华笑笑说："你开心就好，自己保重了。"

吴雯点了点头，看着傅华想说些什么，最后什么也没说转身就走进了楼道里了。

傅华调转车头，回家了。

吴雯出了电梯，到自家门前拿钥匙开门，这时安全通道那边的门开了，一个人一步闪了进来，吴雯惊叫了一声，钥匙掉到了地上。

那人低头将吴雯的钥匙捡了起来，递给了吴雯，说："吴总，是我，小田啊。"

吴雯这才定下神来，说："是小田啊，你鬼鬼祟祟的干什么，吓死我了。"

小田笑了笑，说："刘董说在电话里听出你的情绪有些不太对头，他不放心你，就让我过来看看。"

要在以前，吴雯会觉得刘康这么做是在关心自己，可现在她觉得刘康是在监视自己的行踪。

吴雯没好气地说："你也看到了，我现在挺好的，你回去吧。"

小田看了看吴雯，说："刚才送你回来的，是驻京办的傅华吧？"

吴雯心里一惊，她很害怕小田对傅华不利，便说："你想干什么？是又怎么样？"

小田笑了，说："吴总你别紧张，我就是问一问。"

吴雯看了看小田，说："你还有别的什么事情吗？我很累了，要休息了。"

小田说："刘董要我告诉吴总，早一点回海川，他有事要跟你商量。"

吴雯说："好了，我知道了。"

小田离开了，吴雯关上了门，眼泪便流了下来，她心里已经知道自己是刘康控制的一枚棋子，而且现在刘康越发加强了对她的控制，她对这种身不由己十分无奈，悲上心头，忍不住大哭起来。

第九章　耍无赖纸包不住火，急刹车徐正施强权

徐正要求钱兵立即开工，钱兵则以资金链紧张拒绝开工，反而要徐正督促中标单位开工。徐正虽然生气，却不敢揭穿钱兵的骗局，只好压着施工方开工。忽然听说副市长金达向省里反映鸿途集团的问题，徐正终于紧张起来，立即命令施工方停工，以免造成更大的损失。

刘康亲自到海川机场接回来的吴雯，吴雯简单问候了一下，便上了车，一路上都板着脸，一言不发。

到了西岭宾馆，刘康看了看吴雯，说："小雯啊，你跟我说实话，是不是我哪里得罪你了？"

吴雯摇了摇头，说："干爹啊，你不要这样说，你对我的恩情，我一辈子都无法回报。只是，我只是心里很厌恶这件事情，你打算让我在其中周旋到什么时候啊？"

刘康苦笑了一下，说："这是干爹不好了，当初不该为了生意让你来做这件事情。"

吴雯看了看刘康，她现在还不想跟刘康撕破脸，而且刘康的手段也让她不得不小心应对，便说："干爹，你不要这么说，当初这么做是我自愿的。只是这样没完没了的，这样下去我受不了的。"

刘康说："那你想怎么办？"

吴雯说："我想早一点结束。"

刘康说："小雯，我们现在需要徐正做的事情还很多，你这个时候离开，我们可能前功尽弃的。"

吴雯说："那你还需要他做什么？"

刘康说："我们现在在海川的资金并不多，并不足以应付施工所需，我想通过徐正帮我们想办法贷一点款。"

吴雯看了看刘康，说："我可以再帮你这一次的忙，不过，这一次做完，我不想再留在这里了。"

刘康见吴雯答应了，说："行，行，只要你这一次做完，你尽可以离开。"

北京，傅华接到了苏南的电话，苏南让他马上下去，他要带傅华去一个好地方。

傅华上了苏南的车，笑着问："什么地方啊？"

苏南笑笑说："去了就知道了，保准你很喜欢。"

车子就载着傅华到了一处很不起眼的四合院门前，苏南说："下车，到了。"

傅华下了车，看看苏南，说："这是你弄的地方吗？"

苏南摇了摇头，说："我才没这种雅兴呢，主人在里面等着呢，进去吧。"

两人笑着往里走，虽然这四合院外表看起来很不起眼，可是傅华知道这些年北京的四合院拆了很多，保留下来的都是很昂贵的。

说着话就进到了里面，虽然这四合院外表不怎么样，可进到里面一下子就敞亮了很多，门脸似乎是故意搞得不起眼的。院子里面放着几个很古旧的大鱼缸，里面养的金鱼安逸地游动着。院子里的石榴树很粗，看上去已经种了有些年头了。

傅华笑了笑说："苏董啊，这个院子应该很有年头了吧？"

苏南点了点头，说："这个院落应该在清朝就有了。"

傅华说："这么排场，在清朝应该是一个官员的宅子吧？"

"不是啦，我听卖给我这个院子的人说，这是以前一个绍兴师爷的宅子。"一个女声脆落地说道。

傅华抬头看去，竟然是晓菲从正屋那边走了过来，他愣了一下，说："晓菲，这里是你弄的？"

晓菲笑了起来，说："是啊，不好吗？"

傅华笑了笑，说："只是没想到，感觉跟你的风格反差很大的。你是想做什么?”

晓菲说:“我就是想做个跟原来风格不一样的,不过内容还是跟原来山里的差不多,我是想用这里做一个会所,给朋友们提供一个休闲聊天的所在而已。”

说话的时候,傅华上下打量着晓菲,晓菲还是那样恬静淡然,这么多日子没见,他心中对这个女人还是有几份牵挂的。

晓菲对苏南说:“南哥,我们进去坐吧。”

苏南和晓菲就往里面走,傅华跟在了后面,晓菲回过头来,俏皮地对着傅华眨了眨眼睛。

这个俏皮的动作让傅华的心脏急促跳动了起来,他知道这个外表看上去平静的女子,实际上是一座岩浆汹涌的火山,他怕被她唤起心底的火热,赶忙把眼神躲闪开了。

三人进了正屋,房间里面却是另外一番局面,看得出来,晓菲只是保留了这四合院古旧的外观,让它看上去有一种历史的沧桑感,而内部的设施则进行了一番大改造,完全是现代化、电气化的,原本晓菲用来装饰厂房那边的是西洋画,而现在她用的完全是中式风格的水墨画,使得内外空间古旧和现代得以和谐统一了起来。

服务生进来给三人倒上了茶,茶是龙井茶,那股清香闻上去是那么沁人心脾,一只很大的卷毛狗过来蜷坐在晓菲脚下,晓菲不时伸手爱惜地去抚摸着它。

苏南笑了,说:“晓菲啊,你这派头把绍兴师爷学得十足啊,天棚鱼缸石榴树,先生肥狗胖丫头。”

晓菲笑了起来,说:“南哥取笑了,我这里的服务生可不是胖丫头啊,她们一个个身材苗条得很呢。再说这里也没有什么先生啊?”

苏南说:“呵呵,你要找一个先生好办,傅华成天愿意板着脸给人讲大道理,我看做这个先生倒正合适。”

其实这句谚语中的先生本意是教书先生,可是在这一刻说出来,傅华和晓菲同时想到的却是先生的另一个含义,他们都怀疑苏南话中有话,也都怀疑苏南是不是从两人的举动中看出些什么端倪来。

苏南本来是无意间的玩笑话,没想到一下子正说中傅华和晓菲的心事,两人腾一下脸都红了，同时偷眼去看苏南，看看他是不是知道了他们两人私底下的暧昧。

苏南本是无心的玩笑，他的目光正流连在屋内挂着的水墨画上，并没有去注意傅华和晓菲的神情。

晓菲看苏南这个样子，心底放松了下来，笑笑说："南哥，你真会开玩笑，人家傅华贵为驻京办的主任，也怎么肯屈尊我这个小地方做什么教书先生呢？"

苏南笑了笑说："我只是说他很适合，偶尔来客串一下也不错。"

傅华也看出苏南并没有察觉什么，便笑笑说："苏董啊，原来我在你心目中就是这么一个形象啊。"

苏南笑笑说："傅华啊，你是有些教书先生的味道了，你知道你唯一的不足是什么吗？"

傅华笑笑说："我身上的毛病可不少，不知道苏董看出了哪一点？"

苏南说："我觉得你身上最主要的不足，就是你这个人似乎太过于原则了，老是那么端着，不够随性。其实很多时候你可以随便一点的，就比方说我跟你已经认识这么久了，你叫我还老是苏董苏董的，干什么，我是你领导啊？"

傅华笑了，说："那是我对您的一种尊重。"

苏南笑了，说："这么说晓菲叫我南哥就不尊重我了？"

傅华说："那倒不是，那我以后也叫您南哥了。"

苏南笑了起来，说："这就对了嘛。这天下不是你一个人在撑着的，你随便一点天塌不下来。"

晓菲笑笑说："其实我倒觉得南哥来客串教书先生很合适，看你把傅华教训的。"

苏南笑了起来，说："晓菲啊，你看我说傅华心疼了？"

晓菲心中有鬼，脸又红了一下，说："哪有，南哥本来就在教训人。"

傅华怕苏南再往两人身上扯，赶忙换了话题，说："南哥，你说晓菲学绍兴师爷派头十足，这里难道真是以前绍兴师爷的宅子啊？"

苏南点了点头，说："这倒很有可能。"

傅华说："这不太可能吧，我觉得这个宅子的排场以前一般京官都很难住得上的。”

苏南笑了，说：“对啊，一般京官不一定住得上，可绍兴师爷就一定能住上。这个宅子其实是很有特点的，你看门脸很不起眼，内中却自有乾坤。这说明什么，说明宅子的主人在外表看来身份并不高贵，实际上却拥有很大的权力和财富。”

晓菲说：“老北京人住四合院是有一定的规制的，什么样的身份才能建什么样的宅子，如果他把门脸建得气派豪华，会逾制的，这要被言官看到了，会奏本弹劾的。”

傅华说：“这种规制我是明白的，可是为什么一个师爷能够拥有这么大的权利和财富，我就不懂了。”

苏南笑了，说：“别人说不懂，尚且可以含糊过去，你这个驻京办主任说不懂，那可就不对了。”

傅华摇了摇头，说：“我还是不明白。”

晓菲笑了起来，说：“那还是让南哥这个教书先生好好跟你说说吧。”

苏南指了指晓菲，说：“你这家伙，来打趣我。”

傅华笑着说：“我真是不明白，就请南哥不吝赐教吧。”

苏南笑笑说：“那我问你，你这个驻京办主任的职责究竟有哪些？”

傅华笑笑说：“驻京办事处肩负着一联、两接、三协助六项职能。一联，是联系当地在京名人，包括从海川市起家的老干部、将军到学者，甚至歌星，这些人对海川市的发展都有用处；两接，一是接待来京的海川市领导，二是接访，接待送返来京上访群众；三协助是协助海川市招商引资、提供信息，服务海川市在京务工人员。”

苏南笑了，说：“你说漏了一点，也是很重要的一点。”

傅华说：“我说漏了什么啊？”

苏南说：“你们不需要跟在京的各部委沟通联系吗？”

傅华说：“当然需要了。”

苏南说：“那你们打交道的都是各部委的主要领导吗？”

傅华笑了，说：“晓菲说我们驻京办主任尊贵，那是开玩笑的，其实我们都算是很底层的官员，很少能跟各部委的主要领导搭上关系，我们打交道的大多是各部委的科处级官员，也是基层的官员。”

苏南笑了，说："那你还不明白为什么绍兴师爷有权有钱吗?"

傅华困惑地说："这里面有什么联系吗?"

晓菲笑了起来，说："傅华，你怎么这么笨呢?这些部委的官员实际上就相当于清朝时期的六部胥吏，比方说财政部相当于就是户部，你要到财政部要钱，要人家拨银子给你们，不需要上下打点吗?你要打点不是必须要先走科处级官员这些基层干部的门路吗?"

苏南说："在清朝的时候，要做好一个官，首先要找到一个好的师爷，而师爷基本都是绍兴人在做，绍兴人做师爷是世代相传的，懂得做官的诀窍，一张利嘴，一只刀笔，天下无敌，所以有无绍不成衙的俗语。而你要跟六部打交道，就必须首先跟他们处好关系。说到这里，我想你该明白为什么绍兴师爷过得比一般官员还要好的日子了吧?你如果还是不明白，回去找一本《官场现形记》好好看看，你看那上面官员办很多事情，是不是先由师爷出来讲价钱的?"

傅华笑了起来，说："我明白了，多谢苏先生指点了。"

苏南笑了，说："去你的吧，你还真把我当教书先生了。"

傅华笑笑说："原来古今官场都是一个道理的。"

苏南说："那当然了，其实你看看古往今来的一些权谋书，哪一本上面讲的东西不可以拿到现在社会来使用?"

三人闲聊到中午，由于会所还没有正式营业，晓菲就吩咐厨房做了简单的午餐。

吃过午餐之后，苏南和傅华告辞要离开，晓菲送两人到了门口。苏南快步要绕过去开车，落在后面的晓菲使劲地掐了傅华胳膊一下，傅华差一点叫了出来。

苏南打开车门，正好回头看到了傅华龇牙咧嘴的样子，惊异地问道："傅华，你怎么了?"

傅华苦笑了一下，说："真是撞邪了，刚才不知道怎么了，闪了一下筋。"

苏南笑了，说："怪事，筋也能闪。"

傅华开了车门上了车，转过头狠狠地瞪了晓菲一眼，晓菲却一番若无其事的样子，向两人招了招手，笑着说："南哥、傅华，你们有时间就过来玩。"

两人答应了一声，苏南就启动了汽车，送傅华回驻京办。

在路上，傅华忍不住问：“南哥，有一件事情我一直很困惑，像晓菲这样优秀的女人，为什么到现在还没有男朋友？”

苏南笑了，说：“有些时候女人太优秀了并不是一件好事，晓菲就是一个很好的例子。你想啊，什么样的男子才能配得上这么优秀的女人？她又不想要一个攀附她的男人，那她的选择范围就很少了，而且随着她年龄的增长，她遇到如意郎君的机会更加少了。”

傅华笑了笑，说：“这大概就是自古红颜多薄命吧。”

苏南笑笑说：“怎么了，心疼她？”

傅华笑了起来，说：“南哥，你这不是开玩笑吗？你也知道我是有家室的。”

苏南笑着摇了摇头，说：“其实我觉得你们很般配的，晓菲似乎对你也有好感，只是你已经结婚了，只能遗憾了。”

苏南将傅华送到了驻京办就离开了，傅华快步进了大厦，正要进电梯，手机响了起来，看看是晓菲的号码，就接通了，他笑着说：“你刚才掐得我是不是很过瘾啊？”

晓菲笑了起来，说：“是挺解气的，南哥走了吗？”

傅华说：“你还知道要怕南哥啊？那你刚才还在他后面掐我？晓菲，我好像没得罪过你啊？”

晓菲笑了，说：“谁说你没得罪我了？你就是得罪了。”

傅华有点哭笑不得，他始终有一种不知道该拿这个很难捉摸的女子怎么办的感觉，便问道：“好，好，就算是我得罪了你了，那你告诉我什么地方做错了？我好给你赔罪。”

晓菲说：“傅华，是不是我不让南哥带你过来，你就准备一直不跟我联络？这样子是不是会显示出你的男子气概来，会让人觉得你多牛啊，可以不把别人放在心上是吧？”

傅华干笑了一下，说：“晓菲，你也知道，我是没资格把你放在心上的。”

晓菲说：“难怪南哥说你这个人太过于原则了，你老那么端着不累啊，我又没有非要让你干什么，随性一点好不好？你打个电话来会死啊？”

傅华笑了，说：“你这么说很不公平啊，我又没说不让你打电话过来，为什么你不能先打电话给我呢？”

晓菲说："你一个大男子汉说这种话害不害臊啊？我是女生，当然要矜持些了。"

傅华笑了起来，说："好，好，反正有什么不对都是我的不对，行了吧？"

晓菲笑笑，说："这还差不多。你觉得我弄这个四合院怎么样？"

傅华说："挺好的，古老和现代文明冲突而和谐，跟目下的北京风格是一致的。"

晓菲笑了，说："能够得到傅主任的表扬真不容易，既然喜欢，可不要就来了一次就再没了踪影啊？"

傅华一下子被说中了心底所想，他对晓菲的想法还真是觉得要以躲为主，他并没有飞蛾扑火的勇气，而且他觉得那样对赵婷也是很不公平的。

傅华含糊地笑了笑，说："好的。"

晓菲说："你答得这么不肯定，是不是还在想怎么避开我啊？"

傅华又被晓菲说中了心事，赶忙掩饰说："没有了，我不会的。"

晓菲说："傅华啊，我并没有想要你做什么，你随性一点，有时间过来聊聊天、喝喝茶什么的，可以吗？"

晓菲这个姿态已经放得很低了，要求也并不过分，傅华不忍心再去伤她的心，便说道："晓菲，你放心了，有时间我就会去的。"

这一次傅华不再含糊，晓菲知道他是真心地答应了，高兴地笑了起来，说："这还差不多。"

海川，吴雯出现在西岭宾馆已经是午饭时间了，她睡了一上午，早饭也没吃，已经很饿了，便去了餐厅吃饭。

刘康也来吃饭，看到吴雯来了，就坐到了她的身旁，笑着问道："你跟徐正说了资金的事情吗？"

吴雯说："说了，他说会想办法的，让干爹自己跟他联系。"

刘康高兴地笑笑，说："很好，下午我就去见他。"

吴雯心中越发怀疑这一切是刘康早就算计好布下的局，自己只是他获取利益的一枚棋子而已，她看着刘康的眼睛，问道："干爹，你知道徐正对我有好感，这一切你心中早就有打算啊？"

刘康眼神躲闪了一下，说："小雯啊，干爹知道你现在做这件事情很不情愿，干爹心里也很不舒服。不过，这也是为你我的未来做打算的。做完这项工程，干爹也准备退休了，投资移民正在办理，到时候我们一起去国外生活，那时候就不为难你了。”

吴雯苦笑了一下，说：“这项工程做完要很长一段时间的，我可等不及，我想等你拿到了贷款，我就离开海川，到北京生活。”

刘康心里并不想吴雯离开，他的工程要顺利进行，徐正是一个关键，吴雯留在身边，他就能很好地控制徐正，并且徐正现在对吴雯如此有好感，他又怎么肯轻易放吴雯离开呢？

刘康笑了笑，说：“小雯啊，你我都是在这社会的大染缸中打过滚的人，到今天我想你也应该明白，对于我们来说，只有利益才是最实际的东西，至于像海川驻京办主任傅华，他对你来说是一个很不切实际的东西，我觉得你还是放弃掉这个幻想比较好。”

吴雯有点恼火地看着刘康，说：“干爹，你这是什么意思啊？是不是你派小田在监视我啊？”

刘康说：“我没有，不过小田正好碰到傅华送你回去而已。小雯啊，你也知道的，傅华是有家室的，他妻子是有钱人家的千金小姐，他不会为了你舍弃一切的。”

吴雯急了，说：“傅华跟我只是朋友，从来没涉及那方面的事情。你把我们想得太龌龊了。”

刘康说：“既然是这样，那你就更不要被单方面的幻想所影响，还是抓紧利用徐正，想办法多在他身上捞取点实际利益。”

吴雯说：“干爹啊，你怎么就不明白啊，我是不想利用他的好感。”

刘康看了看吴雯，说：“小雯啊，现在徐正对你的好感，已经近乎失去理性，你如果离开，对我们集团来说可是很不利的。”

吴雯摇了摇头说：“我真是受不了，你还是抓紧时间办你要办的事情，办完之后，我就离开。”

刘康见吴雯怎么劝也不听，也有些恼火了起来，说：“好啦，你爱怎么办就怎么办吧。”

刘康愠怒离去，让吴雯有些害怕了起来，她目前的所有的东西，大多都是刘康给她的，而且她也是知道刘康的手段的，真要惹火了刘康，她不知道刘康下一步会做些什么。

在这场游戏中，自己实际上没办法得到丝毫保障的，一种恐惧感油然而生，吴雯开始认为要想想办法如何自保了。

下午，刘康去了徐正的办公室，徐正看了看刘康，说："刘董啊，怎么回事啊？新机场工程才接下几天啊，怎么这么快资金就有了问题啊？"

刘康笑了笑说："我们集团北京那边出了点事，资金一时调集不过来，另一方面你们政府的付款也不及时啊。这样下去可能要耽搁工程的进度的。"

徐正说："政府这边的付款都是按照合同走的，这涉及中央和省里的拨款，必须严格执行合同才行。"

刘康说："既然这样，你看是不是跟四大银行方面打打招呼，能不能给这个项目发放一点优惠贷款。"

徐正说："四大银行现在对地方政府也不是言听计从了，有点难度，要不这样吧，从市里面的住房公积金那边给你协调一点贷款出来。"

刘康说："那就麻烦徐市长了。我要怎么感谢您才好呢？要不我陪你出去玩一趟，随你选地方，玩什么也随你。"

徐正笑了笑，说："我哪里也不去，多谢你了。"

时间不管人们愿不愿意都是在前进的，鸿途集团的CBD招标活动已经结束，丁益的天和房地产也中标了一栋大厦的建设工程。本来招投标结束，CBD项目应该轰轰烈烈开工建设了。但是蹊跷的事情发生了，鸿途集团不肯退还各投标单位先期缴纳的竞标保证金，还要求各中标单位垫资开工。各中标单位都不是傻瓜，见鸿途集团这样做，摆明了这个所谓的集团公司不但不想拿出钱来，还想套用各中标单位的资金，这样的公司怎么能信得过啊？于是各中标单位纷纷拒绝开工，CBD项目就耗在那里了，没有丝毫进展。丁益也在冷眼旁观，他本来因为傅华的提醒就对鸿途集团有所警觉，此时自然不肯开工建设了。

这个CBD项目一开始上来就拆除了两栋新建的大楼，已经让海川市民在背地里议论纷纷了，有人对市政府这种败家子的做法十分不满，不过因为有着对CBD这名声赫赫的项目的美好期待，也有很多人抱持着不破不立的观点，对市政府这一举措大加叫好，认为徐正这个市长有魄力，为了市政的发展，敢于承担责任。支持的和反对的基本是五五波，所以海川市的舆论尚属平和，而且 CBD 对海川市民来说尚属新生事物，大家也都想看一看这个 CBD 会建成什么样子，会给海川带来什么效益。

可是没想到的是，这个 CBD 应该开工建设却没有开工，上来就卡壳了，这下子海川市市民们可炸锅了，人们说什么的都有，矛头直指市政府，都在说市政府的官员们肯定是受了鸿途集团的贿赂，这才让这一家根本没什么经济实力的公司进驻，还傻乎乎地上来就把两栋新楼给拆除了，真是败家子的行径。

金达也听到了这些议论，他本来就不赞同建什么 CBD 项目，对徐正很有意见，不过是后来张林对他说了一些说服工作，要他多理解徐正的工作，他这才勉强把自己的不同意见压了下去。此刻听到人们的这些议论，他便觉得自己的主张得到了舆论的支持，便在市长碰头会上把这件事情提了出来。

金达说："徐市长，我不知道您注意到没有，鸿途集团 CBD 项目招投标早已完成，却迟迟不能开工，现在老百姓在外面骂什么的都有，市里面是不是对这件事情管一下，赶紧督促鸿途集团开工建设，如果再这样下去的话，会严重损害我们市政府在群众中的威信的。"

这件事情徐正私下也听说了，他心里也在着急，暗骂鸿途集团这是在干什么，为什么迟迟不肯投资开工建设。

虽然徐正心里很急，可是他对金达在会上把这件事情提出来却十分反感，金达是公开反对建 CBD 项目的，是自己压制了他的反对意见。他认为金达在会上提出这个是对自己的报复。

徐正说："金副市长，请你说话注意一点，怎么就会严重损害我们市政府的威信了？老百姓骂什么了？我怎么就没听到？我就反对这种私下做小动作传八卦消息的做法，现在反映舆情的渠道很多，不但有专门的信访部门还有市长信箱等等渠道，老百姓如果有意见，大可以公开反映嘛。那些私下嘀嘀咕咕都是些心存不满的小人，这种意见不听也罢。"

金达听得出来徐正在指桑骂槐，心中十分恼火，心说你徐正这算是什么工作态度啊，你要有接受同志意见的雅量啊！

金达说："徐市长，可鸿途集团迟迟未能开工也是事实啊！"

徐正眉头皱了起来，说："金达同志，那是企业内部的事务，可能鸿途集团有他们自己的考量，我们这些行政官员最好不要去干涉太多。"

金达并没有被徐正的态度吓回去，他说："徐市长，您别忘了，这个 CBD 项目也有我们市的投资在内的，鸿途集团开工与否与我们海川市利益攸关，我们不能坐视不管。"

徐正火了，把喝水的茶杯狠狠地往桌上一顿，说："我说过不管了吗？我说过不管了吗？我们政府当然是要管的，我们也在关注这事态的发展，只是要管也是要由相关的负责同志去管。金达同志，你先要搞搞清楚，这并不是你分工的范围，先做好自己的工作再说。"

如果换到别的官员，可能这个时候已经就被徐正吓了回去，偏偏金达不吃这一套。他一来年轻气盛，二来仗持着自己来自省里，因为所从事工作的缘故，常常跟郭奎有所接触，郭奎对他还是很欣赏的，并没有把徐正的威吓当做一回事情，便说道："徐正同志，我觉得只要是市里面的工作出现问题，不论是不是我分管，我看到了都有责任提出来，难道不是我分管的，我就应该置之不理吗？"

眼见两人就要吵起来了，李涛说话了："金达同志，现在徐市长已经知道这件事情了，他会根据情况做相应的处理的，你先平静一下，好不好？"

有了李涛这么一缓冲，徐正也觉得自己刚才话说得冲了一点，便说道："行了，我已经知道你反映的情况了，回头我会认真处理这件事情的，好了，我们继续开会。"

金达看了看周围，除了一个打圆场的李涛，并没有一个人出来声援自己，似乎只有自己这一个新到海川不久的人听到了海川市民的议论，他感觉有些势单力孤，既然徐正答应会认真处理，他也就就坡下驴，低下头来，不再说话了。

会议结束后，李涛跟着徐正去了市长办公室，进门之后，李涛说："徐市长，您是怎么看金达同志反映的这个情况？"

徐正说："这个金达，仗着是从省里面下来的干部，根本就没把我放在眼中。"

李涛笑笑说："金达有些书生气，不过他的出发点是好的。"

徐正说："什么出发点是好的，他这是因为上次反对建 CBD 被我否决了，今天故意提出来羞辱我的。你不知道，老李，那一次他已经去跟张林书记告状了，害得我费了好多口舌才说服了张书记。”

李涛说：“不过，他今天说的情况我也听到了，正想找个机会跟您说一下呢，这个鸿途集团是不是有什么问题啊？”

徐正说：“会有什么问题，我跟西江省的朋友聊过，鸿途集团在他们那边的项目进行得很好，一点问题都没有，怎么到我们这边就有问题了？”

李涛说：“可是他们迟迟不开工也不是个事啊！”

徐正想了想，他也知道鸿途集团再拖延下去，舆论对他越来越不利的，便说：“要不，老李你去鸿途集团了解一下情况？催促他们一下，让他们赶紧开工？”

李涛说：“行啊，我去看一下吧。”

第二天，李涛让秘书跟钱兵约了时间，去了鸿途集团。

钱兵笑着跟李涛握手，说：“李副市长，大驾光临有何指示啊？”

李涛说：“指示倒不敢了，只是，钱先生，我想来看看贵集团工程施工方面可有什么困难吗？”

钱兵笑笑说：“没有啊，一切都很顺利。”

李涛看了看钱兵，说：“既然是这样，为什么贵集团迟迟不肯开工呢？”

钱兵笑笑，说：“李副市长，这可怨不得我们集团啊，那些中标的施工单位迟迟不肯进场施工，我们集团正在考虑是不是要追究他们的违约责任呢。”

李涛愣了一下，如果是中标的单位都不肯进场施工，那问题可能就很严重了，偌大的CBD项目中标单位可不止一家两家，大家统一步骤都不进场，很可能是鸿途集团这边存在问题，而且是很大的问题，便问道：“为什么他们都不肯进场施工啊？有什么理由吗？”

钱兵脸不变色心不跳，笑笑说：“我也不知道，想不到你们东海省这边的建筑商真是没信誉，他们迟迟不肯开工，会给项目造成很大的损失的。李副市长，这个项目你们海川市政府也有份的，你们是不是能出面劝说一下这些建筑商，真要追究起来，他们是应该负很大责任的。”

李涛听钱兵一味地把责任往建筑商身上推，知道在钱兵这里是问不出原因的，便笑笑说：“这我可要回去了解一下情况。”

钱兵说：“那就拜托李副市长了。我这几天也急得不行，时间就是金钱，每天都这么干耗着，我们集团的损失很大的。”

李涛就要告辞离开，钱兵挽留说：“李副市长既然来了，就留下来吃顿便饭吧？”

李涛说：“我下面还有行程安排，就不在这吃饭了，改天吧。”

见李涛坚决要离开，钱兵就让助理拿出了一个袋子来，递给李涛说：“谢谢李副市长为我们集团操心，一点小小礼物，不成敬意。”

李涛觉得这件事情透着蹊跷，建筑商是要靠建设工程赚钱的，现在这帮人放着钱不去赚，都不肯进场施工，肯定是鸿途集团这边有什么重大的问题，让他们不敢进场施工，因此李涛不敢招惹钱兵，他也不喜欢收这种不明不白的礼物，便将袋子推回去，说：“不好意思，我不能收这种东西的。”

钱兵以为李涛嫌弃礼物菲薄，笑笑说：“李副市长，其实这里面是有着丰富内容的，你回去看看就知道了。”

钱兵这么一说，李涛越发不敢接受了，他很坚决地摇了摇头，说：“我李某做人向来清白，这种东西从来都不收的。好了，我真的要走了，要不然要耽搁下面的安排了。”

钱兵无奈，只好放李涛离开了。

李涛离开了鸿途集团，在车上就拨了电话给天和房地产的丁江，他记得天和房地产也是中标公司之一。

电话接通了，丁江笑笑说：“李副市长，怎么突然想起打电话给我来了？”

李涛笑笑说：“老丁啊，我听说你现在把公司都交给儿子打理了？”

丁江笑了笑，说：“是啊，现在已经是年轻人的天下了，我也想享几天清福。”

李涛笑笑说：“你倒是想得开。”

丁江说：“现在倒是挺悠闲的。李副市长，你找我有什么事啊？”

李涛说：“是这样，你们公司这一次是不是也中标了鸿途集团CBD项目？”

丁江说：“是啊，怎么了？”

李涛说：“为什么你们不肯进场施工啊？”

丁江说：“这家集团公司到现在没让我们见到一分钱，还把我们竞标的保证金扣留着不肯退还，这像一家要投资四十八亿人民币的公司吗？我问过那些中标的同行了，大家跟我们公司遇到的情况一致，纷纷觉得这家公司很可疑，因此都不敢进场施工。李副市长，我正想问你呢，你们是怎么找了这么一家公司的，怎么感觉这么不靠谱啊？”

李涛听着听着汗就下来了，问题果然是出在鸿途集团身上，按照丁江的说法，怎么看都会觉得鸿途集团像是没有什么经济实力的，这跟他们吹嘘的要建什么CBD可是不相称的。

如果真是这样，这玩笑可开大了，海川市政府还为此拆除了两栋新楼呢，这可跟海川市民怎么交代啊？

李涛不敢往下想了，他说：“绝对不可能的，我们调查过，鸿途集团还是很有实力的。”

丁江说：“您非要这么说，我也没办法，反正我是觉得不像。”

李涛想要劝丁江带头进场施工，便说：“老丁啊，这工程市里面也有份的，你就不能支持一下？”

丁江笑了，说：“不好意思，我们的公司现在是上市公司，是受严格监管的，我可不想给股东们造成太大的损失。”

李涛不好再说什么了，挂了电话之后，越想越觉得问题严重，现在建筑商都不肯进场施工，这个影响可就大了，建筑商都觉得鸿途集团不可靠，而且就算废掉这一批建筑商，这个影响已经造出去了，下一次怕是没人敢来投标了。

李涛回了市政府，直接把情况跟徐正说了，徐正也觉出问题的严重性，这是一项大肆宣传过的明星工程，向海川市民展示过美好前景的，如果连开工都成了问题，那后果将不堪设想。

徐正看了看李涛，说：“老李啊，这家鸿途集团究竟是怎么回事啊？”

李涛迟疑了一下，然后说：“徐市长，您看我们有没有可能是遇到了骗子公司了？”

徐正心中也是这么想的，但是他却不想承认这一点，如果承认了这一点，那就代表他上当受骗了，现在关键问题是如果上当受骗了，他就要对造成的损失负责任，那两栋新楼造价可都是几千万的，这个责任他可担负不起。

徐正连忙否定了李涛这个说法，说：“老李啊，鸿途集团在西江省也有工程的，那边的朋友可说他是很可靠的，说不定他是因为西江省的工程需用的资金太多，造成我们这个 CBD 项目的资金一时调不过来。”

李涛也不敢往鸿途集团是骗子公司那方面去深想，他也是这个 CBD 项目的经手人之一，真是要受骗了，他的责任也不会轻。

李涛看了看徐正，说：“徐市长，那您说下面要怎么办？现在市民们还只是私下议论，如果还是没有公司进场施工，那接下来的恐怕就不是简单的议论了。”

徐正此刻脑子里想的也是要如何解决这个问题，他要把问题掩盖下去，就算是骗子公司又怎么样，多少公司都是空壳的皮包公司，到最后不也是干出很多事情来了吗？问题的关键是要把工程运作起来，只要能运作起来，什么问题都可以掩盖下去的。

徐正说：“我也知道这个问题不能等了，这样吧，我让钱兵来一趟，跟他谈一谈，看看能不能想出个解决办法来。”

徐正认为他必须亲自出马了，目前看来李涛的能力和威信都不足以解决目前这一个危机，他亲自出马也许可以凭着市长的威望把这件事情解决了。于是他让秘书约钱兵第二天来办公室见面。

第二天一早，钱兵按约来到了市长办公室，徐正跟他简单寒暄了几句，就问他为什么 CBD 项目迟迟不能开工。

钱兵把应付李涛的那一套又跟徐正说了一遍，把责任都推在了建筑商身上。

徐正听完，说：“钱先生啊，我从建筑商那边听到的情况可不是这个样子的，他们都说是你们鸿途集团不但扣着他们的竞标保证金不还，还要他们垫资进场。”

钱兵并没有慌，笑着说：“现在建筑商垫资进场不是一个通行的做法吗？这样子也可以保证他们不敢在工程质量上打马虎眼啊。”

徐正说：“可是现在建筑商都不肯进场，他们对你们集团很不信任，是不是你们也应该拿出点资金来，起码先让建筑商进场施工啊？”

钱兵摇了摇头，说：“那绝对不行，这不是让建筑商牵着我们的鼻子走吗？不行，这太被动了，绝对不行。”

徐正心里这个气啊，明明是钱兵拿不出钱来，偏偏他还说得理直气壮。

徐正说：“钱先生，我劝你考虑一下问题的严重性，如果你们迟迟不开工，我们政府要承受很大的压力。你不是要投资四十八亿吗，先拿出来一些钱来，让建筑商们开工不好吗？你如果再坚持不肯拿出钱来，那我们对贵公司的实力怕是要打一个问号了。到那个时候我们要对贵公司采取一些必要的措施了。”

钱兵看看徐正，他并没有害怕，反而笑了起来，说：“笑话，我们鸿途集团是来海川市投资的，所做的一切行为都是合理合法的，你们海川市政府凭什么要对我们采取措施？你们就是这样子对待外来投资客商的，徐市长，北京我也有认识的人，你如果敢动我一根汗毛，我可以把官司给你打到北京去，到时候我看你的乌纱帽还戴不戴得住。”

钱兵的这一番表演，徐正有傻眼的感觉，这家伙完全是一副无赖的嘴脸啊，自己当初怎么就相信他了呢？

可是徐正还不敢跟钱兵闹僵，如果闹僵了，CBD 项目会一直停滞在那里，他要承受的政治压力会越来越大。最主要的是，徐正怕跟钱兵翻脸之后，钱兵的骗局可能就要被拆穿（现在徐正已经基本倾向于认为钱兵是一个大骗子了），那个时候他就将不得不面对受骗的后果了。那对他来说无异于一场政治灾难。

不行，还不能跟这个家伙硬碰硬，徐正笑了笑，说：“钱先生，你不要这个样子嘛，我叫你来，是想跟你一起想个解决问题的办法出来，可不是想要对你做什么的啊！”

钱兵也不想跟徐正翻脸，真要翻脸了，他也得不到什么好处，结局只能是两败俱伤。只有把双方的和谐维持下去，他才能从中渔利。

钱兵也笑了，说：“徐市长，你看我这个脾气，不好意思，刚才话说得有些过头了。”

徐正笑笑说：“彼此彼此了，谁也别埋怨谁了。不过，目前这个状况老这么持续下去不是个办法啊，我们双方总是想办法要解决问题啊。钱先生，就算你给我们市政府一个面子，拿出些钱来，让建筑商赶紧开工吧，不然我们要承受很大的舆论压力啊。”

钱兵笑笑说：“跟您说句实话吧，徐市长，这个要求我真是无法满足你。我们集团不是没有资金，而是现在西江省那边的工程招商不太顺利，大笔的资金都压在那边，我一分钱都调不过来。我现在也很着急啊。要不，您帮我们集团出面协调一下，帮我们用项目作抵押，先贷一点款出来用一下，等我们西江省的项目资金可以抽出来了，马上就会把贷款还上的。”

徐正心里把钱兵的祖宗八代都骂遍了，这家伙够能忽悠的，一分钱都调不过来，却能忽悠着我们把两栋新楼都拆了。

同时，徐正也不敢出面协调银行贷款给鸿途集团，虽然钱兵口口声声说西江省的项目很快就能把贷款还上，可谁知道西江省的项目真实状况如何，这贷款搞不好又是一个骗局。

徐正笑了笑说：“钱先生啊，你这就是不明白我们政府和银行的关系了，现在四大国有商业银行并不受我们政府的辖制，你这个贷款的要求，我没办法出面的。”

钱兵说：“那就没办法了，这个 CBD 项目只好暂时搁置了。”

徐正有些急了，说：“钱先生，你这样可不是解决问题的态度啊。这可是我们两家合作的项目，你不能就这样搁置不管。”

钱兵笑了笑说：“徐市长，我是想管，可是我现在出现了暂时的困难，想管也管不了。您也说了，这是两方合作的项目，贵方倒是有能力管，可是您却不愿意施加援手。既然不能同舟共济，您也就不能怪我放手不管吧?”

这家伙这不是无赖吗，话里话外的意思就是赖上市政府了，徐正明知是上了钱兵的恶当，可是现在他已经上了贼船，想下来已经不太可能了。

眼下还是想办法暂且把难关渡过去吧，徐正说：“钱先生，你这么说就不对了，我什么时候说过不管了？只是你说贷款这个方法行不通而已。我们再好好商量一下，一定有什么办法可以解决这个问题的。”

钱兵笑了，说：“其实也不是没有别的办法，只是还是需要徐市长亲自出面协调一下。”

徐正知道自己想要完全脱离干系是不可能的了，眼下的局面是能解决一个问题是一个问题，便笑笑说：“那钱先生，你说需要我们做什么配合?”

钱兵说：“其实很简单，我想宴请一次中标的建筑商们，请徐市长参加，到时候徐市长可以跟建筑商们沟通一下，让他们对我们这个项目有信心，我想这样也许建筑商们就会进场施工了。”

徐正想了想，这可能是目前能做的唯一一件对自己危害较少的事情了，虽然将来很可能损害自己的威信，但是总比现在事情败露自己受处分要好。

权衡再三，徐正知道自己唯有接受了，便笑笑说：“这倒是可以，本来这个项目就是我们两家合作的，宴请建筑商我也是应该参加的。”

钱兵笑笑说：“那好，我就安排酒宴了。”

钱兵这时从手包里拿出了一个红包，放在了徐正面前，说：“徐市长，为了感谢您对 CBD 项目的扶持，我们公司送您一点小小的礼物，请千万不要推辞。”

此刻的徐正已经知道钱兵和鸿途集团是烫手山芋，连想都没想就把红包推了回去，说：“钱先生，你不要搞这些东西了，你把项目搞好比什么礼物都强。”

钱兵笑笑说：“徐市长，就是一点心意，您不是这么见外吧？”

徐正坚决地摇了摇头，说：“钱先生，我不能收，这是违反我们的纪律和法律的，你总不会想害我吧？”

钱兵见状只好将红包收了回来，说：“徐市长，你们海川市的干部真是廉洁啊，前面李副市长也是坚决拒绝了我的礼物，你现在也这样，真是令人敬佩啊。以前岳武穆说文官不爱钱武官不惜死，不患天下不太平！可见海川在您的治下肯定是政治清平，我对我们项目的发展更有信心了。”

徐正笑笑说：“钱先生真是太夸奖了，我和李副市长就是尽本分而已。”

过了一天，在钱兵安排的晚宴上，徐正笑着对来参加的建筑商们说：“各位老板们，CBD 这个项目是我们海川市政府和鸿途集团联合开发的，在合作之前，我们市政府对鸿途集团进行了充分的考察，考察结果表明，鸿途集团是一家很有经济实力的公司，一定能搞好这 CBD 项目的，为什么你们迟迟不肯进场呢？老丁啊，你是市里面的带头企业，你们究竟什么意思啊，难道连市里面跟人合作的项目你们都不肯支持一下吗？”

丁江是代表天和房地产来参加这个宴会的，被徐正点了名，他知道父母官得罪不得，连忙笑笑说：“徐市长，看您这话说得，我们天和房地产没有市里面的支持哪里会有今天啊，我们当然要支持市里面的项目了。我们已经在筹备进场施工了”。

徐正不很满意丁江的答复，笑了笑说：“那老丁你什么时候能够筹备好啊？你给我一个准日子。”

丁江被逼到了墙角，只好说：“基本差不多了，估计明天就可以进场施工了。”

徐正说：“这可是老丁你自己说的，明天如果还不能开工，我要是要找你的。”

丁江无奈地笑了笑，说：“明天一定开工，徐市长就放心吧。”

徐正又一一跟其他在场的建筑商落实开工日期，丁江已经做了表率，大家又都不想得罪父母官，只好一一承诺了具体的开工日子。

危机暂时得以化解了，徐正很满意这个结果，就亲自给到场的每一位建筑商倒满了酒，然后端起酒杯，说：“感谢大家对我们海川市政府和鸿途集团的大力支持，这一杯我先干为敬了。”

说完，徐正仰脖就将杯中酒干掉了，建筑商们面面相觑，知道不喝不行，也都跟着把这杯苦酒干掉了。

刘康打了电话给吴雯，让她马上过来：“小雯啊，你怎么也不跟我事先说一声就要离开呢？你这样搞得我很被动啊。”

吴雯说：“干爹，你可是答应我贷款这件事情办完之后，我就可以离开了，现在你贷款已经拿到手了，也该是我可以离开的时候了。”

刘康说：“小雯啊，你再待些日子再离开好不好？”

吴雯坚决地摇了摇头，说：“我不想再待下去了。”

刘康说：“现在徐正态度很微妙，你就当再帮我一个忙，等徐正态度缓和了，你再离开行吗？”

吴雯痛苦地摇了摇头，说：“干爹，我不是不想帮你这个忙，而是这个样子下去，什么时候是个头啊，成天跟商人和官员打交道，我都感觉自己快要疯了。我能帮你的都帮了，我没办法再留下来了。”

刘康看吴雯痛苦的样子，知道强逼下去也不是个办法，便说道：“要不这样吧，小雯，我也不想看你这个痛苦的样子，你可以先去北京放松一下心情，等心情好了你再回来，行吗？”

刘康看了看吴雯，心说这个女人看来真是被傅华灌了迷汤了，竟然变化这么大，傅华真是该死。

因为有了徐正为鸿途集团出面，算是对中标 CBD 项目的建筑商们变相做了一个保证，建筑商们陆续开始垫资进场施工了，CBD项目总算启动了起来。虽然项目是启动起来了，可是建筑商们对鸿途集团并没有完全相信，他们的施工进度很慢，他们在观察事态的进展，不想前期投入太多，避免损失过大。

金达看到这种局面，心中难免有些着急，可是他知道就算把情况反映给徐正，徐正也不会听取他的意见的。反映给张林吧，上次他已经把自己反对建CBD项目的意见反映给了张林，可最后的结果张林还是支持了徐正。他觉得张林和徐正是沆瀣一气的，反映了也是没用的。

金达于是借口回家看看，跟徐正请了假就回了省城，在回了省城的第二天，金达去见了郭奎。

金达原来是郭奎政策班子里一名很有水准的理论性的官员，曾经给郭奎提出很多具有前瞻性和战略性的意见，因此郭奎很赏识他，认为他可堪大用。把他派下去，是郭奎认为金达身上书卷气十足，没有基层工作经验，对一些政治方面的操作认识不深，有让他在下面锻炼一下的意思。政治操作这个东西课本上是很少讲的，只有从实践中才能摸索出来。

郭奎见了金达很高兴，笑着说："秀才回来了，怎么样，在海川待得还顺心吗？"

金达摇了摇头，说："不顺心。"

郭奎笑了起来，说："不是这么快就碰得头破血流了吧？"

金达说："是，我很看不惯徐正同志的工作作风，根本就是一言堂，什么民主集中，集中倒是集中了，可完全集中在他自己的主张上，根本不民主。"

郭奎看了看金达，说："好大的怨气啊。好吧，跟我说说是怎么回事？"

金达就讲了两次开会徐正都不肯接受自己的意见以及CBD项目目前的状况。

郭奎听完，说："就这些吗？"

金达说："就这些还不够吗？CBD项目明显是一个错误，可是徐正同志认为这是一个大项目，可以成为他的一项政绩，就盲目去发展它。这是必须予以纠正的。郭书记，您应该批评一下徐正同志，让他赶紧采取措施改正错误。"

郭奎摇了摇头，笑笑说："这是你们市里面的决策，现在并没有什么明显的错误，我不能干涉。"

金达说：“这个项目没有经过充分的论证，盲目上马，徐正同志完全是独断专行，这还不够错误吗？”

郭奎笑了起来，说：“秀才啊，你不要把书本上的东西直接就当成现实，徐正同志这么做也是有他的道理的。作为一个决策者，如果事事都去论证，怕是要耽搁很多事情的，现在这个社会，时机稍纵即逝，有些时候就是要当机立断，决策者是要有这种素质的，有些时候难免要被下属看做是独断专行，这也是没办法的事情。”

金达见郭奎这么说，气虚了很多，看来郭奎也是支持徐正这么做的，他说：“可是，这样做是会产生很多问题的，就像这个CBD项目，因为匆忙上马，资金等一系列的都跟不上，开工都很困难，更别说前景并不看好了。”

郭奎笑了笑，他之所以欣赏金达，不光是因为金达的头脑，更是因为金达这种认定了某种东西就敢于坚持的个性。现在官场上很少能见到有个性的人了，大多时候，只要领导一有了看法，其他人就会随声附和，甚至领导还没谈出意见来的时候，他们就都已察言观色揣摩领导的意见，然后迎合着领导可能的意见去谈自己的意见。

郭奎不想去打击金达这种个性，他只是觉得金达做事的技巧尚显不足，便笑了笑说：“这些问题可能确实存在，但我认为徐正同志会有办法处理的。我们不谈他了，说说你吧。”

金达愣了一下，说：“我怎么了？我没做错什么啊？”

郭奎笑笑说：“你的出发点是正确的，但是你采用的方式方法却是错误的。你没有搞清楚的一点是，市政府的常务会议不是你在省里面开的政策研讨会，你还没搞清楚你现在所处的环境，秀才，你还没有很好进入副市长这个角色啊。”

金达有些糊涂了，说：“郭书记，我所做的不就是一个副市长应该做的吗？”

郭奎说：“你不明白的，就像这个CBD项目，你有不同意见，可以私下跟徐正同志沟通嘛，你公开在会议上跟他唱反调，他会认为你是在针对他，他会认为自己的权威受到了挑战，因此否决你的意见也就在情理当中了。”

金达说：“那起码也说明他没有容人的雅量。”

郭奎笑了笑，说：“这不是雅量的问题，是一个领导的权威受到了挑战的问题，这样如果容忍下去，那他的权威就无法得到保障，他也就无法领导这个集体了。你要知道，很多时候开会只是一个形式，在开会前已经在私下对要研究的问题进行过沟通了。即使是重大决策，也是采取主要领导碰头私下商量的方式，确定某种初步方案，供与会人员进行决策的，是事先就达成了某种一致的。这一点就与做政策探讨研究有很大的不同。”

金达说：“看来我没有私下跟徐正同志沟通是错误的了？”

郭奎并没有直接回答金达，而是笑笑说：“秀才啊，在下面工作跟在省里工作是大大不同的，你认真想一想吧。”

金达笑了笑，说：“原来这么复杂啊。”

郭奎笑笑，说：“这不比你以前做理论工作，多翻几本书，做做调研，就可以把工作做好。这里面需要的很高的工作技巧。秀才啊，你如果想要在这上面有所作为，遇事就多动动脑筋吧。”

金达心中对自己也是有很高期许的，便点了点头：“我明白了，郭书记。”

傅华明显感觉到再次出现在自己面前的吴雯有了很大的不同，笼罩在她身上的阴霾不见了，她变得阳光起来。

傅华笑笑说：“这次又回来散心了？”

吴雯笑了，说：“不是啦，我这一次打算长住北京了。原本想回海川去闯一番事业出来，现在看来还真是不适合我，还不如我在北京过得舒服。”

傅华说：“这么说，你脱离了你干爹的控制了。”

吴雯说：“也不算脱离了，我跟他还有联系，只是我不会再受他的操控了。”

刘康只是同意她到北京来休息一段时间，可是吴雯离开了海川，就感觉像脱离了樊笼的飞鸟。

傅华有些担心地说：“你干爹会善罢甘休吗？”

吴雯笑了，说：“我已经做了一些必要的准备工作，到时候就算他不肯善罢甘休，也是不行的。”

傅华知道吴雯的精明，看她这么自信就放心了，便说：“那就好。能早一点脱离他是好事情。”

吴雯说：“是啊，我现在觉得自由自在，从来没有感觉像这样愉快过。”

傅华笑笑说："那你下一步打算做什么？"

吴雯妩媚地笑了起来，心情愉快起来她就更显娇艳，说："做什么呢？我还没考虑呢，我手头的钱够生活一段时间的，再说吧。"

傅华笑着说："那就慢慢来吧。中午我请你吃饭吧，庆祝你得到了新生。"

吴雯笑了起来，说："我们想到一块去了，我本来就是想找你一起吃饭庆祝的。"

这时，办公室的门打开了，赵婷一头闯了进来，口里嚷着："看我买的这套衣服怎么样？"

傅华笑着说："小婷啊，这位是我们海川市海雯置业的吴雯吴总，这位是我老婆赵婷。"

吴雯笑着站了起来，叫了一声："嫂子这么漂亮啊！你好。"

赵婷把衣服放了下来，她对吴雯夸奖自己漂亮很得意，也对吴雯的美丽感到有些惊讶，笑着跟吴雯握手说："你好，吴总。还有这样的美人啊，真是想不到。"

看看到了午饭时间了，傅华笑着说："喂，两位女士，到吃饭时间了，你们是不是去饭桌上接着再聊？"

三人便在海川大厦的餐厅吃了午饭，席间吴雯和赵婷聊得很开心，竟然成了朋友，赵婷知道吴雯要常住北京之后，交换了电话，要跟她相约一起出来逛街买衣服。

徐正突然间失去了跟吴雯的所有联系，手机打不通了，吴雯也再没打过电话给他，甚至当初吴雯离开海川连个告别也没说。似乎前段时间两人之间的好感只是一场幻梦，根本就没发生过一样。

徐正不得不佩服这个女人心硬，自己为她迷惑，一路为刘康开了绿灯，她怎么就可以这么决绝地断了联系呢？

徐正每天都过得很是无味，他开始思念起吴雯的好处了。每每劳顿了一天，只要见到她的笑脸，一切的劳累和烦躁就无影无踪了。徐正迫切地想要吴雯回到海川来，可是刘康那边却毫无声息。

徐正想要打电话给刘康，可算了算时间，吴雯才离开半个多月，便压住了自己的想法。刘康说过，吴雯去北京散散心就会回来。

已经快十点了，傅华都要准备睡觉了，忽然接到了贾昊的电话，让他出去酒吧喝酒。

傅华还是第一次这么晚被贾昊约出来喝酒，这似乎与贾昊的风格并不相符，贾昊这个人行事风格严谨，自律甚严，很少见他有放纵自己的时候。

傅华感觉有些不对劲，便问道："师兄啊？你怎么了？"

贾昊说："我就是突然好烦，想找个人一起喝喝酒，傅华，我在后海酒吧等你了。"

傅华就出门开了车去了后海，到了后海，月亮高悬，光线暧昧，一阵幽幽的二胡声从湖上的游船里飘荡过来，给宁静的后海增添了小资的情调。傅华找到了"那里"酒吧，"那里"位于后海附近的帽儿胡同。这条胡同很著名，有很多名人的故居，有国家话剧院等。傅华还是第一次进这个酒吧，进门一看墙壁上都挂着一些大幅的照片，美轮美奂，主要以黑白艺术片为主。看来这是一家以摄影为主题的酒吧。

贾昊看到了傅华，招手让他过去。傅华走了过去，见贾昊脸色泛红，似乎已经喝了几杯了。

傅华笑笑说："师兄，究竟是怎么了？你可是第一次这么晚找我出来喝酒啊。"

贾昊说："坐，先坐，点喝的。"

傅华拿起了菜单，见上面写着：生活不是在别处，就是在那里……心中就有了几分好感，北京不愧是人文渊薮之地，就连酒吧也是这么富有浪漫的文艺气息。这句话是反用了米兰·昆德拉的名言：生活在别处，又恰如其分将酒吧的名字嵌入其中，告诉人们不要去憧憬虚幻的别处，而要实实在在在现实中生活，要活在当下。

傅华随便点了一杯酒，侍者很快就送了过来，他品着酒，看着四周，没有再跟贾昊说什么，他觉得贾昊既然不想跟他谈出了什么事，那他最好不要去问。

两人就这么静静地喝酒，这里本来也不喧闹，只有悦耳的音乐静静流淌在空间里。

过了一会儿，贾昊叹了一口气，说："小师弟啊，唉。"

傅华笑了笑，问道："师兄，出什么事情了？"

贾昊说："这女人啊，哎。"

傅华就猜测是贾昊跟文巧之间出了什么问题，这让他很是意外。文巧和贾昊，一个是明星，一个是高官，把这二者联系起来，往往都是认为明星在傍高官，或者说是高官在玩明星，这就是社会大众一种阴暗的心理。其实也难怪人们会这么想，暴露出来的一些弊案当中，甚至有人为了收买官员，而故意找官员喜欢的明星拍戏，然后让明星去陪官员睡觉。利益当前的社会，贿买官员已经是无所不用其极了。

但是，傅华知道贾昊和文巧之间却不是这样子的，这两个人是互相欣赏的。当然如果贾昊不是高官，他也是没有机会认识文巧的，但这只是促成了他们认识，他们真正感情的发展是抛开了这些社会因素的，他们真是互相喜欢对方。

贾昊离过婚，可并不代表他不专情，他是傅华见过私生活极其检点的一个人，从他们认识的那一天起，贾昊的身边就只出现过文巧一个女人。

傅华看了看贾昊，说："师兄啊，你跟文巧闹别扭了？"

贾昊苦笑了一下，说："闹别扭？比那严重得多，我们分手了。"

傅华惊讶了，上一次去看《暗恋桃花源》的时候，两人在一起还卿卿我我的，十分亲热，想不到转眼之间竟然闹到了分手的地步。

傅华说："为什么啊？上一次见你们不是好好好的吗？不能挽回了吗？"

贾昊摇了摇头，说："挽回什么，文巧去意已决，挽回不了了。"

傅华看了看贾昊，贾昊一脸痛苦的样子，说："这么说是文巧有了新欢了？"

贾昊说："文巧不是那样的人。"

分手而不出恶语，贾昊也算是一个君子了，只是傅华有点弄不清他们之间究竟发生了什么，一头雾水。

傅华说："那究竟是怎么回事啊，你别自己闷在心里，说来听听吧。"

贾昊说："唉，我这个人从小到现在，其他方面都顺风顺水，一个农家的孩子能做到今天这个位置，我自己都觉得是祖坟上冒了青烟了，但是老天给你一个好处的时候，必然会拿走些什么，我就是这样，我的婚姻始终坎坎坷坷，这一次我本来以为文巧会跟我结婚的，可我们之间偏偏夹着一个孩子，孩子一直无法接受文巧，文巧跟我耗了这么长时间，心劲和激情都耗没了，今天她跟我说昊哥，我们还是做朋友吧。我们就这样分手了。”

傅华说：“师兄啊，你怎么就这样跟文巧分手了呢？这件事情不是我说你，是你的不对，文巧跟你也有几年了，这样分手你不觉得可惜吗?”

贾昊叹了一口气，说：“我也没办法，我是两难。我做过孩子的工作了，可是没做通，我也不想逼他，他因为我离婚已经受过一次伤害了，我不想再次伤害他。”

傅华看了看贾昊，这算是一个至情至性的男人了，便伸手去拍了拍贾昊的肩膀，说：“师兄啊，人有些时候确实是左右为难，你也别难过了，文巧离开了，还有别的机会嘛。”

贾昊叹了一口气，说：“算了吧，为了孩子，我暂时不想再找了。来，不说这些伤心事了，喝酒。”

这个时候，傅华也找不出什么可以安慰贾昊的，只好陪着喝酒。贾昊心里不痛快，酒喝得很快，不久就酩酊大醉了。

傅华费了好大的劲才将贾昊送回了家，他回到家已经是凌晨三点了，傅华匆忙小睡了一会儿，就爬了起来，今天市委书记张林要来北京开会，他还要赶到机场去迎接。

在机场接了张林和他的秘书孔庆，张林看了看强打精神的傅华，笑笑说：“傅华啊，你怎么这个样子呢？有人说你们驻京办成天笙歌燕舞，花天酒地的，傅华你可要注意啊，不要只顾着享受，忘记了你们应该干什么。”

傅华心里暗自苦笑，贾昊闹失恋拖着自己陪他喝酒，这可不是什么享受的事情，可是这些也无法跟张林一一去解释，只好笑笑说：“我会谨记住张书记您的指示。”

傅华将张林接到了海川大厦，安排他住下，张林的会议是下午召开，上午便在房间里休息。

中午傅华来陪张林简单吃了午饭，然后送他到了会议上，晚上，会议结束后，傅华、林东、罗雨一起陪张林吃饭。

傅华在下午小眯了一会，精神已经好了很多，张林对他这个状况还算看得过去，也就没再表现出责备的意思。

傅华要敬酒，被张林否决了，张林说：“好啦，我成天都在酒桌上转，喝来喝去实在没意思，我们就随便吃点饭好了。”

于是傅华林东和罗雨就陪着张林边吃边聊，傅华昨晚喝得也不少，此刻胃还有些不舒服，倒也乐得不闹酒。

聊着聊着，张林突然问罗雨说：“小罗啊，我记得那个鸿途集团是你联系拉到海川去的，究竟是怎么联系上的啊?”

罗雨愣了一下，张林突然问这个不会没有原因，他跟海川市内的官员也有联系，对前一段时间发生在海川的事情大多很清楚，知道鸿途集团前段时间迟迟不能开工，闹得海川市的舆论是沸沸扬扬，看来张林对这件事情也有些怀疑了。

罗雨笑了笑说：“我一个朋友是西江省一个市驻京办的，我从他那里得到的讯息，就想办法去认识了钱兵钱先生，后来我还和傅主任去西江省实地考察了一番，这才将他们带到海川市的。”

罗雨特意强调了傅华跟他去西江省实地考察，他这是心虚了，他要强调就是有责任，责任也不应该是他自己的。

傅华听张林问起鸿途集团，心里也是有些疑问，难道这个鸿途集团真是有问题吗?

傅华看了看张林的脸色，张林面色如常，倒也看不出什么来。

张林听完罗雨的汇报，笑了笑说：“不错，看来驻京办的同志工作主动性还是很高的，值得表扬。”

罗雨松了一口气，张林原来只是随口了解一下情况啊，并不是鸿途集团出了什么事情。

由于没怎么喝酒，晚宴结束得很快，傅华和林东提出告辞，让张林早点休息。

张林看了看傅华，说：“傅主任，你晚上还有什么事情吗?”

傅华摇了摇头，说：“没有。”

张林说：“那你就先不要走，陪我喝一会儿茶吧。”

林东和罗雨就告辞离开，傅华跟着张林去了他下榻的房间。

张林看着傅华笑着问：“小傅啊，你晚上真的没有应酬?”

傅华连忙摇摇头，说：“真的没有，昨晚是一个朋友私人出了一点事情，非拖我去陪他喝酒，我推辞不过才去的，没想到他最后醉得一塌糊涂，闹到很晚才回家。”

傅华这是在跟张林解释为什么他上午接机的时候会那么疲惫。

张林笑了起来，说："什么朋友啊？"

傅华说："我大学里的一个师兄，在证监会工作。"

张林说："哦，是他啊。"

张林听说过天和房地产上市的情况，因此对贾昊并不陌生。

张林说着，端起茶杯，笑笑说："朋友相处，遇到这种事情也是没办法，来，尝尝我带来的龙井茶。"

玻璃杯中，龙井茶茶叶绿油油的，一个个都是茶叶芽尖，闻上去一股清香，还没喝便知道这一定是好茶。

两人各自喝了一口，放下了茶杯，张林说："小傅啊，我上午在机场说你，并不是要故意责备你，我是给你提个醒，不要觉得驻京办连续做了几件露脸的事，就天下太平了。"

傅华点了点头，说："张书记您提醒得对，我会铭记在心的。"

张林说："你知道就好。对了，这一次引进鸿途集团你没感觉到什么不正常吗？"

张林再次提起了鸿途集团，看来对鸿途集团已经产生了怀疑，傅华想了想，说："我上次已经跟您汇报过我对鸿途集团和 CBD 项目的看法了，怎么了，鸿途集团出现了什么问题吗？"

张林说："现在市里面对鸿途集团和 CBD 项目议论纷纷，很多干部和群众都在说这个鸿途集团是个皮包公司，我们市里面上了他们的当了。小傅啊，你看问题向来很透彻，你真的没觉得鸿途集团有什么问题吗？"

傅华说："我私下了倒是有所怀疑，可是问了问小罗，又觉得我的怀疑似乎不成立。"

张林说："什么怀疑？说出来听听。"

傅华便把自己怀疑鸿途集团以 CBD 项目做幌子，目的是想要骗钱的怀疑说了出来。

张林听完，说："这很有可能啊，目前鸿途集团在海川的表现，越来越有这种倾向了。小罗是引进这个项目的，他肯定是要为这个项目辩护的，他的说法不一定可信。"

傅华为罗雨辩解说："他跟我说鸿途集团在西江省和海川市都有大项目，

这些项目都是在跟政府合作，没道理说这两地的政府都看不出骗局，而我却能看出来。所以我又觉得我的怀疑似乎不成立。”

张林笑了起来，说：“你不要把我们的官员都看得那么精明，也许他们搞政治斗争一个个都精明到家，可做生意他们大多是外行，真正懂经济的没几个，他们的判断不能作准的。”

张林这么说，似乎把徐正也一起打击了，这还是张林第一次在傅华面前隐蔽地批评徐正。

傅华说：“如果钱兵真是一个骗子，那两地的政府可能都受了骗，这似乎很难令人相信。”

张林摇了摇头，说：“也不是没有可能的，认真分析起来，可能钱兵在两地的操作手法是一致的，先骗取政府的合作，联合搞一个大项目，然后以政府的名义，诱骗他人上当。”

傅华看了看张林，说：“张书记，您的想法跟我一致，我也曾经这么怀疑过。”

张林的面色沉了下去，他意识到了事态的严重性，如果钱兵真要被证实是骗子，那就是海川政坛一个莫大的笑话，海川市政府就成为海川市民的笑柄。

傅华见张林不说话，也不敢说什么，拿起面前的茶杯喝起茶来。

过了一会儿，张林说：“如果真是这样，问题就严重了，现在徐正同志还一味地要维护这个项目，岂不知道这很可能是一个陷阱。这个小罗啊，怎么引进了这么一个麻烦进来呢?”

傅华不想让责任由罗雨一个人承担，那样对罗雨将是一个十分沉重的打击，便说道：“张书记，如果鸿途集团真有问题，我也是有责任的，我和罗雨一起实地考察过的，我当时也认为是没有问题的。”

张林笑了起来，说：“傅华啊，你真是谦谦君子啊，你没听刚才在吃饭的时候，罗雨已经把你一起搬了出来吗？他已经在拖你下水了。”

傅华笑笑，说：“不管怎样我也是有责任的，他说的也是事实啊。”

张林说：“好啦，现在先不要讨论是谁的责任了，关键是下一步要如何应对。”

傅华说：“张书记，您能不能再侧面提醒一下徐正市长啊?”

张林摇了摇头，说：“我们这位徐正同志啊，很是刚愎自用的，这件事情我已经提醒过他一次了，他当时为了维护 CBD 项目差一点就跟我吵了起来，前几天还跟副市长金达因为这个项目起过争执，最后闹得金达跑到省里面跟郭书记告状。郭书记当时虽然是批评了金达同志，认为他政治上不成熟，可是也认为鸿途集团可能有一定的问题，就打了电话给我，让我适当关注一下，不要让徐正同志犯盲目追求政绩的错误。”

傅华说：“那怎么办呢？我还觉得适当地提醒一下徐市长，让他意识到鸿途集团有问题，可能有助于问题的解决。”

张林说：“小傅啊，我们私下说，我认为徐正同志现在有些骑虎难下了，他为了这个项目已经拆除了两栋新建的大厦，几千万就这样化为乌有了，这个责任不小的，就算是鸿途集团真是骗子，他可能也是不肯承认的。最近他还参加了鸿途集团宴请中标建筑商的宴会，在宴会上口口声声都是在为鸿途集团辩护，一再声称鸿途集团很有经济实力，用海川市政府的权利逼迫建筑商们进场施工。”

傅华说：“这个我听说过了，天和房地产的丁益跟我说过这件事情，他父亲丁江在宴会上被徐市长点名要表态什么时候进场施工，无奈丁江只好答应。不过他们进场之后，发现苗头还是不对，因此并不敢投入太多，怕损失太大，现在也是在一种消极怠工的状态。”

张林说：“这些商人们是最敏感的，他们觉得有问题，一般真是有问题了。”

傅华说：“张书记，这么坐等下去也不是个办法，您看能不能找个什么办法查一查鸿途集团，看看钱兵究竟是个什么角色。”

张林想了想，说：“是应该调查一下了，回头我私下跟市公安局谈一下，让他们想办法摸摸钱兵的底。不过这件事情由于牵涉徐正同志，不便公开，你千万不要跟别人讲。”

傅华说：“我明白的。”

张林看了看傅华，说：“小傅啊，这些天我一直在考虑一个问题，把你放在驻京办是不是有些屈才了？你有没有想过回市里面工作啊？”

傅华愣了一下，他没想到张林会突然提出这个问题，便说：“张书记，您认为我驻京办工作做得不好吗？”

张林说："我不是那个意思，是我觉得以你的才华放在驻京办有点太浪费了，你应该有更大的舞台。而且你也清楚，你在驻京办，徐正同志对你是处处掣肘，也不利于你工作的开展。"

傅华看了看张林，说："是不是徐市长又说了些什么？"

张林点了点头说："他把你好好表扬了一番，然后说想要你去招商局当局长。"

傅华马上就明白了徐正的企图，他是想借提升自己职务逼自己离开驻京办，张林又提出要自己回市里面工作，是不是他们两人达成共识了？

傅华说："张书记，我想我是怎么到的驻京办您是应该知道的，如果组织上非要我回海川市工作，那没办法，我只有辞职了。"

张林看了看傅华，笑了笑说："你不用这么着急嘛，我只是问问你而已。当时徐正同志跟我提这件事情的时候，我马上就否定了他的提议，我考虑你也是不会愿意回海川的。不过他这个提议虽然出发点不好，却不是没有道理的，你在驻京办确实有些屈才了，因此才想要问问你的意见。"

傅华说："张书记您高看我了，实际上我除了在驻京办这个位置上能发挥点作用之外，在其他岗位上并不会有什么大的作为的。再说，我也不适合过于复杂的工作。"

张林失望地叹了口气，说："小傅啊，你是能有更大的发展的，为什么就非要把自己限定在驻京办这个位置上呢？"

傅华笑了，说："张书记，起码在目前这个阶段我没什么其他的想法。"

张林说："好吧，你既然这么想，我也不想逼你。不过，我也要提醒你，不要以为驻京办这个地方就简单，这里也复杂得很。"

张林若有所指，傅华猜测他是在说罗雨，既然徐正已经在张林面前建议让自己去做什么招商局长，那徐正肯定有了继任人选，而这个人选八九成是罗雨，他笑笑说："我明白，但是我还应付得过来。"

傅华和张林在谈话的时候，另一场谈话也在进行中，谈话的两个人是徐正和罗雨。罗雨回了宿舍，就拨通了徐正的电话，汇报了张林在北京的情况。

徐正听完，问道："小罗啊，你是说张林同志专门问你鸿途集团的情况？"

罗雨说："是啊，张书记问我是怎么联系上鸿途集团的，不过我讲完怎么联系的之后，他并没有什么进一步的指示。"

徐正沉吟了半天，这才说道：“看来张林同志对鸿途集团可能有些看法了。小罗啊，我也一直想要问你，这个鸿途集团究竟是怎么一回事啊？怎么声称要投资四十八个亿建CBD，现在却一分钱也拿不出来？”

罗雨心里害怕的就是这个问题，心里慌乱了一下，连忙说道：“徐市长，这个问题我也搞不清楚，不过我当时和傅主任一起去实地考察的，当时鸿途集团在西江省的项目可是真实的，我和傅主任都认为他们是可靠的。”

徐正听罗雨这么说，便知道他是心虚了，知道罗雨似乎也意识到鸿途集团靠不住了，不然的话也不会拖着傅华出来垫背。

徐正心里暗骂罗雨不是个东西，搞了这么一个他自己都无法确认的鸿途集团回来，还害得自己也跟着他上了恶当。不过这家伙虽然坏，对自己还算忠心。

徐正已经意识到，虽然这一次海川市里对鸿途集团的CBD项目议论纷纷，可张林并没有在自己面前提及鸿途集团的问题，却跑到北京去问罗雨，还把傅华留下单独交谈，显见张林对自己已经有了不信任感，他留下傅华，肯定是落实鸿途集团的真实情况的。

张林是想在鸿途集团这方面做自己的文章啊，徐正心里顿时抽紧了，这家伙够阴险的，表面不声不响，暗地里却小动作不断。

要赶紧想办法弥补鸿途集团可能产生的恶劣后果了，徐正有了一种危机感，他省里面的朋友私下跟他透露，金达这一次回家，专门去见了郭奎，两人谈什么内容不得而知，可是徐正猜测金达肯定是去反映CBD项目的问题。虽然郭奎并没有在金达去过省委之后，公开表达过对海川市CBD项目的什么意见，同时金达从省里回来也收敛了很多，可是这并不代表危险已经过去。目前之所以还风平浪静，主要是因为CBD项目的问题还没有暴露出来，一旦暴露出来，等待自己的将是一场极大的政治灾难。

徐正说：“小罗啊，我估计张林同志是跟傅华在落实情况，你自己小心些，我想这个时候傅华肯定把责任都推在了你身上。”

罗雨以己度人，也觉得傅华会这么做，便说道：“这件事情当时明明是傅华最终决定的，唉，到头来却成了我的不是啦。”

第二天一早，徐正就把李涛找了过来，说：“老李啊，鸿途集团这边我们恐怕要做一些其他的准备了。”

原来徐正接完罗雨的电话，想了一晚，越想越觉得鸿途集团靠不住，眼下张林已经察觉其中有问题，再想要遮掩，似乎也遮掩不过去了。

李涛说："是啊，徐市长，我也正想跟您谈谈这个问题，天和房地产的丁江找过我几次，他们始终感觉鸿途集团不对劲，想要我跟您说说，要小心不要上当受骗。"

徐正不想跟李涛说他早就有这种感觉了，也不想提他是因为张林已经开始插手这件事情才会要李涛做两手准备，因此说："老丁这个提醒很及时，我也是因为别的同志跟我反映，这个鸿途集团越来越像话了，所以才有些警觉的。"

李涛看了看徐正，说："那徐市长您说我们下一步要怎么做?"

徐正说："眼看鸿途集团这个 CBD 难以为继了，我也不想再去逼那些建筑商们了，你跟老丁说，他们要怎么做自己根据实际情况定夺，不要考虑是政府这方面的因素了。"

徐正基本上已经了解现在 CBD 项目的进展情况，知道这些建筑商们虽然迫于市政府的压力进场施工，却都在消极怠工，而鸿途集团一点要拿出钱来的迹象都没有，停工是一件迟早的事。这个时候如果再不当机立断，让建筑商们还以为市政府跟鸿途集团是站在一起的，是很不明智的，还不如把市政府早一点撇清出来，让建筑商们根据情况自己决定是否继续施工，起码也可以减少一定的损失，也避免将来他们追究市政府的担保责任。

李涛说："我回头就跟丁江说一声。只是这样一说建筑商们就没有了压力，他们肯定会停工的。"

徐正苦笑了一下，说："我知道啊，可是如果不这样，造成的损失会越来越大，那时候我们市政府就更不好交代了。同时，这样也可以逼一逼鸿途集团，如果他们真的有实力，这个时候应该会拿出钱来的。"

虽然徐正已经猜到鸿途集团八九成是个空壳公司，可是他仍然心存一丝幻想，幻想也许鸿途集团真是一时资金链紧张，逼一逼他们，也许马上就会拿出钱来了。

李涛说："如果他们到时候还是拿不出钱来呢?"

徐正说："如果还是拿不出钱来，那就说明鸿途集团真是一个空壳公司，那只好让他们退出这个项目了。"

徐正到这个时候，还不想承认自己是被骗的，不想惩治钱兵这个骗子，这倒不是他度量大了起来，可以原谅钱兵欺骗他的行为，而是因为如果真把钱兵抓起来，他受骗的事情就会被公之于众，就算他可以保住市长的宝座，那对他来说也是一场奇耻大辱，他将会成为一个大笑话，他的仕途发展也就到了终点。

李涛说："鸿途集团如果退出这个项目，那个地方又会成为一个烂尾之地，我们还是不好交代啊。"

徐正说："那就早点找人接手，我们现在就要开始寻找能接手这个地块的公司了。"

李涛叹了一口气，说："这块地块还真是命运多舛啊，前后几个开发商都没把这个地块救活。"

徐正说："哎呀，老李，你就不要发什么感慨了，还是赶紧找到开发商，先解决这个令人头痛的事情吧。"

李涛说："唉，现在也只好头痛医头，脚痛医脚了。"

徐正说："这件事情也不要太张扬了，小心被别有用心的人做文章。"

第十章　错上加错徐正执迷不悟，不计前嫌张林亡羊补牢

本意为了解决汽车城项目烂尾工程引进了鸿途集团，不料错上加错，造成了更为严重的问题，什么手续也没有，什么补偿也没拿，什么资金也没见，倒白白拆去了两栋新楼，还被钱兵耍得团团转。钱兵更以海川市政府违背合同进行敲诈，徐正无可奈何，打算给他两千万补偿。这时张林及时出手，通过公安局调查到钱兵是个大骗子，徐正这才傻了眼。

李涛就将徐正的意思通知了丁江，既然徐正都松了口了，丁江也就没再做样子给人看的必要了，天和房地产马上就停了工。

天和房地产是海川市建筑业的领头企业，天和房地产停工了，其他那些建筑商们自然很快就跟着停工了，CBD 项目工地又歇菜了。

钱兵看到这个状况，有些急了，如果工地不施工，他的布局没办法继续下去了。而且这就好像倒下的第一块多米诺骨牌，将会对他所有正在进行的布局产生一个连带效应，可能导致他构建的这个王国彻底崩塌。

钱兵有些担心了，他打了电话给徐正要求见面。

徐正也正想跟钱兵彻底地谈一次，摊开来谈，看看钱兵究竟是一个什么样的角色。

钱兵一进徐正的办公室，就叫嚷道："徐市长，你们海川市这些建筑商们真是太没信誉了，现在干着干着又都停工了，他们这是什么意思啊？不想干不要参加竞标啊，中了标又不好好施工，我可真是被他们害苦了，这样子下去我怎么去招商啊，我的损失大了去了。"

徐正看了看钱兵，说："钱先生，你先别把责任都推到建筑商身上，你先

想想你们鸿途集团是否有责任?”

钱兵看徐正态度有了大转向，矛头完全是针对鸿途集团来的，不由得愣了一下，他隐约感到形势发生了很大的变化。

钱兵看了看徐正，说：“徐市长，我不明白你这是什么意思，我想我们鸿途集团已经履行了我们应尽的义务，我们没有责任。”

徐正笑了起来，说：“钱先生，根据我向建筑商们了解的情况，你们鸿途集团到目前为止根本就没拿出一分钱来进行项目建设，我不知道你所谓的投资四十八亿从何而来，起码现在没有这样的迹象。”

钱兵笑了笑，说：“徐市长，我上次不是跟你解释了吗？西江省那边的项目出现了点问题，我们公司的资金链现在紧张，暂时无法调钱进来。”

徐正说：“那就是你们的问题了，我不相信你们进行这么大的项目，会预先一点资金不筹备，这也是不合逻辑的。”

钱兵说：“那徐市长这个意思，是不想管建筑商们停工这件事情了吗?”

徐正说：“我们不能对企业干涉太多，上一次我帮你让建筑商们开工已经让他们对市政府意见很大，我不能再次去要求他们做什么了，并且我认为问题的关键不在建筑商身上，而是在你们鸿途集团身上，你们如果拿出钱来，我想他们肯定会复工的。”

钱兵说：“既然徐市长是这个态度，那就算我钱某人今天没有来过。”

钱兵转身就作势要离开徐正的办公室，想看看徐正是否留他，却见徐正丝毫没加理会，连说一句不送都没有，钱兵没办法再留下去，只好灰溜溜地离开了。

CBD 项目就这样停在那里了，海川的舆论大哗，纷纷议论市政府上了鸿途集团的恶当，被鸿途集团骗得什么补偿都没拿到就拆去了两栋新楼，这样还不算，还跟鸿途集团这样一个皮包公司签订什么合作协议，被一个骗子耍得团团转，真是笑话。

人们说什么的都有，徐正此时是哑巴吃黄连有苦说不出，他无法向社会大众解释，只能督促各方力量尽快寻找能接替鸿途集团的公司，找到这样的公司，他就可以赶紧把鸿途集团赶走。

徐正觉得自己从来没这么倒霉过，这件事情他什么好处都没得到，只是为了解决百合集团遗留下的问题，结果却造成比遗留问题更大的恶劣影响，真是够窝火的了。

徐正觉得这海川简直是自己的梦魇之地，本来他到了这一个比他原来所在城市经济发达的城市，他想自己有机会大展拳脚，没想到下车伊始，拳脚还没开始施展，傅华就在融宏集团上给了他一个下马威，融宏集团的陈彻拒绝见他，迫使他不得不央求郭奎出面，虽然最终陈彻给了郭奎面子，把融宏集团的二期工程落户在了海川，可是徐正却觉得自己的脸面完全丧失了，甚至给郭奎留下了一个很不好的印象。这是一个最惨痛的教训，也是为什么徐正不能对傅华释怀的原因。

后面百合集团出事，孙永借机想要挤走他，虽然后来这场政治争斗以孙永被抓而结束，但是自己不肯服从党委领导的印象已经种到了郭奎的脑海中了。这种坏印象一旦留下，就很难消除，即使你再做十件露脸的事，也很难抵消。后来徐正也做出了成功申请海川新机场项目和顺利举行了新机场项目招投标这样给自己加分的政绩，可是他始终还是在夹着尾巴做人，以前那种敢于跟市委书记叫板的霸气彻底没有了。

张林在会议结束后的第二天就返回了海川，一回来，就把海川市公安局局长向斌找了过来。

张林和向斌的私人关系很不错，两人在张林还任海川市委副书记的时候就相处得很好，所以一进门，向斌就笑着说："张书记，找我来有什么好事吗？"

张林笑了，说："老向啊，我找你非得给你什么好处吗？"

向斌笑笑，说："那是，现在这个社会没好处谁给你办事啊。"

张林说："别嬉皮笑脸的，你坐下，我有事要交给你办。"

向斌看了看张林，笑着说："什么事情这么严肃啊？"

张林说："最近鸿途集团建 CBD 的事情你都听说了吧？"

向斌说："那谁还能不听说啊，连拆两栋新建的大厦，你不想听说都难。"

张林说："我现在看这鸿途集团做事的风格有些诡异，不像一家真正有实力的公司，我今天找你来，就是想你去摸一摸他们的底。"

向斌愣了一下，说："你让我查鸿途集团的底牌？这件事徐市长知道吗？"

张林摇了摇头，说："我没跟徐正同志说过这件事情，徐正同志现在对这个 CBD 项目极为维护，我想他肯定不愿意让你去查的，我如果跟他说这件事情，他会对我有意见的。可是我又不能坐视徐正同志上当而不管，所以这件事情你给我秘密进行，低调一点，知道吗？"

向斌笑了，说："这点我还能做到。"

张林说："发现什么单独跟我汇报，这件事情进行得越快越好。"

向斌说："我知道了，回去我就马上安排人着手进行。"

张林说："你给我办利索一点，不要事情没办成，人却给我得罪了。"

也许是物极必反，也许是时来运转，一个突如其来的好消息让徐正一下子看到了解决鸿途集团 CBD 项目的曙光。

这个好消息是李涛带给他的，李涛找到他，说他一个同学突然从北京打来电话，说想来给考察一下海川，他们集团有意想要在二三线城市发展，第一目标就是一些沿海经济较发达的城市，海川自然就进入了他们的视野。

徐正已经被百合集团和鸿途集团这样实力不足的集团公司给弄怕了，因此听到这个消息并不是太兴奋，搞不好又是一家来骗钱的公司。

李涛说："是金石房地产集团公司，徐市长应该知道这家公司吧？"

金石房地产公司是目前国内数一数二的房地产公司，算是一家鼎鼎有名的公司，董事长金戈在行内出了名的作风稳健，凭借最近几年房地产大发展的势头，金戈把金石房地产集团搞得风生水起，每年的销售额都达几百亿。

徐正惊喜地问道："是金戈的那个金石房地产集团？"

李涛笑了，说："还有第二个金石房地产集团公司吗？"

徐正说："那简直太好了，老李啊，你同学在集团里面做什么？"

李涛说："他叫董利，是金戈的副手，集团的副总。以前我也曾经问过他有没有意思到我们海川来发展房地产，可当时他们公司都在主攻一线城市，来海川与他们公司的整体战略不符，所以就没能过来。现在金戈一提出来要在二三线城市布局，他马上就把我们海川市给提出来了，海川是国内著名的避暑胜地，金戈也知道我们这个地方，董利又有我这个老同学在这里做副市长，因此十分感兴趣，马上就安排董利过来考察。"

徐正心说，这是老天可怜我徐正啊，在这个关键时刻派了董利来拯救我啊，便激动地说："老李啊，这个机会难得啊，我们一定要把金石房地产集团留在海川，你赶紧安排接待你同学吧，记住重点安排他们去看一下鸿途集团CBD项目那个地块，最好是让金石房地产集团把项目接下来。”

李涛说：“我已经把这个地块的情况大体跟董利说了一下，他听说这个地块位于海川市的黄金地带，十分感兴趣，说他们公司拿地向来都是选择城市的黄金地带，这个地块很符合他们的要求，他会重点考察这个地方的。”

这又是一个令人惊喜的消息，徐正相信只要处置得当，一定会让金石房地产集团把这个地块接过去的。他笑着说：“这简直是太好了，一定要确保让他们接下这个地块，政策方面我们可以给适当的优惠，董利什么时间来，我要去机场接他。”

李涛笑了，说：“徐市长，董利这边不用这么高规格的，如果你去机场接他，那金戈过来的时候怎么办？董利由我去接就好了，放心吧，我对这个老同学很熟悉，知道他喜欢什么，一定会安排好他的。”

徐正说：“老李，你去安排吧。”

第二天李涛在机场接了董利，握手寒暄了之后，也不去宾馆，直接先就让李涛带他去看看电话里说过的那个地块。李涛就带着他去了CBD项目的现场，李涛围着地块转了好几圈，最后表示说，这个地块很不错，符合他们集团公司的要求，初步看来他很满意。他让李涛把地块的资料给他一份，他要带回集团公司研究一下。

资料都是已经准备好的，李涛就给了董利一份。

董利这才跟着李涛去了海川大酒店住下，当晚，徐正和李涛一起在海川大酒店宴请了他，席间徐正对董利看好这个地块表示十分感谢，说：“海川市十分欢迎金石房地产集团公司前来投资，市政府方面一定会全力协助金石在海川的一切合法的投资活动的。”董利也表明了自己的态度，他说一定会全力支持老同学的工作的，他一定力争让金石集团同意到此来投资。

第二天董利就带着资料匆忙返回了北京，一周后，董利打来了电话，向李涛报告了一个好消息，说他们集团已经研究决定接下这个地块，准备在这里建设一个大型的豪华住宅小区，但前提是海川市政府要解决掉这个地块前期的一切麻烦，包括拆迁补偿啊，还有跟鸿途集团之间的解约。

李涛听完这个好消息，十分高兴，连声说：“没问题，我们市政府一定会做好前期的一切工作的，确保没有丝毫麻烦地将地块交给金石集团。”

李涛就将这个消息通知了徐正，徐正也十分兴奋，为能解决鸿途集团这个麻烦而感到十分高兴。

于是徐正主持召开了市政府的常务会议，研究鸿途集团 CBD 项目的解决方案。参加会议的副市长们就徐正提出由金石房地产集团接手的方案都十分赞同，大家都明白目前这是海川市民的众矢之的，是需要迫切给人们一个交代的。同时鉴于这个地块前期的复杂性，会议同意采取协议出让的方式将地块转让给金石房地产集团。

这一次，金达对徐正投了赞成票。

会议结束之后，又经过了一番讨价还价，海川市政府和金石房地产集团基本上就转让价格达成了一致的意见，现在只剩下一个问题了，那就是如何将鸿途集团赶走。

李涛受命去解决这个问题，于是他找到了钱兵。

“你们凭什么这么做?”钱兵听完李涛讲的情况，眼睛瞪了起来，叫嚷着说。

李涛对此早就有所准备，便说:“钱先生，现在的状况大家都很了解，你显然没有开发 CBD 项目的经济实力，现在政府这方面愿意前事不究，并且对已经垫资进场的开发商作出补偿，你可以就这样离开，这还不行吗?”

钱兵冷笑了一声，说:“李副市长，你是在开玩笑吧？我们鸿途集团前期投入有多少你知道吗？你这样子逼我们让出项目，会给我们集团造成极大的损失，这个责任你们不承担，我们是不会让出项目的。”

李涛见钱兵开始要无赖了，便说道:“钱先生，这个项目目前的进展状况你是清楚的，你给我们海川市造成多大的损失你应该知道，别的不说，就说那两栋新建的大厦吧，我们拆除可是造成了几千万的损失的。另外一方面，你说你前期投入很大，投入什么了你跟我说清楚。怕是你拿不出什么投入的证明来吧？所以，钱先生，我劝你还是早一点让出项目好，否则的话要向你们追究给我们造成损失的责任的，到那个时候怕你们鸿途集团要吃不了兜着走了。”

钱兵说:“那两栋大厦是你们海川市主动拆除掉的，关我什么事啊？至于我们前期投入具体有多少，对不起，这是商业机密，我不方便向你透露。但是有一点我要告诉你，我们鸿途集团是握有跟你们海川市政府合作开发 CBD

项目的合同的，我们绝对不会把这个项目让出去的，要打官司追究责任不是吗？我跟你说我还想告你们海川市政府呢。我在北京也是有很多关系的，我要去那里告你们的状，看到时候谁吃不了兜着走。”

李涛还是第一次遇到敢这么跟政府叫板的商人，他总体上说是一个厚道人，被钱兵说得愣在那里，好半天才反应过来，说：“钱先生，你这么讲可就没道理了，明明是你现在无法继续开发下去，政府出面想要帮你收拾残局，你怎么反而倒打一耙呢？”

钱兵笑了，说：“李副市长，我想你弄错了，我从来没想要你们海川市政府帮我收拾什么残局，我们鸿途集团好得很，又怎么出来残局让你们收拾呢？”

李涛说：“既然好得很，为什么你们的工地一直处于停工的状态？”

钱兵说：“我处于停工状态，是我们需要暂时休整一下而已，不行啊？”

李涛说：“那你们什么时间能够恢复开工？”

钱兵说：“什么时间恢复开工，我跟你们说不着。”

李涛说：“钱先生，你要明白，我们两家可是合作单位，我们也有权利关心这个 CBD 项目的动态。”

钱兵说：“你们还知道我们是合作单位啊？那你们怎么能不经我们同意就逼我们离开？好吧，想问什么时候开工不是吗，我告诉你目前我们集团还没有开工计划，等有了开工计划我们集团会通知贵方的。”

李涛说：“钱先生，你这种做法可是有点无赖啊。”

钱兵说：“李副市长，你不用说这么多了，反正不管怎么样，我们不会退出这个 CBD 项目的。”

李涛有些无奈地看看钱兵，说：“钱先生，我们也不用兜圈子了，我看你现在也无法继续施工了，退出是迟早的，你就说句实在话，要怎么样你才肯退出去？”

钱兵笑了，说：“李副市长，话这么说就对了，不要忘记了，你们是要求着我退出去的，主动权在我手里，条件就应该由我来开。”

李涛有点厌恶地看了看钱兵，说：“别废话了，你就说什么条件吧。”

钱兵说：“行啊，我也不跟你啰唆，这个项目我们付出也很多，除了前面你说的那些条件，只要再付给我五千万，我就可以退出这个项目。”

“什么，五千万？你要抢啊？”李涛惊叫道。

钱兵笑笑说：“你不用一惊一乍的，反正你们海川市政府不给我五千万，我是不会退出这个项目的。行了，我估计你也做不了主，赶紧回去商量去吧，商量好了，好把你们新的合作对象请进来。”

李涛狠狠地瞪了钱兵一眼，他也确实没有决定权，气哼哼地走了。

回了市政府，李涛找到了徐正，说：“徐市长，这家伙太不像话了，简直气死人。”

徐正也抽了一口凉气，说：“这家伙够狠的。”

李涛说：“这家伙骗得我们拆除了两栋新楼，我们还没跟他算账呢，现在还想再宰我们一刀，绝对不行。”

徐正沉吟了一会儿，苦笑着说：“老李啊，你先别这么冲动，事情不是那么简单的。怕真是错在我们，我们让鸿途集团退出 CBD 项目的理由并不充分。钱兵这家伙也真是狡猾，他就是抓住了我们急于把他赶走的心理，因此才趁火打劫。”

李涛沉默了，他也清楚如果不能在短时间内把鸿途集团赶出这个地块，金石房地产集团是不可能有那么大的耐心等待的，他们很快就会把目标转向其他城市的。看来还真是被钱兵掐住了七寸，政府这方面也不得不任由他摆布。

徐正和李涛面面相觑，一时都难以拿出一个好的方案来解决这个问题。

过了一会儿，徐正说：“老李啊，也许我们是政府不得不出点血了。”

李涛说：“不行，凭空就被钱兵宰掉五千万，我们对海川市民没办法交代。”

徐正说：“我们恐怕不得不让步，不过也不能钱兵说多少就是多少，我们可以跟他讨价还价的。”

李涛说：“徐市长，就算降低一点价钱，我们政府财政也没有钱可以付给他的，我们没办法跟海川市民交代的。就是这样，现在海川市民怕也在背后指着我们的脊梁骨骂娘呢。”

徐正苦笑了一下，说：“老李啊，我知道这一次又让你跟着我受累了，可是如果我们不快刀斩乱麻，事情怕是越拖下去越麻烦，现在还有一个金石房地产集团肯接盘，拖下去怕是就把金石房地产集团拖跑了，那个时候我们就算想要解决这个问题也没办法。”

李涛说：“可是我真是不甘心啊，我们被这个无赖这么拿捏，简直是气死人啦。”

徐正说：“我也咽不下这口气，但是不这么办又能怎么样呢？”

李涛也明白没有其他什么办法可想，叹了一口气说：“那又以什么名义来出这笔钱呢？”

徐正说：“我想了一下，我们市财政是不能出这笔钱的，可以商量一下金石房地产集团，让他们多出一点钱作为给鸿途集团的补偿，等回过头来我们市政府再给金石减免一些税费，抵消他们这部分损失。”

李涛叫道：“那还不是羊毛出在羊身上？”

徐正说：“可是只有这个办法对各方都能交代过去的，老李啊，我们可选择的余地并不多啊。”

李涛说：“徐市长，我觉得这样子不行，要不，我们让有关部门查一下鸿途集团吧，看看这究竟是一家什么样的公司。按照他们这种行事风格，我觉得这家公司绝对是有问题的。”

徐正立即否定说：“不行，我们对一家来投资的公司私下进行调查，传出去会影响我们海川声誉的，别人会以为我们利用政府公权来对付私人企业，会降低对海川投资环境的评价的。”

李涛说：“我觉得私下调查不妨碍的，这也是很正常的，毕竟这家公司确实行事诡异。”

徐正说：“我们是跟人家正式签订合同的，现在又反过头来说人家行事诡异，这解释不过去。老李啊，我看你再去跑一趟吧，看看能不能让鸿途集团少要一点补偿。”

李涛见徐正坚持，也就不好再跟他唱对台戏了，便说：“好吧，我再去问一下。”

李涛就去找钱兵了，徐正看着李涛离去的背影若有所思，其实他并没有说出他不肯调查钱兵的真实原因，不调查只补偿，那就是政府和企业之间的商业方面的往来，如果保密工作得当，社会公众可能被隐瞒过去，作为政府来说，不过是一场失误，追究起责任来相应也轻得多。而如果真去调查，调查出问题来，那就是一起轰动社会的刑事案件，那可是时下媒体感兴趣的热点，到时候挖内幕的记者怕是要纷至沓来的，到时候舆论的焦点就将完全聚焦在自己身上，丢官罢职的可能性都有。所以，徐正无论如何也是不会同意对钱兵进行调查的。

钱兵看李涛再次登门，悬着的心放了下来，虽然他上一次在李涛面前表现得很强势，实际上他并没有什么真正的可以依靠的底牌。他更害怕李涛这些政府官员恼羞成怒而利用官方手段对他展开调查，别人不知道，他可是知道自己究竟是什么来历的，如果露了馅，等待他的可是牢狱之灾。

钱兵已经收拾好了自己的物品，准备一旦看到风声不对，或者海川市政府对他要价五千万没有回应，他就撒丫子跑人啦。所以李涛离去这段时间，钱兵的心中也是很煎熬的，他不知道海川市政府会做出什么样的反应，因此神经紧绷到了极点。

钱兵看着李涛笑了起来，讥讽地说："李副市长，再次登门是不是想要来告诉我贵方要将我诉诸公堂啊?"

钱兵一副小人得志的样子，让李涛心里恨得牙根痒痒的，他恨不得马上就让有关部门将这个家伙抓起来，可是徐正坚持不肯调查钱兵，也就让李涛没有了那么做的可能性，他还要与钱兵虚与委蛇，看看能不能探讨将钱兵的要价降低下来。

李涛尴尬地笑了笑，说："钱先生真是会开玩笑，我们如果要跟鸿途集团对簿公堂，我又怎么会再来找你呢?"

钱兵笑了，说："我看李副市长气哼哼离开，可是大有那种架势啊。好了，既然贵方没有跟我对簿公堂的打算，那你这一次前来可是有什么指示吗?"

李涛说："你的要求我跟徐市长汇报了，徐市长认为鸿途集团可能也确有一定的经济损失，可以考虑给贵方一定的经济补偿。"

钱兵心里乐开了花，心说这下子可以敲海川市政府一大笔竹杠了，现在这个社会就是好啊，只要肯动脑筋，大把的金钱都可以凭空弄来。

钱兵笑笑说："这就对了嘛，徐市长不愧是市长，知道要遵守经济法则，你们违约自然是需要给予我们补偿的。贵方准备什么时候支付给我五千万啊?"

李涛笑了笑，说：“钱先生，你先不要急，徐市长说要给你补偿不假，可是他并没有说同意要给你五千万。他认为五千万这个数字太高了，我们没办法接受。”

钱兵看了看李涛，脑子里飞快地思考着，是要坚持五千万，还是适当地降低价码？他害怕把海川市政府要跑了，那时候可能就把海川市政府逼上了绝路，那样子可能徐正会跟他拼个鱼死网破的。所谓光棍打九九不打加一，还是留一点余地给海川市政府吧。再说，钱拿到手才是钱，拿不到手就是空的。

钱兵想好了，说：“那你们徐市长究竟准备补偿多少？”

李涛心里一分钱都不想给，可因为钱兵已经喊了一个五千万的数字，李涛就无法再出太低的价码，他说：“我们海川市政府顶多出一千万，你看如何？”

一千万对钱兵来说已经是很满意了，可是他觉得海川市政府的油水还没榨干，便冷笑了一声，说：“开玩笑，你们也太能砍价了吧？一千万连我的损失的一半都不够，你们这可是一点诚意都没有啊。我跟你说，没三千万连谈都不用谈。”

钱兵重新开出了三千万的价码，李涛便明白有讲价的余地，他说：“三千万我们市政府根本不会接受，钱先生，你说个大家都可以接受的价码吧。”

钱兵犹豫了一下，他还是很想早日跟海川市政府达成一个协议，好早日拿到钱逃之夭夭的，便说：“两仟五百万，不能再低了。”

李涛说：“两千万，这个价格你接受我就回去跟徐市长汇报。”

钱兵心里乐开了花，凭空两千万就可以到手了，他怎么会不接受呢？脸上却是一副很为难的表情，说：“好吧，两千万就两千万，希望你们尽快履行承诺。”

李涛就回去跟徐正做了汇报，徐正认为降到两千万可以接受，就让李涛去跟金石房地产集团沟通，让他们在地块协议转让价格上再加两千万，好补偿鸿途集团，同时市政府承诺会在将来的税费方面给予金石集团一定的减免和优惠，以补偿这两千万。

金石房地产集团确实看好了这个地块，加上也想借此把他们跟海川市政府的关系联系紧密，因此爽快地答应了。

徐正再次把这件事情提交给了市政府常务会议讨论，他内心中对此是很不安的，因此需要市政府这一班人集体决定。他讲了鸿途集团要补偿才肯退出，讲了金石房地产集团愿意承担这两千万的补偿，同意在原有协议价格上增加两千万。但徐正没讲他承诺给金石房地产集团的减免税费的条件，这样看起来似乎是金石房地产集团间接补偿了鸿途集团，而海川市政府并没有因此增加任何损失。

讲完之后，徐正看了看在座的人，说："大家对此是否有不同意见？"

金达再也忍不下去了，原本他觉得不追究鸿途集团的责任已经是一个错误了，不过因为追究下去并无助于问题的解决，他暂时容忍了这个方案。可是没想到鸿途集团得寸进尺，竟然还敢向市政府要两千万的补偿，他再也无法压抑心中的愤慨，也顾不得郭奎的教导，直接发言说："徐市长，我不同意给鸿途集团补偿，他们凭什么要我们市政府补偿啊？难道他们给我们造成的损失还不够吗？"

金达果然跳出来反对了，徐正对此早就有所准备，他说："金达同志，不管怎么说鸿途集团跟我们有合作的协议的，给他们补偿这也是遵循市场准则的做法。我知道从情感上你接受不了这个方案，实话说我也接受不了。不过现在是市场经济，我们市政府也只能按照经济法规办事。"

金达说："按照经济法规办事，也不是说要接受鸿途集团这样无赖的公司的讹诈。我认为我们不能同意这样办，我建议对鸿途集团展开调查，他们公司的做法表明他们根本没有履行合作协议的实力，我们应该追究他们给市里面造成的损失，而不是还要给他们两千万。"

徐正说："金达同志，我理解你的心情，可是再纠缠下去并无助于问题的解决，现在金石集团急于接手，他们也愿意承担承担这两千万的经济补偿费用，这不是一个皆大欢喜的结局吗？你还反对什么？"

金达说："可这不是让鸿途集团的阴谋得逞了吗？这根本就不公平。如果这个情况被广大市民知道了，不知道该怎么骂我们这些干部了。"

徐正觉得自己对金达已经给予了足够的尊重，他自己觉得这件事情做得不够光彩，应该给金达必要的表达意见的机会，此刻他已经觉得差不多了，便说："好了，别的同志有没有不同意见？"

其他副市长们都没有不同意见，徐正说："现在只有金达同志反对这么做，那市政府常务会议通过，同意给予鸿途集团两千万补偿。”

常务会议一结束，金达就气哼哼地离开了会议室，直接去了市委，找到了张林，说：“张书记，你不能再纵容徐正市长下去了，这个问题必须得您出面加以阻止了。”

张林也惊讶了，问道：“鸿途集团一直都停工在那里，凭什么要赔偿他们这么多，这个损失是怎么计算出来的？”

金达说：“这还是人家鸿途集团降低了要求，开始还要五千万呢。理由很简单嘛，要解约就要承担违约金。”

张林说：“那金石房地产集团这么做要什么代价？”

金达说：“这个徐正市长没说。不过这世界上没有无缘无故的爱，我想金石集团也不会一点好处都没有就愿意出这两千万。”

张林心中也明白，徐正肯定是答应了金石房地产集团什么了，金石集团才会这么做，这是羊毛出在羊身上啊。他很想制止徐正这么做，可是目前他找不到可以制止的理由啊。

张林说：“徐正同志这样做可有点不太妥当啊。”

金达说：“对啊，我认为这个做法是十分欠妥的，张书记，眼下只有您能制止徐正市长了，您最好马上跟徐正市长谈一谈，不然的话补偿协议马上就签订了，到时候您就是想管也管不了了。”

张林苦笑着看了看金达，说：“金达同志，你现在要我管，给我一个可以出面管这件事情的理由吧？”

金达愣住了，他一时也想不到可以制止徐正的理由，是，这件事情他和张林都感觉不对，可是徐正做的这一切都是合规合法的。

张林看金达不说话了，说：“金达同志，没有理由，我也是无法去干涉徐正同志的行政行为的。”

金达看着张林，说：“那张书记，我们就这么看着鸿途集团白白拿走两千万吗？”

张林有些坐不住了，他站起来在地上转来转去，琢磨着如何能够制止徐正。

转了半天，张林也没想出好主意，他心中有些恼火，便抓起电话，打给了公安局长向斌，向斌接通了，说：“张书记有什么指示？”

张林说："老向啊，我让你查的事情查得怎么样了？"

向斌说："正在查呢。"

张林不高兴地说："什么正在查呢，你有没有当回事啊？再磨蹭下去，人家就要溜走了，你还查个屁啊。"

张林话说得很重了，甚至因为着急爆了粗口，向斌有些受不住了，说："张书记，我已经组织精干人员去调查了，可是调查总要有一个时间，现在情况很紧急吗？"

张林说："当然是很紧急了，徐正同志为了想让鸿途集团退出 CBD 这个项目，已经准备支付给钱兵两千万了，这笔钱如果让钱兵拿到了，他还不立即溜之大吉啊？"

向斌说："那倒是，我拿了两千万也跑。"

张林说："你就别在这里给我抖什么机灵了，你赶紧让手下的那些精兵强将找出钱兵的问题啊。"

向斌说："我马上就召集他们开会，看看他们究竟查到了什么。"

张林挂了电话，一旁的金达笑笑，说："看来张书记您早就怀疑这个鸿途集团了。"

张林说："金达同志，这件事情先不要跟徐正同志说，如果钱兵查不出什么问题，这件事情就当没发生过，知道吗？"

金达笑笑说："我知道了，要讲究工作方式。"

张林说："我之所以要调查鸿途集团，也与郭奎书记有关，上一次你跑去他那里反映情况，他就向我询问鸿途集团的情况，要我关注一下事态的发展。"

金达说："原来郭书记并不是没听取我的意见啊？"

张林笑了，说："当然了，你以为郭书记就是把你批评一通就了事了吗？郭书记没有直接调查，是怕给你在下面的工作造成不必要的麻烦，他批评你也是爱护你，知道吗？"

金达说："我知道郭书记是为我好。"

张林说："郭书记确实对你很好，你下来之前，他还当面跟我交代过，说你身上书生气十足，要我适当关照你一下。我跟你讲，要想做好一个领导，单凭一腔热血是不行的，只有一腔热血那是莽汉，你是从郭书记身边下来的，怎么就没从郭书记身上多学一点做事的方法呢?”

金达不好意思地笑了笑，说：“我以前并没有注意到这些，现在我也在慢慢跟同事们学习了。”

张林笑了，说：“意识到自己的不足，就是一种进步，不过你身上这种正义感弥足珍贵，做事方法可以学习，但这正义感千万不要丢了，我想这是郭书记和我信任你的一个根本。”

金达说：“我知道，我是一个农家子弟，辛苦读书才有了今天，我父母并没有能给我什么优渥的物质条件，他给我的就是正义感这种优质的品格。”

张林说：“希望你保持下去。”

第二天一早，向斌拿着一份文件找到了张林，说：“张书记，目前我们掌握的情况只有这一点是比较可疑的。我们通过香港警方的协作，查到了鸿途集团的注册资料，虽然各方面资料都是有效的，不过这个鸿途集团在香港并没有办公场所，它登记的注册地址是一家香港会计师事务所。”

张林愣了一下，说：“这是什么意思?”

向斌说：“意思是这是一家委托专门办理注册的机构在香港注册的公司，并不实际在香港经营，有点像是离岸公司，专门办理注册的机构一般是会计师事务所，所以他的登记注册地址是一家会计师事务所。香港警方跟我们讲四千港币就可以注册这样一家公司，香港公司可以自由选择名称，注册资金也不需要验证，因此这很可能就是一家骗子公司。”

张林呆了一下，说：“这么说这根本就不是所谓的港商了?”

向斌说：“对，我想钱兵的身份肯定不是什么香港人，他的鸿途集团虽然名称很大，但是香港不像国内对注册集团公司要求那么严格，因此可能只是钱兵选用了一个集团公司的名义而已。”

张林差一点又爆粗口：“就这么一个家伙忽悠着徐正同志把两栋新楼给拆除了?”

向斌说：“现在看来是这样。您看我们下一步如何行动?”

张林说：“能不能把这个钱兵抓起来?”

向斌说：“目前看证据稍嫌不足，我们只有这一份工商登记资料，其他一切只是猜测。”

张林说："不要管那么多，等两千万付给了他什么都晚了。你就说能不能先控制起来，审查一下他真实的身份？"

向斌说："勉强可以，不过……"

张林说："不要不过了，如果等什么都证据确凿了，这家伙也跑了，你先给我找人把他看好了，我跟徐正同志通个气就行动。"

向斌领命而去，张林打了电话给徐正来他的办公室，他有事情要商量。

徐正匆忙赶来，进门就问道："什么事情啊，张书记？"

张林把向斌送来的鸿途集团的工商登记资料递给了徐正，说："老徐啊，你看看这个。"

徐正疑惑地接了过去，看了一眼，心里就咯噔一下，怎么会是鸿途集团的工商登记资料？难道张林已经私下调查过鸿途集团了？他这是要干什么？

徐正强自镇静了一下，笑了笑说："张书记，这是从哪里搞来的？"

张林此刻也不再掩饰，说："是我让公安局的老向调查来的，这上面显示鸿途集团根本就不像钱兵吹嘘的那样有实力，香港警方说，这样的公司四千港币就可以注册了。"

徐正脸上的笑容僵住了，说："不会吧？我看这个公司的资料目前还是在有效期，说明这家公司还在运作中，至于他有没有钱兵说的那种实力，在这上面基本看不出来的。"

张林说："老徐啊，你不要还对鸿途集团抱有什么幻想了，就这家公司目前的行径来看，完全可能是一家骗子公司。"

徐正说："不可能，如果是骗子公司，为什么他在西江省的工程进展得很好呢？"

张林说："这很好解释的，如果钱兵采用了跟我们海川是一样的运作手法，那他的工地可能也是用建筑商们的垫资在运转。"

徐正也不是没想到这一点，他在被钱兵逼着出面施压建筑商们进场施工的时候，就往这方面想过了，但是那时他心中还抱有一丝幻想，因此马上就打消了怀疑。此刻张林再次提出，徐正心中基本上可以确信钱兵是这么运作的。

但是徐正并不想对钱兵采取什么行动，那样受牵连的是他自己，他想还是赶紧想办法将这件事情掩饰过去算了，因此说："张书记，这些只是一种猜测，我们并没有什么真凭实据的。”

张林说：“是，我们目前还只是怀疑，但是这个怀疑已经足够让我们采取行动了。”

徐正惊讶地看着张林，张林还是第一次在他面前表现得这么果断，他问道：“张书记，你想干什么？”

张林说：“我叫你来，就是想跟你通报一声，我要对钱兵采取强制措施，先拘留起来审查一下，看看他究竟是何方神圣。”

徐正怕的就是这一点，他知道钱兵肯定是经不起审查的，他叫了起来：“不行，我不同意。”

张林怀疑地看了看徐正，他没想到徐正的反应会是这么强烈，难道徐正收过钱兵什么好处了吗？

张林问道：“老徐啊，你为什么不同意啊？”

徐正马上就意识到自己有些失态了，脑子飞快地转了一下，赶忙掩饰说：“我是觉得我们没有真凭实据就对一个来投资的客商采取强制措施，会严重损害我们海川市政府在商界的信誉的，试问哪一个投资商敢来随时都可以无根据地对他们采取强制措施的地方投资啊？这会严重影响他们对海川投资环境的评价的。”

张林说：“这怎么是无根据呢？根据目前掌握的情况，我可以肯定这家鸿途集团绝非他声称的那样，我认为可以对他们采取必要的措施。”

徐正说：“一旦是弄错了呢？”

张林坚决地说：“我认为不能就那么白白付给钱兵两千万，这个命令我来下，如果弄错了，我负全责。”

徐正有些不相信地看了看张林，心说这家伙终于露出庐山真面目了，眼前的张林才是真正的张林啊。这家伙厉害啊，竟然在自己面前伪装了这么久。徐正有需要重新评估张林的感觉。

张林既然这么坚持，徐正再也找不出什么反对的理由了，他说：“既然张书记这么认为，那就随便你怎么做了，我政府那边还有事，先回去了。”

说完，徐正站起来就离开了张林的办公室。

张林见徐正这么不高兴，似乎在维护钱兵什么，心中对他的怀疑越发加深了。但是事态已经发展成这样了，张林是箭在弦上，不得不发了，他抓起了电话，打给了向斌，说：“老向啊，我命令你对鸿途集团的钱兵采取行动。”

向斌说：“是。”

张林说：“行动当中要尽量克制，不要太过粗暴，再是如果在审查当中涉及某些市领导的事情，尽量控制知情人的范围，不要扩散。”

张林不知道徐正在这件事情中究竟扮演了什么角色，如果仅仅是受骗上当的，那还是尽量不要扩散，因为那样会严重影响徐正的威信的。

向斌答应道：“明白！”

警察出现在钱兵面前的时候，钱兵还在做着拿到两千万的美梦呢，听警察宣布怀疑他涉嫌诈骗，要对他采取拘留措施，他的心一下子沉到了谷底，知道这下子完蛋了。

钱兵在心里大骂徐正狡猾，一面跟自己商量赔偿，另一面却在暗中调查他，真是两面三刀的家伙。这钱兵可骂错了人，他不知道徐正到此刻还是维护他的。

不过，钱兵终究是走南闯北见过大世面的人，骂过徐正之后，他很快冷静了下来，质问警察说：“警察先生，你们有什么证据来怀疑我诈骗？”

警察笑了笑说：“你放心，会把证据给你看的。”

钱兵说：“我根本就没有诈骗，你们这是在迫害我，你们等着，我会向有关部门投诉你们这种胡作非为的。”

警察说：“如果你没什么问题，我们会承担一切责任的，现在就请跟我们走一趟吧。”

钱兵就被带回了海川市公安局，宣称自己是香港人，海川市公安局根本无权对他审问，然后就坐在那里一言不发，拒绝回答办案警察的一切问题。

审讯陷入了僵局，向斌明白如果案件就这么僵持下去，对公安局是很不利的，他并不能审查钱兵太长时间的，而且他手头除了那份鸿途集团的工商登记注册的资料，别无其他证据，如果老是打不开僵局，那他只有释放钱兵。

必须马上找到突破口。向斌想到了钱兵口口声声的香港人这个身份，他认为钱兵的身份极为可疑，既然钱兵不肯开口，那就先从调查他的身份这个外围入手，便让办案刑警收缴了钱兵的香港护照，查证一下钱兵身份的真实性。

查证反馈回来的消息让向斌松了一口气，钱兵的香港护照是伪造的，这一下向斌有了底气，起码目前来看并没有抓错钱兵。

向斌决定亲自会会钱兵，他带着一名刑警将钱兵提了出来。钱兵进了审讯室，还是一副被冤枉的样子，说："我要抗议，你们这是对我的迫害，我要向香港商会投诉你们这种行为。"

向斌笑了起来，说："钱兵啊，香港商会认识你这一号人物吗？"

钱兵昂着头，说："我们鸿途集团是香港有实力的商业集团之一，在香港商会也是鼎鼎有名的。"

向斌笑了笑，说："说吧，花了多少钱办的假身份？"

钱兵对此可能心里早有准备，并没有表现出什么意外，只是仍然叫嚷道："你胡说！我就是香港公民，你这是在迫害我。"

向斌看钱兵到了这般田地还在狡赖，火了，狠狠一拍桌子说："钱兵！别给我演戏了，你当我们这些人是傻瓜啊？说！你究竟是什么人？姓什么叫什么？"

钱兵知道抵赖不过去了，看了看向斌，扭过头去。

向斌看钱兵又拿出沉默对抗这一套了，便冷笑了一声，说："钱兵，你不要以为不说话我们就拿你没办法，你现在的犯罪事实已经很清楚了，我们还没有掌握的只是你的真实姓名而已，我想凭我们公安部门的侦查能力，这个谜底很快就会被揭开的。所以我劝你还是别抱有侥幸心理了，早一点交代还能有个好认罪态度。"

钱兵仍然坚持不肯说话，向斌看问不出什么来，只好暂时将钱兵送回了拘留所的监室。

虽然可以确认钱兵所持有的香港护照是假的，钱兵的诈骗事实基本也可以确认，可是无法辨明他的真实身份，也得不到他的口供，对向斌来说总是心里有个疙瘩。

钱兵被送回去之后，向斌坐在审讯室里想解决问题的办法，看向斌一副沉思的样子，同来的刑警说："向局，我看这家伙犯罪手法熟练，也很懂得应对刑事侦查，不是一个犯罪老手是很难有这种心理素质的。"

向斌眼睛亮了，说："对啊，我怎么忽略了这一点了，这家伙很可能有前科的。拿他的指纹去跟犯罪人员指纹库比对一下，肯定会有所发现的。"

于是就把钱兵十指指纹跟犯罪人员指纹库的指纹比对，很快就找到了吻合的指纹，调出来一看，吻合的指纹上的照片正是钱兵的模样，只不过名字不叫钱兵，而是叫王平，是一个只有小学文化的刑满释放的诈骗犯，城市无业人员，曾经因为诈骗入狱服刑五年。

再次审讯的时候，当向斌对着钱兵喊出了王平这个名字的时候，钱兵一下子瘫软在椅子上了，他再也撑不住了，说："我向政府交代，我向政府交代。"

钱兵交代了自己的犯罪事实。原来这家伙刑满出狱之后，不但恶性不改，反而变本加厉策划了一个更大的骗局。他坐监的时候，正好跟一个犯了贪污罪的注册会计师关在了一起，闲聊中让他知道了如何去注册香港公司的办法，而且知道注册香港公司的几点好处，名称自由选择、注册资金无需验资之类的，这正适合钱兵诈骗的需要，于是他出狱之后便委托北京一家专门办理香港公司注册的公司注册了鸿途集团这个无办公地点、无其他工作人员、无资产的三无皮包公司，又找办假证的办了一个叫钱兵的假香港护照，然后就拿着这两份东西声称自己是香港的大老板，想要在内地投资几十亿，四处招摇撞骗。

西江省的鸿途商城是钱兵主动找到当地政府说自己要投资建设的，没想到当地政府正急于招商，马上就和钱兵一拍即合，由当地政府出土地，钱兵假称投资几十亿建设鸿途商城。合同签订之后，钱兵就采用招标的方式，选择了几家建筑商，让他们垫资进场施工。

没想到西江省的骗局成功引来了海川市驻京办对鸿途集团的关注，钱兵对这送上门来的好事自然是求之不得，他跟罗雨聊了几次之后，就投其所好炮制出来一个所谓的 CBD 项目，这也正好迎合了海川市政府的想法……

向斌听完，感觉有点不可思议，这家伙就这么轻易取得了两地政府的信任？甚至还忽悠海川市政府拆除了两栋新楼。

向斌问道："你是怎么取得当地政府的信任的？"

钱兵笑了笑说："我也没想到这些官员们这么好骗，我就是投其所好而已，这些当官的就是想出政绩，而且希望政绩越大越好，我就跟他们吹嘘我能给他们带来几十亿的投资，他们无一例外对我无比信任，越大的领导越是相信我，以为我真的能给他们投资呢。"

向斌有些哭笑不得的感觉，这个骗局如此简单，却给海川造成了这么大的损失。

向斌把钱兵的审讯笔录送到了张林面前，说："张书记，您看看吧，我都不知道该说什么好了。"

张林看完，十分震惊，说："就这么简单的骗局骗得我们海川市政府团团转？这里面没有其他因素吗？比如行贿受贿？"

向斌苦笑了一下，说："开始我也不相信就是这么简单，不过经过仔细询问，钱兵倒是想向某些领导行贿来着，可都被拒绝了，这一点上他们还是守住了自己的立场。"

没有行贿受贿，那就只是工作上的失误，张林稍微感到一丝欣慰，毕竟他也不想看到自己的同事被追究刑事责任，他说："我们的一些领导同志为了追求政绩，竟然盲目到这种程度，教训啊。"

向斌走后，张林把徐正找了来，把钱兵的笔录递给了他，徐正看了看，脸一下变得通红，他有一种无地自容的感觉，好半天才说："怎么会是这样？"

张林说："徐正同志，我们要检视一下这种唯政绩论的工作风格了。教训深刻啊！"

徐正也只得低头接受张林的教训，还不得不表示诚心接受。他强笑了一下，说："这一次幸亏张书记能够及时把关，不然的话我们又会遭受到两千万的损失。这件事情是我的失误，我会为此做检讨的。"

张林说："老徐啊，你也不用思想包袱太重，认识到错误，汲取教训就好。"

徐正连连点头，说："是啊，这个教训很惨重，是应该总结一下，避免今后犯类似的错误。"

徐正满心烦躁地回了自己的办公室，下面他还有一系列的检讨要做，省里面会因为这件事情对他如何处分还不知道。这件事情本来张林不插手很快就会掩饰过去的，徐正相信钱兵如果拿到了两千万，肯定立马溜之大吉，再也找不到他的行踪了。可现在张林突然出手抓了钱兵，把钱兵的骗局公之于众，这等于说他徐正有多么愚蠢，这么简单一个骗局就能把他哄得团团转。此刻的徐正就感觉像是《国王的新衣》中的那个国王，而且是被小孩子拆除了骗局之后在大庭广众之下什么都没穿的国王。

北京，吴雯和赵婷正在咖啡厅喝咖啡，她们刚刚逛完了时装店，就就近找了一家咖啡屋歇脚。这段时间赵婷和吴雯已经是很熟悉的朋友了，两人都没有工作，就会相约一起逛街。女人天生逛街逛不够的，因此两人很有共同语言，相处愉快。

吴雯笑着说："小婷啊，你刚才给傅华买的衣服真是很配他，相信他穿起来一定是潇洒到爆。"

赵婷呵呵笑了起来，说："那是，我老公本身就潇洒，再配上我买的衣服，肯定会迷煞一大片女人的。"

吴雯看赵婷提起傅华那一副甜蜜幸福的样子，心中难免刺痛了一下，不过她也知道自己跟傅华是没有机会的，她心中也是愿意傅华生活幸福美满的，因此这一丝不舒服的感觉很快就过去了。

吴雯伸手点了一下赵婷的额头，笑着说："不害羞，把自己老公夸成一朵花一样。"

赵婷笑着说："本来就是嘛，这我还谦虚着呢。"

吴雯笑了起来，说："你这家伙，就这还谦虚？你都吹上天了。"

赵婷笑笑说："我才没吹呢，我老公就是帅嘛。我可注意到了，好几次我都看到你在偷瞄我老公，是不是你也在偷着喜欢他啊？"

确实，赵婷有几次带傅华跟吴雯一起吃饭，吴雯都趁自己不注意偷眼去看傅华，赵婷心中就怀疑吴雯喜欢傅华。不过傅华似乎对吴雯并没有什么特别的举动，看得出来就是当她是个朋友，因此赵婷并没有什么嫉妒的感觉，反而觉得这么漂亮的一个美女也喜欢自己的老公，说明她很有眼光，心中十分高兴。

吴雯被说中了心事，脸腾一下红了，幸好这时她的手机响了起来，她借接手机的空当，将自己的失态掩饰了过去。

电话是刘康打来的，吴雯心情一下子变坏了，她犹豫了一下，还是接通了。

刘康笑着说："小雯啊，在干什么呢？你在北京的时间也不短了，海川这边还有很多事情需要你办呢，你是不是赶紧回来啊？"

吴雯说："我不是跟您说过了吗？我不回海川了。"

刘康说："可是我这里需要你，你就当帮我一个忙，回来一趟好不好，只要你回来，很多事情都可以商量的。"

吴雯心中越发烦躁，她很多话也不方便在赵婷面前说便说："我现在跟朋友在逛街，回头我再打给你吧。"

说完，没等刘康反应过来，就挂了手机。

吴雯却整个情绪都坏了，她说："今天我们逛的时间也不短了，我有些累了，我想先回去了。"

赵婷虽然意犹未尽，可看吴雯脸色实在很差，只好点了点头，说："好吧，你早点回去休息吧。"

吴雯就回去了，赵婷看看时间尚早，就去了驻京办傅华的办公室。

傅华见到赵婷，笑着说："怎么就你一个人啊，早上不是说要跟吴雯一起逛街的吗？吴雯呢？"

赵婷看了看傅华，笑着说："怎么，没见到吴雯很失望吗？"

傅华笑了，说："什么失望啊，你这家伙瞎说什么，她就是一个朋友而已。"

傅华表现得很自然，赵婷也就没在这件事情上纠缠，她说："我是跟吴雯一起逛街来着，本来我们逛得好好的，可是在歇脚喝咖啡的时候，吴雯接了一个电话，整个人的神情就大变，再也提不起情绪跟我逛街了，她就先回去了。"

傅华愣了一下，他很怀疑这个电话跟刘康有关，便问："什么电话啊？"

赵婷说："是她海川的一个朋友，打电话来是想要吴雯回海川。"

傅华马上就明白了，这个电话肯定是刘康打来的，他还是不肯放过吴雯啊，傅华不仅为吴雯担心起来，吴雯可不是刘康这个狠角色的对手，她怕是无法应付眼前这种局面的。

赵婷吃完午饭才离开，赵婷离开之后，傅华赶忙打了电话给吴雯。

吴雯接到傅华的电话有些意外，说："傅华，找我有什么事吗？"

傅华说："我听赵婷说有人打电话叫你回海川，是不是刘康啊？"

吴雯说："是啊，他要我回去。"

傅华说："那你准备怎么办？"

吴雯说："我已经从海川脱离出来了，当然是再也不想回去了。"

傅华笑了笑说："我打电话给你就是这个意思，不要再屈从于刘康了。"

吴雯笑了，说："傅华，你这是关心我吗？"

傅华说："老实说是，作为朋友我很担心你，刘康那里你能应付过来吗？"

吴雯笑笑说："有你这句关心的话，我就有勇气面对这一切了。你放心了，我也不是小孩子，如何应对我心中有数。"

傅华心中却没有什么底气，便说："你还是小心些为妙，刘康的手段你应该知道的，小心他对你不利。"

吴雯说："你放心吧，我跟刘康之间多多少少还是有些情意在的，他不会对我怎么样的，再说我也早就准备了应对之策，应该没问题的。"

傅华说："不管怎么样，小心为上，有什么我能够帮忙，尽管言语一声，我在北京还是有些朋友的。"

吴雯笑了笑，说："傅华你有这个心我就很感激了，你应该也知道要对付刘康，你那些朋友是没用的。"

傅华说："这倒也是，那你自己小心些吧。"

傅华就挂了电话，吴雯想了一会儿，回避不是办法，她决定再次跟刘康讲清楚，于是拨通了刘康的电话。

刘康接通了，笑着说："小雯啊，你总算打了电话过来了。你什么时候能回海川啊？"

吴雯说："干爹啊，我打电话给你是想告诉你，我不想再回去了。"

刘康有些急了，说："小雯啊，你不能这样对我吧？"

吴雯说："干爹啊，你也应该知道我当初离开仙境夜总会是想净身上岸的，为了你的生意，我又不得不周旋一段时间，我想我也算对得起您了。"

刘康说："小雯啊，我知道你为我做了很多，我心中是很感谢的，但是现在我还用徐正，你给我一点时间处理一下，然后再离开，好吗？"

吴雯苦笑了一下，说："干爹啊，这话你曾经说过一遍了，我上次从北京回去，你就这么讲了，你还不是不肯放我离开？"

刘康说："主要是你太优秀了，徐正那里的关节只有你才能打开。"

吴雯说："这我就不管了，反正我已经打定主意，干爹，你还是想别的办法吧。"

见吴雯就是不肯回来，刘康有点恼火了，他冷笑了一声，说：“小雯啊，你不要这样决绝嘛，你不要以为跟傅华走那么近，他就能帮你什么，你要知道，如果我想要动他，他自身都难保的。”

吴雯紧张了起来，说：“你还在监视我？你想干什么？”

刘康笑笑说：“我是怕你在北京有什么闪失，就让小田多留意了一下你的行踪而已。”

吴雯说：“你到底想干什么？你想威胁我吗？”

刘康说：“我不想干什么，小雯啊，我很怀念当初我们俩相互信任相互支持的时光，那时候多好啊！可是不该傅华插了进来，让很多事情都变了味了，你说我是不是该教训一下他啊？”

吴雯紧张地叫了起来，说：“你别胡来啊，这件事情是我自己想要这么做的，与傅华无关的。”

刘康冷笑了一声，说：“我可不是这么认为的，我当时很感激你为我做的一切，还安排我们俩一起办移民，想要等这个项目完成，我们就一起退出这个江湖。可这一切美好的计划都在你回北京去见了傅华之后化作了泡影，你说与傅华无关，鬼才相信呢。”

吴雯是明白刘康的手段的，她很是恐惧刘康对傅华不利，便央求说：“干爹，你放过我吧，你相信我，是我厌倦了这一切，这件事情真的与傅华无关。”

刘康冷冷地说：“小雯啊，现在关键不是我放不放过你的问题，你既然把事情开了头，那善始善终，就把徐正这边的事情处理完再说，否则的话，我的工程不顺利，我对你们也是不会客气的。”

吴雯说：“你的意思是只要你工程顺利，你就放过我是吧？”

刘康以为吴雯这是回心转意要回来了，便笑笑说：“小雯啊，只要你能将徐正应付过去，其他的我都能商量，傅华那边我就更没有必要做什么了。小雯啊，只要你能把徐正摆平，我原来的承诺还是有效的，移民还在办理当中，到时候项目完成，我们就到国外去生活。”

吴雯说：“我怕你将来又不知道用我去收买谁了。”

刘康尴尬地笑了笑，说：“不会了，我都跟你说要退出江湖了。”

吴雯冷笑了一声，说：“会不会只有你自己知道了。你不要以为我吴雯就一点还击的手段没有，你想想吧。”

刘康紧张了起来，他和吴雯共同合作了了一段时间，吴雯如果有心算计他，肯定会拿到一些把柄的。

刘康问道：“你手里有什么把柄，说出来听听。”

吴雯笑了笑，说：“当初你工程项目上的那些材料，我也保留了一份。是不是你可以就这样放我一马了?”

刘康心里咯噔一下，惊问道：“你偷着存过我的材料?”

吴雯冷笑了一声，说：“你说呢?”

刘康的心已经沉到了谷底，他知道这样一份材料的杀伤力，说：“你拿它做什么？快还给我。你竟然敢如此对待我!”

吴雯冷笑着说：“这也是你逼我这么做的，我可不是一个让人予取予夺的女人。”

刘康说：“你究竟想要什么？你要怎么样才肯把材料还给我?”

吴雯说：“我也不想从你那得到什么，你离我远一点就行了。至于材料吗，我不能还给你，这是我的一个安全保障，只要你不来骚扰我，我保证不会让材料外流的，可是如果你们对我和我身边的人有什么不轨，我立马寄给纪委，到时候你是个什么下场，我相信不用我说你也很清楚。”

刘康说：“吴雯，你真是够狠，我怎么才能相信你的保证呢?”

吴雯笑笑说：“没办法，这就看你了。”

刘康气急了，狠狠地将电话扣掉了，像热锅上的蚂蚁一样在办公室里转来转去，吴雯究竟如何来对付自己？他曾经跟吴雯聊过交易上的一些事情，甚至还说过后来贷款的事情。这些可都是不能公之于众的，这里牵涉的犯罪事实，可能会害自己被判处重刑。

刘康越想越害怕，这个女人的心机可真是可怕啊！这可是一颗随时都能爆炸的炸弹，一旦炸开，自己将粉身碎骨。这可怎么办呢?

刘康不由得叹了一口气，他是真心想要跟吴雯移民到国外共同生活的，不过眼下看情势发展，即使将来项目完成吴雯也不一定肯跟他去国外生活了。

刘康感到一种从来没有感觉到得疲惫，自己真是老了，以前那种得心应手的感觉没有了，眼下这个局面差一点没能应付过来，幸好自己抓住了吴雯喜欢傅华这个弱点可以缓冲一下。

第二天，刘康接到了徐正的电话。徐正说："刘董啊，我们打交道这么长时间了，你跟我说句实话，我们算是合作伙伴吗？"

刘康笑笑说："当然了，我们现在合作不是很好吗？我也尽量满足你的一切要求。这样再不算是合作伙伴，什么样才能算是伙伴呢？"

徐正说："那如果你出了什么事，是不是我也会受很大的牵连？"

刘康愣住了，说："当然，我们现在在一条船上。不过，我怎么会出事？徐市长这是从何说起啊？"

徐正说："那我当然希望你没事，你好自为之吧，刘董。"

刘康惊讶地挂了电话，他觉得徐正不会空穴来风，一定是吴雯向他泄露了什么。这份材料一天不拿回来，他睡觉都睡不安稳，谁知道吴雯将来会拿它做些什么。他必须不惜一切代价将这份材料从吴雯那里拿回来。

这件事情必须做到万无一失，否则一旦外泄，后果不堪设想。光拿回来还不行，要确保她不会备份。

刘康匆忙拨通了吴雯的电话："小雯啊，你这么做又是何必呢？"

吴雯笑笑，说："干爹啊，你别怪我，我这也是为了自保，只要你不来扰我，我不会把这份材料公开的。"

刘康笑笑说："小雯啊，你把事情想简单了，你觉得能把这份材料留在你手里吗？小雯啊，你给我个面子，是不是可以把材料还给我了？"

吴雯迟疑了一下说："干爹，我觉得还是我保管比较好，我保管着也对我自己是个安全保障。"

吴雯经过这段时间对刘康的重新认识，感觉刘康虽然当面说得很好听，背地里却是什么事情都做得出来的一个人，尤其是为了让她回海川，竟然想要以傅华的安全来威胁她，这都是当初自己相信刘康，把什么心底的话都说给刘康听的后果。这一次她认为不能把材料还给刘康，一旦还给了他，后续还不知道刘康能做出什么事情来呢。还是保留这份材料，让徐正刘康不敢采取报复行动为上。

刘康心中恼火，这吴雯越来越不受控制了，不过他并不想跟吴雯撕破脸，还是哄着她把材料交出来才是上策，便笑了笑，说："小雯啊，你这又是何必呢？从此我们就互不相干了，你留着这份材料还有什么用啊？"

吴雯笑了笑说："我是怕我交出去之后，有人会对我和我身边的人不利，到时候我手里一点把柄都没有了，还不是得受制于人？”

刘康暗骂吴雯狡猾，这个女人现在对自己有了戒心了，他还想感化吴雯，便说：“小雯啊，你这是在防备我啊，什么时候你对我这么不信任了？你放心吧，我当初说那些只是气话，从来没有当真的，就我们父女之间这份情谊来说，我又怎么舍得对你不利呢？”

吴雯苦笑了一下，说：“干爹啊，你说你拿傅华来威胁我，不就是因为当初我太信任你，把心底里喜欢傅华的秘密告诉你的结果吗？你说现在让我怎么去信任你啊？”

刘康有些烦了，说：“好了，小雯，干爹答应你，只要你把材料交出来，我保证从此我们再无瓜葛，我再也不会找你和傅华的麻烦了。”

知道刘康这种人翻手为云，覆手为雨，吴雯说：“干爹，我可不敢相信你，不过，你也不用担心，我向你保证，不会利用这份材料干别的事。”

刘康一直压着心中的怒火，就是想要哄着吴雯将材料交出来，现在见吴雯态度坚决，就再也克制不住自己了，他叫道：“吴雯，你现在翅膀硬了是吧？你可别忘了，你能有今天，完全是我一手扶持出来的，怎么，你认为我没有办法对付你了是吧？我告诉你，我能把你拉拔起来，也能毁了你。你真的要跟我对着干吗？”

吴雯冷笑了一声，说：“本相露出来了是吧？我就知道你不会这么容易放过我。你说变脸就变脸，让我怎么相信你啊？我已经跟你保证了，你还想要我怎么样？真要是把我逼急了，我寄给纪委，大家索性拼个鱼死网破算了。”

刘康气急了，大叫道：“吴雯！你非要逼我出手对付你吗？你老老实实交还给我，前面发生的事情还可以一笔勾销，如果不然的话，你可别怪我心狠手辣。”

吴雯说：“我再傻也不会交给你的，一旦交给你了，我手里就一点本钱都没有了，到时候还不是要任由你拿捏？你也别打主意想对付我和傅华，我已经拷贝了几份，分存在朋友那里，一旦我和傅华有个什么闪失，我的朋友马上就会寄出给纪委，所以希望你在要做什么之前慎重考虑清楚。”

竟然吓唬不住吴雯，刘康脑子飞快地转了一下，他知道这个时候不适合激怒吴雯，现在吴雯还念着几分情面，没采取最激烈的手段，一旦激怒她，她真的把材料公开了就完蛋了。还是先安抚住她比较好，于是刘康换了一个口吻，笑了笑说：“小雯，我刚才真是昏了头了，其实我就是说说而已，我又怎么会舍得对你不利呢？再怎么说我们父女俩也是这么多年的感情了。”

吴雯见刘康口风转了，她也软化了下来，其实她的心提到了嗓子眼里了，也是在硬着头皮跟刘康对着干的，这也多亏了她手中有这份材料，否则，她是没胆量跟刘康这么对抗的。

吴雯说：“干爹啊，我刚才说话也有点冲，你放心了，我绝对不会做对干爹做什么不利的事情。”

刘康笑笑说：“那行，你就在北京好好生活吧，我不会再打搅你了。”

刘康说完，就把电话给挂了。

挂了电话，吴雯长出了一口气，她没想到刘康会这么容易就放手了，不由得暗自庆幸自己事先就做了第二手准备，不然的话今天还不知道该如何应付过去呢。

但是很快吴雯的心就再次悬了起来，刘康这么轻易就放手，是不是缓兵之计啊？按照吴雯对刘康的了解，刘康是不达目的不罢休的人，怎么会就这么任凭自己拿着他的把柄而不还击呢？刘康虽然最后是笑着挂了电话的，这种情形下换了谁都会气急败坏的，又怎么能笑得出来呢？刘康能笑得出来，更说明了他的阴险，他心中肯定是有了主意对付自己了。

吴雯有了不寒而栗的感觉，不行，一定要事先防着他一手。

听到钱兵被抓的消息，罗雨一下子蒙了，不管怎么说，鸿途集团这件事情他是始作俑者，这个责任他是逃不掉的。

罗雨赶忙打了电话给徐正，他想跟徐正解释这件事情：“徐市长，我想跟你解释一下，我根本不知道钱兵是个骗子啊。”

徐正心里正烦着呢，他现在需要打报告给省里，承认自己在鸿途集团引资这件事情上的失误，请求省里给自己处分呢，又怎么有心情来听罗雨的解释呢？他没好气地说：“好了，我知道了，就这样吧。”

说完徐正没再让罗雨有机会说什么，就挂了电话。

罗雨呆在那里了，徐正这毫无感情的一句话把他更是打蒙了，徐正连话都懒得跟他说，说明他是多么生自己的气啊！罗雨已经听海川方面传来的消息说这一次徐正市长是栽了一个大跟头，被骗子忽悠了不说，还拆除两栋新的大厦，造成了几千万的经济损失，事后还想再给骗子两千万，简直是滑天下之大稽。徐正闹了这么个笑话，造成这样巨额的经济损失，下一步市长宝座能不能保住，还是一个问题呢。罗雨心里叫道，完了，这下彻底完了，徐正肯定是把所有的事情都迁怒在自己身上了，自己的仕途前景就渺茫了。

再是傅华那边，如果傅华这一次把所有的责任都推在自己身上，那自己就彻底翻不了身了。罗雨心中暗自叫苦不迭，后悔当初不该贪功，把鸿途集团的事情都揽在自己头上。如果按照他原来的设想，把傅华作为主要的责任人推到前台，那现在自己的责任不是少得多了吗？

看来还需要赶紧去跟傅华解释一下，让他不要把责任都推在自己身上。罗雨就去了傅华的办公室，低着头说："傅主任，我想跟你说一下鸿途集团的事情，没想到鸿途集团给市里面造成了这么大的损失，我当初真不知道这个钱兵是骗子啊。我当初没有审查出鸿途集团的问题，是一个很大的失误，我愿意向市里面检讨，请求对我严加惩罚。"

傅华此刻对鸿途集团这件事情心中也是很歉疚的，他后悔自己当时没有认真深入地审查，就贸然地将鸿途集团带回海川去了。这一次与上次他将百合集团引回海川的情况不同，百合集团是国内比较著名的公司，经济实力尚可。而这一次鸿途集团籍籍无名，自己就是被几个表象给蒙住了耳目，盲目将钱兵推荐给了海川市政府，所以对海川市所遭受的损失，他认为自己也应该负很大一部分责任。

见罗雨一副失魂落魄的样子，傅华笑了笑，说："小罗啊，这不能完全怪你，很大一部分责任应该在我身上，我的关没把好。你也不要太有心理负担了，我是驻京班的主任，这个责任应该由我来付，我会向市里面打报告承认这个错误的，请求处分的。"

罗雨没想到傅华会主动承担起责任来，原本他还想为自己辩解一番呢，傅华这么一说，让罗雨有些不好意思了，他又想到了从傅华刚到驻京办，到傅华向市里提议提拔自己当副主任，一直以来傅华其实都是很爱护他，是他被这个副主任迷住了心窍，一味地去猜忌傅华，背后去做小动作。自己这是怎么了？原本都视功名利禄为粪土的，却没想到一旦在仕途上有了一点小小的进步，就忘记了自己是谁了。他心中更加愧疚了，便说："傅主任，不能这样子的，这件事情确实因我而起，责任应该由我承担的，这个报告由我来来写吧。”

傅华笑着摇了摇头，说：“那可不行，鸿途集团的引进虽然是有你开了头，可是后续的行动都是驻京办在做，这是驻京办集体的行为，而我是驻京办的负责人，这个责任我必须承担起来。你要写报告，是不是想抢班夺权啊？”

傅华本是一番开玩笑的话，却不经意间说中了罗雨的心事，罗雨脸红了一下，说：“我不是这个意思，我只是觉得这个责任应该由我来负。”

傅华笑笑说：“好啦，小罗，你勇于承担责任这一点是很好的，我们都吸取这个教训吧。你不要有思想负担了，回去工作吧。”

罗雨还想说什么，傅华说：“好啦，你不用说了，这件事情就这样定了。”

罗雨离开了，傅华就在办公室里把鸿途集团这件事情总结了一下，形成了一份报告，主动将责任揽在自己身上，请求市里追究他的责任。